NON SMETTERE DI CERCARE

Questo libro è opera di fantasia. Nomi, personaggi, luoghi e avvenimenti sono frutto dell'immaginazione dell'autore o utilizzati in modo fittizio. Qualsiasi somiglianza con fatti, luoghi o persone reali, vive o defunte, è puramente casuale.

Titolo originale dell'opera *Bring them home*
Pubblicato da Thomas & Mercer, Seattle, USA, otobre 2018

Attuale edizione italiana pubblicata da
Amazon Crossing, Amazon Media EU Sàrl
38, avenue John F. Kennedy, L-1855 Luxembourg
maggio 2020

Traduzione dall'inglese di Silvia Romano

In copertina © gyn9037 © LightField Studios © T.SALAMATIK / Shutterstock;
© Alexander © Scott Suriano / Getty Images
Realizzazione a cura di Oida per l'editoria
Adattamento grafico a cura di lookatcia.com

Si veda l'ultima pagina per i dettagli sullo stampatore.

Prima edizione digitale 2020

ISBN Edizione cartacea: 9782496702774

www.apub.com

IL LIBRO

Le piccole Emily e Sian, di dieci anni, sono scomparse da scuola e sembrano svanite nel nulla. Le famiglie sono disperate e la piccola comunità di Heighington, nella campagna inglese, è sconvolta. Le ricerche sono coordinate dalla squadra investigativa locale, guidata dalla sergente Karen Hart e dal suo nuovo superiore, l'ispettore Scott Morgan.

Col passare delle ore l'ipotesi del rapimento si fa sempre più concreta e spaventosa, mentre le indagini iniziano a girare a vuoto e la situazione di Karen si complica. C'è l'ispettore Morgan, che sembra non apprezzare le sue intuizioni investigative e vuole fatti concreti. E ci sono quei tragici fantasmi del passato, che ormai da anni popolano i suoi incubi peggiori. E poi c'è un ultimo tormento: la sparizione di una giovane donna diciotto mesi prima, un altro caso di probabile rapimento che Karen non è mai riuscita a risolvere.

C'è un legame tra quel mistero e il dramma delle bambine scomparse? O si tratta solo dell'ennesima fissazione della tormentata detective? È davvero possibile che nella tranquilla campagna del Lincolnshire si nasconda un pericoloso predatore seriale?

L'AUTRICE

D.S. Butler è un'autrice inglese di gialli e thriller psicologici. È una scienziata biochimica ed è stata anche ricercatrice a Oxford e in Medio Oriente, ma la sua passione per i romanzi polizieschi e mistery l'ha progressivamente allontanata dal mondo della scienza per farne una scrittrice a tempo pieno. Vive con il marito nel Lincolnshire, proprio dove sono ambientate le storie della detective Karen Hart.

D.S. BUTLER

NON SMETTERE DI CERCARE

Traduzione di Silvia Romano

AMAZON CROSSING

Prologo

«Non so se me la sento» mormorò Sian Gibson all'amica mentre strisciavano lungo le pareti del corridoio della scuola. Non c'era nessuno in giro a parte loro, gli altri bambini erano rientrati in classe.

Emily si voltò e si mise un dito sulle labbra. «Sst. Vuoi farti sentire? Se la signora Morrison ci becca andrà su tutte le furie.»

Sian si augurava che qualcuno le sentisse. Voleva che le scoprissero prima di poter uscire dalla scuola. Sua madre si sarebbe arrabbiata da morire se fosse venuta a sapere che aveva saltato una lezione.

Per Emily era diverso. Lei si ficcava sempre nei guai, e sembrava che non gliene importasse. Anzi, secondo sua madre, era tutta la famiglia Dean a essere fonte di guai.

Emily la prese sottobraccio e la trascinò. Mentre passavano accanto alla fila di giubbotti colorati appesi ai ganci sul muro, l'amica sorrise. Porse a Sian il suo giaccone giallo e poi si infilò la giacca a vento rossa. Quel giaccone Sian ce l'aveva solo da un mese, mentre Emily aveva la stessa giacca dell'anno prima. Gli orli delle maniche erano lisi e c'era un piccolo buco sul gomito destro.

Di solito Emily rigirava le maniche con cura per evitare che gli altri bambini notassero i bordi sfilacciati, ma quel giorno era troppo emozionata per farci caso. Lei e Sian stavano per mettere in atto una fuga pericolosa: sarebbero uscite da scuola ben cinque minuti prima che la campanella segnasse la fine delle lezioni.

La porta per il cortile era aperta. Non c'erano ostacoli davanti a loro. Sian avvertì una stretta allo stomaco. Non poteva più tirarsi indietro ormai. Emily avrebbe pensato che era una mocciosa.

Quando arrivarono in fondo al corridoio e uscirono nel freddo di quel pomeriggio d'ottobre, Sian ebbe un brivido. Si voltò verso le finestre dell'aula alle sue spalle. I loro compagni dovevano essere seduti sul pavimento con le gambe incrociate ad ascoltare la maestra che leggeva un altro capitolo di *Il nipote del mago*. Rimpianse di non essere lì dentro al caldo insieme a loro.

Emily la afferrò per un braccio. «Si può sapere che ti prende? Non vuoi andare a vedere i pony?»

«Non ho detto questo. Solo che non capisco perché dobbiamo uscire prima. Se la signora Morrison se ne accorge, finiremo in un mare di guai. E se telefona a mia mamma?»

«Non se ne accorgerà se ti dai una mossa. Sbrigati.»

La madre di Sian diceva che Emily era una signorina prepotente e non era contenta del fatto che lei trascorresse del tempo con la "piccola Dean". Sian l'aveva supplicata di lasciarla andare a casa di Emily a fare merenda, ed era rimasta sorpresa quando alla fine sua madre aveva acconsentito. Si sarebbe arrabbiata tantissimo se avesse saputo che stavano uscendo da scuola di nascosto prima della fine delle lezioni.

Però erano solo cinque minuti. Quanto poteva essere grave? Emily aveva insistito per andare via prima del suono della campanella perché non voleva che qualche altro bambino venisse a sapere dei pony.

In quel periodo Emily aveva un'ossessione per i cavalli. Da sei mesi, pony e cavalli erano l'unica cosa di cui parlava. I suoi genitori le avevano detto che non avevano soldi da buttare in un corso di equitazione, ma ogni venerdì pomeriggio Emily raggiungeva a piedi il maneggio per assistere alla lezione settimanale di Sian con Florence, il suo cavallino gallese.

Osservava quelle lezioni con un tale desiderio che Sian si sentiva in colpa. Finalmente Emily stava per fare la propria lezione di equitazione. E lei era felice per la sua amica, solo che non capiva perché dovevano tenere la cosa segreta.

Sian amava i cavalli. C'era un non so che di rassicurante nell'odore delle stalle, e accarezzare il muso soffice di quei dolci pony era la sensazione più bella del mondo, perciò non capiva come mai era così agitata.

Aveva paura di essere scoperta, doveva essere per quello. Emily aveva ragione. Era una mocciosa. Odiava finire nei guai.

In effetti era sciocco da parte sua. Se c'era qualcuno che doveva tremare all'idea di essere beccata, quella era Emily. In fin dei conti, a Sian probabilmente avrebbero fatto una bella ramanzina e le avrebbero vietato di guardare la tv per una settimana, ma se la madre di Emily lo avesse scoperto, lo avrebbe detto al padre. Sian aveva terrore del padre di Emily. Era un uomo enorme e irascibile. Ma le sue urla e le sue minacce non impedivano alla figlia di cacciarsi nei guai. Sembrava che non le importasse.

L'amica attraversò il vialetto e si diresse verso la staccionata che correva lungo il perimetro del cortile, e lei la seguì.

Scavalcarono la staccionata di legno ma Sian scivolò, atterrando carponi sopra un mucchio di foglie marroni bagnate.

Emily, seppur con aria spazientita, allungò una mano per aiutarla a rialzarsi.

Sian rivolse un ultimo sguardo affranto alle luci calde dell'aula, che brillavano tra gli alberi. Poi si sfregò i vestiti per ripulirli dalle foglie e dalle felci, e seguì l'amica nel bosco.

Era emozionata all'idea di andare a fare merenda da Emily. Sua madre era sempre fuori dal cancello della scuola ad aspettarla quando usciva, mentre Emily poteva tornare a casa da sola, anche se aveva soltanto dieci anni. Prendeva una scorciatoia che costeggiava il cortile e il bosco, per sbucare su Longwater Lane. Ma quel giorno non stavano andando dritte a casa di Emily. Quel giorno dovevano incontrare una persona che Emily aveva conosciuto da poco, che le avrebbe portate a vedere dei pony e che avrebbe permesso a Emily di cavalcarne uno.

Il pensiero dei pony le restituì un po' di buonumore e si mise a camminare a passo più spedito. Affondò le mani nelle tasche, ben in profondità, perché quell'aria fredda e umida di ottobre la faceva tremare. Non stava piovendo, ma dai rami degli alberi venivano giù delle goccioline d'acqua che cadevano sui loro capelli e sulle giacche.

«Dov'è che avete appuntamento?» chiese Sian, non più sottovoce visto che ormai non poteva sentirle nessuno.

«Di qua» disse Emily, indicando un punto in cui il bosco si infittiva. Poi le rivolse un gran sorriso. Aveva gli occhi che le brillavano e saltellava a ogni passo come un cagnolino.

Di colpo si voltò verso Sian, ma l'eccitazione sul suo viso era stata rimpiazzata dalla paura. «E se non sono capace? Se cado? O se non piaccio al pony?»

Sian scosse la testa. «Ma certo che piacerai al pony. E non cadrai. Se è la tua prima lezione, qualcuno ti terrà le redini.»

Emily annuì, ma non sembrava convinta.

Sian le prese la mano e gliela strinse, poi sentirono le foglie davanti a loro muoversi, ed entrambe fecero un salto.

Era un pomeriggio grigio e cupo, perciò non si vedeva un granché. Un brivido freddo percorse la schiena di Sian quando una sagoma alta e sottile si stagliò di fronte a loro.

All'inizio nessuno disse una parola, poi Sian balbettò: «È questa la persona che dovevi incontrare?».

A quel punto Emily riprese a parlare. «Sì, quella che ha i pony.» Il suo tono di voce era più alto del solito.

Sian voleva che quella persona non rimanesse dietro agli alberi, che facesse un passo in avanti, così sarebbe riuscita a vederla bene, ma un attimo dopo volle solo andarsene. Per qualche ragione, sentì un bisogno disperato di tornare di corsa in classe.

«Ti avevo detto di non dirlo a nessuno.» Aveva un tono di voce roco e arrabbiato.

Per fermare le mani che tremavano nelle tasche, Sian le strinse a pugno. Fece qualche passo indietro strisciando i piedi. Voleva tornare a scuola, ma aveva paura per la sua amica. Lanciò un'occhiata a Emily e vide che aveva un'espressione corrucciata.

«Scusa» disse Emily. «È solo che anche a Sian piacciono tanto i cavalli, e lei mi lascia sempre andare alle sue lezioni.»

Sian aspettò che la sagoma rispondesse, ma per un periodo lunghissimo non sentì altro che un respiro affannato.

«Va bene. Da questa parte» disse alla fine la sagoma, poi si voltò e si mise a camminare verso il cuore del bosco, allontanandosi dalla scuola e da Longwater Lane. Sian non era mai andata in quella direzione prima.

«È questa la strada per il maneggio?» chiese Emily. La sua voce non era più tanto alta.

La sagoma che camminava davanti a loro non disse niente.

Capitolo 1

La sergente detective Karen Hart fece un sospiro e raccolse dalla scrivania i fascicoli contenenti le prove. Le indagini erano a un punto morto e, per quanto ciò la addolorasse, doveva chiudere il caso. Mary Clarke, una vittima di violenza domestica, si rifiutava di testimoniare contro il marito. In quei giorni Karen aveva fatto diversi tentativi per convincerla a trasferirsi in una casa rifugio a Lincoln. Era stato tutto inutile. Un'ora prima, Mary, con i lividi viola ancora freschi sulle braccia e sul collo, le aveva sbattuto la porta in faccia, dopo averla minacciata di denunciarla se non l'avesse lasciata in pace.

«Che succede, capo?» le chiese l'agente Rick Cooper, facendo un cenno con il mento ai fascicoli che Karen aveva tra le braccia.

«Porto la documentazione sul caso Mary Clarke in archivio. Non verrà avviato nessun procedimento penale.»

«Il procuratore non ha prove sufficienti per formulare un'accusa?»

«Finché Mary si ostinerà a sostenere di essere caduta dalle scale, no.» Karen chiuse la cartellina di cartone azzurro. «Se non si decide ad accettare il nostro aiuto, possiamo fare ben poco.»

Rick si appoggiò alla scrivania con un'espressione severa. «Speriamo solo di riuscire a intervenire prima che suo marito le dia il colpo di grazia.»

Karen sussultò.

«Scusa, capo. È stata un'uscita infelice.»

Lei scosse la testa. Sapeva che Rick aveva ragione: la vita di Mary era in pericolo. Ed era frustrante dover restare a guardare, la mandava su tutte le furie.

L'agente Sophie Jones, seduta alla sua scrivania nell'ufficio open space, alzò la testa di scatto. «Dev'esserci qualcos'altro che possiamo fare, sergente. Non possiamo arrenderci così.»

Sophie era un nuovo membro della squadra e aveva ottenuto la qualifica di detective solo di recente. Era una gran lavoratrice, ma un'idealista. Benché la conoscesse soltanto da due mesi, Karen pensava che un giorno sarebbe diventata una brava poliziotta. La giovane donna era fissata con le regole e la puntualità; Karen aveva l'impressione che a scuola fosse stata una secchiona.

Con quei riccioli castani, le guance rosa e l'espressione candida, Sophie era l'esatto opposto di Rick. Se lei sembrava un angelo, lui somigliava a un diavoletto dispettoso.

Rick era un bell'uomo e lo sapeva. Era di carnagione olivastra, a dimostrazione delle sue origini italiane da parte di padre, e portava i capelli scuri pettinati all'indietro. Aveva un sorriso arrogante, che sfoderava spesso, e si metteva sempre un po' troppo dopobarba. A parte questo, Karen era contenta che facesse parte della squadra. Era un gran lavoratore e lei si fidava di lui.

«Qui non si arrende nessuno» disse Rick a Sophie. «Ma non possiamo incriminarlo se Mary non vuole.»

«Ma è ridicolo» ribatté lei, alzandosi in piedi per poi girare intorno alla scrivania. «Dev'esserci un modo per far ragionare Mary Clarke.»

Rick si voltò verso Karen e alzò gli occhi al cielo come per dire: "Lo vedi con chi mi tocca lavorare?".

«In un mondo ideale, andremmo avanti con le accuse, Sophie» le spiegò Karen. «Ma so per esperienza che non reggerebbero.»

Lei era sul punto di protestare di nuovo, quando l'ispettore Scott Morgan entrò nella grande stanza insieme al capo dipartimento Michelle Murray, e i tre detective alzarono lo sguardo incuriositi.

Non capitava spesso che il capo dipartimento si recasse negli uffici della sezione investigativa. La Murray aveva un grande ufficio all'ultimo piano della centrale di polizia di Nettleham, e scendeva ai piani più bassi solo di rado, quando doveva partecipare a riunioni importanti. Quel giorno aveva l'aria preoccupata, gli occhi scuri più intensi del solito.

Al suo fianco c'era l'ispettore detective Scott Morgan, impeccabile come sempre. Era a capo della Squadra Tre da poco più di un mese, e Karen non era ancora riuscita a inquadrarlo. Il suo ex capo era un libro aperto. Ma Scott Morgan non lasciava trasparire più di tanto.

Fu il capo dipartimento Murray a parlare per prima. «È stata denunciata la scomparsa di due ragazzine, entrambe di dieci anni, dalla scuola elementare di Moore Lane a Heighington.»

Karen posò all'istante i fascicoli sulla sua scrivania e guardò l'ora. Erano appena passate le quattro. «Da quanto tempo non si hanno loro notizie?»

«Sono state viste l'ultima volta poco prima delle tre, quando hanno finito le prove per la recita della scuola insieme al resto della classe. La maestra si è accorta della loro assenza alle tre e un quarto.»

Questo era strano. Di solito i bambini scomparivano nel tragitto da casa a scuola o viceversa, non durante l'orario scolastico.

Karen spostò lo sguardo sull'ispettore Morgan. A differenza del capo dipartimento, che sembrava tesa, lui era impassibile.

«C'è motivo di pensare che la scomparsa sia attribuibile a un'azione criminosa?» chiese Rick Cooper.

Fu l'ispettore Morgan a rispondere. «Non ancora. Una pattuglia si è già recata sul posto, gli agenti stanno svolgendo le prime ricerche nel bosco accanto alla scuola e nelle strade limitrofe, ma è possibile che le ragazzine abbiano deciso di uscire prima di loro spontanea volontà e che facciano presto ritorno a casa chiedendosi il perché di tutto questo trambusto.»

«Auguriamoci che sia così» disse il capo dipartimento Murray con il suo dolce accento scozzese. Karen non l'aveva mai sentita alzare la voce. Non ne aveva bisogno. Lo sapevano tutti alla centrale di polizia di Nettleham che non bisognava farsi ingannare dal tono di voce delicato della Murray, e guai a chi avesse pensato di poterle mettere i piedi in testa.

«Di nuovo Heighington, capo» mormorò Rick, guardando Karen.

Lei capì a cosa si riferiva e fece un leggero cenno di assenso. Poi si concentrò di nuovo sul capo dipartimento, che stava dando istruzioni all'ispettore Morgan.

«Voglio che lei e la sergente Hart vi rechiate sul posto immediatamente. Sono certa che il detective Cooper e la detective Jones saranno in grado di allestire la sala operativa in vostra assenza. Tenetemi aggiornata.»

A quel punto si voltò e se ne andò, e Karen prese il cappotto.

Una volta saliti a bordo dell'auto d'ordinanza, Karen chiese all'ispettore Morgan, che era al volante: «Per ora cosa sappiamo delle due ragazzine?».

«Entrambe di dieci anni. Sian Gibson ed Emily Dean. La preside della scuola elementare è Jackie Lyons. È stata lei a denunciarne la scomparsa. La loro maestra, Roz Morrison, sostiene che, benché Emily Dean sia una bambina difficile, non è da lei sgattaiolare fuori da scuola di nascosto, e per quel che riguarda Sian, dice che non ce la vede proprio a fare una cosa del genere.»

Karen annuì. «Abbiamo già parlato con i genitori?»

«Non ancora» rispose l'ispettore Morgan. Superato un incrocio, aumentò la velocità. «Ma sono stati informati.»

Karen stava per proporgli di parlare lei con i genitori delle due ragazzine mentre lui sentiva le insegnanti, ma prima che ne avesse il tempo, l'ispettore le chiese a cosa si riferisse Rick con quel commento.

Si fermarono a un semaforo e Karen si voltò per guardarlo. Non si era resa conto che lui l'avesse sentito, dato che in quel momento stava parlando con il capo dipartimento.

Meno di diciotto mesi prima, quando a Heighington era scomparsa una giovane donna, Karen era stata assegnata alla squadra dell'ispettore Freeman. Heighington era solo un piccolo villaggio e di norma molto tranquillo, perciò lei non poteva fare a meno di pensare che il verificarsi di un caso simile a distanza di così poco tempo fosse una coincidenza alquanto singolare. Si augurò che stavolta si trattasse di un falso allarme e che le due ragazzine tornassero a casa sane e salve. Non si dava ancora pace al pensiero che non fossero riusciti a ritrovare Amy Fisher, la diciannovenne scomparsa senza lasciare traccia. Anche se lei aveva avuto solo un ruolo marginale nelle indagini, il fatto di non aver saputo dare un lieto fine a quella vicenda continuava a bruciarle.

«Ha sentito parlare del caso di Amy Fisher?»

L'ispettore Morgan annuì. «La diciannovenne che scomparve da un villaggio del Lincolnshire più di un anno fa? Sì, se non ricordo male ci furono diversi indagati, ma non fu ritrovata.»

Karen si meravigliò. L'ispettore Morgan prestava servizio nella Thames Valley ai tempi della scomparsa di Amy Fisher. Ma d'altra parte avrebbe dovuto immaginarselo che si sarebbe ricordato di alcuni dettagli del caso. Benché lo conoscesse da poco, aveva notato che gli piaceva essere ben informato.

«Amy viveva a Heighington» disse a bassa voce Karen.

L'ispettore Morgan rifletté su quell'informazione per un attimo, prima di parlare. «È improbabile che ci sia una relazione con la scomparsa delle due bambine. Emily e Sian hanno dieci anni. Amy Fisher ne aveva diciannove. Se le due vicende fossero collegate e avessimo a che fare con un molestatore che prende di mira giovani ragazze, la fascia d'età dovrebbe essere simile.»

Karen sapeva che aveva ragione, ma la sua replica la irritò. Le sembrava uscita da un manuale.

Nettleham si trovava a nordest di Lincoln, e dovevano attraversare il fiume Witham per raggiungere Heighington. Percorrere la trafficata A15 non era l'ideale, ma per fortuna la strada era meno congestionata del solito e arrivarono a Canwick Hill nel giro di dieci minuti.

Il cellulare di Karen emise un bip. Era un messaggio di sua sorella sulla chat di famiglia che avevano con i loro genitori. Li avrebbe sentiti più tardi. Dopo aver disattivato la suoneria dell'app, rinfilò il cellulare in tasca.

Mentre girava a sinistra su Heighington Road, l'ispettore Morgan le chiese: «Conosci qualcuno qui in paese? Sai qualcosa delle famiglie delle bambine?».

Karen viveva a Branston, un villaggio a soli tre chilometri dalla scuola elementare di Moore Lane. Si era trasferita lì con suo marito e sua figlia dieci anni prima. Aveva molti ricordi felici a Branston. Quando entrambi erano morti in un incidente stradale, Karen non aveva voluto andarsene. Se lo avesse fatto, per lei sarebbe stato come abbandonare una parte di loro.

«So che la preside, Jackie Lyons, è molto stimata e molto attiva nella comunità. Non conosco la famiglia di Sian Gibson, però credo che Emily Dean potrebbe essere la figlia di uno dei ragazzi Dean.»

L'ispettore rimase colpito da quelle ultime parole, ma tenne gli occhi fissi sulla strada mentre superavano a gran velocità i campi aperti. «I ragazzi Dean?»

«La famiglia Dean è nota alle forze dell'ordine di zona. Si ficcano sempre nei guai, più che altro per reati di poco conto.»

«Continua.»

«Parte tutto da Matthew Dean, il padre. Credo che abbia una sessantina d'anni adesso, svolge qualche lavoretto qua e là. A sentir lui, si spacca la schiena nelle fattorie dei dintorni, ma ho il sospetto che la maggior parte dei suoi introiti provenga da attività illecite. Ha subìto diversi processi ed è stato dentro due volte, in entrambi i casi per lunghi periodi. Una per lesioni personali e l'altra per furto di macchinari agricoli. Ha due figli, e il più giovane, Dennis, è una mela marcia come il padre. Non ci metterei la mano sul fuoco, ma sono piuttosto sicura che Dennis abbia una figlia di nome Emily.»

L'ispettore Morgan annuì lentamente. «Dobbiamo scoprire se sono invischiati in qualche faida. So per esperienza che tra famiglie criminali spesso non corre buon sangue, e se qualcuno serba rancore verso i Dean...»

Karen lo guardò. «Persone come i Dean è meglio perderle che trovarle, questo sì, ma è comunque difficile immaginare che qualcuno se la prenda con due bambine per farla pagare a loro.»

Si spostò sulla punta del sedile, sperando che l'ispettore Morgan andasse più veloce su quel rettilineo. Sapeva che una pattuglia era già sul posto e che avevano iniziato le ricerche, ma in casi del genere ogni secondo faceva la differenza.

«Gira voce che la moglie di Dennis lo abbia cacciato di casa qualche mese fa» disse Karen.

«Se questo è vero, e Dennis Dean vive come un torto l'allontanamento dalla figlia, è possibile che abbia preso lui Emily.»

Karen fece un sospiro profondo. Se Emily era davvero un membro della famigerata famiglia Dean, le cose potevano degenerare rapidamente. Il fatto che fosse coinvolta un'altra bambina la preoccupava non poco.

Mentre lasciavano Heighington Road e svoltavano su Moore Lane, Karen mormorò qualche parolaccia a bassa voce. C'erano automobili ovunque, ma l'ispettore Morgan non fece una piega e cercò un posto un po' più distante dalla scuola.

Irritata dalla precisione con cui aveva parcheggiato, non appena la macchina si fermò Karen spalancò la portiera.

S'incamminarono a passo spedito verso il piccolo edificio. Vicino all'entrata c'erano gruppetti di genitori, molti dei quali tenevano per mano i figli, restii a staccarsi da loro dopo aver saputo della scomparsa delle due ragazzine. Stavano lì ad aspettare, ansiosi di ricevere notizie, ma Karen avrebbe tanto voluto che se ne andassero a casa. A meno che non fossero in possesso di informazioni utili, erano solo d'intralcio.

Con tutte quelle persone ci voleva poco a lasciarsi sfuggire un dettaglio importante. Karen scrutò la folla in cerca di qualcosa di sospetto, ma vide soltanto le facce preoccupate dei genitori e le espressioni confuse dei più piccoli, con gli occhi sgranati, che non avevano ben chiaro cosa stesse succedendo.

Una giovane mamma, con indosso un giaccone blu scuro e un paio di jeans stretti, si fece strada verso di loro. «Siete della polizia? Che succede? Avete trovato le bambine?» Spinse indietro i lunghi capelli castani.

«Al momento non ci sono novità» rispose Karen, e aggirò la donna per dirigersi velocemente verso le doppie porte d'ingresso della scuola.

Prima che riuscissero a entrare, Karen si sentì tirare per la manica. Si morsicò la lingua per soffocare una brutta reazione, e l'ispettore Morgan si allungò in avanti e le tolse con calma e delicatezza quella mano dal braccio.

«Capisco la sua enorme preoccupazione, signore, ma dobbiamo andare dentro a fare il nostro lavoro.»

L'uomo deglutì e si passò una mano tra i capelli castano chiari. «Ma certo, mi scusi. È solo che credo di avere delle informazioni per voi.»

Karen si era già voltata e aveva una mano sulla porta, pronta a entrare, ma nel sentire quelle parole si bloccò di colpo.

«Quali informazioni?» chiese l'ispettore Morgan.

«Be', in realtà non io. Danny, mio figlio.»

L'ispettore e Karen abbassarono lo sguardo verso il bambino, che era in piedi accanto al padre. Aveva i capelli castani e due grandi occhi marroni espressivi, e sembrava completamente terrorizzato.

«Hai qualcosa da dirci, Danny?» gli chiese Karen

Con il labbro inferiore che gli tremava, il bambino alzò gli occhi verso Karen e rispose: «Le ho viste scavalcare la staccionata del cortile. Le ho viste andare via».

Capitolo 2

L'ispettore Morgan andò a controllare come procedevano le ricerche, lasciando a Karen il compito di parlare con Danny Saunders e suo padre, Matthew. La preside, Jackie Lyons, li aveva accompagnati in una classe vuota e poi si era allontanata.

Karen, facendo molta attenzione, prese posto su una delle minuscole sedie e cercò di infilare le ginocchia sotto il banco basso. Iniziò col rassicurare Danny che non era nei guai e gli spiegò che qualunque cosa avesse avuto da dire avrebbe potuto contribuire a riportare a casa le due ragazzine sane e salve. Ma Danny non si concentrava. Gli occhi spalancati vagavano per la classe. C'erano diversi poster appesi alle pareti, e una tabella dai colori sgargianti su cui erano elencati i nomi degli alunni.

«Va tutto bene, Danny?»

Il bambino annuì con aria distratta ma non staccò gli occhi dalla tabella. Karen seguì il suo sguardo ma non notò niente di strano. Era solo una lista di alunni, alcuni con un adesivo rosso accanto al nome, altri con delle stelline dorate.

«Danny, concentrati, per favore» gli disse suo padre con tono severo. «Devi rispondere alle domande della signora poliziotta.»

Danny annuì obbediente e si voltò verso Karen. «Mi scusi.»

«Quanti anni hai, Danny?»

«Ne ha otto» rispose il signor Saunders al posto del figlio.

«Gradirei che fosse Danny a rispondere a queste domande, se non le dispiace, signore» disse Karen.

«Ma certo, mi perdoni» disse lui, sollevando le mani. Sembrava persino più scomodo di Karen con il suo fisico robusto appollaiato su una di quelle sedie a misura di bambino.

Karen si piegò in avanti in modo da avere gli occhi alla stessa altezza di Danny. «Mi puoi dire cos'hai visto esattamente, per favore, Danny?»

«Gliel'ho già detto. Le ho viste. Le ho viste andare via.»

«C'era qualcun altro con loro?»

Danny scrollò le spalle e distolse lo sguardo.

«E a che ora sono andate via?»

Danny scrollò di nuovo le spalle. «Non lo so. Le ho viste quando stavo tornando dal bagno. Era quasi ora di andare a casa, credo.»

«Hai detto alla maestra che le avevi viste andare via?» gli chiese il padre.

Karen avrebbe voluto che quell'uomo rimanesse in silenzio e che lasciasse fare a lei le domande, ma non poteva nemmeno giudicarlo con troppa severità. Era certa che volesse aiutarli a ritrovare le bambine, però era anche preoccupato per suo figlio. Ma evidentemente Karen, pur senza proferire parola, gli comunicò la sua irritazione, perché lui la guardò e bofonchiò: «Scusi, scusi. Continui pure».

«Non l'ho detto alla maestra» ammise Danny, continuando a fissare il banco. «Ho pensato che magari avevano il permesso di uscire prima o che avevano un appuntamento dal dentista, come me la settimana scorsa.»

«Senti, Danny, hai visto dove sono andate Sian ed Emily dopo che sono uscite dalla scuola?»

Danny sbatté le palpebre un paio di volte, poi rispose: «Non lo so».

Il signor Saunders aprì la bocca per spronare il figlio, ma prima che ne avesse il tempo, Karen gli lanciò un'occhiataccia.

«È molto importante che tu faccia uno sforzo, Danny. Non sei nei guai. Lo capisci questo, vero?»

Il bambino guardò Karen come se stesse decidendo se fidarsi di lei o meno. «Io... le ho viste uscire e le ho seguite.»

«Cos'hai fatto?» La domanda proruppe dalla bocca del padre di Danny come un'esplosione, mentre lui si agitava sulla piccola seggiola e sbatteva le ginocchia contro il banco. «Lo sai che non hai il permesso di uscire dalla scuola.»

Karen ignorò la reazione di rabbia del signor Saunders e andò avanti. «Va tutto bene, Danny. Ci stai aiutando moltissimo. Adesso raccontami cos'hai visto quando le hai seguite.»

Danny, rosso in viso, abbassò lo sguardo verso il banco. «Non voglio.»

«Non m'interessa che cosa vuoi, giovanotto. Adesso ci dici subito per filo e per segno cos'è successo.» Il padre di Danny era fuori dai gangheri e Karen, nonostante la cosa la infastidisse, ne capiva il motivo. In quel momento, mentre s'immaginava come si sarebbe sentito se ci fosse stato Danny al posto di quelle bambine, dovevano passargli un milione di pensieri per la testa.

—

Nel frattempo, all'esterno, l'ispettore Morgan stava camminando lungo il perimetro del cortile, cercando di visualizzare Emily e Sian che scavalcavano la staccionata. Cosa le aveva spinte a uscire prima da scuola?

Sospirò. Se lo avesse saputo, probabilmente avrebbe avuto molte più chances di ritrovarle.

Aveva parlato con l'agente a capo delle ricerche ed era rimasto impressionato dalla lucidità e dal modo strategico con cui avevano operato fino a quel momento. Lo aveva autorizzato a richiedere altri uomini per iniziare a passare casa per casa per svolgere le domande di rito.

Il tratto di bosco accanto alla scuola era stretto. Quella parte del Lincolnshire era famosa per i campi sconfinati, non per i boschi. Un aspetto che avrebbe dovuto giocare a loro favore. Qualunque fosse la direzione presa dalle due ragazzine, se si stavano muovendo a piedi, dovevano per forza aver attraversato dei campi aperti, il che aumentava enormemente le probabilità che venissero viste. Con un po' di fortuna, qualche abitante del posto le avrebbe notate e lo avrebbe segnalato alla polizia.

Certo, esisteva anche la possibilità che non si stessero muovendo a piedi. Se qualcuno le aveva prese e fatte salire su un veicolo, a quell'ora potevano già essere lontane. Localizzarle non sarebbe stato facile.

Diede un'ultima occhiata alla staccionata e all'area boschiva subito oltre. Non era un periodo dell'anno favorevole alle ricerche. Il suolo era un tappeto marrone e arancio; una folata di vento scosse i rami degli alberi, facendo danzare nell'aria ancora più foglie. L'ispettore Morgan si voltò e si apprestò a rientrare.

In effetti avrebbe preferito parlare con i genitori in casa loro, ma la preside aveva già avvisato entrambe le madri e, com'era naturale, tutt'e due avevano voluto recarsi subito a scuola.

Si domandò se Karen fosse riuscita a ottenere altre informazioni da Danny Saunders. Pur conoscendola da poco, era rimasto impressionato dalla sergente detective. Aveva una grande abilità nel parlare con le persone e farle aprire. L'ispettore Morgan sapeva di brillare in altri campi. Cordialità e calore umano non erano il suo forte. La sua ex compagna lo aveva definito distante e freddo, e non poteva darle tutti i torti.

A volte odiava il fatto di guardare il mondo con sospetto. Gli sarebbe piaciuto credere che fosse un effetto collaterale dell'essere diventato poliziotto, ma aveva sempre avuto una buona dose di cinismo e sfiducia anche prima di vestire la divisa. E c'era qualcosa nel signor Saunders che non lo convinceva. Quell'uomo sembrava ansioso di dare una mano, fin troppo.

Fece un respiro profondo e rientrò nell'edificio. Lo aspettava un compito che detestava. Doveva parlare con i genitori delle bambine scomparse.

«Danny ci sta aiutando molto, signor Saunders» disse Karen.

L'uomo sembrava combattuto tra il desiderio di abbracciare il figlio e quello di fargli una bella ramanzina. Alla fine decise di appoggiargli una mano sulla spalla. «Va tutto bene. Non sono arrabbiato. Raccontaci cos'hai visto.»

Danny cominciò a parlare con voce tremante. «Volevo sapere dove stavano andando. Allora sono uscito anch'io in cortile e le ho viste scavalcare la staccionata. Hanno parlato per un po' e poi sono entrate nel bosco. Le ho seguite, ma mi sono nascosto. Non volevo farmi vedere.»

«Ma perché...?» cominciò a chiedere il signor Saunders, poi si ricordò di dover rimanere in silenzio e chiuse di colpo la bocca.

Karen annuì e aspettò che il bambino riprendesse a parlare.

«Non riuscivo a sentire cosa dicevano, ma se ho capito bene, Emily era arrabbiata con Sian perché era caduta.»

«Chi è caduta, Danny? Sian o Emily?»

«Sian. Stava scavalcando la staccionata e ha messo male un piede. Poi sono andate nel bosco. Dovevano incontrare qualcuno, credo.»

Karen provò un brivido lungo la schiena.

«Oh Gesù» mormorò il signor Saunders.

«Con chi si sono incontrate, Danny? Hai visto qualcun altro nel bosco?» chiese Karen con dolcezza.

Danny si morse il labbro inferiore e sbatté le palpebre diverse volte. «Non lo so, forse.»

«C'era un altro bambino con loro? O un adulto?»

Danny ci pensò su un momento e deglutì. «Non vedevo bene.»

«Non fa niente. Cerca solo di descrivermi quello che hai visto.»

«Stavano guardando qualcosa, ma io vedevo solo delle ombre.» Fece una smorfia.

«Bravo, Danny. Ci sei stato di grande aiuto» disse Karen, chiedendosi se il bambino avesse visto un'altra persona nel bosco. In quel caso, le probabilità che Emily e Sian non si fossero allontanate da sole ma che le avesse prese qualcuno sarebbero indubbiamente aumentate.

Gli fece ancora qualche domanda, e quando sentì l'ispettore Morgan entrare nell'aula guardò verso di lui.

«Per ora abbiamo finito. Sei stato molto bravo» disse a Danny sorridendogli. Poi si rivolse al signor Saunders. «Abbiamo i suoi recapiti. Le faremo sapere se dovessimo avere ancora bisogno di voi. La ringrazio.»

Il signor Saunders si alzò in piedi, sollevò il figlio e, dopo averlo stretto forte a sé, uscì in corridoio con il bambino in braccio.

Karen e l'ispettore Morgan li seguirono fuori dall'aula, e lei ne approfittò per riferirgli velocemente cosa aveva visto Danny, poi telefonò al detective Cooper in centrale per incaricarlo di diramare le informazioni a tutti gli agenti coinvolti nelle ricerche.

Terminata la chiamata, si voltò verso l'ispettore Morgan e gli disse: «Rick ha allestito la sala operativa e sta facendo dei controlli sul passato delle famiglie di entrambe le ragazzine».

«Bene.» Prima che avesse il tempo di aggiungere altro, sentirono riecheggiare nel corridoio dei tacchi che sbattevano sul pavimento.

Sembrava che qualcuno stesse correndo nella loro direzione. Si voltarono entrambi verso quel rumore e videro comparire una signora alta e bionda, e a breve distanza Jackie Lyons che la seguiva con il fiato corto.

Il viso della donna bionda era trasfigurato dal terrore e dall'angoscia. «Avete trovato Sian?»

Il tono disperato di quella domanda rendeva le presentazioni del tutto superflue, ma la preside le fece comunque.

«Ispettore Morgan, sergente detective Hart, lei è Leanne Gibson. La madre di Sian.»

Capitolo 3

Leanne Gibson arrestò bruscamente la sua corsa davanti a loro. «L'avete trovata?» chiese ansimando.

In circostanze normali, Leanne Gibson doveva essere considerata una donna molto attraente, ma per via della preoccupazione scolpita sul suo viso e dei lineamenti deformati dall'apprensione aveva l'aria stravolta. A Karen si strinse il cuore.

L'ispettore Morgan si presentò e presentò anche Karen.

«Mettiamoci qui dentro» disse indicando l'aula vuota. «Le diremo ciò che sappiamo e le faremo delle domande su Sian.»

Leanne annuì e le si riempirono gli occhi di lacrime. «Non riesco a credere che stia accadendo. Lo sapevo che non avrei dovuto lasciarla andare a casa con Emily Dean. Perché ho cambiato idea? Cosa mi è saltato in mente?»

«Non è colpa sua» disse Karen aprendo la porta dell'aula.

Leanne era appena entrata e loro stavano per seguirla, quando sentirono altri passi.

«Ah, questa è la madre di Emily, Jenny Dean» disse la preside mentre si incamminava verso una donna alta, con i capelli scuri.

Jenny Dean era l'esatto opposto di Leanne Gibson. Indossava un paio di jeans scuri attillati, infilati dentro stivali neri con il tacco alto, e un top rosso che la fasciava come una seconda pelle. I capelli scuri e ondulati le cadevano sulle spalle in modo disordinato e, nonostante si fosse truccata con molta cura, le era colata tutta la matita sotto gli occhi.

L'ispettore Morgan lanciò un'occhiata interrogativa a Karen, e lei annuì. L'aveva vista ai tempi in cui era una semplice poliziotta e l'aveva riconosciuta. Quindi Emily era effettivamente la figlia di Dennis Dean. Questo avrebbe reso difficili i rapporti con la famiglia, perché i Dean provavano un gran risentimento nei confronti della polizia.

«L'ha presa lui, vero?» sbottò Jenny, scrollandosi di dosso la mano che la preside aveva cercato di metterle sulla spalla in un gesto di conforto.

«Sta dicendo che secondo lei è stato Dennis a prendere le bambine?» le chiese Jackie Lyons, sistemandosi i capelli dietro le orecchie mentre faceva un passo indietro per allontanarsi da Jenny.

Anche Karen avrebbe voluto allontanarsi da lei. Quella donna era come un torrente di emozioni impetuose. Il suo istinto le suggeriva che la cosa più sensata da fare era separare le due madri e interrogarle singolarmente. Si voltò verso l'ispettore Morgan per sentire se era d'accordo che lei andasse a parlare con Jenny in un'altra aula. L'ispettore annuì, ma prima che Karen avesse il tempo di portare via la donna, Leanne uscì dall'aula.

«Perché non sei venuta a prenderle?» le chiese alzando la voce. «Hanno solo dieci anni. E tu volevi farle tornare a casa da sole? Roba da non credere.»

«Abitiamo a due passi» disse Jenny per difendersi. «E poi, sono sicura che stanno bene. Quel buono a nulla del mio ex le avrà portate a mangiare una pizza. Lo fa apposta per mettermi paura. È tipico da parte sua.»

Leanne fece una smorfia, nel tentativo disperato di non piangere. «Pensi davvero che potrebbe essere stato lui?»

Non c'era più rabbia nella sua voce, sembrava quasi fiduciosa, come se volesse credere che era andata così, perché ciò significava che avrebbe riavuto sua figlia sana e salva. Scosse la testa. «Per quale motivo avrebbe dovuto prendere anche Sian?»

«Ha già parlato con il padre di Emily?» chiese l'ispettore Morgan a Jenny.

Lei esitò, poi si morse il labbro inferiore. «No, non ancora. Non mi risponde al telefono, ma sicuramente rientra anche questo nei suoi piani per mandarmi fuori di testa.»

«Cioè, usate vostra figlia per vendicarvi l'uno dell'altro? Ma che razza di genitori siete?» chiese Leanne con voce tremante.

«Scendi dal piedistallo» ribatté Jenny.

Prima che la situazione degenerasse in una vera e propria lite, intervenne l'ispettore Morgan. «Venga da questa parte, per favore, signora Gibson.»

Condusse Leanne nell'aula e fece segno a Karen di portare Jenny in un'altra stanza.

«Signora Lyons, c'è un'altra aula disponibile dove posso parlare con Jenny in privato?» chiese Karen.

«Ma certo. Però, se vuole, il mio ufficio è a sua disposizione. Le sedie dovrebbero essere un po' più comode.»

Karen annuì in segno di gratitudine. «Grazie.»

Mentre la preside le accompagnava nel suo ufficio, lei guardò Jenny con la coda dell'occhio. Afferrava e sollevava in modo nervoso il tessuto elastico del top, e non la smetteva di parlare, saltando di palo in frasca. Karen immaginò che non volesse tacere perché, se lo avesse fatto, sarebbe stata costretta a considerare la possibilità che suo marito non avesse preso Emily e Sian, e a pensare cosa poteva significare quell'eventualità.

«Di sicuro è opera sua. Questo è esattamente il genere di cose che farebbe Dennis. Ce l'ha con me e usa Emily per vendicarsi. La settimana scorsa è venuto a prenderla e io ho sentito che gli puzzava l'alito di alcol, perciò l'ho mandato via, ovviamente. Insomma, che razza di mamma lascerebbe un figlio nelle mani di un ubriaco?»

Strizzò gli occhi e fissò Karen con astio. «E lo so cosa sta pensando, ho visto con che aria di superiorità mi guarda. Ma io abito a due minuti da qui. Ed Emily adora tornare a casa da sola. Non glielo avrei mai permesso se avessi pensato che poteva essere pericoloso. Viviamo a Heighington. Non siamo mica in centro a Lincoln.»

Erano parole pungenti, dettate dalla preoccupazione e dal senso di colpa. Karen non disse niente, aspettò che tirasse fuori tutto e si sfogasse.

Entrarono nell'ufficio e la preside le lasciò sole. Karen prese posto in una delle comode sedie e la girò verso Jenny. Posizionarsi dietro a una scrivania sarebbe stato come mettere una barriera tra loro, e non era questo che voleva. La fiducia era cruciale in una situazione di quel tipo.

«Stiamo cercando di rintracciare Dennis» le disse. «Se è stato lui a prendere le bambine, lo sapremo presto.»

Fece un cenno a Jenny per invitarla ad accomodarsi davanti a lei.

La donna si mise a sedere e deglutì a fatica, sbattendo velocemente le palpebre per ricacciare indietro le lacrime. «Lei non crede che le abbia prese Dennis, vero? Pensa che sia stato qualcun altro. Pensa che siano state rapite da un...» Si fermò, incapace di terminare la frase.

Nel giro di pochi secondi, il suo umore cambiò. La donna arrabbiata, sulla difensiva, si era trasformata in una madre che tremava di paura.

«Stiamo prendendo in considerazione qualunque scenario, Jenny» disse Karen, mantenendo un tono dolce. «In questa fase non possiamo permetterci di scartare nessuna ipotesi. Vogliamo solo riportare a casa le bambine il prima possibile. Ora, mi spiega perché pensa che Dennis possa aver preso Emily e perché avrebbe preso anche Sian?»

Jenny si rosicchiò un'unghia. «Come le ho detto, era arrabbiato con me perché non gli ho fatto vedere Emily lo scorso fine settimana, dato che aveva bevuto. Ma non so perché avrebbe dovuto prendere anche Sian.»

«Se è stato lui a prenderle, dove potrebbe averle portate? Magari a mangiare qualcosa? O al cinema?»

«È possibile, anche se la settimana scorsa mi ha detto che era al verde e che non poteva darmi soldi. Io sono andata su tutte le furie perché stavano per staccarmi la pay tv e internet. E gli ho detto che anche se se n'è andato di casa, non è che può sottrarsi alle sue responsabilità, e che lo avrei trascinato in tribunale se necessario. E così è nata un'altra discussione.»

La suoneria allegra di un cellulare risuonò dalla grande borsa rossa di Jenny, e lei si mise a rovistare all'interno finché non tirò fuori un iPhone. Karen notò che era un modello più recente del suo.

Quando guardò lo schermo, i suoi occhi si spalancarono. «È lui. È Dennis.»

Capitolo 4

Nel frattempo, Scott Morgan era in un'aula con Leanne Gibson e stava cercando di tranquillizzarla.

«Sta arrivando» disse Leanne, rispondendo alla domanda dell'ispettore su dove si trovasse suo marito. «Oggi lavorava a Nottingham, ma sta rientrando.» Si voltò e guardò fuori dalla finestra. «Non dovremmo essere lì fuori a cercarle? Insomma, non serve a molto stare qui seduti, ad aspettare.»

«I nostri agenti stanno perlustrando la zona palmo a palmo, signora Gibson. So che è difficile ma ho bisogno di farle alcune domande. Ha notato qualcosa di strano nel comportamento di Sian di recente? Qualcosa di insolito?»

Leanne Gibson lo guardò con aria confusa. «Qualcosa di che tipo?»

«Le ha parlato di un nuovo amico? Ha il permesso di navigare in Internet?»

La donna sbiancò. «Oddio, lei pensa che sia stata adescata da qualcuno, vero?»

«Vogliamo solo avere un quadro più ampio della vita di Sian, signora Gibson.»

Leanne unì le mani e fece un respiro profondo. «Ha un account su Facebook, ma le è concesso usarlo solo se mi dice cosa guarda. Sono io ad accettare le sue richieste di amicizia. Usa l'iPad di casa per andarci. A parte l'iPad... non ha altro modo di accedere a Internet. Le abbiamo vietato di avere un cellulare. Cerco di non farle usare troppo nemmeno l'iPad. Altrimenti starebbe tutto il tempo a guardare video su YouTube. Sa come sono fatti i ragazzini di oggi...» Scosse la testa e si osservò le mani. «Sian è una brava bambina. Sa che non deve parlare con gli estranei. Non si allontanerebbe con qualcuno che non conosce. Le ho detto un milione di volte che non deve andare da nessuna parte senza prima avvisarmi.» Alzò lo sguardo. «Lei crede sia possibile che le abbia prese Dennis Dean? È terribile, ma quasi me lo auguro. Sempre meglio che pensare che le abbia rapite uno sconosciuto.»

«Stiamo solo cercando di raccogliere tutti i fatti. Non sappiamo nemmeno se le ha prese qualcuno. Potrebbero essersi allontanate da sole.»

Leanne annuì, ma non sembrava convinta.

Mentre lui proseguiva con le domande, la donna continuava ad aprire le mani e a richiuderle a pugno. A ogni domanda l'angoscia sul suo viso aumentava, e l'ispettore Morgan le avrebbe risparmiato volentieri quel tormento, ma non aveva scelta. Gli servivano delle risposte.

Dopo un po', le lacrime iniziarono a bagnarle le guance. In quel momento sentirono bussare e Karen fece capolino da dietro la porta. «Scusi il disturbo, signore, ma avrei bisogno di parlarle, per favore.»

Karen lanciò uno sguardo d'intesa all'ispettore Morgan e Leanne si voltò a fissarla, con un misto di speranza e terrore negli occhi.

«Mi perdoni. Ci vorrà solo un momento» le disse l'ispettore, scusandosi prima di raggiungere Karen in corridoio.

«Ci sono sviluppi?» Sapeva che Karen non avrebbe interrotto quel colloquio con Leanne se non si fosse trattato di qualcosa d'importante.

«Jenny ha appena ricevuto una chiamata da Dennis, il padre di Emily. Sostiene che le ragazzine non sono con lui e di aver letto il suo messaggio soltanto adesso. Sembra distrutto, signore. Penso davvero che non sia stato lui a prenderle.»

L'ispettore Morgan sospirò. «E così l'ipotesi a cui stavamo lavorando va a farsi benedire. Se le bambine non sono con il padre di Emily, dobbiamo supporre che si siano allontanate da sole, oppure che le abbia prese uno sconosciuto.»

Karen annuì. «Concordo.»

«Dalle ricerche per ora non è saltato fuori niente?»

Karen scosse la testa. «Che io sappia no, ma da quando ho iniziato a parlare con Jenny non ho più chiamato.»

«Dobbiamo sentire Dennis Dean il prima possibile.»

«Sta arrivando. Jenny gli ha detto che era a scuola.»

«Bene. Possiamo parlargli qui.» Fece per voltarsi, poi cambiò idea. «Volevo chiederti, Karen, tu non hai notato niente di strano nel signor Saunders?»

Lei lo guardò con aria perplessa. «Il padre di Danny? Be', mi è sembrato agitato. Ma ho pensato che stesse immaginando come si sarebbe sentito se fosse stato suo figlio quello scomparso. Perché? Le ha fatto una strana impressione?»

L'ispettore Morgan rimase in silenzio per un attimo, poi disse: «Lascia stare. Fammi sapere quando arriva Dennis».

Con il suo metro e ottanta abbondante, Dennis Dean era un uomo imponente. Le spalle larghe e le braccia muscolose, grazie al lavoro di manovale, gli conferivano un aspetto decisamente poco rassicurante. Aveva avuto parecchi guai con la polizia in passato, perciò Karen non si aspettava che collaborasse.

E aveva ragione. Quando Dennis arrivò a scuola, l'ispettore Morgan ci mise dieci minuti buoni per calmarlo. Inframmezzava le risposte alle loro domande con degli insulti. Era arrabbiato, maleducato e nel complesso una persona poco piacevole, ma Karen non riusciva a scrollarsi di dosso la sensazione che stesse dicendo la verità quando sosteneva di non avere niente a che fare con la scomparsa della figlia.

«Le viene in mente qualcuno che potrebbe voler colpire la sua famiglia con un atto simile?» gli chiese l'ispettore Morgan.

Quella domanda fu come un drappo rosso davanti a un toro. «State cercando di scaricare la colpa su di me? Ti pareva. Perché cavolo non siete lì fuori a cercarle, invece di stare qui a farmi queste domande idiote?»

«Ci sono molti agenti che stanno cercando Emily e Sian, signor Dean» disse Karen, mantenendo un tono di voce calmo. «Queste domande sono necessarie. Ha idea di chi potrebbe averle prese? Magari qualcuno che ce l'ha con lei? O è successo qualcosa ultimamente che può aver spinto Emily a scappare?»

L'espressione arrogante, furiosa, svanì dal viso di Dennis e fu rimpiazzata da uno sguardo di puro terrore. «Non credo. Emily sa essere un vero peperino se vuole, ma non farebbe preoccupare me e la sua mamma in questo modo.»

«È mai scappata di casa prima d'ora?»

Dennis scosse la testa. «Non di recente. Mi ricordo che una volta, quando aveva cinque anni, prese le sue bambole e si preparò un panino con la marmellata. Disse che andava a vivere con la Sirenetta. Impazziva per quel film.» Si interruppe e si passò una mano tra i capelli neri arruffati. Poi fissò gli occhi azzurro acceso su Karen. «Non è proprio da lei. Dovete trovarla. L'ha rapita qualcuno. Ne sono sicuro.»

Mentre l'ispettore Morgan insisteva con le domande, toccando argomenti delicati e ottenendo risposte taglienti che non li aiutavano, Karen cercò di considerare gli elementi raccolti fino a quel momento.

Quel caso iniziava ad assomigliare sempre di più a un vero e proprio rapimento.

Il padre di Sian, Thomas Gibson, era arrivato in preda al panico, e non erano riusciti a sapere molto da lui. Anche la madre di Jenny Dean, Louise Jennings, era venuta a scuola per consolare la figlia e riportarla a casa. Sia ai Dean che ai Gibson era stato assegnato un agente di collegamento, e Karen sperava che loro riuscissero a ottenere delle informazioni in più dai genitori delle bambine, una volta che avessero fatto rientro in un contesto familiare. Non è che quelle persone non volessero aiutare: erano sotto shock per via della situazione, e questo rendeva difficile pensare con lucidità ed elaborare le informazioni come avrebbero fatto in circostanze normali.

Sia i genitori di Sian che quelli di Emily si mostrarono riluttanti ad andarsene dalla scuola, forse perché era l'ultimo posto in cui erano state viste le bambine. Ma era importante che tornassero a casa. Appena si fosse sparsa la voce – il che sarebbe successo in fretta, considerato che ogni persona con un figlio che frequentava quella scuola lo sapeva – la stampa avrebbe invaso il villaggio.

«Non so per chi mi ha preso, ispettore» disse Dennis a denti stretti, «ma nessuno di quelli che conosco farebbe del male a una bambina innocente per ripicca.»

«Quindi lei non ha litigato con nessuno di recente? Non le viene in mente qualcuno a cui ha pestato i piedi o con cui ha avuto una divergenza di opinioni?»

Dennis fece una smorfia di rabbia e sembrava sul punto di sbottare di nuovo, quando all'improvviso si fermò e disse: «Forse una cosa c'è».

Karen si irrigidì.

«Dietro casa di papà c'è un pezzo di terra dove vive George lo Strano. Gli abbiamo dato noi il permesso. È solo boscaglia, ci sono erbacce ovunque, ma da un po' di tempo a questa parte papà si è messo in testa di ottenere un permesso per costruirci un villino, e così ha detto a George lo Strano di andarsene.»

«George lo Strano?» chiese l'ispettore Morgan, incuriosito.

Intervenne Karen. «George Barrows. Vive a Heighington da quand'è nato e fa dei lavoretti saltuari. Ha abitato con la madre finché non è morta dieci anni fa, dopodiché si è ritrovato nei guai perché non poteva permettersi un affitto. Ho sempre pensato che George fosse un buon amico di suo padre.»

Dean scrollò le spalle. «Sarà anche vero, ma a quanto pare sono venuti ai ferri corti. Giusto ieri George si è presentato a casa e si è messo a bussare come un matto, ubriaco fradicio. Ha detto che si è rivolto a un avvocato perché è stato sfrattato illegalmente, e ha giurato che ci saremmo pentiti di averlo fregato.»

Karen annuì. Non conosceva bene George Barrows, ma non ce lo vedeva a rapire due ragazzine. Ciononostante, non potevano escluderlo a priori senza prima averci parlato.

«Verificheremo» disse l'ispettore Morgan.

Dennis non aveva voluto nella maniera più assoluta che l'agente di collegamento con le famiglie mettesse piede in casa di suo padre, ovvero il luogo in cui viveva da quando Jenny lo aveva cacciato, perciò, prima che se ne andasse, si assicurarono di avere tutti i suoi contatti.

«Lei non pensa che farà una stupidaggine, vero, signore?» chiese Karen, osservando la figura mastodontica di Dennis Dean percorrere a passo pesante il corridoio e scomparire.

«È probabile» rispose l'ispettore in modo sarcastico, poi si voltò verso di lei. «Dovremmo rintracciare George Barrows il prima possibile. Vorrei scambiarci due parole.»

Capitolo 5

La maestra delle bambine, Roz Morrison, era talmente a pezzi che faticava a mettere due frasi una in fila all'altra. Aveva preso molto male la loro scomparsa e si sentiva responsabile per l'accaduto.

Quando Karen le comunicò che Dennis Dean aveva dichiarato di non essere stato lui a prendere Emily e Sian, si agitò ancora di più.

«Se solo avessi notato prima la loro assenza.» Si mise le mani sulla fronte e sospirò. «Ma nel trambusto che si è creato dopo le prove, non mi sono accorta che non erano insieme agli altri.» Lasciò cadere le braccia lungo i fianchi. «I bambini erano su di giri e stavano facendo un po' di baccano, per questo li ho portati nella sala lettura e li ho fatti mettere seduti, così potevamo andare avanti con *Il nipote del mago*. Volevo che si tranquillizzassero, ma se fossero stati al loro solito posto, me ne sarei accorta prima.»

«Su, Roz, non è colpa tua. Mancavano solo da pochi minuti quando hai dato l'allarme» disse Jackie Lyons.

La preside sembrava una donna con la testa sulle spalle e per Karen era un sollievo che stesse mantenendo la calma.

Dubitava che avrebbero ottenuto molto altro da Roz. Non aveva visto Emily e Sian uscire, e appena si era accorta della loro assenza, aveva avvertito subito la preside. Valeva la pena riparlarle quando si fosse tranquillizzata un po', per sapere qualcosa in più sulle bambine. Sarebbe stato interessante scoprire se la maestra era a conoscenza di qualche problema a livello familiare. Avevano già avuto qualche segnale sul fatto che la vita di Emily, tra le mura domestiche, non fosse particolarmente felice.

Roz Morrison unì le mani e mormorò: «Vorrei partecipare alle ricerche, se per voi va bene».

«Non credo ci siano problemi» disse Karen. «Abbiamo allestito un campo base dietro Longwater Lane, dove stanno formando delle squadre. L'importante è che si unisca a un gruppo organizzato e che segua le disposizioni dell'agente che coordina le attività.»

Roz annuì con fare obbediente e prese il cappotto.

Karen capiva perché ci tenesse tanto a prendere parte alle ricerche. Aveva bisogno di sentire che stava facendo qualcosa per ritrovare le bambine.

«Ci sono già dei fotografi e dei giornalisti appostati fuori dal cancello. Ti conviene passare dal cortile» disse Jackie Lyons, pronunciando le ultime parole con un filo di voce, perché si era ricordata che quello era il percorso fatto dalle bambine per uscire.

Roz si abbottonò il cappotto con la testa china e lasciò lentamente la stanza.

«Grazie del suo aiuto, signora Lyons» disse Karen voltandosi verso la preside. «È probabile che presto avremo bisogno di parlare ancora con lei.»

«Ma certo.» Jackie Lyons ebbe un momento di esitazione. Si mise la mano sulla bocca, poi la tolse e disse: «C'è una cosa che voglio dirvi. Forse non è importante, ma mi è sembrata un po' strana».

Karen annuì in segno d'incoraggiamento, poi aspettò che la donna proseguisse.

«Be', Leanne Gibson è arrivata qui a scuola disperata, com'è normale che sia. Io le ho detto dove poteva trovarvi e l'ho seguita. Camminavo dietro di lei quando ha incrociato Matthew Saunders.»

«Il padre di Danny?»

«Sì, esatto» disse la preside. «Lei a quel punto non poteva ancora sapere che Danny aveva visto le bambine uscire da scuola. Ma la sua reazione nei confronti di Matthew Saunders mi è sembrata molto strana.»

«In che senso?» chiese l'ispettore Morgan.

«La madre di Danny è un dottore, lavora allo studio medico di Heighington. Fa turni molto lunghi, perciò è Matthew a portare Danny a scuola e a venirlo a riprendere. È un tipo piuttosto socievole...» La preside si avvicinò a Karen. «Non mi piace fare pettegolezzi, ma riscuote un discreto successo tra le mamme che aspettano i figli al cancello.» Sollevò le sopracciglia in segno d'intesa.

«Ed è socievole con Leanne?»

Jackie Lyons annuì. «Altroché. Si fanno battute a vicenda, ridono e scherzano qui fuori alla scuola. Per questo oggi la sua reazione mi è parsa tanto strana. Quando lo ha visto nel corridoio, si è fermata di colpo e gli ha detto in malo modo: "E tu che ci fai qui?".»

Karen rimase perplessa. «E lui cosa le ha risposto?»

Jackie Lyons alzò le spalle. «Niente. Niente di niente. Sembrava molto sorpreso di ricevere quel trattamento, poi l'ha osservata mentre si allontanava in fretta e furia. Leanne non gli ha neanche lasciato il tempo di aprir bocca. Se n'è andata correndo, per venire da voi.» La preside li guardò con imbarazzo. «Scusate. Probabilmente non significa nulla. Leanne sarà stata solo molto turbata.»

«Ha fatto bene a dircelo» la rassicurò l'ispettore Morgan. «In casi come questo, non si può mai sapere cosa è importante e cosa no. Qualunque comportamento anomalo potrebbe essere rilevante. Se dovesse avere altre informazioni, ce lo faccia sapere senza alcun timore.»

La donna sembrò un po' rincuorata. «D'accordo, lo farò.» Fece un respiro profondo e guardò la finestra alle spalle di Karen. «Speriamo che le bambine tornino a casa prima che faccia buio.»

A Karen venne la pelle d'oca. Ormai era poco probabile che succedesse. Il cielo si era già colorato di rosso e il sole stava per immergersi nell'orizzonte. In quel periodo dell'anno la sera calava presto.

Ringraziarono Jackie Lyons per il suo aiuto e si avviarono verso l'uscita. La scientifica sarebbe arrivata a breve, e anche se aveva poco senso effettuare dei rilievi nelle aule, avrebbero avuto bisogno di accedere al cortile. La preside aveva dato la sua piena disponibilità a rimanere a scuola finché non avessero finito. Non le sembrava giusto tornare a casa al caldo, tra le sue cose, sapendo che quelle due bambine erano ancora lì fuori da qualche parte, al freddo e da sole.

Alla vista del gruppetto di giornalisti appostato ai cancelli della scuola, l'ispettore Morgan e Karen tirarono dritto. La stampa nazionale non avrebbe tardato ad arrivare. Il capo dipartimento Murray stava preparando un comunicato, e spettava a lei e agli altri componenti del comitato d'emergenza decidere se attivare l'allerta per minori scomparsi. Era una decisione difficile.

All'apparenza sembrava la cosa più logica da fare. Avvertire la popolazione attraverso i social media significava che la gente avrebbe tenuto gli occhi ben aperti, fornendo un grande aiuto, ma ogni volta che veniva diramata l'allerta per minori scomparsi, la risposta della cittadinanza era dirompente. Serviva una quantità di personale esorbitante per controllare tutte le segnalazioni. Ogni chiamata, ogni soffiata andava presa in considerazione, perché non si poteva mai sapere; e a loro, in quel momento, le linee telefoniche servivano libere, così nel caso di un reale avvistamento ne avrebbero ricevuto comunicazione all'istante.

Karen era ben felice che quella decisione non spettasse a lei.

«No comment» mormorò mentre camminava tra i flash dei fotografi.

L'ispettore Morgan si diresse verso la macchina guardando dritto davanti a sé senza batter ciglio.

Karen aveva impressa nella mente l'immagine di Thomas Gibson, l'aria sconvolta, disorientata e frastornata che aveva quando era arrivato a prendere sua moglie. Si augurò che le famiglie potessero avere un po' di pace prima che la stampa scoprisse dove abitavano.

«Per prima cosa dovremmo fare una visitina a George Barrows» disse l'ispettore Morgan una volta giunti alla macchina. «Ti dispiace guidare? Voglio chiamare la centrale e sentire come se la sta cavando Rick con la raccolta di tutte le informazioni.»

«No, niente affatto. Dopo aver parlato con George Barrows, pensavo che forse sarebbe il caso di passare a trovare Nigel Palmer» disse Karen mentre prendeva le chiavi e si metteva al volante.

Prima che avesse il tempo di aggiungere altro, l'ispettore Morgan disse: «Nigel Palmer? Se non sbaglio era uno dei sospettati nel caso di Amy Fisher».

Karen cercò di nascondere il suo stupore. Non era facile tenerlo all'oscuro di qualcosa. Lui non si trovava nemmeno nel Lincolnshire all'epoca della scomparsa di Amy Fisher, ma era palese che si fosse preso la briga di studiarsi il caso.

«Sì, esatto. Ha una fattoria e la sua terra confina con la scuola elementare di Moore Lane. È possibile che le bambine abbiano attraversato il boschetto e siano entrate nella sua proprietà. Possiede anche diversi fabbricati. Andiamo a scambiarci due parole, male non farà.»

L'ispettore Morgan si mise la cintura. «Forse no. A questo punto delle indagini non me la sento di scartare nessuna pista, ma credo che dopo aver parlato con George Barrows sia più importante fare un briefing alla centrale per aggiornare tutti.»

Karen cercò di nascondere il suo disappunto, ma non fece in tempo. Capì dallo sguardo serio dell'ispettore Morgan che se n'era accorto.

«Va bene» le disse mentre lei metteva la freccia e si allontanava dal ciglio della strada, «perché pensi che sia importante fare visita a Nigel Palmer prima del briefing? Da quello che so, è un uomo anziano, e le due ragazzine scomparse sono molto più giovani di Amy Fisher. Cosa ti fa credere che passare da lui, invece di partecipare al primo briefing sul caso, rappresenterebbe un miglior utilizzo delle risorse di polizia?»

«Possiede molti fabbricati» ripeté Karen impuntandosi. «Ci sono anche dei fossi nella sua proprietà. Emily e Sian potrebbero essersi messe a giocare e...» Lasciò la frase in sospeso ed espirò a lungo. Le sue argomentazioni non erano sufficienti. Come faceva a spiegare che voleva parlargli perché c'era sempre stato qualcosa che non la convinceva nella famiglia Palmer? Non avrebbe fatto una gran bella figura con il suo nuovo capo. L'ispettore non sembrava il tipo di persona che prendeva decisioni basandosi su delle sensazioni.

Lo guardò con la coda dell'occhio. «Non ci vorrà molto. Potremmo chiedere a lui e alla sua famiglia di avvisarci nel caso vedano le bambine.»

«Il detective Cooper si è già premurato di chiamare i proprietari delle fattorie della zona invitandoli a prestare attenzione e a tenere gli occhi ben aperti» disse l'ispettore Morgan con tono pacato. «Ha richiesto che controllassero le stalle e i fabbricati e che cercassero in qualunque luogo in cui potrebbero nascondersi due bambine.»

Per qualche ragione, Karen era infastidita dal suo approccio pratico e razionale, ma non era colpa dell'ispettore Morgan. In realtà, a irritarla era il fatto che, trattandosi di un presentimento, non riusciva a spiegarlo.

Anche senza prove, sapeva che Nigel Palmer era una canaglia. Ogni ricettore del suo corpo le mandava segnali di pericolo. Era una coincidenza troppo strana che fossero scomparse altre due ragazzine non molto tempo dopo che Amy Fisher era svanita nel nulla. Karen non conosceva l'ispettore Morgan da tanto, ma aveva già capito che non si sarebbe lasciato convincere da discorsi sull'istinto. Era un uomo a cui piaceva ragionare sui fatti.

Karen cercò un approccio più logico nel suo tentativo successivo. «Non ci sono prove contro di lui, signore. Ma io credo che quell'uomo nasconda qualcosa. Quando stavamo indagando sulla scomparsa di Amy Fisher, molta gente del villaggio aveva aneddoti da raccontare su quanto trattasse male i propri figli.»

L'ispettore Morgan annuì mentre si dirigevano verso Station Road. «Non sto dicendo che Nigel Palmer sia un brav'uomo, ma dobbiamo stabilire delle priorità, sergente Hart. Se ti fa sentire meglio, possiamo mandare un agente a casa sua il prima possibile.»

«Non si tratta di farmi sentire meglio, signore.» Karen strinse forte le mani sul volante per trattenersi e non sbottare contro il suo capo.

La cosa peggiore era che l'ispettore Morgan non aveva torto. Il suo era un ragionamento corretto, sensato, e lei stava lasciando che l'aspetto emotivo del caso prendesse il sopravvento.

Sentì che la stava osservando, ma non si voltò, tenne gli occhi fissi sulla strada.

«Dennis Dean abita qui» gli disse, rallentando.

Parcheggiò in fondo al vialetto dissestato e alzò lo sguardo verso la piccola villetta bifamiliare. «La casa è di suo padre, ma lui si è trasferito da Jolene Parkinson, che vive poco più in fondo.»

S'incamminarono verso la porta d'ingresso, calpestando le erbacce che crescevano tra le crepe nell'asfalto.

L'ispettore Morgan indicò un sentiero che passava accanto alla villetta. «Questo conduce ai campi aperti?»

«No, qui dietro c'è solo un po' di boscaglia e, superata quella, il nuovo complesso residenziale. Poi cominciano i terreni agricoli.»

«A chi appartengono i terreni agricoli? Non sono di Nigel Palmer?»

Karen scosse la testa. «No, fanno parte della fattoria dei Morrisons. Ma George ha parcheggiato la sua roulotte nel piccolo tratto di boscaglia dietro la casa. Il comune ha ricevuto qualche lamentela, però la maggioranza delle persone prova pena per lui.»

Bussarono alla porta e aspettarono un po', ma non ci fu risposta. Il cancelletto per accedere al retro della casa era aperto, perciò passarono da lì, camminando sul sentiero irregolare.

«Chissà quando l'avranno tagliata l'erba l'ultima volta» disse l'ispettore Morgan quando vide il giardino posteriore.

E non era solo l'erba a essere cresciuta troppo. Tutto il giardino era incolto. C'era una vecchia lavatrice ricoperta di ruggine che era stata abbandonata accanto alla rete di recinzione verde dei vicini. Anche se ormai era quasi buio, sul filo per stendere erano appese delle canottiere grigie scolorite e dei boxer da uomo.

Si chinarono per passare sotto al filo, e dopo aver girato intorno a un capanno degli attrezzi sgangherato, videro che la recinzione sul fondo era stata tolta per permettere l'accesso alla roulotte in cui viveva George Barrows.

Si trattava di un modello di piccole dimensioni e non era esattamente il top di gamma. Karen dubitava che sarebbe rimasta intatta se l'avessero rimossa. Pendeva tutta da un lato e la vernice bianca era piena di crepe e si stava staccando. Una tenda di tulle sporca, penzolante al centro, copriva una finestra appannata.

L'ispettore si voltò verso Karen. «Pronta?» le chiese, sollevando la mano per bussare alla porta.

Karen annuì e trattenne il fiato. I suoi incontri precedenti con George Barrows non erano stati piacevoli, e questo se lo sarebbe risparmiato volentieri.

Capitolo 6

Sentirono dei movimenti all'interno e la roulotte si mise a barcollare e a stridere in segno di protesta. La porta si aprì tra il cigolio dei cardini, e George Barrows, conosciuto dalla gente del posto come George lo Strano, fece capolino, osservando con sospetto l'ispettore Morgan.

Quando il suo sguardo ricadde su Karen, si rilassò un po' e con aria seccata disse: «Ah, è lei. E stavolta cosa avrei fatto?».

Si grattò la barba incolta con le dita macchiate di nicotina.

«Vai a metterti una camicia, George» disse Karen, con un cenno alla canottiera slargata. «Vogliamo parlarti, e non lo faremo lì dentro.» Indicò l'interno buio e angusto della roulotte.

George esitò, come se stesse pensando di rifiutarsi solo per rendere a quei due la vita difficile, ma alla fine alzò le spalle e rientrò per prendere una maglia.

«Non c'è traccia di Dennis» disse Karen a bassa voce per non farsi sentire da George.

L'ispettore Morgan capì al volo cosa intendeva. «Se credeva davvero che George fosse coinvolto, mi sarei aspettato di trovarlo qui a cercare di scucirgli la verità.»

«Esatto.»

Fecero un passo indietro mentre George scendeva gli scalini della roulotte e si chiudeva la porta alle spalle. Tirò fuori un pacchetto di sigarette dai pantaloni sudici e ne accese una.

«Allora, sentiamo, perché siete qui?» chiese.

«Vogliamo parlarti di due ragazzine, George. Sian Gibson ed Emily Dean. Sono scomparse da scuola qualche ora fa.»

George fece una faccia talmente scioccata che o era sincero, o era un attore nato. E Karen, conoscendolo, propendeva per la prima ipotesi.

«Santo cielo, la piccola di Dennis? Ma a suo padre l'avete detto?» Si grattò il mento ispido e spostò lo sguardo verso la villetta.

«Tu ne sai niente, George? Perché se sai qualcosa, ti conviene parlare adesso, prima di peggiorare la tua situazione.»

In un attimo l'espressione scioccata svanì e il viso di George si trasformò in una maschera di rabbia. Si mise a gesticolare come un pazzo, sventolando vicino al viso di Karen la mano con cui teneva la sigaretta accesa. «Cosa sta insinuando?»

«Tieni ferma quella sigaretta» sbottò l'ispettore Morgan.

George rimase pietrificato. Il detective calmo, dai toni gentili, sembrava furioso e incuteva persino un po' di timore.

Fece un passo indietro. «Be', voi non potete venire qui come se niente fosse a insinuare che io so qualcosa di questa storia. Non farei mai del male a una bambina.»

«Forse non avevi intenzione di far loro del male, forse volevi solo tenerle nascoste da qualche parte per dare una lezione al padre di Emily» ipotizzò Karen.

George aggrottò la fronte, confuso. «Ma perché dovrei? Io vado d'accordo con Dennis. Suo padre è sempre stato molto buono con me e...» A quel punto s'interruppe e gli spuntò un gran sorriso. «Molto astuto.» Ridacchiò. «Oh, sì, molto astuto.»

«Se continui a scherzare mentre due bambine sono scomparse, mi verrà una gran voglia di dimenticarmi di seguire la procedura.» L'ispettore Morgan pronunciò quelle parole quasi ringhiando.

George sbiancò. «Ha frainteso. Mica stavo ridendo, però... Non avete capito?» Si voltò verso Karen. «Vi ha preso in giro. Sentite, io non sono uno spione e non voglio mettere nei casini Dennis. Ma se quello che dite è vero, e la sua bambina è scomparsa, allora questa cosa potrebbe essere importante.»

«Sputa il rospo, George» disse Karen.

«Sapete quanto me che Dennis non vuole avere niente a che fare con la polizia. Se crede che la sua bambina sia in pericolo e pensa di sapere chi l'ha presa, gli darà la caccia personalmente. Non sarà sincero con voi, giusto?»

George stava dicendo esattamente ciò che loro già sospettavano, ma a parte incaricare un'unità di rintracciare Dennis, non c'era molto altro che potessero fare. Convincere uno che da sempre era un criminale a fidarsi di loro non era un compito semplice.

«D'accordo, allora dov'è Dennis?» chiese l'ispettore Morgan. «Perché ci ha fatto il tuo nome?»

«Avrà voluto darvi qualcosa da fare per non avervi tra i piedi» rispose George con un sorrisetto compiaciuto.

«Vuole tenerci occupati, così può dare la caccia alla persona che secondo lui ha davvero preso Emily» disse Karen.

George annuì come se non avesse dubbi. «Ci ha azzeccato al primo colpo, agente Hart.»

Karen non si prese la briga di correggerlo. Per molto tempo l'aveva vista pattugliare le strade e nella sua testa era ancora una semplice agente.

«Sono sicura che Dennis pensi di fare la cosa giusta, George. Ma si sbaglia. Se continui a farci perdere tempo, rischiamo davvero di non riportare a casa quelle bambine. Se sei realmente preoccupato per Emily e Sian, dicci quello che sai.»

George si grattò di nuovo il mento. «Io non faccio la spia quando c'è di mezzo un amico, bella mia. Le conviene provarci con qualcun altro.»

«Non si tratta di fare la spia, George. Si tratta di aiutarci a ritrovare due bambine. Dennis è fuori di sé dalla preoccupazione. Non è lucido. Dimmi una cosa: se nel giro di un paio d'ore a quelle bambine capitasse qualcosa, e tu, che avresti potuto darci un'informazione utile a ritrovarle, te la fossi tenuta per te, come ti sentiresti?»

George si incupì. Fece un lungo tiro di sigaretta e buttò fuori il fumo soffiandolo verso il cielo, ormai buio.

Karen avrebbe voluto strappargli quella sigaretta dalla mano, gettarla a terra e calpestarla. Invece aspettò, sperando che le sue parole facessero presa su di lui. Era un piantagrane, un ubriacone e un delinquente da quattro soldi, ma Karen aveva bisogno di credere che ci fosse un briciolo di decenza in lui. Dopo un po', George fece un sospiro. «E va bene. Non ve lo do per certo, ma secondo me è andato a parlare con Lewis Marks.»

«Lewis Marks?» L'ispettore Morgan ripeté il nome e lanciò un'occhiata a Karen. Lei annuì, a indicare che sapeva chi era. «E perché dovrebbe voler parlare con lui?»

«Be', l'altra sera Lewis era al pub e ha cominciato a dire peste e corna di Dennis e del padre, che lo hanno fregato e che gliel'avrebbe fatta pagare.»

«Quindi tu pensi che Lewis potrebbe aver preso le bambine per dare una lezione a Dennis?» chiese Karen.

George alzò le spalle. «Non ho detto questo. Ma penso che probabilmente questo è il ragionamento che ha fatto Dennis.»

«Mi auguro per te che tu non ci stia raccontando frottole, George» disse Karen, puntandogli il dito contro. Poi sollevò il bavero del cappotto e si incamminò verso il sentiero da cui era venuta.

George rise. «Perché dovrei mentirle? Quando mai ho mentito alla polizia?»

«Così tante volte che ho perso il conto» gli rispose Karen, tremando mentre tentava di tenere il passo dell'ispettore Morgan senza inciampare, nonostante il buio.

«Dunque tu sai dove vive Lewis Marks, dico bene?» le chiese l'ispettore Morgan quando risalirono in macchina.

Karen annuì. «Sì, signore, non è lontano.»

In meno di due minuti raggiunsero il retro del complesso residenziale e si fermarono davanti all'abitazione di Lewis Marks. Era una bella casa indipendente di nuova costruzione in una stradina senza uscita. Karen sospirò e spense il motore. «A quanto pare, George lo Strano aveva ragione, signore. Quello è il furgone di Dennis Dean.»

L'ispettore guardò impassibile il vecchio Ford Transit. «Sarà meglio entrare.»

Capitolo 7

Prima ancora che arrivassero alla porta d'ingresso in PVC, una donna pallida, con i capelli rossi lunghi fino alle spalle e un bambino appoggiato sul fianco, la spalancò. «Era ora!» sbraitò.

Karen aggrottò le sopracciglia. Anche se aveva avuto a che fare con Lewis Marks in più occasioni, non aveva mai visto quella donna.

«Lewis Marks è in casa?» chiese l'ispettore Morgan.

La donna si coprì la fronte con la mano. «Certo che è in casa. Secondo voi perché vi ho chiamato? Sta per essere massacrato di botte da Dennis Dean.»

Neanche a farlo apposta, un attimo dopo sentirono gridare.

La donna agitò la mano libera per esortarli a sbrigarsi. «Sono in giardino. Lewis era uscito a fumarsi una sigaretta, quando Dennis si è presentato alla porta tutto carino e sorridente e mi ha detto che doveva dirgli una cosa al volo. Non lo avrei mai lasciato entrare se avessi saputo.»

L'ispettore Morgan entrò per primo, Karen lo seguì. Una portafinestra separava la cucina dal giardino. La luce di sicurezza era accesa, e quando Karen vide Dennis con in mano un grosso martello, le si gelò il sangue.

A un paio di metri di distanza da lui c'era Lewis, con le mani sollevate. Non riuscivano a sentire cosa stesse dicendo, ma muoveva la bocca senza sosta, parlava a raffica nel tentativo di tirarsi fuori da quella situazione, e nel contempo indietreggiava.

«Lei come si chiama?» chiese Karen alla donna, mentre il bambino cominciava a piangere.

«Laura.» Le rispose senza voltarsi, tenendo lo sguardo fisso sulla tragedia che si stava svolgendo in giardino.

«È meglio se porta il bambino di sopra, Laura.»

La donna esitò, poi fece ciò che le aveva suggerito Karen.

Lewis era un ragazzino. Tutto fumo e niente arrosto, come lo avrebbe descritto la madre di Karen. Gli piaceva giocare a fare il duro, ma più che vendere un po' di roba contraffatta non faceva. Cosa cavolo gli era saltato in mente? Mettersi contro i Dean era un grosso errore.

L'ispettore Morgan raggiunse a passo deciso la portafinestra e la spalancò. «Che ci fai qui, Dennis? Pensavo stessi prendendo parte alle ricerche per ritrovare Emily.»

Dennis Dean si voltò verso di loro, il pesante martello sollevato sopra la testa. La luce di sicurezza gettava un alone inquietante sul suo viso.

«Sono venuto a farmi dire la verità da questa carogna» rispose, indicando Lewis con un cenno della testa.

«Oh, grazie a Dio siete arrivati» disse Lewis, avvicinandosi piano piano all'ispettore Morgan. «Questo è pazzo. Io non so di che parla. È fuori di testa.»

Quella era chiaramente la cosa più sbagliata da dire. Dennis emise un verso simile a un ringhio e sollevò ancora di più il martello, spaventando così tanto Lewis che il ragazzo trasalì e si mise a piagnucolare.

«Posa il martello, Dennis» disse l'ispettore Morgan.

«Non posso. È l'unico linguaggio che uno come lui capisce» disse Dennis, avanzando di un passo verso Lewis.

«Mettilo giù, Dennis. O dovremo arrestarti» disse Karen. «Come farai ad aiutarci a cercare Emily se finisci dentro?»

Il corpo di Dennis si irrigidì, e per un attimo Karen ebbe il terrore che stesse per scagliare quell'arnese contro di lei. Ma non lo fece. Incurvò le spalle e lasciò andare il martello, che cadde sull'erba con un tonfo sordo.

Lewis in un baleno fu dietro di loro, ansioso di rientrare in casa sano e salvo.

«Non così in fretta» disse l'ispettore Morgan. «Abbiamo delle domande da farti.»

Lewis si voltò. Il suo viso rotondo da bambino si contrasse, e gli tremò il labbro inferiore. I capelli chiari e fini erano pieni di gel, che glieli teneva in piedi con strane angolazioni. Karen non sapeva esattamente quali fossero i tagli di tendenza del momento, ma era piuttosto sicura che quello di Lewis fosse passato di moda nei primi anni Novanta.

«Ci è giunta voce che qualche sera fa al pub hai lanciato delle accuse» disse l'ispettore Morgan, fissandolo con sguardo severo. «Hai affermato che il padre di Dennis ti ha fregato e che avresti dato una lezione alla famiglia Dean.»

«No, non lo farei mai. Non è così. Io...»

Karen sollevò una mano. «Risparmiaci le tue bugie, Lewis. Sono scomparse due bambine da Heighington e noi dobbiamo ritrovarle a ogni costo. Se tu ne sai qualcosa, ti conviene vuotare il sacco subito.»

Lewis aggrottò le sopracciglia, sembrava sinceramente confuso. «Due bambine?»

«La mia Emily!» urlò Dennis, facendo qualche passo minaccioso verso di lui. «È scomparsa da scuola. E tu ti sei messo a fare tutti quei discorsi da spaccone su come l'avresti fatta pagare a me e a mio padre.»

Il ragazzo scosse la testa velocemente e indietreggiò fino a ritrovarsi contro il muro della casa. «No, senti, io avevo bevuto un po'. Ho sparato qualche cavolata. Non lo pensavo davvero e, Dio mi è testimone, non toccherei mai tua figlia. Santo cielo, come puoi pensare che io c'entri qualcosa con questa storia?» Poi si rivolse all'ispettore Morgan. «Lo giuro. Non ne so niente.»

Karen era propensa a credergli, secondo lei stavano perdendo tempo. Dovevano riunirsi per mettere a punto un piano d'azione. Nonostante la visibilità limitata, le ricerche sarebbero continuate fino a tarda notte, ma l'ipotesi del rapimento si faceva sempre più concreta. Se le bambine fossero rimaste ferite o si fossero perse, con tutti quegli agenti e le squadre di supporto che stavano perlustrando a tappeto la zona, sarebbero già state trovate.

Inoltre Karen era impaziente di andare a far visita a Nigel Palmer, nell'eventualità che il vecchio agricoltore c'entrasse qualcosa con la sparizione di Sian ed Emily. Era certa che se lo avesse guardato negli occhi e avesse osservato il suo linguaggio del corpo, sarebbe riuscita a capire se era coinvolto nella loro scomparsa.

Dennis si prese la testa tra le mani. Credeva a Lewis, e adesso che il sospetto e la rabbia erano svanite, non gli restava molto a cui aggrapparsi per non crollare.

«Vieni, Dennis. Ti riportiamo a casa» disse Karen.

Appoggiò la mano sulla spalla di quell'omone e camminò con lui verso la portafinestra, sorpresa dalla naturalezza con cui le permise di condurlo all'interno della casa e poi fuori fino alle macchine.

«Non so cosa fare» mormorò.

«Lascia che ce ne occupiamo noi. Ti prometto che faremo tutto il possibile per ritrovare Emily.»

Dennis scosse la testa. «Ma cosa potete fare voi? Sono passate ore. Se l'ha presa uno di quei rapitori di bambini, adesso potrebbe essere ovunque.» Si passò una mano tra i capelli. «Non c'è bisogno che mi accompagniate» disse andando verso il suo furgone.

«Oh sì, invece. Ti puzza l'alito di alcol» disse Karen. «Sali in macchina che ti portiamo noi.»

«Ho bevuto solo una cosa» disse Dennis, fissandola dritto negli occhi per cercare di intimidirla.

«Potremmo farti l'alcol test, ma non ne abbiamo proprio il tempo, perciò finiscila e sali in macchina.»

Dennis le rivolse uno sguardo ribelle, ma obbedì.

«Quando un bambino viene rapito, spesso il responsabile è qualcuno che lui conosce e di cui si fida» disse l'ispettore Morgan mentre apriva la portiera del passeggero. «Il più delle volte si tratta di qualcuno che ha rapporti con la famiglia. Non sto dicendo che sia questo il caso, ma se di recente hai notato un atteggiamento un po' diverso da parte di chicchessia, devi dircelo. Non puoi cercare di risolvere questa cosa da solo, Dennis.»

Dennis si sedette dietro al sedile del passeggero, fissando con aria cupa il poggiatesta davanti a sé.

Karen si mise alla guida e nel frattempo l'ispettore Morgan chiamò la centrale per un aggiornamento. Dennis si sporse un po' in avanti per ascoltare la conversazione, che si svolse a senso unico. Ma quando fu chiaro che non c'erano novità, si girò verso il finestrino con un'espressione sconfortata.

Giunti a destinazione, Karen accostò lungo il ciglio della strada, senza entrare nel vialetto per non perdere tempo. «Ti terremo informato, Dennis. Sarebbe meglio se rimanessi a casa stasera, nel caso Emily cercasse di mettersi in contatto con te.»

Lui non disse niente e scese dall'auto che, alleggerita del suo peso, si sollevò cigolando. Sbatté la portiera e si avviò con passo deciso verso casa.

«Torniamo alla centrale, signore?» chiese Karen, guardando l'ispettore Morgan con la coda dell'occhio mentre l'auto si allontanava dal marciapiede.

«Non c'è bisogno che mi chiami signore, sai. Puoi chiamarmi Scott.»

Karen scrollò le spalle. «Mi scusi, è la forza dell'abitudine. Immagino che per le nuove reclute sia più facile darle del tu, ma se non le dispiace, io preferirei continuare a chiamarla signore.»

«Come vuoi. Se ci tieni davvero tanto a parlare con Nigel Palmer, possiamo passarci adesso. Però ti dovrò lasciare lì e andarmene con la macchina. Il capo dipartimento Murray si aspetterà che sia io a condurre il briefing.»

«Sarebbe fantastico, signore» disse Karen.

«D'accordo. Allora muoviamoci, così poi io tornerò a Nettleham. Dovrai trovare il modo di rientrare in centrale da sola.

Karen annuì. «Nessun problema.»

Percorsero Station Road fino al bivio, poi svoltarono a destra. A meno di due chilometri dal villaggio svoltarono di nuovo a destra e presero una stradina stretta di campagna che passava attraverso i campi.

Dopo aver superato un vecchio mulino che anni prima era stato devastato da un incendio, Karen disse: «Quella è la fattoria dei Palmer».

Un fienile enorme dominava la casa padronale di mattoni rossi, più piccola come dimensioni. Entrambi gli edifici erano situati a parecchia distanza dalla strada ed erano circondati da terreni agricoli. Le luci della casa erano accese, il che la faceva sembrare accogliente e piena di calore. Ma a Karen venne la pelle d'oca al pensiero di chi ci abitava; non riuscì a evitarlo.

«Immagino che con la luce del giorno sia molto pittoresco» disse l'ispettore Morgan, osservando il paesaggio buio e piatto.

Karen annuì mentre imboccava la strada stretta e dissestata. «Se le piace il genere. A me questo posto è sempre parso un po' spoglio e anonimo.»

L'auto rimbalzò per via di una buca e l'ispettore Morgan si appoggiò al cruscotto con una mano. «Ci vive tutta la famiglia qui?»

Karen si fermò davanti alla casa e rimase in silenzio per un attimo a osservare i pipistrelli che scendevano in picchiata per catturare gli insetti, attirati dai fari dell'auto. Le temperature si erano abbassate parecchio nell'ultimo periodo, e si stupì che i pipistrelli fossero ancora attivi. Pensò che dovessero aver trovato rifugio nel fienile.

«Nigel Palmer vive qui con la figlia e il figlio. La moglie lo ha lasciato anni fa. Da qualche tempo la gestione della fattoria è quasi tutta nelle mani del figlio, Jasper, e la figlia, il cui nome adesso mi sfugge, bada alla casa e si prende cura del padre. Sono una famiglia strana» disse.

«In che senso strana?»

«Credo che Jasper e sua sorella abbiano sempre avuto paura del padre. E anche se ormai hanno superato i quaranta, si guardano bene dal farlo innervosire. Jasper ha preso da lui. È irascibile e ha un'indole cattiva. La figlia è un esserino silenzioso, timido, sembra sempre terrorizzata di poter dire la cosa sbagliata e cacciarsi nei guai.»

L'ispettore Morgan annuì. «Ho capito. Be', scopri se hanno visto qualcosa e se conoscono Emily o Sian. Mantieni un tono informale.» Lanciò un'occhiata all'orologio sul cruscotto. «È meglio che vada. Il briefing è fra mezz'ora, e il capo dipartimento Murray non accetterà nessun tipo di giustificazione in caso di mia assenza.»

«Io non ci metterò molto» disse Karen, certa che le sarebbero bastati pochi minuti con Nigel Palmer per capire se sapeva qualcosa della scomparsa delle bambine.

Scesero dall'auto. Mentre lei fissava l'edificio, l'ispettore Morgan raggiunse il lato del conducente.

Seguì lo sguardo di Karen, che era rivolto alle luci brillanti della casa. «Te la senti di andare lì dentro da sola?»

Karen si voltò verso di lui. «Ma certo. Credo che valga la pena di fare un tentativo e parlarci.»

L'ispettore Morgan controllò l'ora. «Posso venire con te, se preferisci.»

Karen scosse la testa. «No, signore. Non ce n'è bisogno. Lei ha cose più importanti di cui occuparsi alla centrale, ma apprezzo che mi abbia dato il tempo per fare questa cosa.»

«Vuoi che mandi qualcuno a prenderti?»

«Non è necessario. Mi darà un passaggio un'amica.»

L'ispettore Morgan ebbe un momento di esitazione e Karen era quasi sicura che stesse cambiando idea e che avrebbe insistito per farla andare con lui. Invece annuì e salì in macchina. «Ci vediamo in centrale.»

Mentre l'ispettore Morgan faceva inversione, con la ghiaia che scricchiolava sotto le ruote dell'auto, Karen raddrizzò le spalle e s'incamminò verso la casa.

Capitolo 8

Fu la figlia di Nigel Palmer ad aprire la porta. Era quasi una spanna più alta di Karen, il viso pallido, smunto e tirato, e quando riconobbe la detective i suoi lineamenti si irrigidirono.

Lanciò un'occhiata dietro di sé e poi si voltò di nuovo. «Pensavo che avessimo messo un punto alla faccenda.»

Non appena la sentì parlare, Karen si ricordò il suo nome. Cathy. Cathy Palmer, la povera figlia del fattore, trattata come una serva.

«Buonasera, Cathy. Non le dispiace se entro, vero?»

Senza aspettare una risposta, Karen le passò accanto e s'infilò in casa. Avanzò a passo deciso sulle lastre di pietra del corridoio e raggiunse l'enorme cucina.

Accanto a un grande camino, seduto su una sedia a dondolo in legno con una coperta sulle ginocchia, c'era Nigel Palmer. Una cannula di plastica trasparente che gli usciva dal naso era collegata a una bombola di ossigeno posizionata dietro la sedia.

«Non credo sia una buona idea tenere quella bombola così vicina a un fuoco acceso, signor Palmer» disse Karen.

L'uomo anziano girò il viso raggrinzito verso Karen. Era alto anche lui, come sua figlia. Seduto con la schiena ricurva non sembrava, ma Karen lo aveva visto in piedi, e sapeva che era più di un metro e novanta. Era molto, molto magro. Nigel Palmer aveva un enfisema polmonare, e a quanto pareva le sue condizioni erano peggiorate dall'ultima volta che lo aveva visto.

Le rivolse un sorriso sprezzante. «Mi risparmi la sua finta preoccupazione, sergente.» Si chinò in avanti. «Cathy, chiudi la porta, stupida che non sei altro! Fai entrare tutto il freddo.»

«È chiusa, papà» disse Cathy, avanzando di qualche passo per poi fermarsi accanto al grande tavolo al centro della cucina. Unì le mani sul grembo. «Posso offrirle qualcosa? Una tazza di tè?» chiese, cercando di essere ospitale.

«Non si fermerà abbastanza a lungo» disse Nigel Palmer. «Cos'è che vuole?»

Karen si allontanò dal fuoco scoppiettante. Si soffocava in quella cucina. «Sono scomparse due bambine dalla scuola elementare di Moore Lane oggi pomeriggio. Come lei sa, il retro della scuola dà sulla terra di vostra proprietà...»

«No, non è così. La nostra terra finisce prima del bosco.»

«Be', la vostra terra è molto vicina alla scuola, e noi crediamo che le bambine potrebbero aver attraversato i vostri campi, chissà, magari aver trovato riparo o essersi messe a giocare in uno dei vostri fabbricati.»

Sul viso di Nigel Palmer spuntò un sorriso malvagio. «In realtà, secondo lei io c'entro qualcosa con questa storia.» Scoppiò a ridere. «Non riesce proprio a farsene una ragione, vero? Mi ha incolpato della sparizione di Amy e adesso sta cercando di accusarmi di un altro crimine. Ma siamo seri, come diavolo può pensare che io abbia fatto qualcosa in questo stato?» Indicò la bombola di ossigeno dietro di lui.

«Che cosa orribile» disse Cathy. «Quelle povere bambine. Fa così freddo stasera. Credete che si siano allontanate e si siano perse o...»

«Non lo sappiamo. È per questo che dobbiamo chiedervi di controllare tutti i fabbricati e i fossi. Le squadre di ricerca stanno perlustrando in lungo e in largo il villaggio e la campagna circostante. Andranno avanti tutta la notte, ma col buio non è semplice.»

«Un classico della polizia. Sottolineare una cosa ovvia» disse ansimando Nigel Palmer mentre si voltava verso il camino a osservare il tremolio delle fiamme.

«Suo fratello è in casa?» chiese Karen a Cathy.

«No, oggi doveva potare le siepi dei campi più lontani. Immagino che terminato di lavorare, avrà lasciato il trattore nel fienile lì vicino e sarà andato a bere qualcosa.»

«Si può sapere perché lo cerca?» disse Nigel Palmer, soffocando un colpo di tosse. «Jasper non c'entra un bel niente con questa storia. Ha lavorato tutto il giorno.»

Karen scrollò le spalle. «Se ha lavorato nei campi, magari ha visto qualcosa.»

«Se così fosse, da bravo ragazzo rispettoso della legge quale è, sono certo che si sarebbe messo in contatto con la polizia.» Iniziò a tossire tanto che non riuscì più a parlare, e Karen si chiese se fosse un attacco reale o se lo stesse facendo apposta perché c'era lei. Capitava di sentire storie di sospettati che ricorrevano a soluzioni fantasiose per evitare di essere interrogati. Una volta, quando Karen pattugliava ancora le strade, un uomo aveva finto di avere le convulsioni per cercare di impedire che gli perquisissero la macchina. Avevano dovuto chiamare un'ambulanza per farlo visitare. Ma il suo stratagemma era servito solo a ritardare le cose. Dentro a un sacchetto di plastica nel vano portaoggetti, avevano scoperto trenta dosi di eroina e crack, divise in singoli involucri.

«E insomma Amy non l'avete più sentita?» chiese Karen. Era una domanda dalla risposta scontata, fatta per stuzzicare e punzecchiare l'anziano uomo, per vedere se aveva una coscienza. La verità era che Karen aveva smesso da tempo di sperare che Amy Fisher fosse ancora viva.

Al momento della sua scomparsa, Amy aveva preso in affitto uno dei fabbricati dei Palmer e lo usava come laboratorio: stampava tessuti dai colori vivaci con cui poi realizzava foulard e borse.

L'intera fattoria era stata passata al setaccio dopo la sua sparizione, e benché non ci fossero prove di un coinvolgimento di Nigel Palmer in quella vicenda, Karen continuava a non credere alla sua innocenza. Quello era l'ultimo posto in cui Amy era stata vista viva.

Era certa che ci fosse lui dietro a quel mistero. E non si sarebbe arresa. Non poteva.

«No, non l'abbiamo più sentita» rispose Cathy, con fare nervoso.

Karen si mordicchiò la guancia e si chiese se Cathy fosse così indifesa come sembrava. Era ingeneroso da parte sua, ma non riusciva a capire come una persona potesse scegliere di rimanere lì con quell'uomo malvagio. Non aveva mai avuto voglia di fare qualcosa della sua vita? Cucinava e puliva e badava a suo padre, e in cambio riceveva solo urla e ingiurie. Era possibile che anni di abusi emotivi l'avessero annichilita e trasformata in una donna timida che aveva paura della sua stessa ombra?

«È strano che Amy non le abbia fatto avere sue notizie. Voi due eravate abbastanza amiche, o sbaglio?»

Cathy rivolse un'occhiata ansiosa al padre, poi abbassò lo sguardo. «Di tanto in tanto scambiavamo due chiacchiere, ma non eravamo così amiche.»

«Da quel che vedo, suo padre non è nelle condizioni di controllare i fabbricati. Se siete disposti a darmi le chiavi, posso mandare degli agenti a perlustrare palmo a palmo gli edifici. Dobbiamo assicurarci che le bambine non siano intrappolate da qualche parte» disse Karen rivolgendosi a Cathy.

«Neanche morto. Non avvicinatevi alle mie proprietà senza un mandato. L'ultima volta avete lasciato tutto in condizioni vergognose» gridò l'anziano uomo.

Karen gli lanciò uno sguardo gelido. «Parla come un uomo che ha qualcosa da nascondere, signor Palmer.»

Nigel Palmer si pulì l'angolo della bocca sporco di saliva e fece un piccolo e patetico colpo di tosse. «No, tesoro. Solo come un uomo che è stato fregato dalla polizia in più di un'occasione.»

«Possiamo ottenere un mandato, ma lei non ci farebbe una bella figura. Nessun altro l'ha richiesto. Vogliono tutti collaborare e vedere le bambine tornare a casa sane e salve.»

Nigel Palmer la guardò in cagnesco. «Va bene. Avete il permesso di accedere ai fabbricati. Non capisco perché dovrei lasciare che i suoi uomini mi invadano di nuovo la casa, mettendo quelle loro manacce sudice dappertutto, ma faccia come vuole. Tanto con voi poliziotti è sempre così.»

«Chiamo Jasper» disse Cathy mentre raggiungeva il bancone della cucina, dov'era in carica uno di quei cellulari poco costosi. «Vi vorrà aiutare. Sono sicura che può chiedere anche ai ragazzi al pub di dargli una mano nelle ricerche.»

Karen annuì. «Grazie. Gliene sarei grata. Come può immaginare, i genitori sono molto preoccupati.»

«Quanti anni hanno?» chiese Nigel Palmer.

Karen stava uscendo dalla cucina e si voltò verso di lui.

«Dieci. Sono decisamente troppo piccole per stare in giro da sole di notte e con questo tempo.»

Nigel Palmer ebbe un sussulto e aggrottò le sopracciglia, mentre il suo sguardo si spostava rapidamente da un punto all'altro della stanza.

«Cosa c'è?» gli chiese. Se non l'avesse conosciuto bene, avrebbe detto che sembrava spaventato.

«Niente. Volevo solo sapere la loro età. E intanto che è qui, ce le descriva e ci dica come sono vestite. Jasper avrà bisogno di sapere questo genere di cose se dovrà andare a cercarle.»

Karen lo fissò a lungo prima di rispondere. Nigel Palmer le stava nascondendo qualcosa?

Capitolo 9

Cathy accompagnò Karen alla porta. Nel vedere il vialetto vuoto, le chiese con aria perplessa: «Non è venuta in macchina?».

«Mi ha dato uno strappo un collega» rispose Karen tirando fuori il cellulare dalla tasca della giacca.

«E adesso torna indietro a piedi? Le serve un passaggio?»

Karen scosse la testa e sollevò il cellulare. «No, grazie, mi faccio venire a prendere da un'amica.»

Cathy annuì e stava per chiudere la porta, quando Karen le disse: «Tenga gli occhi aperti, Cathy, nel caso le capitasse di vedere le bambine. Per favore».

Lei alzò la testa e incrociò il suo sguardo. «Ma certo.»

La luce che arrivava dalla casa era scarsa, ma illuminava la strada d'accesso quel tanto che bastava per riuscire a vedere le buche. Karen aprì la rubrica sul cellulare. Scorrendo tra i contatti, si fermò sul nome di Amethyst. Aveva quasi pensato di annullare la prima seduta quando aveva saputo come si chiamava la psicoterapeuta. Le era venuto il sospetto che avesse uno studio con cristalli ovunque e odore d'incenso, e che la terapia sarebbe consistita in una sfilza di stupidaggini new age; invece le pareti erano sui toni del beige e del bianco e Amethyst utilizzava tecniche basate sulle evidenze.

Karen non la vedeva da quando aveva concluso la terapia cognitivo-comportamentale. Quel percorso l'aveva aiutata a fare un passo indietro prima di prendere una decisione. Le aveva fornito gli strumenti per separare i pensieri e le azioni dai sentimenti. Pensò che non le avrebbe fatto male una seduta aggiuntiva dopo quella chiacchierata con Nigel Palmer. Era passato molto tempo da quando aveva avuto la sensazione di sprofondare di nuovo in quell'approccio monomaniacale. Ormai era tardi, ma forse l'avrebbe chiamata l'indomani mattina.

S'incamminò verso la strada principale mentre componeva il numero di Christine.

Christine era la sua vicina. Una vedova di sessant'anni senza figli, che aveva fatto salti di gioia quando lei, Josh e Tilly si erano trasferiti nella casa accanto alla sua. Josh ci aveva scherzato su, e avevano riso della loro vicina superentusiasta e un po' impicciona. Ma col tempo si erano legati molto a lei, al punto da fidarsi a lasciarle Tilly se uscivano. Subito dopo l'incidente, Christine era stata un angelo: aveva pulito, cucinato e si era presa cura della casa. Quando Karen riusciva a malapena a mettere un piede davanti all'altro, lei era al suo fianco, a incoraggiarla con modi pacati a tornare alla vita di tutti i giorni. Persino adesso, se Karen aveva bisogno di qualcosa, la prima persona che chiamava era Christine. Ed era una cosa reciproca. Due mesi prima, Christine aveva dovuto fare degli accertamenti perché c'era il sospetto che avesse un tumore e aveva chiesto a Karen di accompagnarla alle visite in ospedale.

L'amica rispose al quarto squillo. *«Pronto.»*

«Ciao, sono io. Scusa se ti disturbo a quest'ora, ma avrei davvero bisogno di un favore.»

«Cosa ti serve?» le chiese Christine.

«Potresti venirmi a prendere e accompagnarmi in centrale a Nettleham?»

«Dove sei?»

«Alla fattoria dei Palmer.»

Christine sospirò. *«Cosa ci fai lì?»*

«Hai saputo delle bambine scomparse?» le chiese Karen.

Benché fossero trascorse solo poche ore da quando Sian Gibson ed Emily Dean si erano allontanate da scuola, Christine era sempre aggiornata sulle ultime novità che riguardavano il villaggio. Era un membro del Women's Institute e aveva un ruolo attivo nella comunità. Non erano molte le cose che succedevano a Branston di cui Christine non fosse al corrente; tuttavia, visto che il fatto era avvenuto a Heighington, pur non essendo lontano era possibile che la notizia non avesse ancora raggiunto la rete locale di gossip.

«No. Cos'è successo?»

«Sono scomparse due bambine dalla scuola elementare di Moore Lane. Il retro dell'edificio si affaccia sui terreni di Nigel Palmer, perciò ho voluto scambiare due parole con lui.»

«Che cosa tremenda. Quanti anni hanno?»

«Solo dieci.»

Christine ebbe un sussulto. *«Sta' ferma lì. Arrivo tra cinque minuti.»*

Karen riagganciò e si mise a camminare lungo la stradina privata, usando il telefono come torcia per evitare le buche piene di acqua gelata. Le temperature si stavano abbassando rapidamente e il suo respiro formava tante piccole nuvolette.

Christine fu di parola, e non appena Karen raggiunse la strada principale, la trovò lì ad aspettarla. Non ebbe nemmeno il tempo di prendere posto sul sedile del passeggero che venne bombardata di domande a cui fece del suo meglio per rispondere, anche se a quel punto delle indagini non aveva molte informazioni.

Quando imboccarono la strada verso Lincoln, controllò l'ora sul cellulare. «Dovrei arrivare a Nettleham prima che si concluda il briefing.» fece presente all'amica.

«Spero che le troviate stasera» disse Christine. «Povere piccine, staranno congelando. Sempre che siano ancora in giro» aggiunse con tono sinistro.

Karen annuì. «Nella maggior parte dei casi i bambini vengono rapiti da qualcuno che conoscono, di solito un familiare.»

Christine, che si stava fermando al semaforo su Canwick Hill, la guardò con la coda dell'occhio. «Ma tu pensi che questa volta non sia andata così?»

Prima di rispondere, la detective espirò a lungo, gonfiò le guance e scosse la testa. «Non lo so» disse. «Ma ho una brutta sensazione.»

Mentre il semaforo si allontanava alle loro spalle, Christine rabbrividì. «Sospetti di nuovo di Nigel Palmer.» Non era una domanda.

Karen fece un respiro profondo e formulò la risposta con attenzione. Christine era una buona amica, ma c'erano degli aspetti delle indagini di cui non poteva parlare. «Le circostanze sono molto diverse da quelle della scomparsa di Amy Fisher.»

La donna strinse il volante con forza. Era molto legata ai genitori di Amy, li aveva conosciuti poco tempo dopo che si erano trasferiti nella zona, quando Amy era ancora piccola. «So che non puoi parlare del caso.»

«Non ho smesso di cercarla, sai. Può sembrare così perché c'è stato un ridimensionamento delle indagini, ma non ci siamo dimenticati di lei.»

«Lo so.»

«Hai parlato con Janine e Bill di recente?» I genitori di Amy erano tornati in Scozia da qualche mese. Janine era convinta che Nigel Palmer fosse il responsabile della scomparsa della figlia.

Un mese prima della loro partenza, la polizia era dovuta intervenire per allontanare Janine dalla fattoria dei Palmer. Aveva bevuto e si era messa a picchiare contro la porta, pretendendo risposte e rifiutandosi di andarsene finché non le avesse ottenute. Nigel Palmer aveva minacciato di denunciarla.

«Non li ho più sentiti da quando sono partiti. Li ho cercati un paio di volte, ma non mi hanno mai richiamato. Non parlano più con nessuno degli abitanti del villaggio.»

«Non è sano.»

Sul viso di Christine spuntò un sorriso amaro. «Stanno solo cercando di affrontare il dolore come meglio possono. E suppongo che parlare con me faccia riaffiorare ricordi dolorosi.»

Karen annuì. «È comprensibile. Non c'è niente di sano nel perdere un figlio. Qualunque cosa li aiuti a tirare avanti, immagino sia giusto che la facciano.»

«Per loro è difficile riprendere a vivere senza sapere cos'è capitato realmente ad Amy.»

Karen si guardò le mani per un attimo, prima di voltarsi verso Christine. «Devo stare attenta con questo caso.»

«Che intendi dire?»

«Continuo a cercare un collegamento con quello che è successo diciotto mesi fa. Dovrei essere in grado di separare questa indagine da quella di Amy, ma non ci riesco. Continuo a pensare che ci siano delle somiglianze, che ci sia una trama dietro a tutto, ma non la vedo. Mi sento così inutile, come mi è successo dopo Josh e Tilly.»

«Volevi dare un senso all'incidente, e nessuno poteva fartene una colpa. A volte succedono cose terribili senza che ci sia un motivo.»

«Quando stavo parlando con Nigel Palmer, mi sono resa conto che volevo insistere e insistere. Non ero fredda e calma, ero furiosa. Ho paura di non riuscire a valutare i fatti con lucidità, come l'altra volta.»

«Perdere Josh e Tilly è stato diverso. Non staresti lavorando a questo caso se il tuo capo non ti ritenesse in grado di farlo.»

Karen guardò fuori dal finestrino. Christine aveva ragione. Aveva trascorso mesi a cercare di analizzare l'incidente che aveva ucciso Josh e Tilly. Si era talmente convinta che non si era trattato di una tragica fatalità, che era arrivata al punto di accusare i colleghi della stradale di depistaggio, nonostante non ci fossero prove a sostegno della sua teoria. Le cose erano degenerate in fretta. Era stato solo grazie al suo ispettore di allora che aveva ricevuto l'aiuto di cui aveva bisogno per riconoscere i suoi sentimenti e al contempo capire che non doveva lasciare che prendessero il sopravvento.

C'era un'altra ragione per cui Karen aveva chiesto alla sua amica di andarla a prendere, invece di chiedere a qualcuno della centrale o di chiamare un taxi. Christine conosceva tanta gente. Viveva a Branston da quando era nata e aveva amici stretti a Heighington e a Washingborough.

«Pensavo che magari potresti far girare la voce per scoprire se qualcuno sa o ha visto qualcosa.»

Christine annuì. «Ma certo.»

Arrivata a Nettleham, Karen si sentiva un pochino meglio. Il tempo trascorso con Nigel Palmer l'aveva resa molto nervosa e le aveva provocato una leggera nausea. Ma la compagnia dell'amica era stata un toccasana. Quando giunsero alla centrale, Christine la lasciò il più vicino possibile all'ingresso.

«Grazie tante. Ti devo un favore» disse Karen mentre scendeva dall'auto.

«Non essere ridicola. Non mi devi niente. Spero solo che troviate quelle bambine.»

«Anch'io.» Karen chiuse la portiera, salutò l'amica con la mano ed entrò di corsa.

La sala conferenze era affollatissima e il briefing sembrava quasi terminato. Karen si sedette accanto a Rick, in uno dei pochi posti rimasti liberi.

L'ispettore Morgan era in piedi di fronte a tutti e stava parlando con il capo dipartimento Murray.

«Come procede?» chiese Karen.

Rick aveva un'espressione seria e determinata. «Nelle ultime ore abbiamo passato sotto la lente d'ingrandimento entrambe le famiglie. Ci sono un paio di stranezze su cui l'ispettore Morgan ci ha chiesto di indagare più a fondo. Ma niente che porterà alla risoluzione del caso, purtroppo. Abbiamo telefonato a quasi tutte le attività commerciali e le fattorie della zona per chiedere alla gente di tenere gli occhi ben aperti. La grossa novità è che il capo dipartimento ha emesso l'allerta per minori scomparsi.»

Karen sollevò un sopracciglio.

Rick annuì. «Esatto. Manderanno uomini da altri corpi per aiutarci a monitorare le chiamate. A quanto pare ne sono già arrivate parecchie, e il numero di emergenza è stato attivato solo un'ora fa.»

«Non mi sorprende» disse Karen. Poi, sentendo che il capo dipartimento Murray chiedeva l'attenzione di tutti, si appoggiò allo schienale e la ascoltò pronunciare qualche parola per chiudere il briefing.

Quando la stanza si era quasi svuotata, il capo dipartimento Murray chiese a lei e all'ispettore Morgan di seguirla nel suo ufficio.

L'ispettore entrò per ultimo e chiuse la porta dietro di sé, mentre la Murray si accomodava sulla sua poltrona. Era raro vederla agitata, ma quel giorno sembrava parecchio sotto stress. «Nell'ultima ora abbiamo ricevuto numerose segnalazioni a seguito dell'allerta per minori scomparsi. Siete soddisfatti del numero di agenti stanziati? So che dopo un'allerta veniamo bombardati di informazioni dalla popolazione.»

«Finora i possibili avvistamenti sono un centinaio» disse l'ispettore Morgan, con un tono che lasciava intendere di non riporre molte speranze in nessuno di essi. «Più altri che possiamo escludere per via del luogo e della descrizione fornita. Ma credo che il grosso arriverà non appena la notizia dell'allerta si diffonderà attraverso i social media.»

Il capo dipartimento si strinse il setto nasale tra il pollice e l'indice. «Speriamo che uno o più di uno si riveli d'aiuto.»

«La squadra per adesso sta riuscendo a gestire le chiamate, il che è positivo. Se poi saremo in grado di controllarle tutte in maniera tempestiva, questo è un altro paio di maniche» disse l'ispettore Morgan.

«Se sarà necessario, faremo arrivare altro personale. Ma ho bisogno che voi due vi concentriate sulle famiglie delle bambine. Non sono io a dovervi ricordare che i rapimenti a opera di sconosciuti sono molto rari. La cosa più probabile è che a prenderle sia stato qualcuno che conoscono e di cui si fidano. Ciò significa che la nostra attenzione deve essere rivolta principalmente alle famiglie e alle informazioni che possono fornirci. Sappiamo che i Dean hanno intrattenuto spesso rapporti con dei criminali, e qualcuno potrebbe essersela presa con le bambine per questo. Ma voglio che continuiate a indagare anche sulla famiglia di Sian Gibson. Suo padre ha una società che progetta software. Il detective Cooper ci ha detto che il suo giro d'affari si è allargato notevolmente in un breve periodo di tempo. Di solito espansioni di questo tipo generano malcontento.»

Karen annuì. «Sì, signora.»

Sentirono bussare alla porta. «Avanti» tuonò il capo dipartimento Murray, e la detective Sophie Jones fece capolino nella stanza.

«Scusi l'interruzione, signora, ma abbiamo trovato qualcosa.»

«Be', non se ne stia lì impalata» disse il capo, piegandosi in avanti. «Entri. Di che si tratta?»

«Di un guanto. È di una delle due bambine.»

«Dov'è stato trovato?» chiese l'ispettore Morgan.

«In una siepe vicino alla scuola, superato il bosco, al confine con la terra dei Palmer.»

«Chi è stato a trovarlo?» chiese Karen, aspettandosi che Sophie dicesse che era stato qualcuno uscito a correre o a portare fuori il cane.

«Jasper Palmer. Era andato a cercare le bambine nei campi di sua proprietà, in seguito alla richiesta della sergente Hart.»

«Ha parlato con Jasper Palmer?» chiese il capo dipartimento Murray rivolgendosi a Karen.

Lei scosse la testa. «No, non direttamente. Sono passata alla fattoria dei Palmer poco fa per chiedere che tenessero gli occhi aperti e che controllassero i fabbricati. La loro terra confina con la scuola» spiegò.

«Questo lo so» disse il capo dipartimento, senza staccarle gli occhi di dosso. «Per quale ragione ha fatto visita ai Palmer di persona? Mi risulta che tutti i proprietari delle fattorie e dei terreni agricoli in zona siano già stati contattati dal detective Cooper.»

Karen, a disagio, cambiò posizione. Era chiaro che il capo dipartimento Murray voleva sapere se aveva ricevuto una soffiata o se era in possesso di prove che facessero presupporre un coinvolgimento dei Palmer. Ma prove o soffiate non c'entravano niente. Ci era andata spinta da una sensazione, e quella non era una ragione che il capo dipartimento avrebbe ritenuto valida.

«Eravamo da quelle parti, signora. Ho lasciato lì Karen, così poteva scambiare due parole con loro, e io sono tornato qui a organizzare il briefing» disse l'ispettore Morgan.

«Siamo certi che il guanto appartenga a una delle bambine?» chiese Karen. Un guanto trovato in una siepe avrebbe potuto essere lì da molto tempo. Non c'era motivo di sospettare che appartenesse a Sian o a Emily.

Sophie annuì. «Sì, avrei dovuto dirvelo prima. Dentro c'è un'etichetta con il nome di Sian. A quanto pare sua madre mette l'etichetta a ogni cosa perché lei si perde sempre tutto.»

L'interesse di Karen crebbe. «Mi piacerebbe parlare con Jasper riguardo al ritrovamento, signora.»

La sua richiesta fu accolta da un silenzio tombale del capo dipartimento.

«Credo sia meglio che vada a parlare io con Jasper Palmer, signora» disse l'ispettore Morgan. «Nel frattempo la sergente Hart potrebbe recarsi dalla famiglia Gibson.»

Karen ebbe la netta impressione che volessero tenerla lontana dai Palmer. «Credo davvero che sia meglio che parli io con Jasper. Conosco quella famiglia e sono sicura che riuscirei a ottenere più informazioni da lui.»

L'ispettore Morgan sembrò non apprezzare. Karen non poteva biasimarlo. Si era opposta senza mezzi termini al suo volere davanti al capo dipartimento. Non era proprio una mossa intelligente se voleva convincere il capo.

«Io sono d'accordo con l'ispettore Morgan» disse la Murray. «Lei potrebbe non essere obiettiva, Karen, considerato il suo rapporto stretto con i Palmer.»

«Posso assicurarle che svolgo il mio lavoro libera da pregiudizi.» Nell'istante stesso in cui pronunciò quelle parole, Karen si rese conto di essersi spinta troppo oltre. Non potevi rispondere al capo dipartimento in quel modo e farla franca.

Ci fu un silenzio imbarazzante, e Sophie la fissò sbalordita. Karen si sentì come una scolaretta disobbediente.

Sospirò. «Ma se lei ritiene che sia meglio così, io andrò a parlare con la famiglia Gibson e l'ispettore Morgan con Jasper Palmer.»

Il capo dipartimento Murray accennò un sorriso tirato. «Bene. Allora è deciso.»

«Sophie, una domanda» disse l'ispettore Morgan. «I Gibson sono stati informati del ritrovamento del guanto di Sian?»

La giovane detective scosse la testa. «Non ancora, signore. Essendoci l'etichetta, non è stata necessaria una loro conferma, e non volevamo turbarli ulteriormente.»

L'ispettore Morgan si mise a pensare per un attimo. «Credo che lo apprezzeranno se saremo onesti con loro. Credo che dovremmo dirglielo. E poi abbiamo bisogno di sapere se Sian oggi indossava quel guanto.»

«Sì, concordo. Poi dovremo comunicare alle squadre di ricerca il luogo in cui è stato ritrovato, così potremo concentrarci su una zona più ristretta. È possibile che Sian l'abbia perso tempo addietro, perciò per adesso non diamo troppo peso alla cosa.» Il capo dipartimento annuì a indicare che potevano andare.

Mentre stavano uscendo, richiamò Karen. «Solo un momento, Karen.»

Lei aspettò che l'ispettore Morgan fosse uscito e chiuse la porta. Quando si ritrovarono sole, si preparò a ricevere una bella strigliata. Se la meritava. Non avrebbe dovuto perdere la calma.

«Allora, vuole dirmi cos'è successo poco fa?» le chiese il capo dipartimento Murray.

«In che senso?» rispose Karen, facendo la finta tonta.

Il capo dipartimento si appoggiò allo schienale e la scrutò a fondo. «Mi è sembrata molto restia a far visita ai Gibson. So che sua figlia era più piccola di Emily e Sian quando è venuta a mancare, ma questo caso dev'essere particolarmente doloroso per lei. Avere a che fare con i genitori le sta creando delle difficoltà?» Le rivolse un sorriso pieno di comprensione.

Karen deglutì per mandare giù il nodo che le si era formato in gola. Se fosse stata viva, Tilly avrebbe avuto dieci anni. La stessa età di Emily e Sian. Sentì l'irritazione dissolversi. Si era aspettata qualche commento tagliente, non un atteggiamento preoccupato.

«No, signora. Non si tratta di questo. In verità, il problema è la famiglia Palmer. Come lei ben sa, io ho lavorato al caso di Amy Fisher, e Nigel Palmer...»

Il capo dipartimento terminò la frase di Karen. «... Nigel Palmer era uno dei principali indiziati.»

Karen annuì. «Con due casi che riguardano ragazze molto giovani in un'area così ristretta e a distanza di così poco tempo l'uno dall'altro...»

«Vero, ma non dev'esserci per forza una correlazione tra la scomparsa di una donna di diciannove anni e quella di due bambine di dieci. Inoltre, è improbabile che un individuo che prende di mira i bambini sia lo stesso predatore che ha scelto come vittima una giovane donna.»

Karen abbassò la testa. «L'ispettore Morgan ha detto esattamente la stessa cosa.»

Il capo dipartimento Murray spostò alcuni fogli che aveva davanti, appoggiò gli avambracci sulla scrivania, e si mise a osservare Karen. «Come si trova con l'ispettore Morgan? Si è integrato bene?»

«È molto scrupoloso, signora.»

Il capo dipartimento Murray cercò di trattenere un sorriso, senza riuscirci. «Lo dice come se fosse una cosa negativa.»

«Niente affatto. Lavora sodo e prende le sue decisioni basandosi sulla logica.»

«Quindi non ci sono problemi all'interno della squadra?»

«Nella maniera più assoluta, signora.»

«Mi fa piacere. Adesso sarà meglio che vada a casa dei Gibson per cercare di scoprire qualcosa che ci aiuti a capire cos'è successo a quelle due bambine.»

Capitolo 10

Leanne Gibson aveva il cuore in gola. Dal momento in cui aveva saputo che sua figlia era scomparsa, avvertiva delle scosse di adrenalina quasi continue, il che le provocava giramenti di testa, mancanza di salivazione e tremori. Era tesa come una corda di violino e saltava a ogni minimo rumore.

Passò uno straccio sul bancone della cucina, trovando un minimo di conforto in quel gesto familiare. Mentre sfregava avanti e indietro sullo stesso punto, il suo sguardo era fisso sul giardino buio e sui campi al di là di esso.

Sian era lì fuori, spaventata e sola, o l'aveva rapita qualcuno? Non voleva considerare nessuna delle due opzioni, ma volente o nolente quegli scenari prendevano forma nella sua mente.

Le sembrava di vivere in un incubo. Come poteva essere successo a sua figlia? Non era giusto.

Lei era una brava madre. Dal giorno in cui Sian era nata, non la perdeva quasi mai di vista. Era persino restia a lasciarla con qualcuno della famiglia. Perché aveva ceduto e le aveva concesso di andare a fare merenda da Emily Dean? Immaginò gli agenti e i volontari lì fuori al buio, che continuavano a cercarla. Non si sarebbero arresi solo perché il sole era tramontato, vero? Doveva chiederlo all'agente di collegamento, perché non poteva permettere che accadesse. Se si fossero fermati, sarebbe andata lei stessa a perlustrare il bosco e i campi.

Thomas l'aveva convinta a rimanere a casa, lontana dalle ricerche. Aveva detto che era ancora possibile che Sian tornasse a casa da sola, ma lei stava iniziando a pensare che fosse altamente improbabile. Sian era una brava bambina e non li avrebbe fatti preoccupare inutilmente. Le aveva ripetuto mille volte, sin da quando era molto piccola, che non doveva parlare con gli sconosciuti. Non la lasciava andare da sola nemmeno a comprare il latte al negozio all'angolo.

Thomas si era unito alle squadre di ricerca e, sotto sotto, lei era contenta che non fosse a casa. La sua presenza la faceva sentire parecchio in colpa.

Pensare a qualunque cosa che non fosse Sian in un momento del genere era di un egoismo vergognoso. Con tutto quello che stava succedendo, forse non aveva nemmeno più importanza ormai.

Quando a scuola aveva parlato con gli agenti di polizia, uno di loro le aveva dato l'impressione, per il modo in cui l'aveva guardata, di poterle leggere dentro. Negli occhi azzurri di quel poliziotto c'era una luce che brillava come l'acciaio, e aveva dovuto voltarsi mentre rispondeva alle sue domande. Era certa che, se avesse incrociato il suo sguardo, avrebbe scoperto cosa nascondeva.

Avrebbe confessato tutto se avesse pensato che poteva servire a riportare Sian a casa. Ma il suo segreto non c'entrava niente con la scomparsa di Sian.

Oppure sì?

Quando Karen tornò nell'ufficio della sezione investigativa, la detective Sophie Jones la stava aspettando. Saltò su dalla scrivania e le si avvicinò di corsa. «Spero che non le dispiaccia se glielo dico, sergente, ma penso che il grande capo l'abbia trattata in modo molto ingiusto.»

Karen sollevò un sopracciglio.

«Lo sanno tutti come sono andate le cose tra lei e la famiglia Palmer durante le indagini sul caso Amy Fisher» continuò. «Era la cosa più logica che fosse lei a interrogare Jasper Palmer riguardo al guanto.»

«Il capo dipartimento la pensa diversamente, Sophie» tagliò corto Karen, cercando di nascondere la sua irritazione. Era infastidita con se stessa per la sua poca professionalità. Non era proprio da lei, e non aveva dato il buon esempio. Aveva fatto male a esternare la sua frustrazione quando le era stato detto che non avrebbe interrogato Jasper. Credeva fermamente nelle gerarchie, e sfidare l'autorità del capo dipartimento era inammissibile. «Il capo dipartimento non ha preso quella decisione con cattiveria, Sophie. Ha ritenuto che fosse meglio così. E noi dobbiamo accettarlo.»

Sophie sgranò gli occhi e incrociò le braccia sul petto. «Be', se fosse capitato a me, sarei furibonda. Quel ritrovamento potrebbe rappresentare una svolta nelle indagini. Insomma, si sente parlare in continuazione di criminali che portano via trofei dalla scena del crimine. Magari Jasper Palmer ha preso il guanto perché lo considera una specie di souvenir.»

«Se così fosse, probabilmente l'avrebbe tenuto per sé, non credi?»

Sophie ci rifletté un attimo. «È vero, ma forse è tutta una tattica per partecipare al caso. Ho letto che succede anche questo. Criminali perversi che collaborano durante le ricerche, o anche dopo che la vittima è stata ritrovata. Provano un piacere malato nell'essere coinvolti nelle indagini.»

«Passi un sacco di tempo a leggere, a quanto vedo» disse Karen.

Sophie ci rimase male. «Non dovrei?»

«Ci mancherebbe. Ma l'ispettore Morgan ha fatto una giusta osservazione. Nigel Palmer era il nostro sospettato numero uno dopo la scomparsa di Amy Fisher, ma se avesse rapito due bambine di dieci anni, significherebbe che il suo MO è cambiato in maniera drastica, il che è improbabile.»

«MO: *modus operandi*» affermò la giovane detective, fiera di sé.

«Sì. Allora, sei pronta?»

Sophie la guardò con aria perplessa. «Pronta? Per cosa?»

«Ho pensato che ti avrebbe fatto piacere venire con me a parlare con i Gibson. Sarebbe un'esperienza formativa molto utile. Non sarà semplice, ma sono sicura che te la caverai benissimo.»

Sophie annuì raggiante. «Altroché se mi fa piacere. Mi infilo il cappotto e sono pronta.»

Karen recuperò l'impermeabile che aveva buttato sullo schienale della sedia al suo arrivo e intanto osservò Sophie che, tutta eccitata, prendeva la borsa e il cellulare, cercando contemporaneamente di mettersi il cappotto. Di sicuro l'entusiasmo non le mancava. Durante il viaggio in macchina avrebbe dovuto dirle qualcosa: non poteva presentarsi a casa dei Gibson sprizzando energia da tutti i pori e con un sorriso stampato in faccia. Sarebbe stato fuori luogo.

Prima di lasciare la centrale, Karen scambiò due parole al volo con l'ispettore Morgan. Non aveva cambiato idea sul fatto che avrebbe preferito di gran lunga essere lei a interrogare Jasper Palmer, ma ignorò quel pensiero assillante e si concentrò sui Gibson.

«Devo fare qualche riferimento all'incontro di oggi pomeriggio tra Leanne e Matthew Saunders?» chiese Karen.

L'ispettore Morgan ci pensò su un momento. «No, meglio di no» rispose. «Dovremmo fare in tempo a parlare con lui stasera, prima che si faccia tardi.» Controllò l'ora. «Concentrati su Sian, scopri il più possibile su di lei. Ci servono i nomi delle persone che frequentano con regolarità la casa o che la vedono spesso. E fatti dire su quali siti web ha il permesso di andare. Sarebbe importante sapere se può aver usato un computer, uno smartphone o un tablet di nascosto dai genitori.»

Karen annuì. «D'accordo. Ci vediamo più tardi qui in centrale. Buona fortuna con Jasper.»

L'ispettore Morgan alzò lo sguardo, e da un angolo della bocca gli spuntò un sorriso. «Stando a quanto mi hai detto, credo che mi servirà tutta la fortuna del mondo.»

I Gibson vivevano in una casa indipendente di nuova costruzione con tre camere da letto. Si trovava su Beech Road, non lontano dal centro del villaggio, ed era uno degli agglomerati di case più recenti che stavano allargando i confini di Heighington.

Karen guardò con invidia il piccolo prato ordinato. Non c'erano alberi nel nuovo quartiere e le strade erano immacolate. Il suo giardino, invece, nell'ultima settimana era stato sommerso dalle foglie: l'erba sotto il tappeto marrone e arancio non si vedeva nemmeno. Per toglierle si sarebbe dovuta spaccare la schiena con un rastrello per ore. Forse avrebbe potuto occuparsene nel weekend, se per allora avessero ritrovato le bambine.

«Dunque, Sophie, ricordati quello che ti ho detto» si raccomandò Karen. «Sii gentile e comprensiva, e lascia fare a me le domande.»

Sophie annuì. «Ma certo, sergente. Le mie labbra sono sigillate.» Fece il gesto di chiudersi la bocca con una cerniera.

Camminarono fianco a fianco su per il vialetto. Le luci al piano terra erano accese e vicino alla porta d'ingresso c'erano due paia di stivali di gomma da adulto accanto a un paio da bambino. A Karen si seccò la gola. Aveva iniziato a scendere una pioggerellina leggera. Si augurò che le bambine fossero al riparo da qualche parte.

Se erano ancora vive.

Non fecero in tempo a suonare, che la porta d'ingresso si aprì. In piedi, sull'uscio, c'era Thomas Gibson.

«Ci sono novità?» chiese, con una punta di disperazione.

«Purtroppo non le abbiamo ancora trovate, signor Gibson, ma c'è una cosa di cui vorremmo discutere con voi.»

Lui annuì subito e spalancò la porta per farle passare.

Le due donne entrarono in un ingresso stretto, decorato con gusto, dalle tinte grigie e carta da zucchero e rifiniture in legno bianco brillante.

Seguirono Thomas in cucina e da lì in una veranda spaziosa che era stata costruita sul retro della casa. Quando passarono accanto al grande frigo in acciaio cromato ricoperto di disegni infantili tutti colorati, Karen si morse il labbro inferiore.

Ovunque si voltassero c'erano tracce di Sian. Sui davanzali erano disposte numerose fotografie e sul bancone della cucina c'era un gioco in scatola per bambini.

L'agente di collegamento con le famiglie, Nicky Stinnett, era seduta accanto a Leanne a un tavolo con il piano di vetro. Karen provava una grande ammirazione per chi sapeva dare sostegno alle persone che vivevano situazioni così traumatiche. Gli agenti di collegamento dovevano essere empatici e premurosi, senza assorbire la tristezza che li circondava. Stare tutto il giorno con famiglie distrutte dal dolore non era un lavoro facile.

Leanne Gibson stringeva tra le mani una tazza di caffè, i capelli sciolti le cadevano intorno al viso. Erano passate solo poche ore da quando Karen l'aveva vista a scuola, ma sembrava una donna completamente diversa. Lo stress e l'angoscia avevano preso il sopravvento. Fissò lei e Sophie con occhi rossissimi.

Karen vide accendersi nel suo sguardo un barlume di speranza e odiò doverle dire che non c'erano novità. Fu straziante osservare la delusione amara sul suo viso. Cominciò a tremare. Thomas le si avvicinò e le mise una mano sulla spalla. «Accomodatevi, prego. Di cosa dovete parlarci?»

Sophie prese posto accanto a Leanne, Karen si sedette di fronte. Thomas rimase in piedi dietro sua moglie, rigido.

«Abbiamo trovato una cosa che crediamo appartenga a Sian e vorremmo la vostra conferma.»

Leanne trasalì, muovendo in modo brusco la tazza che aveva tra le mani, e rovesciò il caffè sul tavolo di vetro.

«Prendo qualcosa per pulire» mormorò Nicky mentre passava accanto a Karen per andare in cucina.

«È un guanto» si affrettò a chiarire Karen, ben cosciente del fatto che i genitori avrebbero temuto il peggio. «Sian potrebbe averlo perso in qualunque momento. Non significa necessariamente che le sia capitato qualcosa di brutto.»

Leanne emise un verso, una via di mezzo tra una sghignazzata e un gemito. «Le *è* capitato qualcosa di brutto! È stata rapita!»

Karen fissò lo sguardo su di lei. «Ho qui una fotografia del guanto. Avremmo bisogno della conferma che è di Sian e di sapere se vi risulta che lo avesse perso prima di oggi.»

Selezionò l'immagine sul suo smartphone e la mostrò ai Gibson. «All'interno c'è un'etichetta con il suo nome.»

A Thomas si riempirono gli occhi di lacrime e a Leanne tremò il labbro inferiore, prima che si coprisse il viso con le mani.

Thomas riuscì ad annuire a fatica, poi si schiarì la voce. «Sì, è di Sian. Non so quando lo ha perso...» Guardò sua moglie.

«Ce l'aveva stamattina quando è andata a scuola» sussurrò Leanne.

Karen si piegò in avanti, cercando di incrociare il suo sguardo. «Okay, bene. Adesso sappiamo che stiamo concentrando i nostri sforzi nella zona giusta. Ci sono agenti lì fuori che continuano a cercarla. A quanto pare, Sian ed Emily sono andate via da scuola insieme.»

Karen non voleva dare alla coppia false speranze. Era desiderio di tutti credere che le bambine si fossero allontanate con l'idea malsana di vivere un'avventura, ma sembrava sempre più probabile che fossero state rapite. Prepararsi al peggio era un'espressione terribile, ma una falsa speranza poteva essere ben più devastante.

Nicky aveva rifatto il caffè per tutti e lo portò in veranda su un vassoio.

«Se ve la sentite, vorremmo farvi qualche domanda sulla vita familiare di Sian» disse Karen.

«Ve l'ho già detto. È una bambina felice. A casa non abbiamo nessun problema» rispose Leanne.

«Questo lo so» disse Karen con modi gentili. «Ciò che vorrei da voi sono informazioni riguardo alle altre persone nella vita di Sian. Mi interessano cose come, ad esempio, chi vede con regolarità. Svolge attività extrascolastiche? Avete amici che frequentano abitualmente casa vostra o a cui la lasciate se uscite la sera? Ho bisogno di sapere qualunque posa potete dirmi.»

Thomas prese la mano di sua moglie e la strinse.

«Ma certo, faremo tutto il possibile per aiutarvi.»

Era pesante rispondere a quelle domande. L'ultima cosa che Karen voleva era rendere quel momento più difficile di quanto già non fosse. Tuttavia, ogni volta che passava all'argomento successivo, si accorgeva che i due erano sempre più stremati, che li stava facendo dubitare degli amici, dei familiari e di ogni singolo aspetto della loro vita.

«Non usciamo quasi mai senza Sian» disse Leanne. «Quest'anno sarà successo forse tre volte, vero Thomas?»

«Sì, esatto» rispose lui. «Insomma, non siamo una coppia molto mondana. Io lavoro fino a tardi e spesso ci basta guardare un film insieme e ordinare un takeaway.»

Karen lanciò un'occhiata a Sophie, che fino a quel momento si era comportata molto bene: era rimasta in silenzio prestando però attenzione a tutto.

«Quando però vi è capitato di uscire, con chi avete lasciato Sian?» chiese Karen.

Leanne sbatté le palpebre. «Mia madre. Tranne...» S'interruppe e guardò suo marito.

Thomas scosse subito la testa. «Non essere ridicola.»

Ma Leanne non gli diede retta. Si voltò di nuovo verso Karen.

«L'ultima volta che siamo usciti è stato a settembre, per il mio compleanno. Mia madre si era presa la tonsillite, perciò non poteva tenerci Sian. Avevamo prenotato al nuovo ristorante thailandese a Lincoln, ma avremmo potuto disdire. *Avevamo intenzione* di disdire.»

«Con chi la lasciaste in quell'occasione?» Karen guardò Leanne e poi Thomas, che era diventato piuttosto pallido.

«Nick, il fratello di Thomas. Vive in paese.»

«Ed era già successo che la lasciaste con lui?»

Leanne spalancò gli occhi, e Karen immaginò che le stessero passando per la mente pensieri orrendi su ciò che poteva essere successo.

«No, era la prima volta.»

«E Sian vi ha detto qualcosa quando siete rientrati? Era turbata?» chiese Sophie, non riuscendo più a stare zitta.

Leanne annuì. «Sì. Sì, era turbata.»

«Aspetta un attimo» disse Thomas, alzando la voce. «Sian era arrabbiata perché Nick le aveva tolto l'iPad. Era andato da lei per leggerle una storia e l'aveva trovata che stava ancora giocando. Lei sa che non ha il permesso di giocarci quando non c'è nessuno che la controlla, e così Nick glielo aveva portato via. Per questo Sian era di cattivo umore. Non le ha fatto del male o roba del genere.»

«Questo è ciò che ci ha raccontato lui. Noi non c'eravamo. Non sappiamo cos'è successo davvero» disse Leanne, staccando di colpo la mano da quella del marito.

«Parleremo con Nick. Probabilmente le cose sono andate come ha detto suo marito.» Per Karen era importante rassicurare Leanne, perciò non diede inizio a una caccia alle streghe senza prove.

«Pensate di farlo adesso?» disse Leanne, mettendo le mani sul tavolo per aiutarsi ad alzarsi. «Volete che lo chiami? Posso farlo venire qui.»

Karen scosse la testa. «Non ce n'è bisogno. Credo sia meglio se gli parliamo in separata sede.»

Leanne sembrava davvero sotto shock. Karen appoggiò gli avambracci sul tavolo e le si avvicinò. «Non posso nemmeno immaginare quanto tutto ciò sia difficile per voi. Noi queste domande ve le dobbiamo fare per forza. Ma ciò non significa che i vostri familiari e amici siano colpevoli di qualcosa.»

Leanne annuì, anche se non sembrava convinta.

Una volta fuori, a pochi passi dalla casa dei Gibson, Sophie si voltò verso Karen e le chiese: «Come sono andata, sergente?».

«Sei stata brava.»

«So che avrei dovuto rimanere in silenzio, ma quella domanda mi è scappata senza che me ne rendessi conto.»

«Non importa. Era una domanda sensata e l'avrei fatta io stessa. È sempre bene riflettere prima di parlare, però. Devi valutare come reagiranno i genitori a certe informazioni.»

«Sì, capisco cosa intende» disse Sophie. «Leanne si è fissata con l'idea che suo cognato abbia fatto qualcosa che ha turbato Sian.»

Karen aprì la portiera. «Proprio così. Per quanto ne sappiamo, le cose sono andate esattamente come le ha raccontate Thomas Gibson. Lo zio le ha tolto l'iPad e lei se l'è presa. Ma dobbiamo ancora parlare con lui.»

Salita in macchina, Karen controllò l'ora. «Sai che ti dico? Dubito che l'ispettore Morgan abbia già finito di interrogare Jasper, quindi secondo me facciamo in tempo a passarci adesso da Nick Gibson.»

«Fantastico» rispose Sophie, sorridendo mentre si metteva la cintura.

Capitolo 11

«Questo posto mette i brividi, capo» disse il detective Rick Cooper, seduto sul sedile del passeggero, mentre si piegava in avanti e strizzava gli occhi verso la fattoria immersa nel buio.

L'ispettore Morgan tirò il freno a mano e lo guardò sorpreso. «Trovi?»

Tutto sommato, a lui piaceva. La casa dei Palmer era senza dubbio isolata: circondata dai campi, raggiungibile unicamente attraverso una strada sterrata e distante quasi due chilometri dall'abitazione più vicina. Ma lui era sempre stato un amante della solitudine.

Doveva ammettere che prima, quando aveva accompagnato Karen a parlare con Nigel Palmer, aveva provato un senso di malessere. Non era un tipo superstizioso e non avrebbe mai usato l'aggettivo "inquietante" per descrivere un oggetto inanimato come una casa. Ma Karen era tesa come una corda di violino e la cosa l'aveva preoccupato. Era evidente che il caso di Amy Fisher l'avesse segnata molto, fatto del tutto comprensibile. A nessun agente di polizia piaceva convivere con il peso di un caso irrisolto, ma per qualche ragione tra Karen e i Palmer sembrava esserci una questione un po' troppo personale; per questo si era offerto di entrare in casa con lei.

Ed era per quello stesso motivo che aveva insistito per parlare lui con Jasper. Voleva capire cosa avesse di particolare quella famiglia sulla quale Karen nutriva così tanti dubbi. Anche se non era per niente contento di com'erano andate le cose nell'ufficio del capo dipartimento. Avrebbe voluto parlare con la sergente a quattr'occhi per chiarire. Invece c'era stata quella riunione improvvisa durante la quale era stata rimproverata, ed era un peccato. Karen gli piaceva. Era una gran lavoratrice. Ma lui sapeva meglio di chiunque altro che le emozioni potevano esserti nemiche se stavi svolgendo un'indagine.

«Prima qui c'erano i pipistrelli» disse, e si divertì a guardare l'espressione di terrore sul viso di Rick. Chi l'avrebbe mai detto che quel detective spavaldo avesse paura del buio e di qualche mammifero volante?

«Forza. È soltanto una casa di campagna» disse, e aprì la portiera.

Rick lo seguì, lanciando continue occhiate a destra e a sinistra mentre camminava.

Morgan scosse la testa. «Datti una calmata» gli disse, poi bussò alla porta.

Fu una donna alta con i capelli chiari e due grandi occhi azzurri ad aprire. Fissò l'ispettore senza dire una parola, poi spostò lo sguardo su Rick.

«Ispettore detective Morgan e agente detective Rick Cooper. Vorremmo parlare con Jasper.» L'ispettore mostrò il distintivo.

La donna annuì e fece un passo indietro. «Prego» disse a voce bassa.

I due entrarono in casa e la donna fece strada lungo un corridoio stretto e buio. L'ispettore Morgan le chiese come si chiamava.

«Io sono Cathy» disse, rivolgendo uno sguardo timido a Rick, che sfoderò uno dei suoi sorrisi sfacciati.

Rick era un bell'uomo, ma c'era un tempo per tutto, e quello per flirtare non era durante un interrogatorio. L'ispettore Morgan gli lanciò un'occhiataccia: il sorriso si spense.

Cathy li condusse in un'enorme cucina di campagna. Da un lato c'era un grande tavolo, sopra il quale erano appese pentole e padelle di rame che pendevano dalle travi del soffitto. Un camino di dimensioni notevoli, pieno di legna accatastata, riversava calore nella stanza, e l'ispettore Morgan si tolse il cappotto.

Seduto accanto al fuoco c'era un uomo anziano. Era estremamente magro e bastava un'occhiata per capire che non stava bene. I capelli grigi erano pettinati di lato in un tentativo malriuscito di coprire una grossa chiazza pelata. Le sopracciglia erano folte e grigie, e si rizzarono quando l'uomo vide l'ispettore Morgan e Rick.

«Due visite degli sbirri in un giorno. Cos'abbiamo fatto per meritarcelo?» Pronunciò le ultime parole sputacchiando.

Karen aveva accennato al fatto che Nigel Palmer aveva un enfisema. Gli aveva anche detto che secondo lei non era conciato poi così male e che probabilmente in loro presenza fingeva di stare peggio di quanto non stesse. L'ispettore Morgan ne concluse che Karen si stava illudendo. Lei voleva credere che quell'uomo fosse sufficientemente forte da essere in grado di rapire una donna di diciannove anni in piena salute e due bambine di dieci. Ma lui non lo riteneva possibile. Quell'uomo era davvero malato. Perfino la sua pelle aveva un colorito grigiastro.

«Siamo qui per vedere suo figlio, signor Palmer» disse Rick.

Rick sembrava più a suo agio adesso che era in casa. L'ispettore Morgan pensò che quella stanza fosse abbastanza allegra, anche se non proprio moderna. In un angolo c'era una grande cucina in ghisa e i piani di lavoro erano tutti in legno di pino spazzolato. Sotto la finestra c'era un ampio lavello in ceramica. Di sicuro all'interno la fattoria non aveva niente di sinistro.

L'uomo anziano annuì. «Be', cosa ci fai lì impalata? Va' a chiamare tuo fratello.»

Cathy uscì di corsa dalla cucina e sparì nel corridoio. Sentirono i suoi passi mentre saliva le scale.

«Ha saputo delle due ragazzine scomparse?» chiese Rick mentre camminava per la stanza, con lo sguardo rivolto verso le pentole di rame luccicanti.

«La smette di girare come una trottola? Mi fa venire la nausea» sbottò Nigel Palmer.

Rick fece come gli era stato chiesto e si fermò davanti all'anziano, vicino al fuoco. «Qualche idea di dove potrebbero essere?»

«Non capisco perché lo chiede a me. Cosa vuole che ne sappia io?»

«Magari le è arrivata qualche voce?» suggerì Rick.

«Tipo? Sono bloccato su questa sedia tutto il giorno, tutti i giorni. E che ci crediate o no, non ho una fila di persone fuori dalla porta che muore dalla voglia di ascoltare i miei brillanti discorsi.»

«Lei mi sorprende davvero» disse in modo sarcastico l'ispettore Morgan, ricevendo in cambio un'occhiataccia.

«Siete tutti uguali. Prima è venuta quella donna poliziotto. Con le sue domande, le allusioni velate. Ne ho abbastanza. Questa è una persecuzione. Ecco cos'è.»

Si sentirono dei passi pesanti sulle scale e l'ispettore Morgan e Rick si voltarono. Un attimo dopo, entrò in cucina Jasper Palmer.

Era una figura imponente. Molto alto, molto magro, con il classico bel viso, i capelli corti rosso fuoco e gli occhi azzurro acceso.

L'angolo della bocca gli si arricciò in un ghigno. «Vedo che mio padre vi ha intrattenuti.»

«Fai poco l'indisponente, Jasper» disse l'anziano uomo, poi tossì. «Digli quello che vogliono sapere, così almeno poi se ne vanno da casa mia.»

Jasper sorrise e alzò le spalle. «Ospitale come sempre, papà.» Allungò la mano indicando il tavolo. «Vi volete sedere?»

L'ispettore Morgan lo ringraziò, poi lui e Rick si sedettero da un lato del tavolo e Jasper dall'altro. Non c'era traccia di Cathy. Non era più tornata dopo che era andata a chiamare il fratello.

«Dove ha trovato il guanto di preciso, signor Palmer?» chiese l'ispettore Morgan.

«Nel campo in fondo alla proprietà. Poco distante da Station Road. L'avevo già detto all'ispettore Bertram.» Lo fissò con aria annoiata.

L'ispettore Bertram era il responsabile delle ricerche e li aveva informati. Ma quando interrogava qualcuno come Jasper Palmer, all'ispettore Morgan piaceva fare le stesse domande formulandole in un modo leggermente diverso, per vedere se le risposte combaciavano. Era facile dare la stessa versione quando si diceva la verità. Quando la gente mentiva, invece, cambiava spesso versione.

L'ispettore Morgan appoggiò i gomiti sul tavolo, piegandosi in avanti. «Era da solo quando l'ha trovato?»

Jasper soffocò uno sbadiglio. «Scusate, ieri sera ho fatto tardi e stamattina mi sono svegliato presto per potare le siepi.»

«Presto!» La voce di Nigel Palmer arrivò dalle loro spalle. «E secondo te le sette è presto? Ai miei tempi, io alle cinque ero già nei campi a lavorare, tutte le mattine, con la pioggia o col sole.»

Jasper alzò gli occhi al cielo, poi si concentrò di nuovo sull'ispettore Morgan. «Comunque, per rispondere alla sua domanda, no, non ero solo. C'erano tre uomini con me. Abbiamo saputo di quelle ragazzine scomparse, e quando Cathy mi ha detto che pensavate che potevano essere passate dalla nostra proprietà, abbiamo deciso di andare a controllare tutti i campi e i fabbricati, per essere certi che non fossero ferite o bloccate da qualche parte.»

«Potrebbe darci, per favore, i nomi degli uomini che erano con lei, signor Palmer?» chiese Rick, sollevando il bloc-notes e la matita davanti a lui. Era solo per fare scena, visto che i nomi ce li avevano già.

Jasper strizzò gli occhi e fece una pausa a effetto. Gli piaceva essere al centro dell'attenzione. «Tony Briggs, Brian Patterson e Lionel Mallard.» Pronunciò quei nomi senza la minima esitazione, e l'ispettore Morgan ebbe l'impressione che stesse dicendo la verità.

«Non ha visto nessuno girare in paese di recente?»

«Girare?» ripeté Jasper.

«Sì, qualcuno che dava nell'occhio o sembrava sospetto.»

«Non vado spesso in paese» rispose. «La sera faccio un salto al pub, di solito per un paio d'ore al massimo, e poi vengo dritto a casa.»

Appoggiò il mento sulla mano e fece un sorrisetto. Aveva una luce luminosa negli occhi azzurro acceso, come se quelle domande lo divertissero. Non stava rispondendo in modo sincero, stava recitando una parte. Non c'era niente di sbagliato nelle sue risposte. Stava dicendo tutte le cose giuste, date le circostanze, ma l'ispettore Morgan aveva la netta sensazione che si stesse prendendo gioco di loro.

«Sono certo che non avrà niente da obiettare se continuiamo a perlustrare quella zona.» Neanche a farlo apposta, in quel momento si sentì il ronzio di un elicottero che volava basso.

Jasper scrollò le spalle. «Non abbiamo niente da nascondere. Se le bambine sono nella nostra proprietà, è ovvio che vogliamo che le troviate. Giusto, papà?» Fece un cenno con la testa al padre, che si limitò ad emettere un grugnito.

Dopo aver rivolto a Jasper qualche altra domanda, e aver sopportato i commenti meschini di Nigel Palmer, l'ispettore Morgan e Rick se ne andarono.

«Che idea si è fatto, capo?» chiese Rick mentre raggiungevano la macchina.

L'ispettore Morgan si girò verso la casa. Gli era sembrato di aver visto dei movimenti dietro la finestra del piano di sopra, ma quando guardò non c'era nessuno, e le luci erano spente. Forse si era trattato di Cathy che, passando, si era fermata a osservarli mentre se ne andavano. Quel pensiero gli provocò un brivido. Di solito non aveva tutta quella immaginazione.

«Lo sapevo» disse Rick con un gran sorriso. «Questo posto fa accapponare la pelle anche a lei.»

«Non mi fa accapponare la pelle, Rick, come dici tu.» Non aggiunse che non era il posto a fargli accapponare la pelle, ma la gente che ci viveva.

Capitolo 12

Mentre l'ispettore Morgan e Rick erano alla fattoria a parlare con i Palmer, Sophie e Karen erano arrivate a casa di Nick Gibson.

L'uomo viveva sopra un negozio di parrucchiere. Era un piccolo bilocale e, non appena varcò la soglia, Karen pensò che vivesse da solo.

Non era tanto per il fatto che ci fosse un gran disordine, con tazze e piatti sporchi abbandonati sul tavolino in salotto (sua nipote era scomparsa e probabilmente le faccende domestiche non erano in cima alla lista delle sue priorità), quanto perché quel posto era la classica tana da scapolo. Sebbene lo spazio fosse limitato, c'era un grosso bancone da bar davanti alla finestra, con tanto di misurini da cocktail e una gran varietà di superalcolici, un jukebox con luci intermittenti e, infilato lì accanto, uno di quei videogiochi a gettoni di una volta. A farla da protagonista era un enorme televisore widescreen con sotto un decoder satellitare, e nel centro della stanza era stata sistemata una vecchia poltrona in pelle nera reclinabile, rivolta verso lo schermo. C'erano altre due sedie, in legno di pino, che in passato dovevano aver fatto parte di un set. Non davano l'idea di essere comode. Nonostante il bancone da bar e il jukebox, non era un ambiente pensato per accogliere ospiti, e Karen aveva il sospetto che Nick Gibson trascorresse molto tempo da solo.

«Posso offrirvi un tè o un caffè?» chiese.

Durante il tragitto in macchina, Sophie aveva telefonato in centrale per avere qualche informazione su di lui. Per ora sapevano che aveva trentadue anni e che lavorava nella fabbrica di patate a Branston. Sembrava più vecchio della sua età, soprattutto per via della stempiatura e delle rughe d'espressione che gli segnavano la fronte.

«No, grazie» rispose Karen. «Siamo a posto. Siamo passate solo per farle un paio di domande, se non ha nulla in contrario.»

Nick annuì. «Su Sian, intende? Sono rientrato adesso per scaldarmi un po'. Ero fuori con le squadre di ricerca. Stiamo facendo i turni» disse.

«Sì, su Sian.» Karen lo studiò attentamente.

Nick si appollaiò sul bracciolo della poltrona reclinabile e invitò con un gesto Sophie e Karen ad accomodarsi sulle sedie di legno. Le due accettarono.

«Quando ha saputo della scomparsa delle bambine?» chiese Sophie sorprendendo Karen, che non si aspettava che iniziasse lei con le domande.

A quel punto si appoggiò allo schienale e decise di dare a Sophie l'opportunità di condurre i giochi, tenendosi tuttavia pronta a prendere in mano le redini se ce ne fosse stato bisogno.

«Poco dopo che si sono accorti che non erano a scuola. Mio fratello mi ha chiamato mentre tornava dal lavoro. Sapeva che ci avrebbe messo un po' a rientrare e mi ha chiesto di assicurarmi che Leanne stesse bene. Non riesco a crederci. Uno non si aspetta che possa accadere una cosa del genere in un posto come Heighington.»

«No» disse Sophie. «Lei e Sian siete molto legati?»

Lui alzò le spalle. «È mia nipote. La vedo abbastanza di frequente. Ogni tanto la domenica vado a pranzo da Thomas e Leanne. È una brava bambina.» Si interruppe e si passò la mano tremante tra i capelli sottili.

«Leanne ci ha detto che circa un mese fa ha badato a Sian mentre loro erano fuori» disse Sophie.

Karen sussultò. Non era un approccio molto diplomatico. Aveva affondato il colpo un po' presto.

«Sì» disse Nick lentamente, sbattendo le palpebre un paio di volte. «Questo cosa c'entra?»

«Sembra che Sian fosse piuttosto turbata quando i suoi genitori sono rientrati.»

Nick fissò Sophie. «Non mi piace la piega che sta prendendo questo discorso. Cosa diavolo sta insinuando?» Pronunciò quelle parole a denti stretti.

«Non stiamo insinuando niente, signor Gibson» disse Karen, cercando di salvare la situazione. «Stiamo parlando con le persone più vicine a Sian per farci un'idea della sua vita. Qualunque cosa l'abbia turbata o preoccupata di recente può essere rilevante. Magari si è confidata con lei riguardo a qualcosa?»

Il viso di Nick si rischiarò. «Oh, capisco. Pensavo intendesse che era... insomma, turbata perché io le avevo fatto qualcosa.» Fece una smorfia, come se quel pensiero lo disgustasse. «Sì, si era offesa parecchio, ma non si era comportata bene. Le avevo concesso di stare sveglia a guardare la tv, a patto che si lavasse i denti e filasse a letto subito dopo la fine del programma. Ma quando sono andato a controllarla e a leggerle una storia, l'ho beccata a usare l'iPad sotto le coperte. L'ho sgridata. Non c'è niente di male in questo.»

«Ma certo che no» disse Karen. «E a parte questo, era serena?»

L'uomo annuì.

«Si ricorda cosa stava facendo con l'iPad quando glielo ha tolto?» chiese Karen.

Nick aggrottò le sopracciglia e impallidì. «Pensa che c'entri qualcuno conosciuto online?»

«È troppo presto per dirlo. Stiamo prendendo in considerazione tutti gli scenari possibili.»

Lui piegò la testa verso l'alto e guardò il soffitto. Strinse le labbra e poi scosse la testa per la frustrazione. «Mi dispiace. Non me lo ricordo. Non credo nemmeno di aver controllato. Gliel'ho tolto e basta, poi l'ho spento.»

«Non ha visto se era su Facebook o Snapchat?»

«No, mi dispiace.»

Era riuscita a metterlo a suo agio. Aveva cominciato a rispondere in maniera più disinvolta, e Karen doveva ammettere che secondo lei era sincero, anche se non capiva perché inizialmente si fosse messo così sulla difensiva.

«Grazie della sua disponibilità, signor Gibson. Ci terremo in contatto.»

Quando i detective rientrarono alla centrale di polizia di Nettleham e si scambiarono le informazioni, si era fatto tardi.

Seduta nell'ufficio dell'ispettore Morgan, Karen controllò l'ora e si morse il labbro inferiore. «Vuole ancora andare a parlare con Matthew Saunders stasera?»

«Sì» rispose l'ispettore Morgan mentre si allungava per prendere il telefono sulla sua scrivania. «Lo chiamo per avvertirlo che stiamo passando. Sono proprio curioso di sapere perché Leanne Gibson ha avuto quella reazione così strana quando l'ha incontrato a scuola, visto che di solito, a quanto dice Jackie Lyons, ridono e scherzano.»

Karen si alzò, prese cappotto e borsa e si preparò per andare. «Sono d'accordo. Dovremmo parlargli il prima possibile. Non credo che da Leanne otterremmo una risposta sincera.»

Prima di uscire, l'ispettore Morgan chiese a Sophie di fare un controllo approfondito su Nick Gibson. Se c'era del marcio da scoprire, voleva che lei lo scoprisse. E disse a Rick di telefonare al coordinatore delle squadre di ricerca e di aggiornare gli agenti di collegamento assegnati ai Dean e ai Gibson, per metterli al corrente di tutto.

Fino a quel momento, a parte il guanto di Sian, le ricerche non avevano prodotto niente di promettente, ed essendo ormai calato il buio le speranze iniziavano a diminuire. Ma finché esisteva la possibilità che le bambine fossero lì fuori, spaventate o, peggio, ferite, interromperle era fuori discussione.

L'ispettore Morgan guidò fino a Heighington poi, seguendo le indicazioni di Karen, raggiunse la casa dei Saunders.

«Sua moglie, la dottoressa Saunders, lavora allo studio medico di Heighington» disse Karen. «In effetti è la mia dottoressa, una donna molto gentile.»

I Saunders vivevano in una grande casa indipendente in pietra, a ridosso della strada principale di Heighington, senza un vialetto o un giardino anteriore. Era una casa di tre piani con ampie finestre a ghigliottina, che doveva essere stata costruita quando ancora non esistevano le automobili, ma la mancanza di un vialetto e di un giardino anteriore non la privavano della sua bellezza.

«Credo che si possa parcheggiare qui dietro» disse Karen, indicando una strada laterale.

Dopo aver svoltato su Butts Lane, l'ispettore si fermò e lasciò scendere Karen, poi fece manovra per posteggiare il più vicino possibile all'imponente muro in pietra che fiancheggiava la via.

Quando anche lui scese dall'auto, entrambi sollevarono lo sguardo per osservare quella casa magnifica.

«Ecco cosa ci si può permettere oggigiorno con uno stipendio da dottore» disse Karen. «Avrei dovuto studiare medicina.»

Capitolo 13

Fu la dottoressa Saunders ad aprire la porta, una donna minuta con i capelli scuri e gli occhi di un marrone caldo.

«Salve, Karen, entrate» disse.

Karen salì i gradini e, mentre varcava la soglia, le presentò l'ispettore Morgan.

«Matthew è in salotto, andate pure» disse la dottoressa Saunders prima di richiudere la porta.

Nel corridoio, Karen alzò lo sguardo verso le scale. Lì sopra, che sbirciava attraverso la ringhiera, c'era Danny. Karen gli sorrise.

«Rimettiti a letto!» disse la dottoressa Saunders. «A quest'ora avresti già dovuto dormire da un pezzo. Vengo tra un attimo.»

Il bambino fece un sospiro e si voltò, dirigendosi in camera sua mentre gli adulti andavano in salotto.

Matthew era seduto sul divano. Aveva intrecciato le dita delle mani ed era piegato in avanti con gli avambracci appoggiati sulle ginocchia, a fissare il pavimento.

Quando entrarono nella stanza, sollevò lo sguardo. «Salve. Non mi aspettavo di rivedervi tanto presto. Ci sono novità su Sian ed Emily?»

«Accomodatevi, prego. Gradite qualcosa da bere?» chiese la dottoressa Saunders.

Sia Karen che l'ispettore Morgan rifiutarono. Mentre si sedevano sulle poltrone color crema posizionate ai lati del divano, la dottoressa Saunders prese posto accanto al marito.

«Ci sono stati degli sviluppi, ma purtroppo non le abbiamo ancora trovate» rispose Karen. «Abbiamo qualche altra domanda da farle.»

«Quindi non dovete parlare di nuovo con Danny?» chiese la dottoressa Saunders.

«Per il momento no.»

«Bene.» La donna tirò un sospiro di sollievo. «Credo che ci sia rimasto molto male. È un concetto così difficile da elaborare alla sua età. Si sente in colpa per non averle fermate, o per non averci almeno provato.»

«Danny non avrebbe potuto fare niente» disse l'ispettore Morgan.

«Io questo lo so. Ma convincere Danny è un'altra questione. Il nostro ometto è decisamente apprensivo. Non è vero, Matthew?»

L'uomo si leccò le labbra e annuì. Sembrava agitato. Per meglio dire, molto nervoso. Quando gli aveva parlato prima, Karen aveva pensato che fosse sotto stress per via della situazione. Suo figlio era stata l'ultima persona a vedere le bambine prima che scomparissero. Adesso però Matthew Saunders aveva avuto un po' di tempo per calmarsi, tuttavia sembrava ancora teso.

«Chiedeteci pure quello che volete» disse la dottoressa Saunders. «Qualunque cosa, se può essere d'aiuto per ritrovare quelle due bambine. Non riesco nemmeno a immaginare cosa stiano passando i loro genitori in questo momento.»

«I genitori di Emily e di Sian sono molto angosciati. Mi domandavo se poteste dirci quanto bene li conoscete» chiese Karen.

La dottoressa Saunders sgranò gli occhi e scosse la testa. «Be', io li conosco a malapena. Li ho incrociati alla festa d'estate, ma credo che quella sia stata l'ultima volta. Sono il medico di base sia di Emily che di Sian, ma non ho visto nessuna delle due di recente.»

Karen si rivolse a Matthew Saunders. «Lei ha avuto spesso a che fare con i genitori di Emily o di Sian, signor Saunders?»

Il colore delle guance di Matthew Saunders si fece più acceso. «No, in realtà no. Insomma, vado io a prendere Danny a scuola, quindi ovviamente li vedo quasi ogni giorno. Cioè, vedo Leanne. La madre di Emily di solito la lasciava tornare a casa da sola. Se devo essere sincero, tutti ai cancelli della scuola, me compreso, pensavamo che non fosse proprio una buona idea. Adesso mi pento di non aver detto niente.»

«E Leanne Gibson, la conosce bene?»

Matthew Saunders si leccò di nuovo le labbra e lanciò una rapida occhiata a sua moglie. «Quando capita di incontrarci fuori dai cancelli della scuola, chiacchieriamo. Del più e del meno, sa com'è.»

Karen fece un piccolo colpo di tosse e disse: «Dottoressa Saunders, le dispiace se cambio idea e accetto quella tazza di tè?».

La donna sorrise. «Mi chiami Tanya. E certo che no. Voi non volete niente?»

L'ispettore Morgan scosse la testa. Matthew Saunders non rispose.

«Le do una mano» disse Karen, e seguì la dottoressa che uscì dal salotto e attraversò il corridoio per andare in cucina.

Karen aveva la netta impressione che ci fosse qualcosa che Matthew Saunders stava omettendo di dire. Forse, senza sua moglie seduta accanto a lui, sarebbe stato più propenso ad aprirsi.

Mentre Tanya riempiva il bollitore, le chiese: «Le tazze?».

La donna fece un cenno con la testa verso lo sportello sopra il cesto della frutta. Karen tirò fuori due tazze e le appoggiò sul bancone accanto al barattolo del tè.

«È terrificante, vero? Non so come facciate. A me quando allo studio vedo dei bambini malati o feriti si spezza il cuore. Il che non è niente in confronto a ciò che potrebbe essere capitato a quelle povere ragazzine» disse Tanya mentre si sistemava i capelli dietro le orecchie.

«Noi ovviamente speriamo che tutto si risolva per il meglio, ma più passa il tempo...» Karen alzò le spalle.

Tanya chiuse gli occhi per un momento e sospirò. «Povere piccole. È tutta la sera che ho un nodo allo stomaco, davvero sa. Al solo pensiero che Danny poteva...»

Karen le appoggiò una mano sul braccio. «Se inizia a pensare a queste cose impazzirà. Fatti di questo genere capitano molto raramente.»

Quando l'acqua cominciò a bollire, Tanya fece un cenno verso il frigorifero nell'angolo della cucina. «Le dispiace prendere il latte?»

Karen aprì lo sportello e tirò fuori la bottiglia. Non poté evitare di notare quanto fosse ordinato e pieno di cibo sano; una differenza abissale con il suo. Nel weekend doveva assolutamente ordinare la spesa online. Non avrebbe saputo come fare senza il servizio di consegna a domicilio, ne era dipendente.

Si augurò che l'ispettore Morgan stesse riuscendo a strappare delle informazioni da Matthew Saunders.

Quando l'ispettore Morgan osservò Matthew Saunders con attenzione, notò che aveva la fronte leggermente lucida di sudore.

«C'è stato qualcosa tra lei e Leanne Gibson?»

Matthew rivolse lo sguardo verso la porta. «Abbassi la voce! Certo che no. Cosa glielo fa pensare?»

«Il fatto è che quando Leanne è arrivata a scuola oggi pomeriggio non era molto contenta di vederla lì.»

Matthew scosse la testa. «Non è che non fosse contenta. Era solo sorpresa. Senta, d'accordo» disse e si avvicinò un po' all'ispettore Morgan. «Abbiamo avuto una piccola discussione un paio di mesi fa, e lei non mi ha perdonato del tutto. Non è stato niente di grave, davvero. Altrimenti glielo avrei detto.»

«Per cosa avete discusso?»

Matthew accennò una risatina nervosa. «Non me lo ricordo bene.»

«Faccia uno sforzo» disse Morgan.

Matthew emise un gemito e si sfregò la fronte con la mano. «Va bene. I bambini erano andati a giocare da un loro amichetto. Io dovevo incontrarla per un caffè insieme ad altre mamme e me ne sono dimenticato. Lei l'ha presa sul personale. Io le ho detto che era sciocco da parte sua e da lì le cose sono degenerate.»

«Tutto qui?» chiese l'ispettore Morgan.

«Sì, le ho detto che era una stupidaggine. Una discussione inutile. Probabilmente ce l'ha ancora un po' con me e basta.»

L'ispettore Morgan annuì e sorrise. Faceva il poliziotto da molto tempo, e se c'era una cosa che solitamente riusciva a capire, era quando qualcuno gli stava mentendo; e in quel momento Matthew Saunders stava mentendo.

Capitolo 14

Quando rientrarono in centrale, si erano fatte le undici. Nell'ufficio della sezione investigativa c'era ancora un gran trambusto. Sophie e Rick erano impegnati a controllare le segnalazioni ricevute in seguito all'appello fatto alla popolazione.

«Voi due che mi dite?» chiese Karen, mentre si toglieva il cappotto e lo buttava sullo schienale della sedia.

«Mi sembra di affogare nelle scartoffie» disse Rick. «Senti questa.» Prese un pezzo di carta dalla scrivania e lesse: «La signora Patterson ha visto le bambine da McDonald a Leeds dieci minuti dopo che sono scomparse». Ne prese un altro. «Il signor Clarkson è certo di aver visto le bambine a Piccadilly Station a Manchester un'ora prima che scomparissero.»

«Be', guarda il lato positivo, almeno questa è facile da escludere» disse Karen.

Rick sbuffò. «So che la gente cerca solo di aiutare. Ma come si può pensare che si riescano a scovare delle piste attendibili in mezzo a questo mucchio?» Piantò il dito sulla pila di fogli davanti a lui.

«Attraverso un'indagine metodica. Ce la faremo. Il capo dipartimento ha richiesto l'invio di molti uomini per rispondere alle chiamate e stabilire quali meritano la precedenza. Ci basta un solo avvistamento reale.»

Rick sospirò a lungo. «Suppongo che tu abbia ragione. Credo di aver bisogno di un altro caffè.»

Karen lanciò un'occhiata a Sophie. Stava fissando i fogli sulla sua scrivania. Aveva le guance arrossate per la concentrazione. «Come sta andando, Sophie?»

La giovane detective sollevò lo sguardo. «Più o meno come Rick, purtroppo. Credo che mi si stia appannando la vista.»

«Perché non fai una pausa e ti prendi un caffè? Ne berrei volentieri uno anch'io.» Si voltò verso l'ispettore Morgan per chiedergli se lo volesse anche lui, quando il sergente che era di turno irruppe nella stanza.

«Signore, c'è un aggiornamento sulle ricerche. Non sono riuscito a passarle la chiamata nel suo ufficio. Vuole prenderla qui?»

L'ispettore Morgan annuì. «Sì, grazie.»

«Usi quello.» Il sergente indicò il telefono sulla scrivania di Karen. «Digiti sei e poi selezioni la linea uno.»

Nella stanza si voltarono tutti a osservare l'ispettore Morgan che sollevava il ricevitore.

Mentre aspettava di sapere qualcosa Karen si accorse che stava trattenendo il fiato.

Dopo aver mormorato qualche "sì" e qualche "no", l'ispettore Morgan la guardò negli occhi e scosse la testa. Si sentì svuotare. Nessuna novità. Ormai erano passate più di sette ore da quando le bambine erano scomparse. A quel punto potevano essere state portate ovunque.

L'ispettore Morgan coprì il microfono con la mano e disse: «Non hanno trovato niente vicino a dove è stato rinvenuto il guanto se non delle impronte, e sono decisamente troppo grandi per appartenere a Sian o a Emily».

Karen si trascinò fino al distributore automatico e tornò con quattro caffè. Erano leggeri e non un granché, ma almeno contenevano caffeina.

Con la carica di quel caffè amaro riuscirono ad andare avanti per un altro paio d'ore, finché l'ispettore Morgan non uscì di nuovo dal suo ufficio.

«Sentite, domani avete il turno di giorno, quindi è meglio se ve ne andate a casa. Vi rivoglio qui di prima mattina.»

Sophie si strofinò gli occhi e Rick soffocò uno sbadiglio.

«Ha ragione, capo» disse il detective, «ma detesto andarmene a casa sapendo che loro sono ancora lì fuori.»

«Ci sono altri agenti che lavoreranno tutta la notte, Rick. Non le stiamo abbandonando» disse l'ispettore Morgan. «Ma non ci servirai a niente domani se non ti riposi, perciò fila.»

«D'accordo, non me lo farò ripetere due volte» disse Rick, prendendo il cappotto. «Forza, Sophie, andiamo.»

Mentre i due detective uscivano dall'ufficio, Karen si alzò e si sgranchì la schiena. «Va a casa anche lei, signore?»

L'ispettore Morgan annuì. «Tra poco. Voglio solo finire un paio di cose, e domattina presto sarò di nuovo qui.»

Karen prese la borsa e tirò fuori il cellulare. «Va bene. Allora buonanotte. Ci vediamo domani. Di prima mattina.»

Mentre scendeva le scale uscendo dall'ufficio, si sentì le gambe pesanti come il piombo. Era terribile tornare a casa, dove sarebbe stata al sicuro e al caldo, sapendo che Emily e Sian erano ancora lì fuori da qualche parte. Ma l'ispettore Morgan aveva ragione. Se non dormivano un po', l'indomani non sarebbero stati in grado di svolgere appieno il loro dovere. E c'erano due bambine che dipendevano da loro.

Karen attraversò Lincoln a bordo della sua Honda Civic. Se non altro, rientrando a casa così tardi non avrebbe trovato traffico.

Superò Pelham Bridge per poi proseguire dritto verso Canwick, incrociando pochissime macchine.

Arrivata a casa, avrebbe dovuto trovare il modo di rilassarsi a sufficienza per dormire. In quel momento la sua mente brulicava di possibili sospetti e teorie. Nessuno dei quali sembrava stare in piedi.

L'ispettore Morgan le aveva confidato di credere che Matthew Saunders nascondesse ancora qualcosa e Karen aveva dovuto ammettere che quell'uomo si stava comportando in modo strano. Anche se l'istinto le diceva che quel qualcosa non era necessariamente collegato alla sparizione di Emily e Sian.

E poi c'era lo zio di Sian, Nick Gibson.

La madre di Sian aveva avuto una reazione forte ripensando al fatto che Nick aveva turbato sua figlia. Era successo qualcosa di più di una semplice discussione per un iPad? Sospirò. Nelle condizioni in cui versava, Leanne Gibson non era una fonte attendibile. E a parte la reazione brusca di Nick, non c'era niente che le avesse dato modo di pensare a un suo coinvolgimento nella scomparsa delle bambine.

Si chiese se chiunque le avesse prese lo avesse pianificato. Oppure Sian ed Emily avevano deciso da sole di uscire prima da scuola e l'incontro con il loro rapitore era stato casuale?

Mentre percorreva Lincoln Road si sfregò gli occhi stanchi. Abitava in una grande casa indipendente con cinque camere da letto, nella via principale di Branston. Non era a ridosso della strada, c'era un lungo vialetto d'accesso, perciò il rumore del traffico non le dava grossi problemi.

Mise la freccia ed entrò nel vialetto. Le luci di sicurezza non scattarono. Sbuffò. Doveva essersi fulminata la lampadina, e quella sera non aveva la forza di occuparsene. Tipico comportamento da poliziotto, pensò, dare consigli su come rendere la propria casa sicura e poi non seguirli.

Lanciò un'occhiata ai bidoni della spazzatura e sbuffò di nuovo. L'indomani sarebbero passati a svuotarli e ovviamente quella mattina si era dimenticata di portarli all'ingresso del vialetto, perciò le sarebbe toccato farlo in quel momento.

Era una notte fredda. Di sicuro avrebbe gelato, e quelle povere bambine erano lì fuori da qualche parte... Almeno sperava che fossero ancora lì fuori.

Mentre percorreva i pochi passi che la separavano dalla casa si sfregò le mani, e quando era quasi arrivata alla porta e stava per tirare fuori le chiavi dalla tasca, vide un movimento dietro al cespuglio di agrifoglio.

Le balzò il cuore in gola. Si bloccò. C'era qualcuno lì fuori nell'oscurità. Che la stava aspettando.

Strinse forte le chiavi, assicurandosi che una spuntasse tra le dita, pronta a usarla per difendersi nel caso ce ne fosse stato bisogno.

Raddrizzò le spalle e gridò: «Chi c'è?» cercando di sembrare più coraggiosa di quanto fosse in realtà.

Si sentì un fruscio e da dietro il cespuglio spuntò una sagoma con i capelli biondi. Karen trattenne il respiro, poi si rilassò.

«Mary? Cosa ci fai qui?»

Era Mary Clarke, la vittima di violenza domestica che non molto tempo prima le aveva sbattuto la porta in faccia. Mentre si avvicinava, Karen notò che aveva del sangue sulla guancia e il labbro gonfio.

«È successo di nuovo» disse Karen con voce piatta.

«Sì. Mi dispiace.» Dalla voce sembrava sul punto di piangere. «Detesto disturbarla, ma non saprei dove altro andare. Non potevo tornare a casa.»

Karen sospirò. Questo andava contro ogni regola. Avrebbe dovuto telefonare in centrale e far venire qualcuno a raccogliere la dichiarazione di Mary, aiutarla a darsi una sistemata e mandarla in una struttura di accoglienza.

Pur sapendo tutto questo, sospirò e disse: «Immagino sia meglio entrare».

Aprì la porta e le fece strada. Dopo averle chiesto se voleva sporgere denuncia prima che qualunque prova andasse distrutta, e dopo che Mary le ebbe risposto di no, le mostrò dov'era il bagno.

Mentre Mary si faceva una doccia, preparò della zuppa di pollo per entrambe. Era solo roba in scatola, ma avrebbero dovuto accontentarsi. Girando il cucchiaio nella pentola il profumo di zuppa si diffuse nella stanza, e il suo stomaco si mise a brontolare. Era passato molto tempo dal pranzo.

Le due donne si sedettero al tavolo della cucina.

«Non può andare avanti così, Mary» disse Karen. Si fermò con il cucchiaio sospeso davanti alla bocca.

Mary evitò di guardarla negli occhi, ma annuì. «Lo so.»

«Le cose sono due. O lo denunci e ti sbarazzi di lui, oppure va a finire che ti ammazza.»

Mary tremò e si sentì il cucchiaio sbattere contro la scodella. La giovane donna si coprì gli occhi con la mano e scoppiò in lacrime.

Karen lasciò la zuppa a metà e si alzò da tavola, si avvicinò a lei e le mise delicatamente una mano sulla spalla.

«So che pensi che mi sto comportando come una stronza senza cuore. È solo che odio vederti così. Io voglio aiutarti, ma non posso farlo se tu non me lo permetti.»

Mary inspirò a fatica, ma non rispose.

Quando smise di piangere, Karen le disse: «Come vuoi. È tardi e io domattina ho la sveglia all'alba. Il letto nella camera degli ospiti accanto al bagno è fatto. Ti lascio la chiave di scorta. Io devo uscire presto, perciò se decidi di non restare, mettila nella cassetta delle lettere quando te ne vai, okay?».

Mary annuì.

«Ma ti consiglio vivamente di non tornare a casa. Troveremo una soluzione. Un posto in una casa rifugio per donne. Un nuovo lavoro. Una nuova vita. Una vita senza di lui.»

Non ricevendo risposta, sparecchiò e poi lavò i piatti. Dopo aver messo l'ultimo a scolare, si voltò e vide che Mary si era alzata da tavola.

«Grazie per avermi concesso di restare» disse la giovane donna.

«Figurati» le rispose, asciugandosi le mani su un canovaccio mentre Mary andava verso le scale.

Ruotò le spalle per cercare di alleviare il dolore tra le scapole. A volte, con tutte le porcherie che si vedevano in giro, avvertiva un senso di sopraffazione. Lei voleva credere che la maggior parte della gente fosse buona, ma col lavoro che faceva non era facile.

La sua mente era ancora troppo sveglia per poter prendere sonno, perciò si fece una cioccolata calda e si sedette di nuovo a tavola, con la schiena contro il muro e le gambe allungate, incrociate all'altezza delle caviglie.

Quella casa era decisamente troppo grande. Lei e Josh l'avevano comprata quasi dieci anni prima, e persino allora, che erano in tre, era un po' grande. Per scherzare dicevano che avrebbero preso un Golden retriever e gli avrebbero dato una cameretta tutta sua. Quel ricordo la fece sorridere. Ma adesso c'era solo lei a gironzolare per le stanze. Anche il giardino era di dimensioni folli. Avevano scelto quella casa perché avevano amato l'idea che Tilly potesse divertirsi a correre su e giù per il giardino, arrampicarsi sul melo e giocare in una di quelle casette per bambini. Guardò fuori dalla finestra della cucina. Era buio pesto lì fuori, ma se chiudeva gli occhi riusciva a vedere la sua piccola ridacchiare felice mentre Josh la inseguiva, bagnandola col tubo dell'acqua, in una giornata magica dell'ultima estate che avevano passato insieme.

La cosa più sensata da fare sarebbe stata trasferirsi in un posto più centrale, più piccolo, ma non ci riusciva, per la stessa ragione per cui non voleva andarsene dal Lincolnshire. Aveva paura che, mettendo della distanza tra lei e la sua vecchia vita, quei preziosi ricordi sarebbero sbiaditi sempre di più, fino a scomparire del tutto.

Capitolo 15

Dopo aver trascorso una notte agitata, Karen si alzò presto. Alle cinque era già sotto la doccia, aggirandosi per casa in punta di piedi per non svegliare Mary, che supponeva stesse dormendo nella camera degli ospiti.

Si sistemò i capelli scuri con un po' di schiuma. Li portava a spazzola, quindi fortunatamente si asciugavano in fretta. Era molto più comodo che perdere tempo con il phon ogni mattina, e anche per questo li teneva sempre corti.

Tirò fuori dall'armadio un paio di pantaloni grigi, poi scelse una camicia di cotone lilla chiaro e un cardigan grigio da mettere sopra. Vestirsi a strati era una buona soluzione per combattere il freddo, e quel giorno le conveniva coprirsi bene. Secondo la app del meteo sul suo telefonino, la massima sarebbe stata di sei gradi.

Stava per scendere al piano di sotto, quando si accorse che la porta della camera degli ospiti era spalancata. Attraversò il corridoio in punta di piedi e sbirciò dentro. Il letto era fatto. Anche in bagno non c'era nessuno. Non c'era traccia di Mary. Se n'era andata.

Controllò velocemente le altre stanze. Evidentemente Mary aveva deciso di tornare a casa dal suo cosiddetto compagno, l'uomo che la picchiava.

«Perché?» mormorò Karen, sbattendo il pugno contro il muro per la frustrazione.

Sapeva che i casi di violenza domestica erano complicati. E non aveva dubbi che il compagno di Mary potesse anche risultare affascinante, quando lo voleva. Probabilmente le aveva detto che non sarebbe successo mai più, che non poteva vivere senza di lei. Lo dicevano sempre.

Karen le aveva offerto più volte una via di fuga, e Mary le aveva confidato che la sua famiglia avrebbe fatto carte false purché lo piantasse. Il sostegno non le mancava di certo, ma sembrava non bastare.

Con un senso di rabbia mista a frustrazione, si allontanò dalla camera degli ospiti battendo i piedi e scese le scale a passo pesante.

Quello non era il momento di pensare a Mary. Doveva andare in centrale e concentrarsi sul caso. Aveva offerto a quella donna il suo aiuto, ma se lei non era pronta ad accettarlo, non c'era niente che potesse fare.

Ma c'era qualcosa che poteva fare per quelle due bambine.

Valutò l'ipotesi di uscire subito, senza bere il caffè, ma si rese conto immediatamente che era una pessima idea. Persino pochi sorsi di caffeina l'avrebbero aiutata. Mise del caffè istantaneo in una tazza e mentre aspettava che l'acqua bollisse, controllò sul telefonino i social network, le testate locali e le email. Dai siti di informazione non risultava ci fossero stati sviluppi. Certo, questo non significava che la squadra non avesse scoperto niente di nuovo, ma solo che non ne era giunta voce alla stampa.

Finì di preparare il caffè, ne bevve qualche sorso e buttò il resto nel lavello. Poi prese borsa e cappotto e uscì di casa. Era ancora abbastanza buio: quando si incamminò verso la sua auto, le luci di sicurezza si accesero. Evidentemente stavano facendo le bizze, perché era certa che la sera prima non fossero scattate. Doveva chiamare qualcuno che venisse a dargli un'occhiata. Un'altra cosa da aggiungere al numero crescente di faccende di cui doveva occuparsi. Tra il caso delle bambine e la lista di cose da fare, era così immersa nei suoi pensieri, che quando Christine la chiamò attraverso la siepe fece un salto di mezzo metro.

«Buongiorno, tesoro. Immaginavo che saresti uscita presto. Tieni.» Christine si sporse oltre la siepe che separava i loro giardini e allungò verso di lei una tazza termica. «Caffè appena fatto. La tazza lo terrà in caldo.»

Christine era già vestita. Faticava a dormire più di cinque ore per notte e si alzava sempre molto presto.

Karen si avvicinò. «Sei un angelo, Christine.»

«Tu riguardati. Non strafare.»

Karen sorrise. «D'accordo.»

«Ho chiesto in giro e, come avevi previsto, la notizia delle bambine scomparse è sulla bocca di tutti.»

«Qualcuno ha notato qualcosa di strano?»

La donna scosse la testa. «No, niente. Ma come sempre i pettegolezzi non mancano.»

«Cosa dicono?»

Christine fece una smorfia. «Più che altro si lamentano della polizia. Il ricordo della scomparsa di Amy è ancora fresco, e adesso queste due bambine. La *gente* è scossa.»

«È comprensibile.» Karen si voltò per andarsene, poi si fermò. «Christine, se oggi dovessi vedere una donna bionda che si aggira intorno a casa mia, puoi farla entrare per favore?»

Christine sembrò sorpresa. «Sì certo, ho le chiavi.»

La sua vicina aveva un mazzo di scorta da usare in caso di emergenza, e una volta aveva fatto entrare in casa di Karen gli uomini della British Gas, ma questa era una circostanza insolita che andava spiegata.

«Grazie. Si chiama Mary. È una vittima di violenza domestica e io sto cercando di aiutarla. Ma è come parlare al muro. Non riesco a farla ragionare.»

«Terrò gli occhi aperti.»

«Potrebbe anche non tornare.» Karen scrollò le spalle. «E non c'è motivo di pensare che quel violento del compagno si presenti qui, ma volevo avvertirti. Non si sa mai. Mi sta venendo il dubbio che non voglia il mio aiuto. È così frustrante. A quest'ora avrebbe potuto trovarsi in una casa rifugio, a rimettere in piedi la sua vita.»

Mary aveva diritto alla sua privacy, ma essersi presentata a casa di Karen la sera prima aveva cambiato le cose. Christine meritava di essere messa al corrente della situazione, nel caso in cui si fosse trovata davanti quel buono a nulla del compagno di Mary.

La donna le rivolse un sorriso amaro. «So che vuoi sistemare le cose per lei, ma a volte le cose non si possono sistemare. A volte l'unica cosa che si può fare è ascoltare.»

Le strade buie del Lincolnshire erano quasi deserte, perciò Karen non ci impiegò molto a raggiungere Nettleham. A metà strada la caffeina iniziò a fare effetto e riuscì a smettere di sbadigliare.

Mancavano pochi minuti alle sei quando mise piede in ufficio. I detective del turno di notte alzarono gli occhi dalle scrivanie, annuirono e bofonchiarono buongiorno. Non c'era traccia di Rick o di Sophie, ma lei sapeva che sarebbero arrivati a breve.

La luce nell'ufficio dell'ispettore Morgan era accesa e andò a bussare alla porta. Nel sentire la sua voce, la aprì ed entrò.

«Buongiorno. Spero che lei abbia dormito meglio di me» disse.

L'ispettore Morgan soffocò uno sbadiglio. «Ne dubito» rispose. «Il briefing non comincerà prima delle nove.»

«Ci sono stati sviluppi nella notte?» chiese Karen.

«Diverse telefonate da parte della cittadinanza e commenti sui social network. C'è stato un potenziale avvistamento a Cherry Willingham, sono in corso i controlli, ma credo che non ci porterà da nessuna parte. Ieri notte a Heighington una signora anziana ha denunciato la presenza di alcuni bambini nel giardino sul retro di casa sua, ma si è scoperto che erano due ragazzi che avevano deciso che il suo capanno degli attrezzi era il posto perfetto per provare un po' d'erba.»

Karen alzò gli occhi al cielo. «Fantastico.»

«Sfortunatamente, questo è ciò che succede quando facciamo un appello alla popolazione, ma dobbiamo sperare che alcune delle informazioni che riceviamo siano utili.»

«Vorrei ci fosse un modo per fare una scrematura e rendere le cose più semplici.»

«Anch'io.»

«Vado a prendere un caffè alla macchinetta» disse Karen. «A giudicare da come mi sento, mi conviene mantenere alti i livelli di caffeina. Posso portarle qualcosa?»

L'ispettore Morgan fece una smorfia e indicò una tazza mezza vuota sulla sua scrivania. «Grazie, ma non credo di riuscire a mandarne giù dell'altro per adesso. Ci sarà un modo per avere del caffè di qualità migliore.»

«Prima in mensa c'era una vera macchinetta, ma si è rotta» disse Karen. «Comincio a controllare le segnalazioni.»

«Ottimo. Ieri notte stavo ripensando a un po' di cose e non riuscivo a togliermi dalla testa lo strano comportamento che ha avuto Matthew Saunders quando gli abbiamo rivolto quelle domande. Dovremmo parlargli di nuovo» disse l'ispettore Morgan. «Questa volta senza che sia presente nessun altro. Non so perché, ma credo che ci nasconda qualcosa.»

«Quando ho incontrato Nick Gibson ho avuto la stessa impressione» disse Karen. «È difficile capire se c'entri o meno con la scomparsa della nipote, ma era un po' teso.»

L'ispettore Morgan ci pensò su un attimo, poi disse: «Va bene, aspettiamo a scartarlo. Teniamolo d'occhio».

Karen concordò. Era troppo presto per escludere qualcuno, specialmente se si trattava di una persona così vicina a una delle due bambine.

«E occorre parlare con gli amichetti delle bambine e con i loro compagni» disse l'ispettore Morgan. «Ce ne sono venticinque nella classe di Sian ed Emily. Molti sono stati sentiti brevemente ieri, ma dobbiamo continuare a scavare. Potrebbero aver visto qualcosa, oppure una delle bambine potrebbe aver accennato a un dettaglio rilevante.»

«Ci vorrà un bel po'.»

L'ispettore Morgan annuì. «È vero. Ma la scuola è aperta oggi, e ho sentito Jackie Lyons: non ha nulla in contrario se degli agenti andranno a parlare con i bambini uno alla volta. Il problema, ovviamente, è che ci sarà bisogno di qualcuno che faccia da tutore. Alle sette e mezza dovremo cominciare a telefonare ai genitori per chiedere l'autorizzazione. Se per loro va bene, potremmo far presenziare al colloquio una maestra, o se vogliono, possono venire a scuola ed essere presenti in prima persona. È possibile che qualcuno rifiuti, ma la maggior parte credo vorrà collaborare e aiutare in ogni modo.»

Karen si augurò che avesse ragione. «Va bene, c'è molto da fare. Ci vediamo al briefing.»

Lasciato l'ispettore Morgan, attraversò l'ufficio e si diresse ai distributori automatici in corridoio. Selezionò il numero ventitré, caffè macchiato senza zucchero, e aspettò che la macchina, con un gorgoglio, si mettesse in azione.

In quel momento sentì una voce pimpante dietro di sé. «Buongiorno, sergente.»

Si voltò e vide Rick, con l'aria stanca, che le rivolgeva un gran sorriso.

«Buongiorno» disse, piegandosi per tirare fuori il caffè dal distributore. «Ne vuoi uno?» gli chiese, sollevando il bicchiere.

Rick fece una smorfia. «No, grazie. L'ho già preso a casa. Ci sono novità?»

Camminarono insieme verso l'ufficio e Karen lo aggiornò su ciò che c'era in agenda quel giorno.

«Non sono mai stato molto bravo con i bambini» disse Rick, arricciando il naso mentre si toglieva il cappotto e lo buttava sullo schienale della sedia. «Prima di andare prepareremo le domande da fare?»

Karen annuì. «Sì, subito dopo il briefing.» Soffiò sul caffè prima di bere un sorso.

«Ieri notte ha fatto freddo» disse Rick. «È terribile pensare che quelle ragazzine siano lì fuori.»

«Be', oggi abbiamo tantissime piste da verificare. Ci sono state un mucchio di segnalazioni. Bob McKenzie sta coordinando le chiamate. Perciò puoi farti dare una pila di fogli da lui ed escluderle una per una. Dovresti riuscire a controllarne un bel po' prima del briefing.»

«Agli ordini» disse Rick con tono allegro, prima di voltarsi e andare a cercare Bob.

Sophie arrivò quindici minuti più tardi e Karen aggiornò anche lei. Era contenta di vedere che la giovane detective fosse un po' più entusiasta di Rick all'idea di parlare con i bambini della scuola di Moore Lane.

Poco prima delle otto, il sergente di turno entrò nel grande ufficio. Aveva le guance rosse e sembrava gli mancasse il respiro.

«Non riesco a mettermi in comunicazione con l'ispettore Morgan» disse guardando Karen.

Lei si voltò e con la coda dell'occhio vide l'ispettore al telefono nel suo ufficio. «Se è una chiamata urgente può trasferirla sulla mia linea.»

«Non è una telefonata. C'è una donna qui sotto. Insegna alla scuola elementare di Washingborough.»

Washingborough era un villaggio a circa un chilometro e mezzo da Heighington. Karen aspettò che l'uomo proseguisse.

«Vuole parlare con qualcuno riguardo alle bambine scomparse. Sembra che abbia visto un uomo aggirarsi intorno alla scuola ieri, verso l'ora di pranzo.»

Karen sollevò un sopracciglio e si alzò. «Ed è ancora qui sotto?»

«L'ho fatta accomodare nella stanza interrogatori numero due. Pensavo che lei o l'ispettore Morgan avreste voluto parlarle.»

«Sì. Grazie mille.»

Dopo aver dato un paio di istruzioni a Rick, scrisse un messaggio per l'ispettore Morgan, poi entrò nel suo ufficio e fece scivolare il pezzo di carta sulla sua scrivania.

Lui lo raccolse e lo lesse con attenzione. La telefonata doveva essere importante perché annuì e le fece segno di andare avanti senza di lui.

Karen prese il cellulare dalla propria scrivania insieme a un bloc-notes e una penna, uscì con passo deciso dall'ufficio, percorse il corridoio e poi scese le scale per incontrare l'insegnante.

Capitolo 16

Aprì la porta della stanza degli interrogatori e trovò una donna dall'aria nervosa seduta al tavolo. Aveva i capelli ricci castano chiari, quel genere di riccio impossibile da domare.

Quando entrò nella stanza, la donna alzò lo sguardo verso di lei.

«Se ho capito bene, insegna alla scuola elementare di Washingborough» le disse, porgendole la mano. «Io sono la sergente detective Karen Hart.»

La donna allungò il braccio sul tavolo per stringere la mano di Karen. «Lei lavora al caso delle bambine scomparse a Heighington?»

Karen annuì e si mise a sedere. «Esatto. Il suo nome completo, per favore?»

«Tessa Grimes. Ero indecisa se contattarvi o meno. Ho saputo quello che è successo ieri soltanto stamattina, quando ho aperto Facebook, poi ho visto l'email della nostra preside.» Tessa si passò una mano tra i capelli ribelli. «Il fatto è che bisogna sempre stare in guardia al giorno d'oggi. E forse è una cosa senza importanza ma... non riuscirei a vivere con me stessa se non ve la riferissi.»

«Ma certo» disse Karen, annuendo per incoraggiarla. «Ha fatto bene a venire. Cos'ha visto di preciso?»

«Mah! In realtà poco e niente. Stavo sorvegliando i bambini in cortile durante la ricreazione e uno di loro è venuto a dirmi che una sua compagna era vicino al cancello d'ingresso e stava parlando con un uomo. Sono andata a controllare, ma lui mi aveva vista arrivare e stava già attraversando la strada. Non credo che fosse una situazione minacciosa, ma di questi tempi uno si preoccupa.»

«Chi era l'alunna con cui stava parlando?»

«Una bambina del quinto anno, Rachel Macintosh. Ovviamente, dopo ho chiesto a lei. Non sembrava affatto turbata e mi ha detto che quell'uomo voleva solo sapere l'ora.»

«Come mai Rachel era vicino all'ingresso?»

«Be', non so se ha presente la scuola elementare di Washingborough, ma c'è un cortile e una striscia d'erba che si allunga fino all'entrata. I bambini giocano spesso lì. Ci sono la recinzione e i cancelli, perciò non possono uscire. Non credo che Rachel sia mai stata in pericolo. Ho parlato con la preside riguardo a questo incidente e oggi manderemo una lettera ai genitori. Così saranno tutti allertati. L'attenzione non è mai troppa.»

«Sono d'accordo. Sarebbe in grado di dirmi che aspetto aveva quell'uomo?»

Tessa fece una smorfia. «Se devo essere sincera, non l'ho visto molto bene. Non saprei dire con precisione. Le due cose che mi sono saltate all'occhio sono state i capelli rossi acceso e il fatto che fosse molto alto.»

Karen sentì il battito del cuore che accelerava. «Capelli rossi?»

Tessa annuì. «Sì, di un rosso intenso. Difficile non notarli.»

«Saprebbe dargli un'età?»

«Mi faccia pensare. Direi che poteva avere intorno ai trentacinque anni, forse qualcuno in più.»

Karen si piegò in avanti con fare entusiasta. «Ci è stata di grande aiuto. Grazie. Senta, secondo lei i genitori di Rachel acconsentirebbero a farci parlare con la figlia stamattina? Solo per chiederle se riesce a descrivercelo o se le ha detto qualcos'altro.»

«Sono sicura che sarebbero più che felici di essere d'aiuto. Immagino che ormai abbiano saputo tutti di quelle povere bambine.

Se servirà a farle tornare a casa sane e salve, vorranno senz'altro dare il loro contributo.» Tessa appoggiò le mani sul tavolo e ne osservò il dorso. «Non credevo davvero che questo genere di cose potesse capitare dalle nostre parti.»

«È molto raro» disse Karen. «Ma è un bene che lei tenga gli occhi aperti. Forse è meglio impedire ai bambini di giocare vicino al cancello.»

«Ha ragione. Non potrei sopportare l'idea che uno dei nostri alunni venisse rapito.»

Karen rivolse a Tessa qualche altra domanda, prendendo appunti precisi. «A che ora è successo?»

«Più o meno alle dodici e quarantacinque di ieri. I bambini avevano mangiato ed erano fuori in cortile a giocare.»

Si segnò l'orario. Era possibile che lo stesso uomo che aveva parlato con Rachel a distanza di poche ore avesse rapito Emily e Sian? Oppure le bambine si erano allontanate da scuola prima e si erano imbattute in quel predatore dai capelli rossi?

Karen concluse il colloquio con Tessa Grimes e la ringraziò per la sua disponibilità. Si fece lasciare il numero di cellulare di Sarah Macintosh, la madre di Rachel Macintosh.

Moriva dalla voglia di uscire dalla stanza degli interrogatori e correre di sopra per informare l'ispettore Morgan su ciò che aveva scoperto. Poteva essere la loro pista migliore fino a quel momento.

Appena entrò in ufficio, Karen rivolse un gran sorriso a Rick e si avvicinò alla sua scrivania.

«Sembri soddisfatta, sergente» le disse lui. «Ne deduco che quell'insegnante avesse qualcosa di utile da raccontarci.»

«Infatti è così. Mi ha detto che ha visto un uomo ai cancelli della scuola elementare di Washingborough ieri a pranzo. Ovvero poche ore prima della scomparsa di Sian ed Emily.»

«Te lo ha descritto?» le chiese Rick con aria entusiasta.

«Non è riuscita a vederlo bene, ma una cosa che mi ha detto è che aveva i capelli rossi.»

Il detective fece un leggero fischio. «Stai pensando di nuovo ai Palmer, vero?»

«Non voglio saltare a conclusioni affrettate. Ma Jasper Palmer ha i capelli rosso acceso» rispose Karen sollevando le spalle.

Rick annuì lentamente e spalancò gli occhi. «L'ispettore Morgan cosa dice?»

«Non ci ho ancora parlato» disse Karen. «Prima ho un lavoro per te. Sei pratico di Washingborough?»

Rick scosse la testa. «Ci sarò passato un paio di volte. Ma non la conosco bene.»

«Senti, la scuola è davanti al supermercato Co-op e, grazie a qualcuno che l'anno scorso ha sfondato la vetrata con un'auto per rubare il bancomat, hanno potenziato il sistema di videosorveglianza.»

Sul viso di Rick spuntò un sorriso a trentadue denti. «Quindi stai pensando che potrebbero esserci le registrazioni di quanto avvenuto ai cancelli della scuola.»

«Esatto. Con un po' di fortuna, saremo in grado di dire se quell'uomo era Jasper Palmer. Perciò voglio che ti procuri quei filmati e che li controlli.»

Rick prese il cellulare. «Nessun problema. Mi metto subito all'opera.»

Karen gli mostrò il pollice in su e si diresse verso l'ufficio dell'ispettore Morgan per aggiornarlo.

«Rick controllerà i filmati di videosorveglianza» gli disse. «Voglio chiedere a Sophie di dargli una mano. Pensavo di andare a parlare con Sarah Macintosh e con la figlia Rachel. È stata lei a vederlo meglio di tutti, perciò potrebbe essere in grado di fornirci una descrizione più accurata dell'uomo con i capelli rossi. Male che vada, dovremmo riuscire a scoprire cosa le ha detto, così potremo capire se c'è o meno un collegamento tra l'uomo che ha parlato con Rachel al cancello della scuola e la scomparsa di Emily e Sian un paio di ore dopo.»

L'ispettore Morgan annuì e gettò la penna sulla scrivania. «Ottimo. Questa potrebbe essere la svolta che ci serviva. Se quell'uomo non è riuscito a rapire Rachel perché è stato disturbato, forse è andato a Heighington. E Sian ed Emily non sono state altrettanto fortunate.»

«Dovremo assegnare i colloqui con gli alunni della scuola di Heighington ad altri agenti. Abbiamo abbastanza uomini?» chiese Karen, ricordandosi qual era in origine il piano per la mattina.

«Sì, non dovrebbe essere un problema.»

«Parlo subito con la scuola, poi farò una telefonata a Sarah Macintosh. E dopo, con il suo permesso, signore, vorrei mettere un po' di pressione addosso a Jasper Palmer.»

L'ispettore Morgan esitò e scosse la testa. Si appoggiò allo schienale della sedia. «Credo sia un po' presto. Meglio aspettare che arrivino i filmati della videosorveglianza. In seguito studieremo una strategia.»

Karen voleva controbattere. Voleva spiegargli che quando si aveva a che fare con gente come Nigel e Jasper Palmer bisognava stargli addosso, ma sapeva che non era così che agiva l'ispettore Morgan. A lui piaceva operare seguendo la logica, la ragione, come voleva la prassi, basandosi sui fatti, non sulle sensazioni.

Si morsicò la lingua e annuì. «Okay. Mi sembra giusto. Mi organizzo per parlare con la bambina e sua madre, e intanto vediamo cosa viene fuori dai filmati.»

«Credo sia meglio procedere in questo modo» disse l'ispettore Morgan. Quando Karen era quasi alla porta, alzò lo sguardo e le disse: «Ottimo lavoro, sergente Hart».

Lei gli sorrise e poi scomparve per tornare alla sua postazione e chiamare Sarah Macintosh.

—∞—

Karen picchiettava le dita sulla scrivania mentre aspettava con impazienza che la madre di Rachel Macintosh rispondesse al cellulare. Dopo il primo tentativo in cui aveva suonato a vuoto, Karen aveva subito ricomposto il numero: stavolta le risposero al terzo squillo.

«Pronto?» disse una voce di donna, con un tono che sembrava un po' seccato.

«Pronto, è la signora Macintosh?»

«Sì, ma se vuole vendermi qualcosa, non m'interessa. Sto aiutando mia figlia a prepararsi per andare a scuola.»

«Non vendo niente. Sono la sergente detective Karen Hart e la sto chiamando dalla centrale di polizia di Nettleham.»

Alle parole di Karen seguì un silenzio attonito da parte della sua interlocutrice, perciò proseguì: «Mi scusi se la chiamo così presto, ma speravo di potere scambiare due parole con lei e con sua figlia Rachel questa mattina».

«Con Rachel? E perché mai?»

«Ieri, quando Rachel era a scuola, un uomo si è avvicinato al cancello e ha parlato con lei. Mi risulta che Tessa Grimes, una delle maestre, le abbia raccontato cos'è successo.»

«Sì, ma non è stato niente di che. Rachel ha detto che quell'uomo le ha solo chiesto l'ora. Insomma, ho pensato che fosse un po' strano, ma ritiene davvero necessario che ne parli con la polizia? Le ho spiegato di nuovo che non deve fidarsi degli sconosciuti e le ho vietato di parlare con chiunque si aggiri intorno alla scuola.»

«Non so se ha sentito delle due bambine che sono scomparse dalla scuola di Heighington ieri pomeriggio.»

La sentì sussultare. *«No! Non sapevo niente. Oddio, che cosa terribile. Lei pensa che sia stato l'uomo con cui Rachel...?»*

«Non lo sappiamo. È possibile che si sia trattato di un incontro del tutto innocente, ma considerato quello che è successo a pochi chilometri di distanza un paio d'ore dopo, vorremmo parlare con Rachel. Ovviamente con lei presente. E non faremo o diremo niente che possa turbare sua figlia.»

«Ma certo. Capisco. Quando volete incontrarla?»

«Il prima possibile. Volevo chiederle dove pensa che Rachel si sentirebbe più a suo agio. Posso venire a casa vostra, oppure raggiungerla a scuola.»

Sarah Macintosh rimase in silenzio per un attimo mentre ci pensava, poi disse: *«Credo sia meglio a scuola. Per lei va bene?»*.

«Ma certamente. Diciamo tra una mezz'ora?»

«D'accordo.»

«Perfetto, a dopo. Grazie del suo aiuto.»

Karen riagganciò e chiamò Tessa Grimes sul cellulare.

«Pronto?» Il rumore del traffico faceva sembrare la sua voce lontana.

«Salve, Tessa, sono la sergente detective Hart.»

«Ho dimenticato qualcosa?»

«No, mi scusi se la disturbo di nuovo così presto. Stava guidando?»

«Sì, ma mi sono fermata in una piazzola. Mi dica.»

«Ho appena parlato con la madre di Rachel e lei ritiene che la figlia si sentirebbe più a suo agio se la incontrassi a scuola. Speravo che potessimo fare tra mezz'ora.»

«Immagino che vada bene, ma in teoria non si dovrebbero far entrare gli alunni prima dell'orario... Sa, per via dell'assicurazione e quel genere di cose.»

«È una cosa molto importante, Tessa.»

«Sì, ma certo che lo è. Mi scusi, sono sicura che per questa volta possiamo fare uno strappo alla regola.»

Karen riagganciò e avvertì un brivido d'eccitazione. Qualcosa si stava muovendo. Se Rachel fosse stata in grado di identificare in Jasper Palmer l'uomo ai cancelli della scuola, con un pizzico di fortuna il caso della scomparsa di Sian Gibson ed Emily Dean, così come quello di Amy Fisher, svanita nel nulla diciotto mesi prima, avrebbero potuto essere dichiarati chiusi una volta per tutte.

Capitolo 17

Karen raggiunse la scuola elementare di Washingborough in venticinque minuti. Era uscita dalla centrale di corsa, lasciando all'ispettore Morgan il compito di informare il capo dipartimento.

Tessa Grimes la aspettava all'entrata e mentre lei si avvicinava le sorrise. Aprì le grandi doppie porte. «La preside è nel suo ufficio, se vuole prima scambiare due chiacchiere con lei» suggerì Tessa, richiudendo dietro di loro.

Karen la ringraziò e le disse che era una buona idea. Sarebbe stato d'aiuto parlare con un'altra insegnante e ottenere più informazioni. E poi era ancora un po' presto per l'appuntamento con Sarah Macintosh e Rachel.

Tessa la accompagnò in presidenza e poi le lasciò sole, dicendo che andava a controllare se Rachel e la madre erano arrivate.

La preside era più giovane di quanto Karen si aspettasse. Con un sobrio completo nero, capelli neri pettinati all'indietro e un trucco leggero, le sembrò un personaggio di *Matrix*.

La donna si alzò da dietro la scrivania e allungò la mano verso di lei. «Sono Eleanor Trent» disse. «Ero molto preoccupata quando Tessa mi ha detto dell'incidente di ieri. È terribile pensare che possa essere collegato alla scomparsa delle due bambine a Heighington.»

«Be', ancora non lo sappiamo per certo» disse Karen. «È per questo che voglio parlare con Rachel Macintosh.»

La signorina Trent indicò la sedia davanti alla scrivania. «La prego, si accomodi.»

Karen prese posto sulla sedia imbottita.

«Daremo a tutti i bambini una lettera da portare a casa. Questa è una bozza.» La signorina Trent spinse un foglio verso di lei.

Karen lo prese e lesse velocemente il contenuto. Era una lettera generica, piena di avvertimenti per ricordare ai genitori che i bambini devono essere messi al corrente dei rischi che si corrono a parlare con gli sconosciuti, con un paragrafo finale che accennava al fatto che un uomo era stato visto aggirarsi ai cancelli della scuola.

Karen appoggiò il foglio sulla scrivania. «Credo sia una buona idea che i genitori vengano allertati.»

«Ma certo.» Eleanor Trent si schiarì la voce. «L'incidente di ieri è stato abbastanza preoccupante da spingermi a preparare quelle lettere, ma lì per lì non ci avevo visto niente di inquietante, e Rachel non sembrava turbata.» Aggrottò le sopracciglia. «Forse avrei dovuto fare di più, ma non volevo avere una reazione esagerata. Mi ricordo che qualche anno fa la polizia mandò un'unità in visita alla scuola per spiegare ai bambini i pericoli del parlare con le persone che non conoscono. Voi offrite un servizio simile?»

«Possiamo senza dubbio organizzarlo. Ci sono degli agenti che a rotazione vengono mandati a far visita alle scuole. Proverò a chiedere se è possibile farvi saltare la coda.»

La signorina Trent sorrise. «La ringrazio.» Guardò l'orologio sulla parete e disse: «Potrebbe parlare con Rachel in sala professori. Le classi saranno tutte occupate. Ho chiesto agli insegnanti di non usare quella stanza, non volevo che avesse la sensazione di doverla liberare in fretta. Qui da noi ci sono solo sei insegnanti, perciò non è uno spazio enorme, ma credo che possa fare al caso suo».

Si alzò, e Karen fece lo stesso.

«Grazie.»

«Posso offrirle un caffè o un tè?»

Karen scosse la testa. «No, grazie.»

Seguì la preside fuori dall'ufficio. La sala professori era lungo lo stesso corridoio più avanti sulla destra e, nell'entrare, Karen si rese conto che quella donna aveva ragione. Era piccola. C'era una zona per preparare tè e caffè, un tavolino, un divano che dava l'idea di non essere per niente comodo e due sedie imbottite un po' scolorite e malconce.

Rimasta sola, sistemò le sedie in modo da avere Rachel e la madre di fronte. Ne aveva appena spostata una a sinistra del tavolino quando la porta si aprì.

Era Tessa Grimes, e dietro di lei c'era una donna bassa, con i capelli castani, che stringeva la mano di una ragazzina.

Entrarono nella stanza e Tessa le presentò come Sarah e Rachel Macintosh. Karen sorrise e si assicurò di mantenere un tono informale mentre chiedeva a entrambe di sedersi.

«Se non ha più bisogno di me, detective, inizio ad andare in classe.»

«Sono certa che ce la caveremo, grazie.»

Tessa sorrise. «Se quando ha finito qui le servisse qualcosa, chieda pure alla segretaria. Il suo ufficio è accanto a quello della preside.»

Karen la ringraziò di nuovo e si mise a sedere, poi guardò Rachel e sua madre. Avevano un'aria terrorizzata, il che, date le circostanze, era senza dubbio comprensibile.

«Voglio cominciare col dire che Rachel è qui per aiutarci. Nessuno finirà nei guai in alcun modo. Qualunque cosa ti ricordi, per quanto ti sembri piccola, potrebbe esserci utile. Perciò è importante che tu mi dica tutto ciò ti viene in mente.»

Sarah Macintosh le diede un leggero colpo col gomito per incoraggiarla e la bambina annuì.

Sarah aveva la carnagione chiara e i capelli castani quasi biondi, tagliati a caschetto. Le sopracciglia formavano un arco così perfetto che Karen sospettava le avesse disegnate, o che fossero tatuate. Rachel aveva lo stesso colore di capelli della madre, ma li portava lunghi, sotto le spalle. Aveva una mollettina rosa che le tirava indietro la frangetta lasciandole la fronte scoperta. Anche lei aveva la carnagione molto chiara e sul naso delle piccole lentiggini.

«Allora, Rachel, tua madre ti ha detto perché voglio parlare con te?»

Rachel scosse la testa.

Sua madre sospirò esasperata. «Sì, invece. Te l'ho spiegato mentre venivamo qui.»

«Sì, ma io non ho capito perché vuole parlare proprio con me» mormorò Rachel.

«Voglio parlare con te, Rachel, perché sei stata tu a parlare con quell'uomo al cancello e sei riuscita a vederlo bene. Non è perché sei nei guai, capito?»

Rachel annuì lentamente.

«Lo avevi già visto prima?»

Rachel scosse la testa.

«Ti ha detto come si chiamava o a chiesto a te come ti chiamavi?»

«No, mi ha solo chiesto l'ora.»

«E tu cosa gli hai risposto?»

«Che non lo sapevo. Era ora di pranzo, ma io non ho l'orologio.»

«Ti ha detto qualcos'altro?»

Rachel esitò e con la coda dell'occhio guardò sua madre prima di rispondere: «Mi ha detto che avevo dei bei capelli».

Sarah Macintosh stava quasi per sussultare ma si trattenne, e Karen comprese la sua reazione. Quel commento, che in qualunque altra circostanza sarebbe stato considerato un complimento, le aveva fatto accapponare la pelle.

«Grazie, Rachel. Ci stai aiutando molto. Ora, ti ricordi che aspetto aveva?»

La bambina si morse il labbro inferiore e fece dondolare le gambe. Le scarpe colpirono la sedia di legno producendo un rumore sordo.

«Stai ferma, Rachel» disse sua madre in modo brusco.

«Era abbastanza alto e aveva i capelli dello stesso colore di Gillian.»

«Gillian?»

Sarah Macintosh tolse il braccio dalle spalle della figlia e infilò la mano nella borsa. «Gillian è la cugina di Rachel. La figlia di mia sorella. Credo di avere una sua foto nel portafogli.»

Rovistò per qualche secondo nella borsa prima di tirare fuori un grosso portafogli nero.

Lo aprì e un comparto ricadde verso il basso, liberando una custodia per carte di credito piena zeppa di fotografie. Ne scelse una e la diede a Karen.

«Gillian è quella a sinistra.»

Karen guardò la bella bambina. Aveva degli splendidi capelli rosso fuoco, ma non fu quello a farle saltare il cuore in gola. Il colore era identico a quello dei capelli di Jasper Palmer.

«Sai dirmi qualcos'altro riguardo al suo aspetto?» chiese Karen.

Rachel scosse la testa e non disse niente.

«Di che colore erano gli occhi?» chiese Sarah Macintosh, rivolgendosi alla figlia.

«Non... me lo ricordo.»

«E che mi dici dei vestiti?» insistette Karen.

«Aveva un lungo cappotto marrone» disse Rachel. «Come quello che si metteva papà quando andava a sparare.»

«Credo intenda una giacca in tela cerata. Sa, quelle fatte a mantello»

Karen annuì. Se fosse stato necessario, avrebbero potuto mostrare a Rachel delle fotografie di vari giacconi e chiederle di sceglierne uno somigliante.

«Ci stai aiutando molto. Brava, Rachel.»

«Cos'ha fatto a quelle altre bambine?» chiese Rachel. «È lo stesso uomo?»

Sarah Macintosh fece una faccia sconvolta quando si rese conto che sua figlia aveva capito perché erano così interessati all'uomo con cui aveva parlato il giorno prima.

«Non lo sappiamo ancora, ma stiamo cercando di scoprirlo. È per questo che la descrizione che ci hai fatto di lui ci è di grande aiuto.» Karen le sorrise e lei sembrò rilassarsi un pochino.

«Senti, ti viene in mente qualcos'altro? Magari ti ha fatto delle domande?»

Rachel spalancò gli occhi e scosse la testa in modo deciso. «No, non mi ha detto nient'altro.»

«Sei sicura sicura, Rachel? È importante» disse sua madre.

La bambina aveva le mani appoggiate sulle gambe e intrecciò le dita. «Non me lo ricordo. Mi sembra di no.»

«Bene, sei stata bravissima stamattina, Rachel. Grazie mille.»

Rachel sollevò la testa. «Tutto qui? Abbiamo finito?»

Karen annuì. «Sai dove devi andare adesso o vuoi che chieda in segreteria?»

In quel momento suonò la campanella e si sentì il rumore di un centinaio di bambini che camminavano in fila nei corridoi.

Rachel si alzò dalla sedia, con aria sollevata. «So dov'è la mia classe.»

Sarah Macintosh accompagnò la figlia e Karen raccolse in fretta le sue cose.

Passò davanti dalla segreteria, infilò la testa senza neanche entrare per dire che se ne stava andando e uscì di corsa dalla scuola.

Era impaziente di tornare alla centrale e iniziare a raccogliere le prove per incastrare Jasper Palmer.

Se fosse stato per lei, sarebbe andata dritta alla fattoria dei Palmer e lo avrebbe portato via per interrogarlo. Non vedeva l'ora di togliergli dalla faccia quel sorrisetto arrogante.

Cathy Palmer era seduta al tavolo della cucina della fattoria. Davanti a lei, pagine di quotidiani locali coprivano il piano per evitare che si rovinasse, e lei si apprestava a svolgere una delle sue attività preferite. Non erano molte le faccende domestiche di cui si occupava con piacere, ma pulire l'argenteria di famiglia aveva sempre rappresentato un momento speciale. Le ricordava quando lo faceva sua madre e lei, che era una bambina, la aiutava.

Picchiettò un po' di lucido sul panno morbido e cominciò a passarlo sull'argento. Era un lavoro ripetitivo, riflessivo, e nel giro di poco Cathy si rilassò. Il respiro di suo padre che dormiva accanto al fuoco era regolare, e una volta tanto lei poteva godersi un po' di pace e di quiete. Aveva ancora un'ora o due prima di doversi rimettere ai fornelli per preparare di nuovo da mangiare, e di solito suo padre dormiva un'ora di fila, perciò per un po' non avrebbe dovuto stare dietro alle sue richieste.

Si occupò di ogni singolo oggetto con calma, prestando particolare attenzione alle cornici. C'era una fotografia dei suoi nonni, che gestivano la fattoria prima che subentrasse suo padre. Cathy se li ricordava a malapena, anche se vivevano insieme a loro quando lei era molto piccola.

Sembrava una vita fa, una vita più felice. Ripensava a quegli anni come ad anni belli: c'era ancora sua madre, e suo padre di tanto in tanto sorrideva.

Mise giù lo straccio e tirò fuori il vecchio medaglione d'argento che aveva al collo. Lo indossava sempre, nascosto sotto delle camicie accollate o dei maglioni. Non le piaceva toglierlo.

Nonostante suo padre stesse quasi certamente dormendo, a giudicare dal suo lieve russare, Cathy non osava aprire il medaglione nella stessa stanza in cui c'era lui. Lo lucidò in fretta e, quando stava per rinfilarlo sotto la camicia, suo padre fece un improvviso verso con il naso e si mosse di scatto, dando una botta alla tazza che era appoggiata sul tavolino lì accanto. La tazza cadde sul pavimento e si ruppe.

Suo padre cominciò a imprecare e Cathy si alzò di corsa per andare ad aiutarlo.

«Non è successo niente. È soltanto una tazza» disse. «Pulisco e faccio dell'altro tè.»

«Perché l'hai messa così vicina al bordo, stupida che non sei altro?»

Cathy si aspettava di ricevere altri insulti, ma mentre era piegata a raccogliere i cocci si rese conto che suo padre si era stranamente zittito. Perplessa, alzò lo sguardo e con suo grande orrore si accorse che lui stava fissando il medaglione che le pendeva dal collo.

Prima che potesse reagire, suo padre allungò il braccio e lo afferrò, strappandole la catenina. Fu molto rapido per un uomo anziano che non riusciva più a camminare senza essere aiutato.

Cathy attese con il cuore in gola che cominciasse a dirgliene di tutti i colori. Non era più in grado di picchiarla ormai, era troppo debole per quello, ma poteva ancora umiliarla verbalmente, e a volte le sembrava anche peggio.

Trattenne il respiro mentre le vecchie dita nodose aprivano il medaglione.

Quando Nigel Palmer vide la fotografia della moglie, il suo viso si contrasse. «Ti avevo ordinato di sbarazzarti di tutte le fotografie» disse a denti stretti, e poi lanciò il medaglione nel fuoco, lasciandola sgomenta.

Cathy si alzò, prese un attizzatoio e lo usò per cercare tra i pezzi di legno in fiamme. Davanti al suo tentativo disperato di recuperare l'ultima fotografia che aveva della madre, lui scoppiò a ridere.

Alla fine Cathy riuscì ad agganciare la catenina all'attizzatoio e con un movimento secco la tirò fuori dal fuoco. Felice che fosse al sicuro, allungò la mano per prendere il medaglione, senza pensare che si sarebbe scottata. Quando il metallo rovente le marchiò il palmo della mano, sentì un dolore lancinante.

Gridò e lo lasciò cadere, e suo padre si mise a ridere ancora più forte.

Fu assalita da un impeto d'ira e afferrò l'attizzatoio per il manico, tentata di conficcare il metallo incandescente nel petto del padre, e di metterlo a tacere una volta per tutte.

Capitolo 18

Mentre tornava alla macchina, Karen ripeté a se stessa di frenare l'entusiasmo. Sia il capo dipartimento che l'ispettore Morgan stavano iniziando a pensare che avesse una fissazione malsana per la famiglia Palmer. Lei non era d'accordo. Aveva semplicemente a cuore quell'indagine, nient'altro. E anche se Jasper Palmer non avesse avuto nulla a che vedere con la scomparsa di Amy Fisher, lo avrebbe considerato comunque un sospettato nel caso di Emily e Sian.

Il grande capo poteva anche sostenere che farsi coinvolgere emotivamente o mettersi troppo in gioco fosse rischioso, ma lei non avrebbe potuto fare diversamente. A quelle due ragazzine era capitato qualcosa. E a Amy Fisher era capitato qualcosa. Se la gente a cui importava di loro non combatteva con le unghie e con i denti per ottenere la verità, il colpevole l'avrebbe fatta franca. Avrebbero prima dovuto passare sul suo cadavere, pensò Karen mentre saliva a bordo della sua Honda Civic. Stava per mettere in moto quando le squillò il cellulare. Era Rick.

«Rick, ci sono novità?»

«Ciao, capo, ho trovato qualcosa nei filmati di videosorveglianza.»

Karen strinse la presa sul cellulare e trattenne il fiato nell'attesa che proseguisse.

«Non farti troppe illusioni. La telecamera ha ripreso un uomo alla scuola elementare di Washingborough. Ma è inquadrato quasi sempre di spalle. Per un attimo si vede di profilo. È di sicuro un uomo. Alto, magro e con i capelli rossi. Ma non credo che sia possibile identificarlo dalle immagini.»

Karen rimase in silenzio mentre elaborava quell'informazione. Non era la fine del mondo. Avevano ancora la testimonianza di Tessa e la descrizione di Rachel. Per quanto la riguardava, erano sufficienti. Dovevano portare Jasper Palmer in centrale e mettergli un po' di pressione addosso.

«Sergente, sei ancora lì?»

«Sì» disse Karen. «Senti, Rachel ha confermato quello che ci ha detto Tessa Grimes. Lei è riuscita a vederlo bene, quindi potrebbe essere in grado di identificarlo.»

Sentì Rick sospirare. *«Però tu sai che c'è sempre qualcuno che storce il naso in questi casi, sergente. L'identificazione da parte di un minore susciterà molte polemiche.»*

«Lo so. Ma potremmo provare prima con Tessa Grimes, usando una fotografia di Jasper. Potremmo mostrarle una serie di foto e vedere se lo riconosce.»

Rick sospirò. *«Questa potrebbe essere un'idea. Da Rachel hai saputo altro?»*

«Ha detto che indossava un cappotto marrone. Da quello che ho capito, dovrebbe essere una specie di giaccone da caccia, perciò è una cosa che possiamo approfondire.»

«D'accordo, questo ci dà qualcosa su cui andare avanti. Stai tornando qui, capo?»

«Sì. Dammi dieci minuti, poi ci sediamo a un tavolo e decidiamo il da farsi.»

«Okay. Mi dispiace non averti potuto dare notizie migliori.»

«Non preoccuparti, Rick. Credo che ci stiamo muovendo nella direzione giusta. Le immagini della videosorveglianza potrebbero non bastare da sole, ma ci sono molto indizi che portano a Jasper Palmer.»

«Sì, capo. A questo proposito...»

Si sentirono delle piccole scariche, come se Rick avesse preso in mano il cellulare e si stesse spostando, e Karen aggrottò le sopracciglia. Quando il detective riprese a parlare, c'era l'eco. Le venne il sospetto che fosse uscito in corridoio.

«Probabilmente non sono affari miei e non mi ringrazierai per avertelo detto, ma lo farò comunque.»

«Sentiamo» disse Karen.»

«Be', è questo tuo continuo parlare di Jasper Palmer. Mi rendo conto che è tra i sospettati. E non mi fraintendere, secondo me quello è uno schifoso bastardo. Ma so che l'ispettore Morgan sta iniziando a preoccuparsi per il fatto che concentri sempre la tua attenzione sui Palmer.»

La prima reazione di Karen fu di rabbia. Se l'ispettore Morgan aveva accennato qualcosa a Rick a quel riguardo, allora era stato parecchio subdolo. Si sarebbe aspettata di più da lui.

«Non mi fa piacere che l'ispettore Morgan parli con te di come giudica il mio operato.» Karen era a tutti gli effetti il capo di Rick.

«No, non prenderla così. Non mi ha detto niente apertamente, ma so leggere tra le righe. Sia lui che il grande capo temono che per te stia diventando un'ossessione.»

«Un'ossessione?»

«Be', non hanno usato esattamente questa parola. Ma sono preoccupati che tu possa avere una visione un po' limitata, che tu non sia tanto obiettiva. Comunque, io volevo solo avvertirti, così almeno lo sai.»

«Tu lavori con me da tanto tempo, Rick. Io agisco secondo le regole. Non mi butterei a capofitto in qualcosa senza il supporto di prove, ma devi ammettere che Jasper Palmer al momento sembra parecchio sospetto.»

«Sono d'accordo.»

«Allora qual è il problema?»

«Be', è solo che tu tiri fuori spesso il suo nome. Non solo quello di Jasper, ma di tutti i Palmer, e io so che pensi che c'entrino con la scomparsa di Amy Fisher.»

«Ci scommetterei un bel po' di soldi, Rick.»

«Appunto. Tu sei convinta che la sparizione di Amy sia opera loro, e questo crea un precedente che influenza il modo in cui guardi questo caso.»

«Quindi dovrei ignorare il fatto che un paio d'ore prima che le bambine scomparissero, un uomo che corrisponde alla descrizione di Jasper Palmer è stato visto parlare con un'altra ragazzina fuori da una scuola elementare?»

Rick sospirò per la frustrazione. *«Non avrei dovuto dirti niente. Senti, non stavo assolutamente insinuando che non svolgi bene il tuo lavoro. Ti prego di non pensarlo.»*

«Mi risulta abbastanza difficile se mi dici certe cose, Rick.» Karen fece un respiro profondo, poi disse: «Tra poco sarò in centrale. Ne parleremo al mio arrivo».

Riagganciò, rimise il telefono in borsa e lo guardò in cagnesco.

Rick si stava comportando in modo ridicolo. Lei non era affatto ossessionata dai Palmer, ma era difficile non ipotizzare un loro coinvolgimento.

Nigel Palmer era debole e malato, ma forse aveva fatto fare a suo figlio il lavoro sporco. Karen non era mai riuscita a capire come Amy Fisher, una diciannovenne forte, in salute, avesse potuto farsi sopraffare da un uomo come Nigel Palmer. Diciotto mesi prima non era così malconcio quanto lo era in quel momento, ma restava comunque un mistero.

Karen aveva considerato la possibilità che Amy fosse stata drogata, ma le stava venendo il forte sospetto che Nigel non avesse agito da solo. Forse il figlio condivideva la stessa ossessione malata per le ragazze giovani. Forse Jasper era il braccio e Nigel Palmer la mente.

Non le piaceva che Rick le parlasse in quel modo, ma apprezzava la sua sincerità. D'ora in avanti avrebbe dovuto essere più cauta quando parlava con l'ispettore Morgan e con il capo dipartimento. Non poteva rischiare di essere sollevata dal caso. Non se esisteva la possibilità di fermare i Palmer una volta per tutte.

Fortunatamente c'era poco traffico e in men che non si dica Karen raggiunse la centrale di polizia di Nettleham. In macchina aveva fatto un bel discorsetto a se stessa. Avrebbe fatto finta di niente e non avrebbe dato alcun segnale di quanto moriva dalla voglia di trascinare Jasper Palmer in centrale per interrogarlo.

L'ispettore Morgan era un ottimo poliziotto. Karen non aveva ragione di credere che non sarebbe giunto alla sua stessa conclusione riguardo ai Palmer. Doveva solo aspettare il momento opportuno e non perdere le staffe.

Stava camminando a passo sostenuto lungo il corridoio del terzo piano che portava all'ufficio, quando una delle porte si aprì e spuntò la testa di Rick.

«Sergente, siamo qui.»

Erano nella sala audiovisivi uno, la cui attrezzatura includeva numerosi computer molto grandi e diversi dispositivi per la riproduzione audio, insieme ad altri aggeggi tecnologici.

L'ispettore Morgan e Sophie erano già seduti intorno allo schermo di un computer. Karen e Rick si unirono a loro. Stavano guardando le registrazioni del sistema di videosorveglianza. Rick si allungò per prendere il mouse e cominciò a far scorrere i fotogrammi.

Karen si piegò in avanti, stringendo le dita intorno allo schienale della poltrona di Sophie. Le immagini non erano di ottima qualità. Erano un po' scure e sgranate, i colori sbiaditi. Si vedeva chiaramente che l'uomo immortalato dalla telecamera aveva i capelli rossi, ma doveva ammettere che non sembravano di un rosso acceso quanto quello di Jasper Palmer. E mettendo a confronto la sua altezza con i cancelli della scuola, si poteva presumere che fosse anche un po' più basso. Ebbe un tuffo al cuore. Forse stava un po' ingobbito?

«Non è mai inquadrata la faccia?» chiese.

Rick osservò lo schermo del computer e cliccando con il mouse fece scorrere le immagini finché non arrivò a una in cui l'uomo era di profilo.

Non era abbastanza nitida. Rick aveva ragione. Era impossibile sostenere con certezza che fosse Jasper Palmer.

Karen rimase talmente delusa che le sembrò di avere ricevuto un pugno allo stomaco. Ma questo non significava che era finita. Avevano ancora le descrizioni di Tessa e Rachel, e se fossero riusciti a ottenere l'identificazione in quel modo, sarebbe bastato.

«Com'è andata con Rachel Macintosh?» chiese l'ispettore Morgan.

«Bene. Era un po' mogia, ma credo fosse dovuto allo stress della situazione. In più, ovviamente, la madre era molto preoccupata: i bambini tendono a percepirlo.»

L'ispettore Morgan annuì pensieroso. «Il sospettato non ha detto niente a Rachel?»

«Le ha chiesto l'ora e le ha detto che aveva dei bei capelli.»

Sophie rabbrividì. «Questo è un po' inquietante.»

«E l'insegnante si è ricordata qualcos'altro?»

Karen scosse la testa. «L'ha visto di sfuggita, ma non gli ha parlato. Sa che ha i capelli rossi.» Karen si voltò verso l'immagine del sistema di videosorveglianza. «Potrebbe essere lui.»

Quelle parole le scapparono di bocca prima che potesse fermarle. E meno male che doveva far finta di niente...

L'ispettore strizzò gli occhi. «Ti riferisci a Jasper Palmer?»

Karen fece un respiro profondo e si voltò verso il suo capo. «Esatto.»

Stava iniziando a sfidare la sorte. L'ultima cosa che voleva era che l'ispettore Morgan la considerasse instabile, ma doveva fargli capire che c'era una possibilità concreta che Jasper Palmer avesse rapito le bambine. O forse chissà, stava davvero cercando delle analogie dove non ce n'erano. La capacità di formulare un giudizio senza condizionamenti era importantissima per un poliziotto, e prima della disgrazia Karen non aveva mai dubitato di possederla. Si era sbagliata quando aveva pensato che ci fosse un disegno malvagio dietro all'incidente d'auto che aveva ucciso Josh e Tilly. Si stava sbagliando anche adesso?

L'ispettore Morgan guardò di nuovo l'immagine sullo schermo. «I capelli di quest'uomo sono più scuri di quelli di Jasper. Sembrano quasi castano ramati in questa inquadratura.»

Karen rifletté sulla sua affermazione. «Ma la qualità del filmato è pessima. Guardi il colore dell'erba. Anche quella sembra scura. E poi, potrebbe essersi messo del gel o roba simile. Forse erano bagnati. Aveva piovuto?» Cercò di ricordarsi com'era il tempo all'ora di pranzo del giorno prima.

L'ispettore Morgan scosse la testa. «Era nuvoloso e coperto, ma non pioveva.»

«Senta, io penso che dovremmo mandare degli uomini a perquisire le proprietà dei Palmer. Hanno numerosi fabbricati e fienili dislocati in diversi punti dei loro terreni. Dare un'occhiata non guasterà.» Notò uno scambio di sguardi tra l'ispettore Morgan e Rick e sentì montare la rabbia. Pensavano che non riuscisse ad affrontare quel caso con obiettività? Forse era vero. Non c'erano prove schiaccianti che portassero a Nigel Palmer o a suo figlio, e allora perché non riusciva a lasciar perdere? L'espressione sui loro visi le ricordò che non aveva ancora prenotato un appuntamento con la sua psicoterapeuta.

Sophie sembrava l'unica a non essersi accorta della tensione che c'era nell'aria. Scrollò le spalle. «I Palmer ci hanno sempre dato le chiavi quando gliele abbiamo chieste. Tutti i loro fabbricati sono stati inclusi nelle ricerche.»

Karen si rese conto che si stava torcendo le mani e le infilò nelle tasche dei pantaloni. «Secondo voi non è una coincidenza che sia stato Jasper Palmer a trovare il guanto? In un terreno di sua proprietà? Io non posso fare a meno di pensare che ci stia prendendo in giro. Sta facendo un giochino malato. Dovremmo portarlo qui e interrogarlo.»

L'ispettore Morgan fece una smorfia. «È troppo presto. Se lui c'entra qualcosa, non vogliamo che il resto della famiglia vada nel panico e nasconda le prove. Ma gli parleremo.»

«Ottimo» disse Karen. «Andrebbe fatto il prima possibile. E in seguito potremo mostrare una sua foto a Tessa Grimes. Auguriamoci che lo identifichi, così per il riconoscimento non dovremo affidarci a Rachel Macintosh.»

«D'accordo, tu prova a rintracciarlo. Chissà in che punto della fattoria starà lavorando oggi.»

Tornata alla sua scrivania, Karen trovò il numero di casa dei Palmer. Quasi certamente Jasper aveva il cellulare con sé mentre lavorava nei campi, ma lei non aveva il suo numero.

Chiamò e al quarto squillo rispose una donna.

«Salve, Cathy, è lei? Sono la sergente detective Karen Hart.»

Ci fu un attimo di silenzio prima che Cathy dicesse qualcosa. La sua voce era stridula e sottile. *«Sì, qualcosa non va?»*

«Ho bisogno di parlare con Jasper, Cathy. È importante. Mi chiedevo se potesse dirmi dove sta lavorando oggi.»

Di nuovo una lunga pausa. *«Mi dispiace. Vorrei aiutarla, ma a Jasper non piace la polizia e si arrabbierebbe se sapesse che sto parlando con lei.»*

Karen si appoggiò allo schienale della sedia. «So che Jasper e suo padre hanno avuto degli screzi con la polizia in passato, ma qui non si tratta solo di loro, Cathy. Pensi a quelle due bambine che sono scomparse. È davvero importante che io gli parli.»

Cathy non disse niente.

La detective provò un'altra strada. «Ha il numero di Jasper? Si è portato dietro il cellulare?»

«Non posso darglielo. Andrebbe su tutte le furie.»

Karen avrebbe voluto scuoterla fino a farla rinsavire. Possibile che permettesse al padre e al fratello di dettare ogni sua mossa?

«Okay, Cathy. O mi dice dov'è oggi Jasper, o dovrò venire alla fattoria e piazzarmi lì finché non torna a casa.»

«Se fosse per me l'aiuterei, ma lui si arrabbierà tantissimo.»

«Non ha molta scelta. O mi dice dov'è, e Jasper si arrabbia con lei, oppure non me lo dice, io mi presento alla fattoria, e quando lui tornerà a casa si arrabbierà comunque.»

Cathy emise un piccolo lamento e Karen sentì affiorare il senso di colpa. Allontanò quel sentimento. Stava intimidendo quella donna, ma non aveva alternative. Se riuscire a far parlare Jasper significava scoprire cos'era successo a quelle due bambine ed essere più vicini a ritrovarle, allora valeva la pena usare le maniere forti con Cathy Palmer.

«Va bene. Doveva potare le siepi anche oggi, stavolta nella parte verso Washingborough. Sarà in uno dei quattro campi che costeggiano Tranmere Lane.»

«La ringrazio, Cathy. Mi è stata davvero di grande aiuto. E le prometto che non dirò a Jasper di aver saputo da lei che era lì. Faremo finta di averlo trovato da soli, d'accordo?»

«Oh, grazie!» Quella donna sembrò esserle talmente grata che, mentre riagganciava, Karen sentì riaffiorare il senso di colpa.

Capitolo 19

Cathy aveva detto la verità. Trovarono Jasper nel terzo campo a ridosso di Tranmere Lane. Il cielo limpido e pulito era di un azzurro intenso, e senza lo strato di nuvole le temperature erano precipitate.

L'ispettore Morgan stava guidando una delle auto di servizio, e quando Karen indicò il trattore verde su cui era montato un grosso tagliasiepi rosso, rallentò e procedette a passo d'uomo. Il trattore era facilmente visibile dalla strada, il difficile era capire chi lo stesse manovrando.

Si fermarono in una piazzola oltre il ciglio erboso. Karen era determinata a restare in silenzio e lasciare che fosse l'ispettore Morgan a condurre l'interrogatorio. Il suo piano era osservare Jasper Palmer come un falco, in cerca di un segnale qualunque che indicasse che stava mentendo o nascondendo qualcosa.

Dopo i commenti di Rick le stava venendo il dubbio di essere diventata paranoica. Forse il suo desiderio di consegnare Nigel Palmer alla giustizia rischiava di essere d'intralcio al lavoro meticoloso e incessante della polizia.

Si sbracciarono verso il trattore, ma chi lo guidava o non li vedeva perché erano coperti dalla siepe, oppure era semplicemente deciso a ignorarli. E il rombo del motore impediva che potesse sentirli.

L'ispettore Morgan indicò un varco poco distante nella siepe appena tagliata e si incamminarono in quella direzione. Percorsero il tratto di terreno irregolare tra ciuffi d'erba scivolosi, finché non riuscirono a infilarsi tra le piante, con Karen che fece una smorfia dopo essersi graffiata la mano contro una spina appuntita.

La siepe era composta da diversi arbusti locali, biancospini e prugnoli spinosi, intrecciati con noccioli e altre piante che Karen non riconobbe.

Dopo essere sbucati dall'altra parte, iniziarono a camminare lungo una striscia di terra non coltivata che costeggiava il campo arato di recente. L'erba lunga si avvinghiava alle caviglie di Karen impregnandole il fondo dei pantaloni. L'ispettore procedeva davanti a lei verso il trattore, agitando le braccia per attirare l'attenzione di chi lo guidava.

Quando Karen si rese conto che si trattava proprio di Jasper Palmer, le venne da sorridere. Lui non sembrava molto felice di vederli.

La sua contentezza durò poco. All'improvviso l'ispettore Morgan si mise a gridare. Inizialmente Karen pensò che si fosse fatto male. Le trappole erano vietate, ma due anni prima aveva visto le conseguenze subite da un poveraccio la cui gamba era stata spappolata da una trappola illegale per animali.

Ma quando capì cosa aveva fatto saltare di paura l'ispettore Morgan, per quanto fosse inappropriato, le venne da ridere.

Sentì l'acuto richiamo d'allarme a lei familiare e poi vide un guazzabuglio di piume marroni-rossastre sbattere davanti a loro. Avevano spaventato un fagiano. Ce n'erano a bizzeffe da quelle parti. Karen ne aveva persino uno che si posava nel giardino di casa sua. C'era un campo aperto accanto a dove abitava, e il fagiano – era un maschio e lo aveva chiamato Peter – amava appollaiarsi sul tiglio che aveva in giardino. Compariva sempre al calare del sole. L'anno prima, Peter l'aveva fatta preoccupare. Non lo vedeva da un po' e mentre tosava il prato prima dell'inizio dell'inverno aveva trovato, con suo grande orrore, delle lunghe penne della coda. Aveva temuto il peggio, che fosse stato mangiato da una volpe o magari da un enorme gatto di qualche fattoria. Christine si era divertita molto davanti alla sua reazione e l'aveva gentilmente informata che il maschio del fagiano cambiava le penne della coda e che non era niente di preoccupante. E infatti, la sera dopo, al tramonto, Peter era arrivato stridendo e aveva attraversato allegramente il giardino per raggiungere la sua solita postazione.

Karen ci si era affezionata, ma da come l'ispettore Morgan stava guardando il fagiano che scappava verso i campi aperti, dovette dedurre che lui non provava la stessa cosa nei confronti di quel particolare uccello.

«L'ha spaventata, signore?» chiese Karen, incapace di trattenere un sorriso.

«Credo che avermi visto fare un salto di quasi mezzo metro sia un'indicazione sufficiente per capire che mi ha spaventato, grazie, sergente Hart.» Ebbe però il merito di ricambiare il suo sorriso.

«A quanto pare, Cathy aveva ragione» disse Karen con un cenno della testa alla cabina del trattore dove era seduto Jasper, che li stava guardando storto da dietro il parabrezza.

L'ispettore Morgan gli fece segno di spegnere il motore e di scendere.

Lentamente, e con aria imbronciata, Jasper obbedì. Aprì la piccola portiera della cabina e saltò giù, atterrando con un rumore sordo. «Cosa c'è? Sto lavorando.»

Indossava una camicia a scacchi lisa, infilata in un paio di jeans scuri. Aveva gli stivali ricoperti di fango. Li fulminò con lo sguardo e gli occhi chiari si illuminarono. Da quelle parti aveva la reputazione di essere un donnaiolo, ma Karen non ne capiva il fascino, anche se probabilmente ciò era dovuto al fatto che in lui vedeva troppe somiglianze con il padre.

«Vorremmo scambiare due chiacchiere» disse l'ispettore Morgan.

«Non pensavo certo che foste venuti a offrirmi una tazza di tè» disse Jasper in modo sarcastico.

Rivolse un sorrisetto a Karen e poi si appoggiò a una delle enormi ruote del trattore, osservandoli con indifferenza mentre aspettava. L'espressione irritata era scomparsa: era tornato ad avere la sua solita aria arrogante.

Karen non riusciva a fare a meno di pensare che fosse convinto di potersi prendere gioco di loro.

«Dov'era ieri all'ora di pranzo?» chiese l'ispettore Morgan.

Jasper si passò una mano tra i capelli rossi, scompigliandoli, e aggrottò le sopracciglia. «Pensavo che le ragazzine fossero scomparse nel pomeriggio.»

«Risponda alla domanda, per favore.»

«Ero nei campi a lavorare. Come le ho detto, in questi giorni sto potando le siepi. A noi piace farlo in questo periodo dell'anno. Ci vuole molto tempo. Prima assumevamo delle persone per farci dare una mano, ma adesso...» Alzò le spalle. «E comunque preferisco occuparmene io. Gli altri le tagliavano sempre o troppo, o troppo poco. Ci vuole un uomo esperto per manovrare una macchina come questa.» Accarezzò il fianco del trattore, passando le dita sulla vernice verde. E poi lanciò a Karen uno sguardo inequivocabilmente lascivo.

Lei non reagì. Le era capitato di peggio in passato. Se Jasper pensava di intimidirla, si sbagliava di grosso.

L'ispettore Morgan insistette. «C'è qualcuno che può confermarlo?»

«Non lo so, ma di sicuro chiunque sia passato lì vicino mi avrà visto. C'era molto traffico su Station Road mentre lavoravo.» Sospirò. «Nel pomeriggio mi sono fatto aiutare da Brian.»

«Ieri è andato a Washingborough?» chiese Karen. Non riuscì a trattenersi. Si era ripromessa di lasciar fare tutte le domande all'ispettore Morgan, ma non poteva starsene lì a guardare l'espressione arrogante di Jasper, come se si divertisse a osservarli correre da una parte all'altra senza concludere niente. Karen aveva un bisogno disperato di risposte. Di scoprire cos'era successo a quelle bambine.

«A Washingborough? No, ma ogni tanto vado al *Ferry Boat*» disse, riferendosi al pub. «Fanno un ottimo fish and chips. Magari potremmo vederci lì una sera.» Le rivolse un sorriso che evidentemente per lui doveva essere ammaliante.

Lei alzò gli occhi al cielo. «Ma ieri non è andato al *Ferry Boat*.»

«No, agente. Ieri non ho proprio messo piede a Washingborough» disse con tono ironico.

Karen strinse le mani a pugno e le infilò nelle tasche della giacca. «Che strano. Abbiamo un testimone che sostiene di averla vista a Washingborough proprio ieri.»

L'ispettore le lanciò un'occhiataccia, ma era troppo tardi.

Jasper si mise a ridere e per Karen quella fu la goccia che fece traboccare il vaso. «Mi sembra che così non stiamo andando da nessuna parte, Jasper. Forse dovrebbe accompagnarci in centrale per rispondere lì alle nostre domande.»

Lui smise di ridere all'istante. «Cos'è questa storia? Volete incastrarmi?» Guardò l'ispettore Morgan. «Dovrebbe tenerla d'occhio questa. Non sta tanto bene.» Si portò il dito vicino alla tempia, disegnando dei piccoli cerchi. «È fissata con quell'altra ragazza che è scomparsa. Pensa sia stato mio padre.» Fece una risata improvvisa. «Ma dai, ha un piede nella fossa. Che possibilità avrebbe con una ragazza tosta come Amy?»

«Tosta?» La voce di Karen era fredda come il ghiaccio. «Perché la definisce tosta? L'ha rifiutata, per caso? Magari non apprezzava le sue attenzioni. A lei non piace che le donne le dicano di no, vero, Jasper?»

Lui sorrise. «Lei è fuori di testa. A me piaceva Amy. Andavamo d'accordo. Sono rimasto sorpreso come chiunque altro quando è scomparsa. Gliele ho già dette queste cose, ma lei non mi ascolta.»

«Le conviene dirci la verità, Jasper. Era a Washingborough ieri?» chiese l'ispettore Morgan.

Lui rise e scosse la testa. «Non mi dica che vuole dare retta alle teorie di questa pazza scatenata...»

«Va bene, basta così. Lei viene con noi» disse Karen.

«Mi state arrestando?» Jasper si pulì le mani su uno straccio e poi lo ributtò nella cabina del trattore.

«No, Jasper» disse Karen. «Non la stiamo arrestando. Ma vorrei che ci accompagnasse in centrale. Noi le faremo delle domande e lei potrà richiedere la presenza di un avvocato, se lo desidera. Se non viene a parlare con noi adesso... Be', farà sorgere dei dubbi, non le pare?»

«Mi ha preso per stupido? Io non metto piede in nessuna stazione di polizia, a meno di non avere scelta. E perché dovrei? Lei sta solo cercando un bersaglio facile da sbattere dentro per poi andarsene allegramente al pub con i suoi colleghi a raccontare di come ha risolto il caso. Be', detective, è del tutto fuori strada. Io non ho idea di dove siano quelle ragazzine, e sta perdendo tempo con me. Perché non va a parlare con il padre di Emily? Dennis Dean ha le mani in pasta un po' ovunque da queste parti.»

«Cosa intende dire?» domandò l'ispettore Morgan.

«Chieda pure a chi vuole. Lo sa anche lei.» Sollevò il mento verso Karen. «È un pazzo. Se vuole sapere cosa penso, probabilmente avrà fatto incazzare la persona sbagliata, e quello avrà deciso di dargli una lezione rapendo le ragazzine.»

«Non ha alcun senso, Jasper» disse l'ispettore Morgan. «Se le cose stessero così, avrebbero preso solo Emily.»

Lui sollevò le spalle. «Magari è andato storto qualcosa. Comunque, per quanto mi faccia piacere parlare con voi, io devo tornare al lavoro, e suggerisco a voi due di fare lo stesso. Smettetela di sprecare i soldi dei contribuenti. E andate ad arrestare i criminali veri, una volta tanto.»

Con il sangue che le ribolliva, Karen lo osservò risalire sul trattore.

Era arrabbiata. Furiosa con Jasper Palmer, ma seccata anche con l'ispettore Morgan che non l'aveva spalleggiata e non aveva preteso che Jasper li accompagnasse in centrale. Però era ingiusto nei confronti dell'ispettore Morgan. Era stata colpa sua, aveva spinto troppo, troppo presto. Cos'aveva di particolare questo caso che aveva stravolto la sua indole normalmente equilibrata? Stava forse scivolando di nuovo in quel luogo buio, dove non si fidava di niente e di nessuno, in cui era finita dopo l'incidente?

La realtà dei fatti era che non avevano abbastanza prove per incriminarlo. Dovevano ottenere un'identificazione vera e propria e raccogliere tutto il materiale possibile per un'azione legale.

Ma in quel momento, l'unica cosa che voleva davvero era sbattere dentro Jasper Palmer e buttare via la chiave.

Capitolo 20

Karen e l'ispettore Morgan trascorsero il pomeriggio a seguire infinite piste inutili e a contattare le squadre di ricerca per scoprire se c'erano novità. Non stavano facendo progressi. Era quasi come se le bambine fossero svanite nel nulla.

Una volta rientrata in centrale, Karen cercò di capire in che modo potevano essere scomparse. Forse erano state caricate su un mezzo. Aprì una mappa della zona sul computer. I veicoli potevano accedere all'area in prossimità della scuola di Moore Lane attraverso due sole strade: Moore Lane, appunto, e Longwater Lane, alle spalle del bosco. C'erano numerose case lungo entrambe. Qualcuno avrebbe dovuto notare qualcosa a quell'ora del giorno.

Se invece le bambine si erano addentrate nei campi, avrebbero potuto camminare per un bel po' senza essere viste. Ma alla scuola si erano mossi in fretta e avevano avvertito subito la polizia, perciò le ricerche erano partite nel giro di un'ora. C'era voluto del tempo per organizzarle in modo ufficiale. Ma ancora prima che fosse trascorsa un'ora, agenti e residenti della zona stavano già perlustrando i terreni agricoli.

L'ispettore Morgan era andato a trovare le famiglie delle due bambine e Karen era felice che non fosse toccato a lei quel pomeriggio. Era sempre difficile vedere l'effetto devastante che un crimine aveva sulle vittime e sulle loro famiglie, e in quel caso per lei lo era in modo particolare. Anche se sua figlia aveva soltanto cinque anni quando era morta, se fosse stata ancora viva quell'anno ne avrebbe compiuti dieci, proprio come Emily e Sian.

Si rifiutò di lasciarsi andare all'immaginazione. Pensare a come sarebbe diventato il viso di Tilly se non le fosse stata portata via in maniera così crudele era qualcosa di insopportabile.

Invece si chinò sulla scrivania e aprì il fascicolo contenente gli screenshot presi dai filmati del sistema di videosorveglianza. A guardarli in un certo modo, c'era una netta somiglianza con Jasper Palmer.

Qualche ora prima Karen aveva incontrato Tessa Grimes, ma purtroppo l'insegnante le aveva detto di non aver visto quell'uomo abbastanza a lungo per poter affermare se si trattasse di Jasper.

Karen voleva evitare di chiedere a Rachel: quella mossa avrebbe gettato dei dubbi sul caso. I bambini non erano mai considerati testimoni molto affidabili, per questo era sempre preferibile un adulto, qualcuno che potesse firmare una dichiarazione e capire la gravità di ciò che affermava quando identificava qualcun altro.

Ma in gioco poteva esserci la vita di due bambine, e così, con riluttanza, pur sapendo che avrebbe comportato una serie di problemi, le aveva mostrato una fotografia di Jasper Palmer. Aveva trattenuto il respiro mentre aspettava la risposta di Rachel, ignorando la vocina nella sua testa che le diceva che stava di nuovo calcando troppo la mano e che non riusciva più ad avere uno sguardo obiettivo. Comunque era stato tutto inutile. La ragazzina aveva scosso la testa e le aveva detto che non se lo ricordava. Karen aveva ridato alla madre i suoi recapiti e le aveva chiesto di contattarla nel caso in cui a Rachel fosse venuto in mente qualcos'altro.

Fuori il cielo si era rannuvolato, aveva cominciato a piovere in modo persistente e non accennava a smettere. Le persone impegnate nelle ricerche dovevano essere bagnate dalla testa ai piedi mentre continuavano a sperare, contro ogni previsione, di trovare qualcosa che aiutasse a capire dov'erano finite Sian ed Emily. Ma non era saltato fuori più niente dopo il guanto. Non c'era traccia delle bambine.

Il caso aveva già cominciato a pesare così tanto sugli agenti coinvolti, che sembrava impossibile si trattasse solo del secondo giorno di indagini. Rick Cooper aveva smesso di fare le sue solite battute e se ne stava seduto con la fronte aggrottata davanti a mucchi di fogli contenenti le segnalazioni dei cittadini che avevano superato una scrematura iniziale ed erano arrivati all'ufficio principale della divisione investigativa. Non si poteva mai sapere se una pista si sarebbe rilevata promettente o una perdita di tempo che li avrebbe fatti girare a vuoto, mentre il colpevole si allontanava sempre di più.

Sophie era china sulla sua scrivania, concentrata quanto Rick, le guance arrossate mentre leggeva degli appunti stampati, poi si allungò per prendere il telefono.

Karen spinse indietro la sedia per alzarsi e andare a prendere un altro caffè, ma si fermò a fissare di nuovo l'immagine dell'uomo con i capelli rossi fuori dalla scuola elementare di Washingborough.

Era lui? Era Jasper Palmer? Osservò l'immagine con attenzione, sperando di notare improvvisamente qualcosa, un dettaglio che le era sfuggito, ma fu inutile. Non poteva essere sicura.

Qualche ora più tardi l'ispettore Morgan si accorse che la sua squadra era allo stremo delle forze, e quando arrivarono gli agenti del turno di notte insisté perché se ne andassero tutti entro le dieci.

Karen detestava doverlo ammettere, ma per come si stavano mettendo le cose, avrebbe potuto volerci un bel po' prima di risolvere quel caso. Sembrava sempre più probabile che non avrebbero ritrovato vive le bambine.

C'erano delle statistiche terribili sui rapimenti di minori. L'aspetto più preoccupante per Karen era il fatto che fossero in aumento. Ma la maggior parte dei casi non si concludeva con un omicidio. Molti dei bambini venivano presi di mira, abusati e rilasciati in fretta.

Una grossa percentuale delle denunce erano per rapimento da parte di uno dei genitori. Una madre o un padre, spesso nati in un'altra nazione, portavano il figlio all'estero senza autorizzazione e non lo riportavano indietro. La polizia nel Regno Unito non poteva farci molto.

I casi più orrendi, l'essenza stessa degli incubi dei genitori, erano i rapimenti che sfociavano in omicidi. In alcune circostanze il bambino veniva ucciso poco dopo essere stato rapito.

Karen odiava pensare a quelle cose. Ciò che la faceva andare avanti era l'idea che Emily e Sian fossero lì fuori da qualche parte, ancora vive, aggrappate alla speranza di essere salvate.

Alle ventidue e trenta Karen parcheggiò davanti a casa. Si guardò in giro attentamente per accertarsi che non ci fosse nessuno nascosto nell'ombra, ma quella sera il vialetto era deserto. Rimise il bidone vuoto al solito posto, accanto al muro laterale, ed entrò in casa.

Si tolse la giacca e si lavò le mani, fissando il giardino attraverso la finestra buia della cucina. In lontananza, il traliccio di Donington-on-Bain emanava un bagliore rosso. La torre per le telecomunicazioni della Belmont distava una trentina di chilometri, ma di notte dominava il panorama con le sue luci di segnalazione ostacoli al volo. Alcuni anni prima, la gente del posto, orgogliosa del traliccio, aveva protestato senza successo contro la decisione di ridurne l'altezza.

Quando aveva quattro anni, Tilly le aveva chiesto di quello strano oggetto rosso nel cielo. Karen aveva cercato di farle una lezione sulla prospettiva e le distanze, ma aveva fallito miseramente. Suo marito si era divertito mentre lei tentava di spiegarle, con mille giri di parole, che poteva non sembrare altissimo, ma solo perché era molto lontano, e che se invece fossero stati accanto al traliccio sarebbe stato davvero alto.

Uscì dalla cucina ed entrò nella stanzetta nella parte anteriore della casa, che un tempo era la stanza dei giochi di Tilly. Negli anni Karen l'aveva trasformata nel suo studio. Dall'ultimo cassetto della scrivania tirò fuori un raccoglitore ad anelli celeste. Fece un respiro profondo e lo aprì. Conteneva pagine e pagine di relazione sull'incidente stradale che aveva ucciso Josh e Tilly. C'erano frasi evidenziate in giallo fosforescente, e su alcuni fogli stampati degli anelli di caffè, lasciati dalle tazze nelle notti in cui rimaneva sveglia fino all'alba a leggere e rileggere le sue conclusioni, alla ricerca disperata di risposte.

Ma non aveva trovato risposte, perché non ce n'erano. Non c'era nessuna cospirazione, nessun disegno nascosto, né c'era da ottenere giustizia. Solo morte. Solo un tragico incidente. Mentre girava le pagine si sentì in colpa. Durante una delle sue ultime sedute, aveva detto ad Amethyst di aver distrutto il raccoglitore e di aver messo fine alle indagini una volta per tutte. Le aveva detto quello che voleva sentirsi dire. Non era stata una grossa bugia. Karen si rendeva conto di essere stata scorretta, ma non riusciva a sbarazzarsi di quel raccoglitore. Non ancora.

Con un nodo alla gola lo rimise a posto, tornò in cucina e guardò il misero contenuto del frigo. Avrebbe dovuto prendersi un takeaway mentre rientrava a casa, o mangiare un po' della pizza ordinata da Rick in centrale, ma quando era arrivata lei aveva ancora lo stomaco chiuso per via dello scontro con Jasper, e ne aveva rifiutato un trancio al salamino piccante.

Prese un pezzo di cheddar che era in fondo al frigo e controllò che non ci fosse muffa. Dopo averlo annusato velocemente, decise che poteva mangiarlo. All'inizio della settimana aveva avuto la lungimiranza di congelare del pane integrale, perciò ne tirò fuori un paio di fette e le mise sotto al grill, poi tagliò un po' di formaggio.

Mentre aspettava che si tostassero, si appoggiò allo sportello accanto al forno e si godette il calore che usciva. Il riscaldamento andava dalle cinque di pomeriggio alle nove di sera, perciò la casa si stava già raffreddando. Fece un salto nella lavanderia e premette alcuni pulsanti per modificare l'orario del timer. Finché era impegnata con quel caso, non aveva senso che il riscaldamento si accendesse alle cinque quando lei non c'era. Cambiò anche l'orario del mattino, per farlo partire prima, sapendo che si sarebbe dovuta alzare di nuovo presto.

Tornò in cucina proprio quando il pane cominciava a diventare dorato e lo girò in fretta. Ci mise sopra del formaggio e poi spinse di nuovo la teglia sotto la resistenza incandescente, finché non cominciarono a formarsi delle bolle.

Con suo stupore, quando tagliò le fette di pane a metà e vide il formaggio che filava le venne l'acquolina in bocca. Ci aggiunse mezzo cucchiaino di chutney fatto da Christine e si mise a sedere al tavolo della cucina. Cenare da sola per Karen era insopportabile. Forse non le sarebbe dispiaciuto tanto se fosse sempre stato così, ma non le piaceva il silenzio che si creava, e dunque aveva preso l'abitudine di guardare la tv mentre mangiava. Ovviamente c'erano anche altre occasioni in cui Josh e Tilly le mancavano da morire. Come quando, girandosi nel letto, allungava il braccio e, a distanza di cinque anni, il fatto di non trovare niente se non il freddo del piumone la coglieva ancora di sorpresa. Era quello il momento più doloroso, quello che intercorreva tra il sonno e il risveglio, quei pochi secondi in cui si dimenticava del tutto dell'incidente.

All'inizio del suo percorso di psicoterapia, Amethyst le aveva detto che vedere altre famiglie con bambini avrebbe potuto risvegliare in lei ricordi dolorosi, e Karen era rimasta stupita, perché per lei era l'esatto opposto. Amava vedere bambini felici.

Un giorno, sei mesi dopo aver perso la sua famiglia, mentre stava facendo la fila alle casse del supermercato, all'improvviso la donna dietro di lei aveva iniziato a urlare contro la figlia piccola, tanto da farla piangere. A Karen era venuta voglia di afferrare quella donna per un braccio e scuoterla fino a farle cadere tutti i denti. Per fortuna aveva avuto la freddezza di prendere il suo cestino e spostarsi a un'altra cassa.

La bambina non dava l'impressione di essere trascurata, ed era chiaro che la madre era semplicemente arrivata al limite dopo una spesa stressante con una figlia di tre anni capricciosa, ma Karen avrebbe voluto gridarle contro e dirle: «Ti mancherebbero se non ci fossero più! Adesso ti sembra di impazzire, ma ti mancherebbero così tanto da farti male. Daresti qualunque cosa per un altro capriccio».

Persa nei suoi pensieri, abbassò lo sguardo e con sua sorpresa vide che il piatto era vuoto. Si sfregò le mani per sbarazzarsi delle briciole e mise il piatto nella lavastoviglie.

Poi andò al piano di sopra a prendere la biancheria sporca, la infilò in lavatrice e selezionò il programma per il lavaggio rapido. Pensando che doveva assolutamente rimanere sveglia finché non avesse steso il bucato, andò a mettersi sul divano grigio in salotto, prese la coperta color crema e se la buttò sulle gambe.

Un po' assonnata, aprì la app di messaggistica sul cellulare e selezionò la chat di famiglia, ma quando scrollò verso il basso e vide che per tutto il giorno sua madre, suo padre e sua sorella si erano scambiati messaggi, si sentì in colpa. Provò tenerezza davanti alla foto di sua nipote, Mallory, che con un gran sorriso mostrava il buco lasciato dall'incisivo caduto. Sotto c'era scritto:

Stanotte viene la fatina dei denti!

Scrisse in fretta un messaggio. Avrebbe chiamato i suoi l'indomani. Sapeva che si preoccupavano per lei.

Mentre si metteva comoda appoggiandosi ai cuscini, accese la televisione e mormorò a se stessa: «Sì, ma non ti addormentare».

Non funzionò. Nel giro di pochi secondi dormiva già, ma lo squillo acuto del cellulare interruppe un sogno confuso, e si tirò su per sedersi. Si allungò per prendere il telefono e sbattendo le palpebre per mettere a fuoco lo schermo vide che era un numero sconosciuto.

«Pronto?» Aveva la voce molto assonnata, anche se era certa di aver chiuso gli occhi solo per pochi secondi.

«Mi scusi se la disturbo a quest'ora. Sono Sarah Macintosh, la madre di Rachel.»

«Ah, sì.» Karen si alzò in piedi e spinse il telefono contro l'orecchio.

Mentre camminava verso la cucina lanciò un'occhiata all'orologio digitale del forno. Erano le undici passate. Cosa poteva esserci di così importante per Sarah da farla chiamare così tardi?

«Si figuri» disse Karen. «In realtà non sono rientrata da molto. C'è qualche problema?»

Sarah aveva il respiro affannato. *«Sì, credo di sì. Avrei aspettato domani mattina, ma il fatto è che Rachel era così scossa e so che potrebbe essere importante per via di quelle due bambine scomparse.»* Sembrava che stesse per avere una crisi isterica.

«Ha fatto bene a chiamarmi. Ora mi dica cos'è successo.»

«Be', si tratta di Rachel. Vede, non riusciva a dormire. Io ho pensato che fosse agitata per via di stamattina. Perciò ho insistito e lei è tornata a letto. Poi, quando sono andata di nuovo a controllarla, mi sono accorta che aveva pianto. Allora sono entrata nella sua camera e le ho detto che doveva dirmi la verità, dirmi cosa la preoccupava. Ma

lei non voleva. Continuava a ripetere che non poteva, che non aveva il permesso.»

«È riuscita a scoprire cosa la turbava?»

«Sì» disse Sarah. *«Senta, è davvero difficile spiegarglielo al telefono. Pensa che potrebbe venire qui a casa nostra?»*

Mentre si appuntava l'indirizzo, a Karen passarono mille pensieri per la testa. «Sarò lì tra poco, Sarah. Cerchi di stare tranquilla. Andremo in fondo a questa storia.»

«Grazie. Lo apprezzo molto. Mi rendo conto che è parecchio tardi e che la sto disturbando fuori dall'orario di lavoro.»

«Davvero» disse Karen, afferrando la giacca e appoggiandosela sul braccio mentre cercava le chiavi, «non è un problema.»

«Non so cosa pensare. Non si era mai comportata così. Non è proprio da lei.»

Karen era quasi arrivata alla macchina, quando Sarah disse una cosa per cui rimase pietrificata.

«Mi dispiace tantissimo, ma a quanto pare quando Rachel ha parlato con lei oggi, non le ha detto la verità. Ci ha rifilato un sacco di bugie, sia a me che a lei.»

Capitolo 21

Quindici minuti più tardi, Karen fermò la macchina davanti alla casa dei Macintosh. Era un vecchio edificio indipendente, in pietra color sabbia, in fondo a una stradina di campagna. C'erano solo altre quattro case in quella strada e si affacciavano tutte sui campi da entrambi i lati. Durante il giorno, chi abitava lì godeva di una splendida vista sui terreni agricoli e sui cieli sconfinati, ma di notte si aveva la sensazione di essere isolati. Non c'erano lampioni e Karen ebbe un brivido mentre spegneva il motore dell'auto.

Aveva parcheggiato accanto a un grande frassino. Quando chiuse la portiera, un allocco emise il suo richiamo. Nel sentire quel suono improvviso Karen trasalì e guardò in alto, ma nonostante l'uccello stesse ripetendo il suo verso, non riuscì a vederlo tra i rami al buio. Chiuse la macchina e raggiunse di corsa la porta d'ingresso dei Macintosh. Non era superstiziosa, pensò fra sé, solo un po' tesa.

Non ebbe neanche il tempo di bussare, che la madre di Rachel le aprì.

«Grazie di essere venuta» disse spalancando la porta.

«Non si preoccupi.» Karen entrò in un ingresso ben illuminato. Il parquet caldo e la carta da parati color pastello rendevano la casa accogliente e ospitale.

«Rachel è in camera sua» disse Sarah girandosi leggermente verso Karen mentre saliva le scale. «Mio marito è a Praga per lavoro. Non gli ho ancora detto niente.»

Karen la seguì al piano superiore.

Rachel era seduta sul letto con la schiena appoggiata ai cuscini. La camera non era piccola, ma tra i tantissimi giocattoli sparsi ovunque e l'armadio che portava via un sacco di spazio, dava comunque l'impressione di esserlo. Il letto di Rachel era contro la parete in fondo alla stanza, coperto da un piumone rosa con motivi a spirale.

La bambina alzò lo sguardo verso Karen. Aveva gli occhi rossi, la pelle a chiazze ed era ovvio che avesse pianto.

«Cos'hai da dire alla signora poliziotta, Rachel?» disse Sarah Macintosh con tono severo alla figlia.

A Rachel tremò il labbro inferiore e vennero gli occhi lucidi mentre scuoteva la testa.

«Ne abbiamo parlato, Rachel. Devi dire la verità.»

Karen sentì una stretta allo stomaco, stava fremendo di impazienza. Se Rachel identificava Jasper Palmer, poteva essere la svolta di cui avevano bisogno. Trattenne il respiro e aspettò che rispondesse.

Senza sollevare la testa, Rachel mormorò: «Mi dispiace».

«Per cosa ti dispiace, Rachel?» chiese Karen, non volendo mettere fretta alla bambina che era ovviamente molto turbata, nonostante l'attesa la stesse uccidendo.

Rachel tirò su col naso e guardò la madre. «Non ho detto tutta la verità oggi quando ho detto di non riconoscere quell'uomo.»

«È importante che tu mi dica la verità adesso, Rachel. Lo capisci questo, vero?»

Rachel annuì e fissò il piumone.

«Fai vedere alla signora poliziotta le braccia» le ordinò Sarah Macintosh.

Karen aggrottò le sopracciglia mentre Rachel arrotolava lentamente le maniche del pigiama con gli unicorni. C'erano dei brutti lividi scuri su entrambe le braccia, piccoli ma che sembravano dolorosi.

La faccenda stava prendendo una piega inaspettata. «Come se li è fatti?» chiese Karen, sollevando lo sguardo verso la signora Macintosh.

«È stata una bambina della sua classe, Molly Greenwood. Ha preso di mira Rachel.»

Non capendo il nesso tra quella storia e l'uomo ai cancelli della scuola, Karen si rivolse di nuovo a Rachel.

«Ed è per questo che non hai voluto dirmi la verità quando ci siamo parlate oggi?»

Rachel tirò di nuovo su col naso, se lo pulì con il dorso della mano e annuì.

«Racconta alla signora poliziotta di Molly» la incalzò Sarah Macintosh.

«Molly ha detto che non dovevo dirlo a nessuno. Ha detto che se lo facevo mi avrebbe picchiata e avrebbe detto a tutti di non parlarmi più.»

Il puzzle stava lentamente prendendo forma. «E Molly conosce l'uomo che era al cancello?» chiese Karen.

Rachel annuì. «È il suo papà. Ha lasciato la mamma di Molly e lei non lo fa più entrare in casa, allora lui è venuto a scuola per vederla, ma non potrebbe. Molly mi ha detto di non dirlo, perché lui poteva finire nei guai.»

Prima che Karen avesse il tempo di fare un'altra domanda, Sarah Macintosh disse: «Ne parla tutto il villaggio. Era violento. Lydia Greenwood ha ottenuto un'ordinanza restrittiva contro di lui. Può vedere la figlia solo durante incontri sorvegliati.»

«E come si chiama il padre di Molly?»

«Les Greenwood. Ha anche un problema con l'alcol» rispose Sarah.

«Okay, quindi l'uomo ai cancelli era Les Greenwood, il padre di Molly. È questo che mi stai dicendo, Rachel?»

La bambina incrociò le braccia e annuì di nuovo. «Sì» rispose con voce sottile.

Karen provò un senso di frustrazione enorme. Non solo non aveva le prove che voleva contro Jasper Palmer, ma a quanto pareva avevano seguito una pista falsa.

Sorrise e si alzò. «Grazie, Rachel.»

«Non dirà a Molly che gliel'ho detto, vero?» chiese preoccupata Rachel mentre Karen andava verso la porta.

«Molly non dovrebbe farti male, Rachel. È lei che finirà nei guai, non tu.» Karen si rivolse a Sarah Macintosh. «Lo riferirà alla preside?»

Sarah annuì senza esitare. Abbassò la voce e accompagnò Karen fuori dalla cameretta di Rachel. «Ma certo. Sono furiosa. Cosa succederà adesso?»

«Dovremo parlare con Les Greenwood, ma immagino che sia davvero andato a scuola per parlare con la figlia.»

«Ero fuori di me quando Rachel mi ha detto cosa le sta facendo Molly, ma capisco che quella bambina sta attraversando un momento difficile. Parlerò con la preside, ma anche con la madre di Molly. Siamo sempre andate d'accordo in passato e credo vorrebbe essere messa al corrente della cosa, per poter troncare sul nascere questo genere di comportamenti da parte della figlia» disse Sarah mentre scendevano le scale.

Quando arrivarono davanti alla porta d'ingresso, le chiese: «Vuole qualcosa da bere prima di andare?».

Karen guardò l'orologio. «No, grazie, è meglio che vada. Per caso ha l'indirizzo del padre o della madre di Molly?»

«Ho quello della madre. Non so dove sia andato ad abitare Les. Vuole che glielo dia?»

«Mi farebbe una gentilezza.» Karen seguì Sarah che attraversò un salottino ed entrò in una cucina bella grande.

La donna tolse un biglietto su cui erano disegnati tanti palloncini da sotto una calamita attaccato al frigorifero e lo porse a Karen. «C'è la festa di compleanno di Molly la settimana prossima. L'indirizzo è sull'invito.»

Lei fotografò il biglietto con il cellulare e glielo rese.

«Grazie» le disse. «Ci è stata di grande aiuto.»

Finché fu in casa, Karen si mostrò gentile, ma non appena la porta d'ingresso si richiuse alle sue spalle, tirò fuori tutto il suo repertorio di parolacce e camminò verso la macchina come una furia. Sentiva che Jasper Palmer le stava scappando da sotto il naso. L'uomo visto ai cancelli della scuola di Washingborough non c'entrava nulla, dargli la caccia era stato uno spreco di tempo.

Risalita in macchina, prese il cellulare e chiamò l'ispettore Morgan per aggiornarlo, non prima di essersi scusata per l'ora. Lui le assicurò che lo avrebbe riferito all'agente di turno per evitare ulteriori perdite di tempo. Dovevano comunque sentire Les Greenwood per confermare la versione di Rachel.

Dopo aver riagganciato, Karen mise il cellulare nel vano portabicchieri davanti al freno a mano e piegò la testa all'indietro contro il poggiatesta. Da qualche parte lì fuori c'erano due bambine spaventate, e nonostante i loro sforzi per ritrovarle sembrava che non stessero facendo nessun passo in avanti.

L'ispettore Morgan aveva appena finito di parlare al telefono con l'agente responsabile del turno di notte, quando sentì suonare il campanello.

Aveva affittato per un breve periodo una vecchia casa a schiera con due camere da letto a Canwick, in attesa di decidere se voleva restare per un po' nel Lincolnshire. Mentre camminava sul pavimento in pietra del corridoio buio e stretto, da sotto la porta d'ingresso entrò uno spiffero che gli fece venire la pelle d'oca. Le finestre erano in condizioni altrettanto pessime. Era una casa ricca di dettagli particolari, ma gelida. Quando era rientrato si era messo un maglione di lana pesante e un paio di jeans comodi scoloriti.

Guardò l'orologio Omega che aveva al polso e vide che era quasi mezzanotte. Chi poteva essere a quell'ora?

Doveva essere per forza qualcosa inerente al lavoro. Non aveva conosciuto nessuno dei suoi vicini. Lavorava fino a tardi e non era quel che si definisce un tipo socievole. Continuava a ripetere a se stesso che doveva andare al pub all'angolo per fare conoscenza, ma non ne aveva ancora avuto il tempo.

Aprì la porta e si ritrovò davanti una donna infreddolita.

«Julia, cosa ci fai qui?»

Lei lo guardò attraverso una frangia molto folta. «Non mi inviti a entrare, Scott?»

L'ispettore Morgan fece un passo indietro e spalancò la porta. «Ma certo, scusa. Non ti aspettavo. Avevamo disdetto mi pare, no?»

Julia entrò con passo pesante, si fermò nello stretto corridoio e lui chiuse la porta. Notò che non si era portata nessuna borsa con il cambio. La guardò con aria confusa, in attesa che gli spiegasse cosa ci facesse lì.

«*Tu* hai disdetto, Scott.»

«Oh, capisco. Mi dispiace. Ma non ho avuto scelta, davvero. Stiamo lavorando a un grosso caso al momento.»

Lei sollevò una mano per azzittirlo. «Devo guidare. Perciò non posso bere niente di alcolico, ma almeno un caffè potresti offrirmelo.»

«Certamente.»

Si diresse in cucina e lei lo seguì.

Julia viveva ancora a Oxford, ma lui pensava che le andasse bene lasciare le cose come stavano. L'aveva incontrata otto mesi prima. Era un avvocato, dedita al lavoro e ambiziosa, e non era interessata a relazioni durature. "Divertiamoci e basta" aveva detto, e all'ispettore Morgan era sembrato allettante.

Ma a giudicare dalla sua espressione di quella sera, divertirsi era l'ultimo dei suoi pensieri.

L'ispettore Morgan riempì il bollitore e lo accese, poi tirò fuori un paio di tazze da un mobiletto. «Solubile va bene?»

Julia alzò gli occhi al cielo e indicò la macchinetta del caffè che gli aveva regalato per il suo compleanno. «Cos'ha quella che non va?»

L'ispettore Morgan si mise le mani in tasca con aria colpevole. «Niente. Solo che ho finito il caffè macinato. Non ho avuto tempo di andare al supermercato. Come ti dicevo, questo caso...»

«Non sono venuta fino a qui per parlare del tuo caso, Scott» disse lei, seccata. «Immagino che dovrò accontentarmi di quello solubile.»

Sentendosi a disagio per la situazione, l'ispettore Morgan mise un cucchiaio di granuli di caffè nelle tazze e prese il latte dal frigo. Julia era arrabbiata con lui, questo era chiaro, ma lui non aveva idea del perché. Aveva cancellato il loro appuntamento, ma l'aveva avvisata con largo anticipo. Le aveva mandato un'email il giorno prima. Gli venne il dubbio che non l'avesse ricevuta.

«Ti è arrivata la mia email?»

Julia irrigidì la mandibola e serrò le labbra.

L'ispettore Morgan aspettò che lei gli rispondesse, e si creò un silenzio imbarazzante; a quel punto decise di andare avanti a preparare il caffè. Versò l'acqua calda nelle tazze.

Mentre aggiungeva il latte, Julia disse: «Sì che l'ho ricevuta. Ed è di questo che voglio parlarti».

L'ispettore Morgan le passò una tazza fumante annuendo. «Avrei dovuto chiamarti, vero?»

«Sì, come minimo.» Scosse la testa. «Così non va, Scott.»

L'ispettore Morgan prese la sua tazza e scelse le parole con cura. «Pensavo che le cose andassero bene. È normale che ci siano degli ostacoli in una relazione a distanza.»

«Definirla *relazione* è un po' esagerato. Ci vediamo al massimo un paio di volte al mese, ed è tutto così...» Si guardò in giro, in cerca della parola giusta, e agitò la mano. «Così formale.»

Scott sorseggiò il caffè lentamente, non sapendo cosa fare o dire.

«Guarda stasera, ad esempio» disse Julia. «Dovevamo prenderci un paio di giorni di vacanza per passare del tempo insieme e, di punto in bianco, ricevo un'email che mi informa che devi lavorare. Non hai fatto nemmeno lo sforzo di chiamarmi.»

«Mi dispiace» disse l'ispettore Morgan con cautela. «Avrei dovuto essere più riguardoso.»

«Il fatto è che così non andiamo da nessuna parte» disse Julia.

«Tu dove volevi che andassimo?» chiese lui, sinceramente perplesso.

Julia appoggiò la tazza di caffè sul bancone della cucina. «Sei davvero impossibile.»

«Non capisco cos'ho fatto di sbagliato, Julia. Hai detto che non cercavi niente di duraturo, di impegnativo.»

«So cos'ho detto. Ma non mi aspettavo questo. Ho bisogno di qualcosa di più.»

L'ispettore Morgan annuì lentamente. «Va bene. Be', posso provare...»

«Abbiamo già provato, Scott, ma finché tu non affronti i tuoi problemi, non sarai mai in grado di aprirti e di avere una relazione vera e propria.» Sospirò. «Cosa ti è successo? So che ti è successo qualcosa, ma non ne parli mai.»

L'ispettore Morgan si irrigidì. «È inutile rivangare il passato. Perché non ci prendiamo del tempo per...»

«No, non servirebbe a niente. Sei troppo freddo e trattenuto.» Abbassò gli occhi, incapace di sostenere il suo sguardo.

«Hai un altro» disse l'ispettore Morgan.

«Non è questo il punto. Non sono venuta qui per parlare di questo.»

«Ah no?»

«No, e non cercare di dare la colpa a me. Ci stiamo lasciando perché a livello emotivo tu non mi dai niente e non hai nessun riguardo per i miei sentimenti.»

«Quindi ci stiamo lasciando?»

«Sì.» Julia si passò una mano tra i capelli e sospirò. «Non era così che doveva andare. Dovevo essere io quella arrabbiata, ma tu mi guardi come se fossi confuso.»

«Perché sono confuso. Pensavo che le cose andassero bene.»

«Be', invece no.»

«C'è qualcosa che posso fare per rimediare?»

Julia scosse la testa. «No, tu sei quello che sei, Scott. E a me non basta.»

«Sei venuta fino a Lincoln per dirmi questo?»

Julia si voltò verso di lui con uno sguardo molto irritato. «Sì, perché è una questione di rispetto. Se lasci qualcuno, lo fai di persona. Pensavi che ti avrei mandato un'email?»

«Non so cosa ti aspetti che ti dica.»

Julia incurvò le spalle e sospirò. «È questo il problema, Scott.»

Capitolo 22

La mattina seguente, il detective Rick Cooper era in ritardo. Non gliene andava dritta una. Si era riproposto di arrivare al lavoro presto, per controllare qualche altra segnalazione sulle bambine. La maggior parte probabilmente si sarebbe rivelata uno scambio di persona, ma dovevano comunque essere tutte esaminate nel dettaglio prima di essere scartate. Di quel passo però, non sarebbe arrivato presto. Non sarebbe nemmeno arrivato in orario.

«Dai, mamma» disse appoggiandosi al tavolo della cucina. «Sai che devo andare al lavoro.»

Sua madre, seduta sulla sedia a rotelle, stava tremando, ma si rifiutava di mettersi la vestaglia rosa. Rick non aveva messo in conto che sua madre quella mattina si sarebbe svegliata un'ora prima del solito. Quel fatto aveva mandato completamente all'aria i suoi piani, ovvero di uscire presto.

«Non puoi lasciarmi qui» insistette la donna. «Un'altra volta.»

Rick fece un respiro profondo, cercando di non perdere la pazienza. «Senti, ti prenderai un malanno. Lascia che ti aiuti a metterti la vestaglia, poi ti preparo una bella tazza di tè nell'attesa che arrivi Lauren.»

Guardò l'orologio. Lauren, sua sorella, non sarebbe arrivata per un'altra mezz'ora.

«No, non la voglio la vestaglia. Mi dà fastidio.»

Rick aggrottò le sopracciglia e guardò la vestaglia rosa di pile. Gliel'aveva comprata lui due mesi prima perché quella vecchia era fatta di un materiale più pesante e non andava per niente bene. Questa in pile era molto meglio. Si lavava facilmente e si asciugava in fretta, in più era leggera ma teneva molto caldo.

«Cos'ha che non va?»

«Ci sono dei cosini che mi prudono.»

Rick la rigirò per esaminare il tessuto e controllare se ci fosse qualcosa che poteva irritarle la pelle. Ma a lui sembrava che fosse perfetta. Sua madre la usava da due mesi e non si era mai lamentata.

Capì che doveva arrendersi e appoggiò la vestaglia sullo schienale della sedia della cucina, rimpiangendo di aver messo quella vecchia nel cassonetto per la raccolta dei vestiti usati.

«D'accordo. Niente vestaglia. Che ne dici di una tazza di tè per scaldarti?»

Sua madre si tolse i capelli grigi dal viso e annuì. «E falla.»

Rick accese il bollitore elettrico e tostò del pane per entrambi.

Avvicinò la sedia a rotelle della madre al tavolo. «Sei comoda così o vuoi che ti aiuti a sistemarti su una sedia?»

«Certo che voglio mettermi su una sedia» disse, guardandolo come se avesse perso il lume della ragione. Anche se, a sentire Lauren, la sera prima per cena aveva voluto rimanere sulla sedia a rotelle, sostenendo di essere più comoda.

La aiutò a spostarsi su una delle sedie intorno al tavolo. Gli venne un colpo al cuore quando si accorse di quanto era leggera. Le ossa sembravano così fragili che temeva si sarebbero spezzate se l'avesse stretta troppo.

«Vuoi un cuscino, mamma?»

Sua madre scosse la testa, prese un pezzo di pane tostato e lo mangiò con gusto.

Si sentì sollevato nel vederla mangiare. Da un po' di tempo aveva sempre poco appetito e stava perdendo peso in fretta. I dottori non erano stati di grande aiuto: l'unica cosa che avevano fatto era stato prescriverle dei milkshake collosi e poco invitanti per cercare di irrobustirla.

Mangiarono il pane tostato in silenzio, e quando Rick vide che nel piatto di sua madre non era rimasto più niente, decise di riprovarci. «In questo momento sto lavorando a un caso importante, mamma. È per questo che devo uscire presto e la sera rientro tardi. Ma questa settimana Lauren si fermerà più a lungo per occuparsi di te. Magari potrebbe ritirare fuori i puzzle.» Le sorrise.

Sua madre si accigliò. «No, non la voglio in casa mia.»

«Lauren è tua figlia, mamma» disse Rick con tono gentile. Solo la settimana prima sua madre aveva scambiato lui per suo zio Terry e aveva sostenuto con insistenza di non aver mai visto Lauren in vita sua. Ma quell'episodio era durato poco e lui sperava con tutto il cuore che si fosse trattato di un caso isolato.

«Lo so chi è» disse sua madre con tono autoritario, e sembrò quasi tornata quella di un tempo. «Ma non ce la voglio comunque in casa mia.»

A quel punto Rick era davvero confuso. «E perché no? Lauren si è sempre occupata di te durante il giorno.»

«Non ho bisogno che qualcuno si occupi di me. Non sono una bambina» sbottò.

Rick non sapeva come reagire. Sua madre aveva sempre avuto un ottimo rapporto con Lauren ed era sempre stata fierissima di entrambi.

«Vuole sbarazzarsi di me. Vuole vedermi morta e sepolta così può mettere le mani su questa casa.»

Rick rimase a bocca aperta ed ebbe bisogno di un attimo per raccogliere i pensieri e riuscire a ribattere. «Non essere ridicola. Lauren non è quel tipo di persona.»

«Non parlarmi così. Per tua informazione, ieri ha cercato di uccidermi. Aspetta solo che tu esca.» Si allungò in avanti sul tavolo.

«Ha cercato di darmi un sacco di pastiglie.» Gli fece l'occhiolino. «Ma io non sono stupida. Non le ho mica prese. Ho fatto finta, e poi, quando non mi guardava, le ho sputate.»

«Mamma, tu le devi prendere quelle pastiglie. Te le ha prescritte il medico.»

Era per questo che stava peggiorando? Rick sapeva che sarebbe successo, ovviamente. Il dottore gli aveva detto che non ci sarebbero stati miglioramenti. La demenza precoce era irreversibile, ma era rimasto scioccato dalla rapidità con cui progrediva. Se sua madre non stava prendendo le pastiglie, quella era una possibile spiegazione.

Pensò che forse d'ora in poi avrebbe dovuto occuparsi lui della gestione delle medicine.

«Va bene» disse. «Che ne dici se te le do io le pastiglie?»

Sua madre ci pensò su e poi annuì. «Va bene, ragazzo mio. So che tu hai a cuore solo il mio bene.»

Gli rivolse un sorriso che gli ricordò com'era sua madre prima. E con suo grande sconcerto, gli si riempirono gli occhi di lacrime. Uscì in fretta dalla cucina, percorse velocemente il corridoio e scese nel bagno al piano di sotto.

A scopo precauzionale, avevano montato una piccola serratura al mobiletto del bagno. Quando sua madre prendeva ancora le pastiglie da sola, lui aveva sempre paura che un giorno si dimenticasse di averle già prese e ne assumesse una dose eccessiva. Aprì il mobiletto, tirò fuori tre flaconi e tornò in cucina.

Sapeva che Lauren aveva messo a punto un suo sistema. Usava un portapillole speciale, su cui erano segnati i giorni della settimana. All'inizio di ogni settimana, riempiva gli scomparti con le dosi esatte di medicine per ciascun giorno. Si sarebbe innervosita se lui le avesse scombussolato tutto, ma dopo aver saputo cos'aveva detto la madre, sicuramente avrebbe capito.

Anche se non aveva ben chiaro come avrebbe fatto a dirle una cosa del genere. Non esisteva un modo diplomatico per farlo.

Scusa, Lauren, tua madre pensa che tu stia cercando di ucciderla...

Dispose le pastiglie in fila sul tavolo. La settimana prima, sua madre aveva fatto un po' fatica a ingoiarle, ma quella mattina non aveva avuto nessun problema a mangiare il pane tostato, perciò Rick sperava che riuscisse a mandarle giù senza difficoltà.

Le passò un bicchiere d'acqua e la osservò buttarle giù una dopo l'altra.

Quando ebbe finito, pretese che aprisse la bocca e sollevasse la lingua per essere certo che non avesse fatto finta di prenderle.

Lei ci rimase male. «Non proverei a imbrogliarti.»

Rick si sedette, intenzionato a chiarire le cose. Doveva convincere sua madre che Lauren voleva aiutarla e che non avrebbe mai cercato di farle del male. Ma ancor prima che riuscisse a intavolare un discorso, gli squillò il cellulare.

Era la sergente detective Hart. Accidenti.

Guardò l'orologio sulla parete della cucina. E per fortuna che voleva uscire presto...

«Vengo subito, mamma» disse, portandosi via i flaconi con le pastiglie per evitare che sua madre ce li avesse a portata di mano. Uscì in corridoio e rispose al telefono. «Ciao sergente.»

«Rick, mi chiedevo a che punto sei con i controlli sul padre di Molly Greenwood, Les Greenwood. Ti ho lasciato un messaggio ieri sera.»

«Mi dispiace, sergente. Non ho ancora avuto modo di occuparmene.»

Ci fu un momento di silenzio, poi Karen disse: *«Pensavo che stamattina dovessi andare presto in centrale per portarti avanti col lavoro»*.

«L'intenzione era quella» disse Rick, mentre rimetteva i flaconi nel mobiletto delle medicine e cercava di chiuderlo a chiave con una mano sola. «Ma sono in ritardo.»

Capì dal tono di voce che Karen era infastidita. *«Santo cielo, Rick. Avresti potuto dirmelo. Sto aspettando quelle informazioni. Sono davanti alla casa dei Greenwood e non so un bel niente di lui.»*

Rick fece una smorfia. «Mi dispiace, capo.»

«E cos'è successo di così importante per cui hai fatto tardi? Non hai sentito la sveglia un'altra volta?»

«Ehm, qualcosa del genere.»

Rick non sapeva perché non diceva la verità alla sergente Hart. Come capo, Karen era molto comprensiva, e se le avesse detto la vera ragione per cui era in ritardo, sarebbe finita lì. Ma lui non voleva la compassione di nessuno.

«Scommetto che ieri sera sei uscito e hai bevuto» disse Karen, seccata. *«Avrai esagerato e stamattina hai fatto fatica ad alzarti, vero?»*

Karen prese il silenzio di Rick come un'ammissione di colpa.

«Questo lavoro è d'importanza vitale, Rick. Quelle due bambine non sono ancora state ritrovate.»

«Lo so, capo. Mi dispiace. Arriverò il prima possibile.»

«Mi raccomando» disse Karen, e riagganciò.

Rick chiamò Sophie, che era già alla sua scrivania. Ovviamente. Sophie Jones, l'agente detective perfetto, un brillante esempio per tutti, pensò Rick, di cattivo umore.

Odiava chiedere il suo aiuto, ma non aveva molta scelta. «Sophie, mi serve un favore. La sergente ha bisogno di un controllo su Les Greenwood, in particolare sui precedenti penali e sulle modalità con cui gli è concesso di vedere la figlia. Pensiamo che sia Greenwood quello ripreso dalle telecamere di sorveglianza. Ti giro l'email con tutto ciò che sappiamo finora.»

«Nessun problema. Me ne occupo subito. Tu stai venendo qui o vuoi che ti mandi le informazioni per email?»

«Sarò lì a breve, ma se potessi mandare tutto direttamente a Karen il prima possibile, sarebbe fantastico.»

In quel momento sentì la porta d'ingresso che si apriva e in fondo al corridoio comparve Lauren, sua sorella. La salutò con la mano e tornò a concentrarsi sulla telefonata.

Finì di parlare con Sophie e un attimo dopo aver riagganciato dalla cucina arrivò un gran fracasso.

Sua madre stava gridando come un'ossessa. «Sta' lontano da me! Non mi toccare, vai via!»

Corse in cucina.

Sua madre aveva preso un piatto e lo stava usando per minacciare Lauren.

«Che diavolo succede qui? Perché stai cercando di colpire Lauren?» Se non fosse stato molto preoccupato, l'avrebbe trovato divertente. Tolse il piatto dalla mano della madre e lo mise nel lavandino.

Poi si voltò verso la sorella e vide che stava tremando.

«Non ti avrebbe fatto del male» le disse. «Era solo un piatto.»

Lei scosse la testa e gli passò accanto per uscire dalla cucina.

«Finalmente» disse sua madre.

Rick si prese il setto nasale tra le dita e sentì che gli stava venendo un cerchio alla testa che partiva da dietro gli occhi. Lasciò sua madre in cucina e andò a cercare Lauren.

Era seduta sul divano in salotto e si fissava le gambe. Rick si sedette accanto a lei.

«Non ce la faccio ad andare avanti così, Rick.»

«Lo so che è difficile.»

«È più che difficile. È impossibile. Non ne posso più. Mi ha appena accusato di avere cercato di ucciderla.»

Rick fece una smorfia. «Mi dispiace. Avrei dovuto avvisarti. È da prima che lo dice. Guarda il lato positivo, probabilmente per l'ora di pranzo se ne sarà dimenticata.» Sorrise, anche se sapeva che era una battuta fuori luogo. Essendo un poliziotto, l'umorismo nero lo aveva aiutato a superare momenti difficili.

«È troppo per me, Rick. Non ne posso più. A te va bene, tu ci stai solo di notte, e per la maggior parte del tempo lei dorme.»

Rick si prese un attimo di tempo prima di rispondere. Gli cadde lo sguardo su una fotografia sopra il caminetto. Sua madre e suo padre che sorridevano all'obiettivo. Era stata scattata il giorno del loro trentesimo anniversario di matrimonio. Odiava pensare che la donna gentile, forte, premurosa in quella foto stesse piano piano scivolando via.

Forse Lauren aveva ragione. La situazione stava peggiorando e sicuramente a lei toccava la parte peggiore, anche se nemmeno per lui era una passeggiata. Dovendo restare sempre a casa per badare a sua madre non faceva molta vita sociale, nonostante in centrale si fosse guadagnato la fama di dongiovanni. Ogni volta che lo invitavano a bere qualcosa dopo il lavoro, vestiva i panni dello sciupafemmine e diceva a tutti che aveva un appuntamento galante, anche se la verità era ben diversa. Di solito per le nove di sera era a casa a preparare una cioccolata calda a sua madre.

Ogni tanto doveva lavorare fino a tardi o fare il turno di notte, il che significava che lui e Lauren si invertivano. Ma non era facile per lei. Aveva due bambini a cui pensare. All'inizio, li portava lì con lei dopo la scuola per passare del tempo con la nonna. I due ragazzini si comportavano splendidamente e reagivano molto bene, considerata la loro età. Anche quando la nonna pretendeva di sapere chi fossero, loro rispondevano senza spazientirsi e la conquistavano con le loro chiacchiere infantili.

«Magari posso provare a ridurre gli straordinari una volta che questo caso sarà concluso. Si tratta di una cosa grossa, sai, ed è più impegnativo del solito. Lauren, lo so che il peggio te lo becchi tu. Ma ti prometto che ti aiuterò di più quando avrò finito di lavorare a questo caso.»

Lei scosse la testa. Si alzò in piedi e se ne andò verso il corridoio. Rick si accigliò. Non aveva mai visto sua sorella in quello stato.

Aveva raggiunto il limite e la cosa lo spaventava. Quando Lauren tornò in salotto, aveva in mano la borsa. Dopo aver rovistato all'interno, tirò fuori dei fogli e glieli passò.

«Cos'è questa roba?» le chiese, dandogli una rapida occhiata.

«È una casa di riposo specializzata nella cura di malati di demenza. Dobbiamo solo firmare i moduli.»

Rick lasciò cadere i fogli accanto a sé sul divano e si alzò. «Neanche per sogno. Assolutamente no.»

Lauren fece una smorfia e sembrò sul punto di piangere.

Rick chiuse gli occhi e si passò una mano tra i capelli. «Senti, mi rendo conto che è molto dura. Facciamo così: cerco qualcuno che venga un paio di volte a settimana, che ne dici? Questo dovrebbe darti un po' di respiro.»

«Non lo so, Rick. Penso che abbiamo già aspettato troppo.»

Le prese la mano. «Per favore, Lauren. Vediamo come vanno le cose con un aiuto extra e poi prendiamo una decisione, okay?»

Lei ci mise molto tempo per rispondere, ma alla fine annuì.

Quando tornò in cucina, Rick trovò sua madre che dormiva. La sollevò con cura dalla sedia e la portò in camera. Dopo averla adagiata sul letto, le rimboccò le coperte.

Le diede un bacio sulla fronte e le disse: «Ci vediamo dopo, mamma».

Poi uscì per andare al lavoro, sentendosi il peso del mondo sulle spalle.

Capitolo 23

Karen era di pessimo umore. Aveva sperato di parlare con la signora Greenwood e sua figlia Molly prima che uscissero per andare a scuola. Se l'uomo dai capelli rossi visto alla scuola elementare di Washingborough non era in nessun modo collegato alla scomparsa di Emily e Sian, non voleva perdere un minuto di più dietro a quella storia. Ma stava mettendo troppa carne al fuoco. E come se non bastasse, Rick non le aveva procurato le informazioni che le servivano.

Non era da lui. Era stata troppo dura al telefono e lo sapeva. Sì, probabilmente dopo il lavoro si era preso una sbronza, ma non era insolito per un poliziotto rilassarsi in quel modo quando si trovava ad affrontare un caso stressante.

Certo, lei non poteva far finta di niente e lasciare che diventasse un'abitudine, ma avrebbe potuto essere più comprensiva. Avrebbe potuto lasciarlo parlare invece di mangiarselo vivo.

Quel lavoro era una sfida costante per la salute mentale di ogni agente. L'ispettore Morgan era un buon poliziotto, ma non era il tipo cordiale, espansivo, che proponeva uscite per passare del tempo tutti insieme e abbracci di gruppo. Lei non era molto meglio, ma visto che era improbabile che l'ispettore Morgan indossasse i panni della guida spirituale di cui gli agenti più giovani avevano bisogno, sarebbe toccato a lei prendersi cura dei detective meno esperti.

Era seduta nella sua auto fuori dalla casa dei Greenwood, una bifamiliare con un bel giardino sul davanti. D'estate, con le rose fiorite, doveva essere delizioso, ma adesso le piante avevano perso quasi tutte le foglie.

Visto che ormai era lì, decise di parlare lo stesso con la madre di Molly. Non le piaceva l'idea di incontrarla senza essere in possesso di più informazioni, ma avrebbe dovuto fare un'eccezione. E comunque era quasi certa che tutta quella faccenda non avrebbe portato a niente. Les Greenwood si aggirava nei dintorni della scuola per vedere sua figlia. Non sarebbe diventato il sospettato numero uno nelle indagini sulle ragazzine scomparse.

Chiuse la macchina e percorse il breve vialetto che attraversava il giardino per raggiungere una porta rossa. Premette il campanello e partì un trillo allegro. Da dentro la casa un cagnolino si mise ad abbaiare. Una striscia di vetro satinato, larga una quindicina di centimetri, correva lungo la porta, e Karen riuscì a intravedere una piccola sagoma pelosa che saltellava.

Un attimo più tardi, il cagnolino venne sollevato da terra e la porta si aprì.

La donna che Karen si trovò di fronte, con in braccio uno Yorkshire terrier, doveva avere poco più di trent'anni. Era senza rossetto e le sue labbra sembravano molto pallide rispetto al resto del viso perfettamente abbronzato. «Posso aiutarla?»

Karen le mostrò il tesserino, poi disse subito: «Non è niente di preoccupante. Ho solo bisogno di scambiare due parole con lei, signora Greenwood».

La donna rimase a bocca aperta e le ci volle un momento per riprendersi. «Scusi. Ma certo. Prego, si accomodi.»

Karen entrò in un cucinotto angusto. Era arredato con cura, ma c'era solo una finestrella stretta e i piani di lavoro erano quasi interamente occupati da piccoli elettrodomestici, perciò sembrava di essere in un negozio con troppa roba.

La signora Greenwood passò tra lei e il muro. «Si tratta di Les? Ha combinato qualcosa?»

«Perché dice così?»

Lei scrollò le spalle. «Non vedo altra ragione per cui dovrebbe essere qui. Di solito non ricevo visite da agenti di polizia prima delle otto e trenta del mattino.» Cercò di scherzarci su, ma il suo sorriso era poco convincente.

«In realtà si tratta di qualcosa che è successo alla scuola di sua figlia. Due giorni fa.»

«Di Molly? Cos'è successo?»

«Immagino abbia saputo delle due bambine scomparse a Heighington.»

La donna annuì e incrociò le braccia sul petto. «Sì. È terribile. Ci sono novità?»

Karen scosse la testa. «Ci hanno segnalato la presenza di un uomo che si aggirava nei dintorni della scuola di Molly...»

«Oh mio Dio» disse la donna, interrompendola.

«... ma a questo punto non riteniamo che questo fatto sia collegato alla nostra indagine. Pensiamo che si trattasse del padre di Molly.»

«Alla sua scuola?» La signora Greenwood arrossì. «Ma lui non ha il permesso di vederla da solo. Perché nessuno degli insegnanti glielo ha impedito?»

Karen proseguì: «È stato visto vicino al cancello che parlava con un'altra alunna. Quando una delle insegnanti si è accorta di lui, se n'è andato subito. È stato immortalato dalle telecamere a circuito chiuso all'angolo, e ci chiedevamo se lei fosse in grado di identificarlo da queste immagini».

Karen appoggiò sul bancone della cucina le stampe dei fotogrammi. La signora Greenwood ne prese uno e lo osservò con attenzione, prima di passare a quello successivo. «Sembra lui. Sì, direi che posso darglielo per certo. È Les.»

«Grazie» disse Karen. «Ha una foto recente del signor Greenwood?»

«Dovrebbe essercene qualcuna nei vecchi album, ma non sono recenti.» Aggrottò le sopracciglia e si picchiettò il dito contro il mento. «So dove posso trovarne una. Sul computer. Vuole che gliela prenda subito?»

«Sì, per favore. Gliene sarei molto grata.»

Mentre la signora Greenwood andava a cercare quella fotografia, Karen ne approfittò per controllare i messaggi sul cellulare.

«Spero che gli farete un discorsetto e gli ordinerete di stare lontano dalla scuola» disse la signora Greenwood tornando in cucina con un laptop. «Sa che non può andarci.»

Mentre sullo schermo scorreva una selezione di fotografie di Molly con il padre, Karen provò un po' di pena per quella bambina. Era sicuramente Les Greenwood l'uomo ripreso dalle telecamere.

Ringraziò la signora Greenwood e poi disse: «C'è un'altra cosa che mi sento in dovere di dirle. Non è una questione che concerne la polizia, ma Molly ha minacciato un'altra bambina».

La signora Greenwood sembrava esterrefatta. «Molly non lo farebbe mai.»

«L'altra bambina ha visto Les a scuola e sua figlia le ha intimato di tenerselo per sé. La bambina ha dei lividi sulle braccia nel punto in cui Molly l'ha stretta. Credo che avesse paura che suo padre passasse dei guai.»

La donna si mise le mani sulla testa. «Oddio. Ho fatto il possibile per tenerla fuori da questa storia, ma lei non capisce. Gli vuole ancora molto bene. Non riesce a vederlo per quell'alcolizzato buono a nulla che vediamo tutti.»

Karen non aveva intenzione di dispensare consigli, ma sperava che la donna parlasse con la figlia. Qualunque cosa Les Greenwood avesse fatto, era comunque suo padre.

Le rivolse un altro paio di domande e poi si apprestò ad andarsene per permettere alla signora Greenwood di accompagnare la bambina a scuola.

Quando fu sulla porta, aggiunse a bassa voce per evitare che Molly sentisse: «Le chiedo cortesemente di non dire niente a suo marito per ora. Gli parleremo in mattinata».

Si avviò verso la macchina, la aprì e si sedette al posto di guida. Il suo telefono cominciò a squillare.

Era Sophie. *«Salve sergente. Rick mi ha chiesto di fare dei controlli per lei. Su Les Greenwood, giusto?»*

Karen non gradì che Rick avesse rifilato a Sophie un lavoro che spettava a lui, ma se non altro così riusciva ad avere ciò che le serviva. «Ottimo, grazie, Sophie. È saltato fuori qualcosa?»

«Le ho mandato tutto per email. Niente di rilevante. Ho verificato l'indirizzo e corrisponde, e ha subìto un paio arresti per ubriachezza molesta. Nell'ultimo anno le forze dell'ordine sono intervenute un paio di volte a casa della signora Greenwood per lite domestica, ma non è emerso niente che faccia pensare a Les Greenwood come a una possibile minaccia per dei bambini. I suoi problemi con l'alcol e il fatto che la signora Greenwood si sia presa un avvocato coi controfiocchi hanno fatto sì che al momento abbia il permesso di vedere la figlia solo durante incontri sorvegliati. Ho parlato con l'assistente sociale e sembra che a breve gli verrà concesso il diritto di visita illimitato. Lei non ritiene che rappresenti un pericolo per la figlia o per nessun altro bambino. Ha solo un problema con l'alcol.»

«Grazie Sophie. A questo punto mi pare ovvio che l'uomo visto fuori dalla scuola sia Les Greenwood. Speravo di riuscire a passare da lui stamattina prima che andasse al lavoro, ma non faccio più in tempo. Sto rientrando alla centrale. Ci manderò qualcun altro. Noi abbiamo cose più importanti di cui occuparci.»

Quando Karen arrivò a Nettleham, non ne poteva più. Ci aveva messo quasi un'ora da casa dei Greenwood a lì. Due camion si erano scontrati salendo verso Lindum Hill e il traffico nel centro di Lincoln era paralizzato. Fece un breve cenno con la testa al sergente di turno all'ingresso e poi usò la tessera magnetica per accedere all'area riservata della stazione di polizia.

Prese le scale invece dell'ascensore e percorse a passo deciso il corridoio che portava all'ufficio. Vide con piacere che Rick si trovava finalmente alla sua scrivania, e dopo aver dato il buongiorno a lui e a Sophie andò dritta dall'ispettore Morgan.

C'era un lungo inserto rettangolare in vetro sulla porta del suo ufficio. Karen si fermò lì davanti e controllò che fosse solo. Prima di entrare, bussò.

L'ispettore Morgan alzò lo sguardo. «Karen, com'è andata?»

Si mise seduta. «Ho parlato con la madre di Molly. Sembra molto probabile che l'uomo visto fuori dalla scuola elementare di Washingborough sia Les Greenwood. E la sola ragione per cui era lì è che voleva vedere sua figlia. Avevo deciso di andare a parlargli stamattina, ma poi ho pensato che sarebbe stato meglio impiegare quel tempo per seguire piste più promettenti, e alla fine sono rimasta bloccata nel traffico per un'ora.»

L'ispettore Morgan annuì. «Sì, ho sentito dell'ingorgo su a Lindum Hill. Metà degli agenti di questa stazione fa quella strada al mattino. Ma sono d'accordo con te. Credo che possiamo passare Les Greenwood a un altro ufficio.»

Chiacchierarono ancora un po' e dopo che l'ispettore Morgan l'ebbe messa al corrente delle ultime novità, Karen tornò nel grande ufficio per sentire come andavano le cose a Rick e Sophie.

«Credo che qui potrebbe esserci qualcosa di interessante» disse Rick, mentre Karen si fermava alla sua postazione.

Il detective era chino sulla scrivania, con il mento appoggiato su una mano. Stava fissando un foglio.

«Che cos'è?»

«Abbiamo ricevuto una chiamata da un certo Mark Goodman. Ha una figlia di nome Phoebe e dice di avere qualcosa da raccontarci su Nick Gibson.»

Sophie rizzò subito le antenne e fece capolino da dietro lo schermo del computer. «Lo zio di Sian?»

«Sì» disse Rick annuendo, senza staccare gli occhi dal foglio. «Secondo il signor Goodman, Nick Gibson ha fatto delle foto a sua figlia Phoebe quando era minorenne. Sembra una pista attendibile, sergente. Vuole che lo chiami e lo faccia venire qui?»

Sophie saltò su dalla sedia e si allungò per leggere il foglio da dietro la spalla di Rick. «Se volete posso pensarci io. So che Rick ha un sacco di altre cose da fare al momento.»

Rick aggrottò le sopracciglia e allontanò il foglio da Sophie. «Non penso proprio. Ho controllato una montagna di piste per arrivare a questa. Non puoi sceglierti le migliori, Sophie.»

«Scegliere? Io ti stavo solo offrendo il mio aiuto.» Cercò di sembrare indignata, ma fremeva dalla voglia e Karen glielo lesse negli occhi.

La sergente si piegò sulla scrivania di Rick e diede una rapida occhiata al testo, assimilando i punti principali. «Interessante.»

«Lo chiamo subito» disse Rick. «Immagino che vorrai parlarci tu, capo, giusto?»

«Sì, chiedigli di venire il prima possibile. Se quello che ha da dirci risulterà rilevante per la nostra indagine, sarà un vantaggio averlo qui in centrale, nel caso ci fossero degli aspetti da approfondire.»

«Proprio ciò che stavo pensando» disse Rick, e si allungò per prendere il telefono.

«Quando ci parlerà le servirà che ci sia qualcuno con lei nella stanza» disse Sophie. «Sarebbe una grande opportunità per me, per fare un po' di esperienza.» Guardò Karen con occhi imploranti.

Rick la fulminò con lo sguardo. «Tu lavori qui solo da pochi mesi. Io ho scovato la pista, quindi dovrebbe toccare a me assistere al colloquio con Mark Goodman.»

«Siete entrambi ridicoli» disse Karen. «Rick ha più esperienza e sarà lui a partecipare al colloquio.»

Sophie fece il muso lungo.

«Sono certa che tu hai un sacco di altre cose di cui occuparti, Sophie» disse Karen.

Mentre Sophie tornava sconsolata alla sua scrivania, Rick sorrise. «Sono felice che tu la veda come me, sergente.»

Karen gli rivolse un'occhiataccia. «Non fare troppo l'arrogante, agente detective. Mi sto stancando di tutte queste scaramucce tra te e l'agente Jones. Dovresti aiutarla, non discutere con lei.»

Rick la guardò con aria pentita e annuì. «Scusa, capo.»

Capitolo 24

Meno di un'ora più tardi, Mark Goodman arrivò alla centrale di polizia di Nettleham e venne condotto nella stanza interrogatori numero tre.

Karen e Rick lo raggiunsero e sbrigarono subito le formalità per toglierle di mezzo. Non avevano intenzione di registrare il colloquio, ma era un bene sapere che l'attrezzatura era pronta nel caso fosse servita.

«Ci risulta che abbia contattato il numero di emergenza con delle informazioni, signor Goodman» disse Karen.

Mark Goodman, un uomo quasi calvo con una grossa pancia e due occhietti castano scuri, annuì. «Esatto. Non appena ho sentito che erano scomparse quelle due ragazzine, ho pensato che dovevo telefonare alla polizia per farvi sapere la verità su Nick Gibson.»

«Le siamo grati per essersi fatto avanti» disse Karen. «Potrebbe spiegarci con parole sue di cosa si tratta, per favore?»

«L'ho già spiegato al telefono» disse Mark Goodman.

«Se potesse ripetercelo, signore, ci sarebbe di grande aiuto» disse Rick. «Vogliamo evitare qualunque tipo di fraintendimento.»

Mark Goodman annuì e si mise a giochicchiare con la cravatta azzurro brillante, che era molto lisa e aveva una piccola macchia in fondo. «Sì, be', sono felice che stavolta mi stiate prendendo sul serio. Quando andai alla polizia dopo che accadde, non mi diedero retta.»

«Quando accadde cosa?» chiese Karen.

«Si tratta di mia figlia Phoebe. Aveva quindici anni quando Nick Gibson le mise gli occhi addosso. Lei era giovane e ingenua, e lui se ne approfittò.»

Rick prese appunti sul blocco davanti a sé. «Capisco. E sua figlia come aveva conosciuto Nick Gibson?»

«Facevano entrambi parte di una compagnia teatrale per dilettanti, stavano preparando uno spettacolo della *Bisbetica domata*. Avrei dovuto accorgermi che qualcosa non andava. Phoebe sembrava così entusiasta all'inizio, ma poi, dopo poche settimane, si chiuse in se stessa.»

Karen non disse niente ma annuì per incoraggiarlo a continuare.

«Be', fu allora che trovai la fotografia. Era una Polaroid, e si vedeva Phoebe sdraiata su un letto.» Gli tremò un po' la bocca, e poi disse: «Non aveva vestiti addosso. Ovviamente, mi infuriai, ma quando ne parlammo bene, mi spiegò che Nick l'aveva convinta a farsi fotografare e poi l'aveva minacciata di mostrarle alla gente se l'avesse detto a qualcuno».

«E Phoebe aveva quindici anni all'epoca?» chiese Karen.

«Be', è questo il fatto. So che aveva quindici anni perché Phoebe mi ha detto che era successo mesi prima che io trovassi la foto, ma quando andai alla polizia, Phoebe aveva già compiuto sedici anni. Era spaventata e così disse agli agenti che avevano avuto una relazione, e che le foto erano consensuali, ma io sapevo che non era vero. Phoebe non era il tipo. Non avrebbe acconsentito a farsi fare quel genere di foto. Deve averla minacciata in qualche modo.»

«E questo quando è successo?» chiese Karen.

«Nel 1995.»

Karen calcolò a mente che Nick Gibson doveva avere solo un anno in più di Phoebe.

«Pensa che Phoebe sarebbe disposta a parlarne con noi?» chiese Rick.

L'uomo fece una smorfia. «Non lo farà. Si è buttata questa vicenda alle spalle ormai e ha voltato pagina. Anzi, non sopporta nemmeno che qualcuno faccia il nome di Nick Gibson.»

Rivolsero a Mark Goodman qualche altra domanda: Karen ebbe la sensazione che Phoebe e Nick avessero avuto una sorta di relazione quando lei non aveva ancora sedici anni e che fosse finita male. Non le piaceva l'idea che qualcuno facesse delle fotografie a una ragazzina di quindici anni nuda, ma se anche Nick aveva solo sedici anni all'epoca, non riteneva che questo facesse necessariamente di lui un predatore seriale di bambini.

Ringraziarono Mark Goodman per la sua disponibilità e, quando se ne fu andato, Karen si voltò verso Rick. «Che idea ti sei fatto?»

«Penso che dovremmo parlare con Phoebe» disse Rick. «Abbiamo sentito solo la versione del padre, ed è palese che lui ce l'ha a morte con Nick Gibson. Non lo biasimo, ma non credo ci siano elementi sufficienti per supporre che lo zio di Sian abbia un interesse morboso nei confronti della nipote.»

Karen annuì. «Sono d'accordo. Ma facciamo comunque un controllo approfondito su Nick Gibson. Se per te va bene, chiederò a Sophie di chiamare Phoebe e parlare con lei.»

Rick ci rimase male. «Perché? Posso farlo io.»

«Lo so che puoi, ma Sophie aveva ragione quando ha detto che deve fare esperienza. Inoltre, credo che Phoebe si sentirebbe più a suo agio a parlare con una donna.»

Rick infilò la sedia sotto la scrivania e seguì Karen fuori dalla stanza interrogatori. «Immagino tu abbia ragione» disse a malincuore, poi spense le luci e chiuse la porta.

Ricevere l'incarico di telefonare a Phoebe Goodman rese Sophie felice come una pasqua. E perché fosse ben chiaro, mentre sollevava il ricevitore e si apprestava a comporre il numero, rivolse a Rick un sorrisetto compiaciuto, irritandolo non poco.

Karen alzò gli occhi al cielo. Si augurò che quei due imparassero a lavorare fianco a fianco e la smettessero di essere così competitivi. Se la cosa fosse peggiorata, avrebbe dovuto riferirlo all'ispettore Morgan.

Sophie parlò con Phoebe per dieci minuti e al termine della telefonata andò da Karen alla sua scrivania.

«La sua versione è piuttosto diversa da quella del padre. Ha ammesso di aver avuto una relazione con Nick Gibson, ma mi ha detto che all'epoca aveva quasi sedici anni e che Nick ne aveva solo uno in più di lei. Non ha mai superato l'imbarazzo per il fatto che suo padre abbia trovato quella fotografia e ha ammesso che probabilmente l'ha portato lei a credere che fosse più colpa di Nick che sua. Sostiene che le fotografie siano state scattate con il suo consenso e che tra lei e Nick non ci fosse nessun rancore.»

Karen annuì. «Come sospettavo.» Si appoggiò allo schienale della sedia e picchiettò la penna sulla scrivania. «È disposta a parlare con noi di persona?»

«Sì, ma ci è voluto un po' per convincerla. Ha detto che non voleva rivangare il passato, ma quando le ho spiegato che per noi era molto importante conoscere tutta la storia, ha accettato. Ho lasciato intendere che se non avesse parlato con noi, avremmo concentrato le indagini su Nick. A quel punto si è decisa.» Sophie guardò l'orologio che aveva al polso. «Mi ha promesso che sarebbe venuta in centrale dopo il lavoro. Ovvero intorno alle cinque e mezza.»

Karen sorrise. «Sei stata brava. Prima che arrivi preparerò delle domande da rivolgerle per assicurarci di non tralasciare niente. Se vuoi, puoi fargliele tu.»

A Sophie si illuminò il viso. «Ma certo, sergente. Non la deluderò.»

Karen vide con la coda dell'occhio Rick che ripeteva a bassa voce le parole di Sophie facendole le smorfie. Sospirò. Sembrava di essere tornati alle elementari.

—~—

Quando Karen gli riferì cos'aveva detto Phoebe, l'ispettore Morgan era chino sulla scrivania, con i gomiti appoggiati su dei fogli sparsi davanti a sé.

«Non sono convinto che Nick Gibson sia coinvolto, ma di certo non possiamo ignorare la cosa. Faremo richiesta per un mandato, voglio che venga perquisita la sua abitazione. Assicuriamoci che vengano controllati tutti i suoi dispositivi elettronici. A mio parere, conviene non correre rischi. Voglio andare sul sicuro.» Si voltò verso Karen. «Se sei d'accordo, vorrei che gestissi tu la cosa.»

Karen, sorpresa, alzò lo sguardo. «Certo.»

L'ispettore Morgan annuì. «Perfetto. Dovresti portare Sophie con te. Le farà bene.»

«Lo penso anch'io» disse Karen. S'immaginò Sophie saltare di gioia. Sarebbe stata una buona occasione per fare esperienza, ma si augurò che la giovane detective riuscisse a contenere l'eccitazione almeno un po'.

«Io farò visita alle famiglie» disse l'ispettore Morgan. «Voglio parlare con Thomas Gibson e scoprire se era al corrente delle fotografie che suo fratello ha scattato a Phoebe. Cercherò di agire con il maggior tatto possibile, ma devo sapere se avevano delle riserve a lasciare Sian in compagnia dello zio.»

Karen non avrebbe voluto essere nei suoi panni. Gli era grata per aver affidato a lei l'incarico di soprintendere alla perquisizione a casa di Nick Gibson. Era senza dubbio il compito migliore tra i due. Pensò che forse l'ispettore stava cercando di compensare per averle impedito di interrogare i Palmer. Era forse il suo modo di dimostrarle che credeva ancora in lei?

—~—

Il mandato non tardò molto ad arrivare e le squadre si coordinarono per incontrarsi a casa di Nick Gibson. Karen si recò sul posto a bordo di un'auto di ordinanza, con Sophie seduta accanto.

La giovane detective non stava più nella pelle. Toccava la radio in continuazione, poi intrecciava le mani e le sorrideva. Karen non riusciva a concentrarsi.

«Grazie per avermi fatto venire, sergente. Io ammiro molto il suo modo di operare. La considero il mio mentore.»

«Prego.»

«Credo che le donne nella polizia dovrebbero sostenersi a vicenda, perciò è fantastico avere qualcuno che rappresenti un esempio, qualcuno a cui guardare con ammirazione. A che punto della sua carriera era quando aveva la mia età?» chiese Sophie.

Karen si sentì una vecchia decrepita. «Avevo qualche anno più di te quando sono diventata detective» rispose.

«Quindi sono un passo avanti.» Sophie sorrise. «Buono a sapersi.» Allungò la mano per cambiare di nuovo la stazione radio.

Quando per la terza volta la giovane detective abbassò il finestrino di un paio di centimetri per poi richiuderlo subito, Karen sbottò. «Sophie, pensi di riuscire a stare ferma almeno un minuto?»

Il sorriso emozionato sul suo viso si spense. «Mi scusi, sergente. Solo che è la mia prima vera perquisizione, e non vedo l'ora. Potremmo trovare qualcosa nell'abitazione di Nick Gibson che ci farà risolvere il caso.»

Karen si sentì in colpa per aver smorzato il suo entusiasmo. «Speriamo. Tu non prendere iniziative e osserva l'evolversi della situazione.»

«Pensa che confesserà quando arriveremo?» chiese Sophie. «Insomma, capirà che lo abbiamo in pugno.»

Sophie si comportava come se avessero già risolto il caso e si trattasse solo di ottenere una confessione. Sarebbe stato bello, ma lei non ne era convinta.

«Sophie, non sappiamo se è stato lui a rapire le bambine.»

Sophie fece una smorfia. «Ma... ha fatto delle fotografie a una ragazzina in passato. Di sicuro questo suggerisce che alla prima occasione lo rifarebbe.»

Karen scrollò le spalle. «Sì, e questo fa di lui un sospettato, ma le bambine che stiamo cercando sono molto più piccole di quanto lo era Phoebe all'epoca. Di solito, per quanto sia disgustoso, chi commette questo genere di reati è interessato a una fascia d'età specifica e non se ne discosta.»

Sophie mise il broncio. Karen la guardò con la coda dell'occhio e poi si concentrò di nuovo sulla strada. A volte aveva la sensazione di fare da baby-sitter a quei giovani detective, invece di addestrarli.

«Mi sembra di sentir parlare l'ispettore Morgan» disse Sophie. «Non è esattamente questo il motivo per cui lui ritiene che i Palmer non possano essere coinvolti nella scomparsa delle bambine? Perché Amy Fisher era molto più grande?»

Karen annuì e riconobbe che la sua era una giusta osservazione. «Sì, e ha ragione.»

Stava per proseguire, per provare a spiegarle la sua opinione riguardo ai Palmer, ma anche se odiava doverlo ammettere, in quel caso l'ispettore Morgan aveva una motivazione valida. Il pensiero di Karen riguardo ai Palmer era frutto di impressioni e sensazioni, ma servivano fatti tangibili, concreti. C'era qualcosa di malvagio in quella famiglia, qualcosa che aleggiava nel buio senza manifestarsi apertamente, ma era difficile esprimere a parole quel suo presentimento. Invece, le spiegò alcune questioni tecniche relative a un mandato di perquisizione, e Sophie ascoltò con attenzione, immagazzinando ogni parola. Karen non aveva mai conosciuto qualcuno tanto desideroso di imparare.

Si incontrarono con il resto della squadra dietro l'angolo della casa di Nick Gibson. Quando fu tutto pronto, entrarono.

CAPITOLO 25

Nick Gibson andò ad aprire la porta ed era chiaro che, nonostante l'ora, si fosse appena svegliato. Era scarmigliato e indossava solo una maglietta e un paio di boxer a righe. «Che succede?»

Karen gli diede il mandato e gli mostrò il tesserino. «Siamo qui per perquisire casa sua, signor Gibson, e per portare via qualunque oggetto sia d'interesse per la nostra indagine.»

Il signor Gibson rimase a bocca aperta a fissare il foglio, poi sollevò lo sguardo verso Karen e sbatté gli occhi un paio di volte mentre gli agenti gli passavano davanti ed entravano in casa sua per iniziare la perquisizione.

«Non capisco. Cosa pensate di trovare? Sono stato sveglio tutta la notte a cercare Sian ed Emily. Mi sono appena coricato.»

Karen avvertiva la forte avversione che Sophie, in piedi accanto a lei, provava nei confronti di quell'uomo.

«Magari potrebbe mettersi addosso dei vestiti, signor Gibson, così possiamo scambiare due parole» disse Karen, e assegnò a un agente uomo il compito di accompagnarlo per controllare che Nick Gibson non cercasse di nascondere delle prove o di manomettere qualche dispositivo elettronico.

«Metta il cellulare sul bancone della cucina, per favore, signor Gibson» disse, mentre lui andava verso la camera da letto.

«Volete anche il mio cellulare?» Entrò in camera da letto per prendere il telefonino con un'espressione desolata, poi lo portò a Karen.

Lei fece un cenno a uno degli agenti, che lo mise in un sacchetto di plastica sul quale applicò un'etichetta.

«Non potete certo sospettare che io abbia qualcosa a che fare con la scomparsa di mia nipote.»

«Non possiamo?» chiese Sophie sollevando un sopracciglio.

Karen la ammonì con uno sguardo. «Siamo venuti a sapere che lei ha fatto delle foto indecenti a una giovane donna alcuni anni fa.»

«Non sono mai stato accusato formalmente! Si è trattato di un malinteso.» Nick guardò Karen e poi Sophie con aria supplichevole. «Eravamo due ragazzi. Lei era d'accordo che la fotografassi. Non le ho fatto nessuna pressione.»

Karen non disse niente e Sophie gli lanciò un'occhiataccia.

Nick Gibson si coprì il viso con le mani ed emise un gemito soffocato. «Non ci posso credere. Mio fratello ne è al corrente? Lui sa che non farei mai del male a Sian. Chiedeteglielo.»

«Vorrei che ci accompagnasse in centrale per rispondere ad alcune domande, signor Gibson» disse Karen. «Possiamo andarci subito se per lei va bene.»

«E se mi rifiutassi?»

Sophie incrociò le braccia sul petto. «Be', se si rifiuta, sembrerà colpevole.»

Con il viso contratto per la frustrazione, sbatté una mano sul bancone della cucina. «Non ci posso credere» ripeté. «Perché perdete tempo con me quando c'è qualcuno là fuori che ha preso quelle due bambine?»

«Sarà più semplice per lei se adesso viene con noi per rispondere alle nostre domande, signor Gibson» disse Karen. «Per quando avremo finito, la perquisizione sarà terminata.»

Riluttante, Gibson acconsentì e andò a vestirsi.

Sophie e Karen scambiarono due parole veloci con l'agente a capo della perquisizione e lo avvertirono che stavano andando via. Karen firmò la documentazione e poi, con Sophie al suo fianco, scortò Nick Gibson fuori dall'appartamento e verso l'auto di servizio.

Intorno a loro la gente sbirciava da dietro le tende e chi era per strada si fermava a guardare.

«Non ci posso credere» mormorò di nuovo Nick. «Adesso penseranno tutti che c'entro qualcosa con questa storia. La mia vita è rovinata.»

«Faccia attenzione alla testa, signor Gibson» disse Sophie con freddezza mentre gli apriva la portiera dell'auto per farlo salire.

Dopo che si fu allacciato la cintura, lei sbatté la portiera e si sfregò le mani.

«Tutte balle» disse a Karen sottovoce mentre girava intorno alla macchina e raggiungeva il posto del passeggero.

Karen non era convinta quanto lei. Anzi, non poteva fare a meno di pensare che, come con Les Greenwood, anche quella pista si sarebbe rivelata inconcludente.

Rimasero in silenzio per tutto il tragitto fino alla stazione di polizia di Nettleham, e a dire il vero Karen fu grata per quel momento di pace e tranquillità. Le chiacchiere di Sophie e la sua tendenza a venerarla come un'eroina potevano risultare un po' eccessive.

Una volta arrivati in centrale, Karen lasciò Nick Gibson nella stanza interrogatori numero tre sotto l'attento sguardo di Sophie e andò a recuperare i moduli e a prendere del caffè.

Quando entrò nell'ufficio, vide Rick e decise di scambiarci due parole al volo. Era stata dura con lui al telefono quella mattina, e da allora erano successe una serie di cose che le avevano impedito di affrontare il discorso.

«Hai portato qui Nick Gibson per interrogarlo, sergente?» le chiese mentre lei si avvicinava alla sua scrivania.

«Sì, è nella numero tre.»

Rick s'illuminò. «Ottimo.» Si alzò in piedi, afferrando il cellulare e il tablet.

«Ci sarà Sophie con me stavolta, Rick. Ha bisogno di fare esperienza.»

Lui ci restò male e annuì prima di rimettersi seduto. «D'accordo, capo, capisco.»

«Senti, Rick, so che questo lavoro può essere duro, soprattutto quando capitano casi come questo, ma bere non è la soluzione.»

Rick fissò la scrivania.

«Sai che ci sono sempre se hai voglia di parlare, o se preferisci farlo con qualcuno al di fuori dell'unità, il servizio di polizia può indicarti degli eccellenti psicoterapeuti. Anzi, potrei consigliartene uno da cui sono andata io qualche anno fa. Sfogarsi può essere molto utile.»

Rick scosse la testa. «Grazie, sergente, ma è tutto a posto. Non succederà più.»

Karen non poté evitare di sentirsi delusa. «Be', se sei sicuro... Nel caso cambiassi idea, sai che io ci sono sempre.»

Rick alzò gli occhi e aprì la bocca. La guardò come se fosse sul punto di confessarle qualcosa.

«Cosa c'è?» gli chiese.

Ma lui distolse lo sguardo e quell'attimo fu perso. «Niente, capo. Volevo solo dire che mi dispiace davvero.»

Karen decise per il momento di lasciar perdere. Non poteva obbligarlo a rivolgersi a uno psicoterapeuta, e forse era stata solo una notte di baldoria. Rick era giovane e aveva la reputazione di chi sa come divertirsi.

Riluttante, Karen prese i moduli e si diresse verso la macchina del caffè.

L'interrogatorio a grandi linee andò come Karen aveva previsto. Non emerse niente che già non sapessero. Nick si ostinava a ripetere che le fotografie appartenevano a un momento di intimità tra lui e Phoebe, che all'epoca era la sua ragazza. Giurava che fossero state scattate dopo che lei aveva compiuto sedici anni. Karen aveva i suoi dubbi, ma non erano sufficientemente forti per giungere alla conclusione che Nick Gibson fosse coinvolto nella scomparsa della nipotina e della sua amica.

Terminato l'interrogatorio, e dopo essere stata informata che durante la perquisizione a casa sua la squadra non aveva trovato niente di incriminante, Karen permise a Nick Gibson di andarsene.

Sophie prese sul personale il fatto che non avevano fatto progressi. «Non riesco a credere che lo stiamo lasciando andare. Se lo avessimo trattenuto un po' più a lungo e lo avessimo messo sotto pressione, avrebbe sicuramente ceduto.»

Karen, seduta alla sua scrivania, fece un sospiro e si stiracchiò. «Questa non è una puntata di *Miami Vice*, Sophie.»

La giovane detective aggrottò le sopracciglia e la sua pelle liscia s'increspò. «Che cos'è *Miami Vice*?»

Rick, che era nella postazione accanto, si mise a ridacchiare. «È una serie poliziesca americana. Probabilmente sei un po' troppo giovane per ricordartela.»

Karen si accigliò. «Sì, be', di recente hanno fatto anche un film.» A volte Sophie e Rick la facevano sentire una vecchia decrepita.

Sophie tornò alla sua scrivania borbottando, e Karen si mise a redigere il verbale.

«Non ti demoralizzare, Sophie» disse Rick. «Non hanno trovato niente a casa sua, ma questo non significa che non possa saltare fuori qualcosa dal computer o dal cellulare.»

Sophie annuì e si tirò un po' su di morale. «Vero. Secondo te quanto ci metterà il laboratorio a farci sapere qualcosa?»

«Dipende da quanto lavoro hanno, ma sono certo che la considereranno una priorità.»

Karen sentì dei passi e, quando si voltò, vide l'ispettore Morgan camminare rapido verso di loro. Era andato dai Gibson, e a Karen bastò guardarlo in faccia per capire che non era stato piacevole.

«Ne deduco che Thomas Gibson non ha preso molto bene la nostra ipotesi che suo fratello possa essere coinvolto nella scomparsa di Sian.»

L'ispettore Morgan scosse la testa. «No, ma non è questo che mi preoccupa al momento.»

Karen spinse indietro la sedia dalla scrivania girandosi verso di lui. «Perché? Cos'è successo?»

«Dennis Dean» disse l'ispettore Morgan con tono serio. «Prendi la giacca. Devi venire con me.»

Qualche minuto prima, Jenny Dean stava camminando avanti e indietro nel suo piccolo salotto. Non era facile. Tra il divano, le due poltrone, l'enorme televisore e il grande tavolo da pranzo tutti stipati in un piccolo ambiente, non restava molto spazio libero sul pavimento.

Continuava a infilarsi le dita tra i lunghi capelli neri, che di conseguenza si erano riempiti di nodi. Grazie a Dio, l'agente di collegamento era andata in cucina. Stava davvero iniziando a urtarle i nervi. In qualunque altro momento le avrebbe detto di andarsene, ma sapeva che se ci fossero state novità su Emily, molto probabilmente quella donna l'avrebbe saputo prima di lei, perciò non poteva rischiare di sbatterla fuori.

Si mise le braccia sullo stomaco. Le faceva male, una sensazione di vuoto mista a un leggero bruciore.

Non riusciva a capire. Emily rientrava sempre a casa dopo la scuola. Era una piccola insolente, e certe volte aveva una gran voglia di tirarle i capelli, ma perfino lei doveva sapere che una cosa così non si fa.

Avrebbe dovuto prestarle più attenzione. Proprio nell'ultimo periodo, Emily era diventata silenziosa; Jenny lo aveva imputato al fatto che tra lei e Dennis la situazione era molto tesa. Sicuramente non era facile per quella povera piccola ritrovarsi tra due fuochi.

Nonostante i buoni propositi di mettere sua figlia al primo posto, le era capitato di usarla per indispettire Dennis. Il fatto che non si potesse mai contare su di lui la faceva arrabbiare così tanto, e lei voleva proteggere Emily da tutto ciò. Però forse i suoi commenti taglienti su Dennis l'avevano turbata.

Jenny continuava a camminare e a mangiarsi le unghie. Era calato il buio e iniziava a fare molto freddo.

Non sopportava l'idea che Emily fosse lì fuori con indosso solo una giacca a vento leggera. Era da tempo che doveva comprarle un giaccone invernale, ma aveva continuato a rimandare perché in quel periodo i soldi sembravano non bastare mai.

«Se non stai attenta finirai col fare un buco sulla moquette.» La madre di Jenny, Louise Jennings, se ne stava seduta a un capo del divano a lavorare a maglia senza fare rumore.

Era così silenziosa che Jenny si era persino dimenticata che ci fosse. All'apparenza sua madre non mostrava nessun segno di panico. La sua voce era la stessa di sempre, non era addolcita dalla compassione, ma Jenny sapeva che era preoccupata da morire per Emily.

Si sedette sul divano. «Pensi che si siano semplicemente allontanate e si siano perse? Insomma, può succedere. Magari hanno trovato riparo da qualche parte. Solo perché non sono tornate a casa non significa necessariamente che le abbia prese qualcuno, giusto?»

Sua madre appoggiò i ferri sulle gambe. «Si sta facendo tardi» disse senza rispondere alla sua domanda.

«Vorrei avere una macchina del tempo per tornare indietro, così andrei a prendere le bambine a scuola. È colpa mia. Tutta colpa mia. Non sarebbe mai successo se le avessi aspettate al cancello.»

Sua madre allungò una mano e tirò Jenny verso di sé per abbracciarla. «Incolpare te stessa a questo punto non serve a niente. Dobbiamo essere forti per Emily.»

«Come farò se non torna a casa, mamma?»

Jenny stava singhiozzando contro la spalla della madre quando si sentì battere forte alla porta. Pensando che si trattasse di qualcuno che le portava notizie della figlia, saltò in piedi e raggiunse l'ingresso prima che sua madre riuscisse anche solo ad alzarsi dal divano.

Aprì senza chiedere chi era. Nella frazione di secondo che precedette il momento in cui la porta fu completamente spalancata, s'immaginò Emily in piedi sullo zerbino, sorpresa da tutto quel clamore.

Ma quando la porta fu completamente spalancata, non c'era Emily davanti a lei. C'era Dennis, con il viso sfigurato dalla rabbia.

Capitolo 26

Prima ancora che uscissero dal parcheggio, l'ispettore Morgan cominciò ad aggiornare Karen sulla situazione.

«Ho parlato con Becky Carpenter, l'agente di collegamento affidata alla famiglia di Emily. È sorto un problema a casa dei Dean. Dennis si è presentato lì mezz'ora fa. Ha saputo che Jenny sta uscendo con un altro ed è completamente impazzito. Becky è stata costretta a chiamare i rinforzi.»

Karen sollevò le sopracciglia mentre si immettevano nella strada per Lincoln. «Be', ha fatto bene. Conosco Becky, ed è un ottimo agente, ma tenere a bada Dennis Dean non è una cosa che dovrebbe fare da sola.» Karen, seduta sul sedile del passeggero, si girò verso l'ispettore. «Ma sarà vero? Jenny Dean si vede con qualcuno? Perché se è così, avrebbe dovuto dircelo. È un possibile sospettato.»

L'ispettore Morgan uscì dalla rotatoria e accelerò, scuro in volto. «Sì, avrebbe dovuto. Ma non l'ha fatto.»

Karen guardò fuori dal finestrino, mentre una leggera pioggerellina iniziava a cadere, spruzzando piccole gocce sul vetro. Perché Jenny non aveva detto niente del nuovo uomo nella sua vita? Era possibile che, con tutta la tensione che aveva addosso, se ne fosse semplicemente dimenticata? Però se lui fosse passato a trovarla da quando le bambine erano scomparse, l'agente di collegamento se ne sarebbe accorta di sicuro. E se non era andato a consolare Jenny in un momento come quello, be', la cosa era ancora più strana, al punto da far nascere in Karen il sospetto che Jenny glielo stesse tenendo nascosto di proposito. Ma perché?

Le squillò il cellulare e si piegò per raccogliere la borsa che aveva appoggiato vicino ai piedi.

«È Rick» disse tirando fuori il telefono. «Sì, Rick, ci sono novità?»

«Ho pensato che fosse meglio avvertirvi, sergente. Una pattuglia è già sul posto, ma non sono riusciti a entrare in casa. A quanto pare, Dennis ha bloccato la porta con qualcosa di pesante.»

Karen si mise una mano sulla fronte. La situazione precipitava in fretta. «Noi non arriveremo per almeno altri dieci minuti, Rick. Digli di passare dal retro, ma di agire con cautela.»

«Credi che Dennis potrebbe fare una stupidaggine?»

Karen chiuse gli occhi. Dennis Dean non era famoso per la sua intelligenza, ma in circostanze normali non lo avrebbe ritenuto una minaccia per la sua famiglia. Queste, però, erano circostanze tutt'altro che normali.

«Non lo so, ma dobbiamo essere prudenti. Potrebbe essere armato. Cercherò di mettermi in contatto con Becky.»

«Ricevuto» disse Rick, e riagganciò.

«Sembra che la cosa stia degenerando» disse Karen, mentre scorreva la lista dei contatti per cercare il numero dell'agente di collegamento. «Chiamo Becky per vedere se può dirci cosa sta succedendo.»

Becky ci mise molto tempo a rispondere e Karen cominciò a temere il peggio.

«Sergente, Dennis è qui.» Sembrava un po' affannata.

«Stiamo arrivando, Becky. Qual è la situazione?»

«Noi siamo giù in salotto. Ho mandato Jenny al piano di sopra nella camera matrimoniale e sto cercando di impedire a lui di salire, ma non credo di riuscire a tenerli separati ancora per molto. C'è anche

la madre di Jenny e lo sta facendo agitare ancora di più. Dennis è molto arrabbiato.»

«Qualcuno si è fatto male?» chiese Karen.

«Non ancora» disse Becky, il che non lasciava presagire niente di buono.

«D'accordo. Saremo lì tra una decina di minuti. C'è già una pattuglia lì fuori, ma non riescono a entrare perché Dennis ha bloccato l'entrata. Cercheranno di passare da dietro, tu prova a distrarlo.»

«Farò del mio meglio.»

«È armato?»

«No. Non ha armi con sé.»

«Bene» disse Karen, pensando che almeno quella fosse una cosa a loro favore. «Becky, senti, se la situazione dovesse peggiorare, devi andartene da lì.»

«Non posso lasciare Jenny ad affrontarlo da sola, sergente. Sembra che voglia ammazzarla. È convinto che il tizio con cui sta uscendo abbia preso Emily.»

«Secondo te è vero?»

«Sinceramente, non ne ho idea. Jenny non me lo ha mai nominato. Da quel che dice Dennis, si chiama Phil Carver. È tutto ciò che so.»

«Va bene, Becky. Faremo delle verifiche. Tu intanto vai. Se puoi, fai uscire la suocera di Dennis.»

Dopo aver parlato con Becky, Karen compose in fretta il numero di Sophie e le diede il nome di Phil Carver perché facesse dei controlli su di lui.

Quando alla fine riattaccò, erano a pochi minuti di distanza dalla casa di Jenny Dean.

«Becky ti ha detto perché Jenny ci ha tenuto nascosta l'esistenza di quest'uomo?» chiese l'ispettore Morgan mentre svoltava a sinistra verso Washingborough.

Karen scosse la testa. «No, ma è molto strano. Non solo Jenny non gliene ha parlato, ma Becky non lo ha mai visto. Insomma, se la figlia della persona che frequenti è scomparsa, non dovresti starle vicino per offrirle il tuo sostegno?»

Karen non pensava che l'ispettore Morgan potesse accigliarsi ancora di più, e invece lo fece.

«Si mette male» disse.

Karen fissò dritto davanti a sé mentre i campi scivolavano via ai lati della strada. Non poteva essere più d'accordo. Si metteva davvero male.

Raggiunsero la casa di Jenny Dean e corsero su per il vialetto. La porta era socchiusa e l'ispettore Morgan entrò per primo. Sembrava che qualcuno si fosse già sbarazzato della barricata che bloccava l'entrata. Una pesante credenza in legno di quercia era stata spinta di lato.

«Polizia!» gridò l'ispettore Morgan, poi disse il suo nome e quello di Karen. Superò l'ingresso e si ritrovò in un piccolo salotto pieno zeppo di mobili e di persone.

La stanza sembrava ancora più affollata quando l'ispettore Morgan e Karen si unirono ai due agenti di pattuglia, a Becky Carpenter e alla madre di Jenny Dean, tutti accalcati in un angolo del salotto. All'estremità opposta, la figura imponente di Dennis Dean incombeva su di loro. Era così teso che tutti lo osservavano come se fosse una bomba sul punto di esplodere.

Di solito Becky aveva i capelli ben pettinati e in ordine, stretti in una coda di cavallo alla base della nuca, ma quel giorno aveva delle ciocche fuori posto e la frangia dritta sulla testa, come se l'avesse spinta indietro con le mani.

Gli agenti di pattuglia furono felici di vedere Karen e l'ispettore Morgan e si presentarono subito.

«Siamo riusciti a spostare la barricata. Ma sfortunatamente il signor Dean si rifiuta di andarsene» disse il poliziotto più alto.

Dennis Dean si voltò verso l'ispettore Morgan con un ghigno stampato sul viso. «Pago io l'affitto di questo posto. Ho diritto più io di stare qui di tutti voi.»

«Parliamone fuori, Dennis» disse l'ispettore Morgan, con un tono di voce basso ma risoluto.

«Esatto. Vattene. Oppure possono portarti fuori di peso e sbatterti in cella, che è quello che ti meriti.» La donna piccola con i capelli grigi camminò verso Dennis battendo i piedi e gli diede un colpetto con le dita sul petto.

L'ispettore Morgan sussultò. Non era esattamente la situazione ideale per ristabilire la calma. «Per favore, Becky, potresti portare la madre di Jenny in cucina?»

Becky si avvicinò alla donna e le mise le mani sulle spalle. «Perché non andiamo a preparare una tazza di tè, signora Jennings?» le disse, praticamente spingendola verso la cucina.

«Non voglio una tazza di tè» replicò lei, cercando di scrollarsi quelle mani di dosso e lanciando occhiate infuocate a Dennis Dean.

Ma Becky non accettò un no come risposta.

L'ispettore Morgan iniziò a respirare con calma. Con la suocera fuori dalla stanza, Dennis sembrava decisamente meno arrabbiato.

«Si può sapere cosa stai combinando, Dennis?» chiese l'ispettore Morgan.

«È colpa di quella sgualdrina al piano di sopra» disse lui. «Sta uscendo con uno. Lo conosce a malapena. Per quanto ne sappiamo, potrebbe essere un serial killer, e non credo sia una coincidenza che Emily sia scomparsa proprio dopo che lei si è messa con questo tizio.»

Ci fu un urlo improvviso, poi la madre di Jenny si liberò dalla presa di Becky e si lanciò fuori dalla cucina, dirigendosi come una furia verso Dennis con i pugni alzati. «Stava solo cercando un po' di conforto. Chi può biasimarla dopo tutti gli anni che ha vissuto con te?»

L'ispettore Morgan si mosse in fretta. Dovevano allontanare quella donna.

Fece appena in tempo a mettersi tra lei e Dennis. Lui urlò per la frustrazione e, non potendo sfogare la sua rabbia su nessun altro, si abbassò per afferrare il tavolo da pranzo e lo ribaltò, facendo cadere la ciotola della frutta e il telefono per terra. L'ispettore Morgan si preparò, convinto che il tavolo lo avrebbe colpito sulla schiena, ma per fortuna lo sfiorò soltanto.

«Smettetela di comportarvi come dei bambini» disse Karen, che si trovava dietro di loro. «Non ci aiutate affatto così. Dennis, rimetti a posto il tavolo e datti una calmata.»

L'ispettore Morgan si voltò a guardarlo, ma per precauzione rimase in mezzo tra lui e Louise Jennings. A quanto pareva, però, la sfuriata era servita a quell'omone per sfogarsi, e con grande sorpresa dell'ispettore, Dennis obbedì, si piegò per tirare su il tavolo e raccolse perfino qualche frutto per rimetterlo nella ciotola, che era rimasta miracolosamente intatta.

Karen si rivolse alla suocera di Dennis. «Lei venga con me di sopra. Andiamo a parlare con Jenny.»

Poi si voltò e fece un cenno con la testa all'ispettore Morgan, che sorrise. Lavorare con Karen gli piaceva. Aveva spirito d'iniziativa e formavano una coppia ben assortita. Avere una collega di cui potersi fidare abbastanza da spartirsi i compiti così su due piedi, senza doversi preoccupare dei dettagli, rendeva tutto più facile.

Mentre Karen parlava con Jenny e la madre al piano di sopra, lui avrebbe potuto concentrarsi su Dennis Dean.

Capitolo 27

Dopo numerose insistenze, l'ispettore Morgan riuscì a convincere Dennis Dean ad andare fuori in giardino. A quel punto si assicurò che Karen avesse sotto controllo la situazione con la madre di Jenny e lo raggiunse.

Dennis si appoggiò al muro di facciata e si accese una sigaretta. «Quella donna mette paura» disse facendo un cenno verso la casa, e l'ispettore Morgan immaginò che si riferisse a Karen. «È il suo capo?»

L'ispettore Morgan trattenne un sorriso. «No. Che tu ci creda o no, sono io il capo.»

Dennis fece una smorfia. «Io ci penserei due volte prima di farla arrabbiare.»

«Senti, Dennis. Noi stiamo cercando di aiutarti. Vogliamo trovare Emily e riportarla a casa.»

Lui rimase fermo per un attimo, poi fece cadere la cenere della sigaretta sull'erba. «Pensa che sia ancora viva?»

Quando gli rivolse quella domanda aveva lo sguardo fisso a terra, ma mentre aspettava la risposta sollevò lentamente la testa per guardare l'ispettore Morgan. Con quegli occhi azzurri, freddi come il ghiaccio puntati addosso, l'ispettore si sentì a disagio e cambiò posizione. Non poteva mentire.

«Proprio non lo so. Lo spero.»

Dennis si abbandonò contro il muro, sembrava devastato.

«C'è una ragione particolare per cui sospetti dell'uomo che sta frequentando Jenny?»

L'omone lasciò cadere a terra la sigaretta e la schiacciò con il piede. «Sospetto di chiunque in questi giorni, è più forte di me. Questo tizio, Phil Carver, è uno fissato coi computer. Se ne sentono di storie di questo genere, giusto? Siti web schifosi con bambini piccoli.»

«Gli parleremo, Dennis. Scopriremo se c'entra qualcosa con la scomparsa di Emily.»

Lui annuì, ma non replicò.

«Devo chiederti di venire prima da noi quando saltano fuori cose di questo tipo. Verificheremo qualunque informazione attendibile ci capiti per le mani. Se ci tieni all'oscuro e cerchi di risolvere le cose da solo, non finirà bene.»

Dennis gli rivolse un sorriso ironico. «Lei è nuovo da queste parti, vero?»

«Abbastanza.»

«Io non mi fido della polizia. E se vuole saperlo, non mi hanno mai aiutato.»

L'ispettore Morgan annuì. «C'è una prima volta per tutto, Dennis.»

Dennis si staccò dal muro. «Be', cosa ci fa ancora qui? Vada a parlare con Phil Carver e scopra se c'entra qualcosa con la scomparsa di mia figlia.»

«Sto aspettando la sergente detective Hart. Sta facendo delle domande a Jenny su di lui. Dobbiamo scoprire più cose possibili. Così, quando parleremo con Phil, lo faremo da una posizione di forza.»

Dennis ci pensò su un attimo, poi disse: «È chiaro. Sapere è potere, giusto?».

L'ispettore Morgan annuì. «Esatto.»

Dennis si voltò e si mise a fissare oltre la strada. «Spero solo che non arriviate troppo tardi.»

Dieci minuti dopo, l'ispettore Morgan e Karen si stavano recando a far visita al nuovo fidanzato di Jenny. Questa volta al volante c'era Karen.

«Perché Jenny non ci ha parlato di lui?» chiese l'ispettore Morgan.

Il fidanzato di Jenny, Phil Carver, viveva a Bracebridge Heath, e non era una zona che l'ispettore Morgan conosceva bene.

Karen svoltò a sinistra al semaforo. «A quanto pare, non voleva che Dennis lo scoprisse.»

L'ispettore Morgan borbottò infastidito. «Per l'amor del cielo. Sua figlia è scomparsa. Come le è venuto in mente di tenere per sé un'informazione del genere?»

Karen svoltò a destra al *Premier Inn*, subito dietro a un trattore con un rimorchio. «Per quel che può valere, credo sappia di aver commesso un errore, signore. Ed è convinta che lui non c'entri niente con la scomparsa di Emily.»

L'ispettore Morgan non pareva rabbonito. «Il nostro lavoro sarebbe molto più semplice se la gente non ci nascondesse le cose.»

«Mi trova più che d'accordo.»

L'ispettore Morgan chiamò la centrale per parlare con Sophie, che aveva fatto dei controlli su Phil Carver. Quando Karen si fermò al semaforo, guardò il collega. Lui scosse la testa.

Probabilmente, sperare che saltasse fuori qualcosa di significativo come dei precedenti penali, o che Phil Carver fosse schedato per reati sessuali, era chiedere troppo.

Quando l'ispettore Morgan riagganciò, le riferì tutto quello che Sophie gli aveva detto. «Sembra che Phil Carver sia un esperto di computer freelance. Vive all'attuale indirizzo da tre anni. Nessun precedente e abita da solo.»

«Mai stato sposato?»

L'ispettore Morgan scosse la testa.

Karen mise la freccia e accostò davanti a una piccola fila di esercizi commerciali, tra cui un Tesco Express e un negozio che vendeva sigarette elettroniche. «Il suo appartamento dovrebbe essere uno di quelli» disse indicando le finestre sopra le vetrine.

Una volta parcheggiato, si incamminarono verso l'ingresso posteriore dei negozi per trovare l'entrata degli appartamenti.

Vista dalla strada, tutto sommato la palazzina faceva una buona impressione, ma sul retro c'erano dei grossi bidoni di metallo strapieni e delle colonnine di plastica, alcune delle quali erano state buttate giù. Una larga scala esterna in cemento dava accesso agli unici due piani sopra i locali commerciali, dove si trovavano gli appartamenti.

«Dovrebbe essere di qua» disse Karen salendo su per i gradini.

Sotto di loro si sentì lo scricchiolio e il cigolio di una porta di metallo che si apriva. Evidentemente uno dei negozi stava aspettando una consegna.

«Lui abita al ventuno» disse Karen cercando tra i vari interni. «Ah, eccolo, è questo.»

La porta era pitturata di un blu acceso e sopra la cassetta delle lettere arrugginita erano avvitati i numeri color oro. Non c'era il campanello, perciò Karen bussò.

I due detective non avevano motivo di pensare che Emily o Sian fossero lì dentro, ma mentre aspettavano che Phil Carver venisse ad aprire, osservarono entrambi con attenzione l'area e le auto parcheggiate.

Quando se lo ritrovarono davanti, l'ispettore Morgan rimase spiazzato. Quel tizio era l'esatto opposto di Dennis Dean. Chiaramente Jenny stavolta aveva scelto un uomo molto diverso.

L'unica cosa che i due avevano in comune era l'altezza. Ma se Dennis era forte e muscoloso, Phil Carver era magro, al punto che l'ispettore Morgan si chiese se non fosse malato. Era pallido e aveva delle profonde occhiaie. All'inizio, mentre li guardava, sbatté le palpebre un paio di volte, aggrottando la fronte come se fosse allergico alla luce del sole.

«Phil Carver?» chiese Karen.

Phil strizzò gli occhi. «Sì» disse con fare nervoso. «Di che si tratta?»

Gli mostrarono i tesserini e Phil incurvò le spalle. «Immaginavo che prima o poi vi sareste fatti vivi. Siete qui per le bambine, vero?»

Karen sollevò un sopracciglio. «Esatto.»

Li fece entrare. L'appartamento era piccolo e buio, l'aria viziata. Le finestre non venivano aperte da molto tempo. C'era un leggero odore di fritto nell'aria.

Phil camminava davanti a loro. Indossava un paio di pantaloni della tuta così bassi sui fianchi che sembrava sul punto di perderseli per strada e rimanere con il sedere scoperto. Le braccia che spuntavano dalla larga maglietta nera erano sottili da fare impressione.

Li condusse in un salottino pieno di apparecchiature elettroniche. Una delle pareti era quasi interamente ricoperta da quattro enormi monitor, sotto i quali erano impilati computer e console per videogiochi.

Davanti ai dispositivi c'era una sedia da ufficio. L'ispettore Morgan notò che si trattava di uno di quei modelli ergonomici ultramoderni; era molto più costosa di quelle che usavano loro in centrale.

Phil si lasciò cadere sulla sedia, girò su se stesso e poi fece un cenno con il mento verso una coppia di poltroncine rosse. «Mettetevi comodi» disse.

Anche se sui computer e sulle console c'erano delle luci verdi che lampeggiavano, a indicare che erano accesi, tutti i monitor erano stati spenti, il che insospettì subito l'ispettore Morgan.

«È buio qui dentro, signor Carver» disse Karen mentre si sedeva. «Non apre mai le tende?»

Phil scosse la testa. «No, con il riflesso del sole sugli schermi non si vede niente.»

«Ha decisamente molti monitor» disse l'ispettore Morgan guardandosi intorno.

«Mi servono per lavoro» disse Phil.

«E di preciso di che lavoro si tratta?» chiese Karen.

«Sono un campione» disse lui orgoglioso, sorprendendo l'ispettore Morgan.

«Davvero?» chiese Karen in modo ironico.

Phil annuì entusiasta. «Sì, gareggio a livello professionistico: eSport. Soprattutto Xbox. Con quella sono molto bravo, ma gioco anche ai videogame su pc.»

«E riesce a guadagnarsi da vivere?» chiese l'ispettore.

«Sì.» Sorrise. «Non sono in molti a poter dire di guadagnarsi da vivere con il loro passatempo preferito.»

Sebbene tutta l'apparecchiatura elettronica sembrasse il top di gamma, il resto dei mobili era mal assortito e di scarsa qualità. Se all'ispettore Morgan avessero detto che arrivavano da un mercatino di beneficienza o che glieli aveva regalati qualche parente o amico a cui non servivano più, non ne sarebbe rimasto sorpreso. Phil Carver non dava l'impressione di tirarci fuori una fortuna da quei tornei.

«A Emily piacciono questi videogame, Phil?» chiese Karen.

«A Emily?» L'espressione di boria sul suo viso scomparve e tutt'a un tratto sembrò diffidente.

«Sì» disse l'ispettore Morgan. «Emily ha dieci anni. A quell'età i bambini adorano i videogame, giusto?»

Phil scrollò le spalle con fare scocciato. «Non conosco molto quella bambina.»

«Lei non ha una relazione con la madre?»

Phil cambiò posizione sulla sedia, come se fosse a disagio. Si leccò il labbro inferiore. «Più o meno. Insomma, ci frequentiamo da poco. Ma è una bella donna, vero?» Sollevò le sopracciglia e guardò l'ispettore Morgan in cerca di una conferma, ma lui rimase in silenzio. «Qualunque uomo con un po' di testosterone in corpo sarebbe interessato a Jenny Dean. L'unico problema è che il suo ex è fuori di testa.»

«Ha mai incontrato Emily?» chiese Karen.

Phil alzò le spalle. Si passò di nuovo la lingua sul labbro inferiore. «Solo di sfuggita. Insomma, come vi dicevo, io e Jenny ci frequentiamo da poco. Siamo stati a cena a Lincoln un paio di volte, e una sera siamo stati al pub vicino a casa mia. Jenny vuole andarci con i piedi di piombo, visto che ha una figlia a cui pensare. Mi ha presentato a Emily come un amico. La prima volta le ho parlato a malapena e la seconda l'ho vista per cinque minuti al massimo a casa di Jenny.»

«E quando è successo?»

Phil posò lo sguardo prima sull'uno e poi sull'altro detective. «Cosa intende?»

«Ha detto di aver visto Emily per cinque minuti. Quando è successo?»

Phil deglutì e concentrò i suoi spenti occhi scuri su Karen. «Una quindicina di giorni fa, credo. Un paio di mesi dopo che Jenny ha sbattuto Dennis fuori di casa. Io le piaccio perché sono completamente diverso da lui. Ero passato a prenderla e lei stava finendo di truccarsi, e così mi ha invitato a entrare per non farmi aspettare per strada. Non è stato niente di torbido.»

Karen annuì lentamente. «Di cosa avete parlato?»

Phil buttò in aria le mani. «Non me lo ricordo. Le avrò chiesto come andava la scuola o roba del genere. Sono rimasto in casa solo un paio di minuti. A dire la verità, ero più intimorito dalla madre di Jenny.»

«Quindi ha conosciuto anche la madre di Jenny.»

«Be', certo, era lì per badare a Emily. Jenny è una brava madre, sapete. Non lascerebbe mai Emily tutta sola senza qualcuno a occuparsi di lei, mentre noi ce ne andiamo a passare la serata al pub.»

«Cosa stava facendo il giorno della scomparsa delle bambine?»

«Stavo gareggiando in un torneo online. Tengono un archivio dal quale risulta quando e da dove uno si collega, perciò se volete potete controllare.»

Karen estrasse un foglio da una cartelletta che aveva in borsa e se lo mise sulle gambe. Era la stampa di una foto recente di Sian Gibson fatta a scuola. La mostrò a Phil Carver. «La riconosce?»

L'uomo osservò la foto. «È l'altra bambina?»

«Sì.»

Si appoggiò allo schienale e scosse la testa. «No, non l'ho mai vista in vita mia.»

CAPITOLO 28

Karen inspirò a pieni polmoni l'aria fresca. Quell'appartamento era claustrofobico e con un forte odore di chiuso. Aveva resistito a fatica. Il modo viscido in cui Phil Carver si passava la lingua sul labbro inferiore prima di rispondere alle loro domande le aveva fatto accapponare la pelle.

«Hai notato che nonostante i monitor fossero spenti, i computer erano accesi?» le chiese l'ispettore Morgan a bassa voce dopo che Phil Carver ebbe richiuso la porta.

Karen annuì. «Forse c'è qualcosa su quegli schermi che non vuole far vedere a chi gli fa visita?»

L'ispettore Morgan si voltò verso l'appartamento. «Non gli ho chiesto niente a riguardo perché voglio coglierlo alla sprovvista quando torneremo con un mandato. Ci servirà la Scientifica per controllare tutti i dispositivi elettronici che ha lì dentro e per dare un'occhiata alla cronologia di navigazione.»

«Se ha davvero qualcosa da nascondere, spero che dopo la nostra visita non si metta a cancellare roba dai pc» disse Karen.

«Che idea ti sei fatta di lui?» le chiese l'ispettore Morgan mentre scendevano fianco a fianco i gradini di cemento.

«Non m'ispira fiducia, ma questo non significa necessariamente che abbia qualcosa a che fare con la scomparsa delle bambine. Il suo istinto cosa le suggerisce?»

«Il mio istinto non mi suggerisce un bel niente. Io non credo a quelle sciocchezze.» Scosse la testa e assunse un'espressione irritata. «Ma non ci sono prove che lui c'entri qualcosa con questa storia. Nessun precedente rilevante. E sostiene di avere un alibi.»

Karen stava per ribattere, quando un grosso camion si fermò davanti a loro, e mentre gli giravano intorno il ruggito del motore coprì la sua voce. Guardò l'ispettore Morgan che camminava poco più avanti di lei e gli fece una smorfia; anche se si sentì immatura quanto Rick e Sophie, era sempre meglio sfogarsi così che dare inizio a una discussione.

«Probabilmente ora che arriverà il mandato non ci sarà più niente da controllare. Phil è una specie di mago dei computer, quindi saprà come si fa a cancellare qualcosa senza lasciare tracce» disse Karen quando si furono allontanati dal camion a sufficienza perché l'ispettore Morgan riuscisse a sentirla.

«Sono d'accordo, ma se l'apparecchiatura non ci viene consegnata da lui spontaneamente, la nostra unica opzione è un mandato. Senti, ti dispiace aspettarmi un momento?» le disse l'ispettore Morgan, allentandosi il colletto della camicia e passandole le chiavi dell'auto. «Faccio un salto al Tesco a prendere del paracetamolo perché mi sta venendo mal di testa.»

«Ma certo» disse Karen.

La sua intenzione era di aspettarlo vicino alla macchina, ma mentre se ne stava lì a osservare le persone che entravano nei negozi o bloccate nel traffico, ebbe un improvviso attacco di rabbia. Erano scomparse due bambine e la vita continuava come se niente fosse.

Andò ad aprire il bagagliaio battendo i piedi e tirò fuori due grossi sacchetti di plastica per raccogliere le prove insieme a dei moduli ufficiali e a un pennarello, poi chiuse l'auto e s'incamminò come una furia verso l'appartamento di Phil Carver.

Quando l'ispettore Morgan tornò alla macchina con la confezione di pastiglie in mano, rimase sorpreso di non trovare Karen. Si guardò intorno, ma non la vide da nessuna parte. Forse anche a lei era venuto in mente che le serviva qualcosa da uno dei negozi?

Tirò fuori un blister dalla scatola di pastiglie e ne buttò giù due. Stava iniziando a preoccuparsi e aveva quasi deciso di andare a cercarla, quando all'improvviso Karen ricomparve. La guardò con aria perplessa. Trasportava due grandi buste per le prove che contenevano un grosso computer fisso e quello che sembrava un portatile.

Le andò incontro per aiutarla e per chiederle cosa stesse succedendo.

«Ho pensato che aveva ragione» disse Karen. «Le opzioni erano due. Aspettare il mandato o farci dare i computer da Phil Carver spontaneamente.»

L'ispettore Morgan sollevò un sopracciglio. «Come diavolo sei riuscita a convincere Phil Carver a consegnarti la sua apparecchiatura?»

Karen sorrise, un po' in imbarazzo. «Ehm, potrebbe aprirmi il bagagliaio?»

L'ispettore Morgan prese le chiavi e fece come gli era stato chiesto, poi le diede una mano a caricare le prove in macchina. Le buste di plastica erano provviste di etichetta e Karen gli mostrò che i moduli erano stati compilati nella maniera corretta.

L'ispettore Morgan, incredulo, scosse la testa e si diresse verso il posto di guida. «Spero che tu abbia fatto tutto secondo il protocollo, Karen.»

«Ma certo. Mi ha dato i computer di sua spontanea volontà e ha firmato i moduli. Ci serve ancora un mandato per l'internet provider.»

«Quei computer sono la sua vita» disse l'ispettore Morgan. «Mi risulta molto difficile credere che te li abbia dati senza fare una piega.»

Karen scrollò le spalle. «Be', forse ha avuto bisogno di un piccolo incoraggiamento.»

L'ispettore Morgan aggrottò la fronte. «Che genere di incoraggiamento?»

«Mi sono permessa di fargli presente che sarebbe stato terribile se Dennis Dean avesse scoperto dove viveva, soprattutto se gli fosse giunto all'orecchio che lui non stava collaborando con noi.»

«L'hai minacciato?»

Karen scosse la testa. «Non direi proprio minacciato, più che altro l'ho invitato a ragionare.»

L'ispettore Morgan si appoggiò al tetto dell'auto e la osservò. «E se queste prove venissero giudicate inutilizzabili? Se Phil Carver ha fatto qualcosa alle bambine, potrebbe passarla liscia.»

«Non c'è ragione che accada. E sono stufa di stare ad aspettare, signore. Ci vuole tempo per un mandato, e noi non ne abbiamo. Se lui è coinvolto e le bambine sono ancora vive, dobbiamo agire in fretta.»

«Se il capo dipartimento lo viene a sapere...»

«Ci penseremo se e quando succederà» insistette Karen.

«Avevo pensato, tornando, di passare da Heighington per fare visita a Matthew Saunders, ma immagino sia fuori discussione con i pc in macchina. Non possiamo lasciarli incustoditi.»

Karen tirò fuori il cellulare. «Non c'è problema. Chiederò a Rick di venirli a prendere e di portarli al laboratorio di informatica a Nettleham. Dobbiamo solo assicurarci di non interrompere la catena di custodia.» Dall'acquisizione delle prove in poi, tutte le modalità di custodia dovevano essere verbalizzate. Se ci si serviva di una prova per un'incriminazione, ogni passaggio di mano o trasferimento doveva essere documentato, o si rischiava che in tribunale il caso crollasse.

Una volta risaliti in macchina, mentre Karen chiamava Rick e gli chiedeva di raggiungerli a Heighington per prendere in custodia i computer, l'ispettore Morgan mise in moto. Di sicuro Karen aveva corso un rischio. C'erano diverse cose che potevano andare storte. Per dirne una, Phil Carver poteva avere altri pc che loro non avevano visto, e senza una perquisizione accurata avrebbe potuto sfuggirgli qualcosa di davvero importante. Da una parte voleva rimproverare Karen, e dall'altra capiva perché si era comportata in quel modo.

Se avessero atteso il mandato, molto probabilmente i computer sarebbero stati ripuliti e loro non avrebbero trovato niente. Almeno adesso avevano qualche speranza di scoprire cosa stava combinando Phil Carver. Che poi il suo comportamento sospetto avesse qualcosa a che fare con la scomparsa delle bambine, quello era tutto da vedere.

Karen si sedette nel posto del passeggero e si mise la cintura. Si era aspettata una lavata di capo dall'ispettore Morgan per aver agito da sola alle sue spalle. Avrebbe dovuto parlarne prima con lui. Continuava a pensare di aver fatto la cosa giusta, ma si era comportata in modo avventato, persino lei doveva ammetterlo.

Era consapevole del fatto che lei e l'ispettore Morgan avevano opinioni diverse riguardo a certe questioni. Lei si affidava molto al suo istinto quando si trattava di stabilire se qualcuno diceva o meno la verità. L'ispettore Morgan era ligio alle regole. Ma non era questo che la infastidiva. Ciò che le dava sui nervi era il fatto che lui dava retta alle proprie sensazioni, ma non lo ammetteva. Matthew Saunders ne era un chiaro esempio. Stavano andando di nuovo da lui perché l'ispettore Morgan aveva la sensazione che nascondesse qualcosa.

Karen sapeva che non le conveniva tirare fuori il discorso. L'ispettore Morgan non era quel che si dice un tiranno, ma far notare a un superiore che si sbagliava non era una mossa molto saggia.

Rimase in silenzio finché non uscirono dal parcheggio e ripresero la via principale di Lincoln, ma dopo aver svoltato a sinistra e aver imboccato la strada per Heighington, non riuscì più a tacere.

«Come spiega Matthew Saunders?» gli chiese.

«Cosa intendi?»

«Be', lei ha una sensazione. L'istinto le dice che ci ha mentito.»

«No, niente affatto. L'istinto non c'entra. Si tratta di qualcosa di concreto. Qualcosa nel suo comportamento che mi ha insospettito. Solo che in quel momento non capivo cosa fosse.»

«Be', cos'altro sono le sensazioni? Affidarsi a dei piccoli segnali, indizi, al linguaggio del corpo. Saper leggere le persone.»

«Mi piace pensare che si tratti di qualcosa di più scientifico» disse l'ispettore Morgan con tono tranquillo.

Karen chiuse la bocca. Forse dovevano solo accettare di non essere d'accordo su quella questione.

«Lascio la macchina sulla High Street» disse l'ispettore Morgan. «Credo che Matthew Saunders potrebbe aprirsi se saremo noi due soli.»

Karen rimase un po' sorpresa, ma scrollò le spalle e disse: «Va bene. Se ritiene sia meglio. Io aspetto Rick, poi faccio un salto al Despar a prendermi un panino. Non ho pranzato e sto morendo di fame. Lei vuole qualcosa?».

L'ispettore Morgan entrò in un parcheggio, mise il freno a mano e disse: «Un tramezzino col pollo, se ce l'hanno».

Scesero dall'auto e Karen controllò l'ora. Rick doveva arrivare a momenti. Si voltò e osservò l'ispettore Morgan incamminarsi verso la casa dei Saunders vicino al fiumiciattolo. Prima o poi sarebbe riuscita a fargli ammettere che si affidava alle sensazioni.

Dopo aver consegnato a Rick i computer e avergli fatto firmare i documenti, Karen attraversò la strada ed entrò nel minimarket Despar. Prese un succo d'arancia per sé e una bottiglietta d'acqua per l'ispettore Morgan, poi andò a dare un'occhiata all'offerta dei panini.

Aveva appena girato l'angolo e stava imboccando la corsia successiva, quando notò un volto familiare.

Cathy Palmer.

Indossava un vestito sbiadito fuori moda e una giacca a vento marrone. Aveva i capelli sciolti che le toccavano le spalle, sistemati dietro le orecchie. Era senza trucco, ma non era una cosa strana. Karen non l'aveva mai vista truccata, ma d'altra parte l'aveva vista di rado fuori dalla fattoria. Chissà perché, in quel negozio molto illuminato, aveva un'aria ancora più sbattuta del solito. Era piegata a guardare la selezione di caffè sull'ultimo scaffale in basso. Si allungò per prendere un vasetto di Nescafé e nel farlo la manica della giacca a vento scivolò indietro, lasciando scoperto l'avambraccio, sul quale c'era un brutto livido.

Karen si chiese come se lo fosse procurato. Era stato suo padre, o magari suo fratello? Benché suo padre fosse malato da tempo ormai e si muovesse a fatica, Karen ce lo vedeva ad afferrarla e darle un pizzicotto se per qualche ragione lei lo infastidiva. Ecco che razza di uomo era Nigel Palmer.

Strinse al petto il succo e la bottiglietta d'acqua e le si avvicinò. «Salve, non mi aspettavo di incontrarla qui.»

Cathy si tirò su in fretta e la guardò con occhi spalancati, pieni di paura come quelli di un coniglio spaventato. «Oh» disse, «stavo andando via.»

«Aspetti un attimo.» Karen sorrise e fece del suo meglio per sembrare amichevole e alla mano. «Speravo di fare una chiacchierata con lei.»

«Ah sì?» Cathy si guardò alle spalle con fare nervoso, poi si voltò di nuovo verso Karen.

«Sì, mi chiedevo se ha tempo per un caffè.»

«Per fare che?» Sembrava terrorizzata all'idea.

«Be', immagino che non debba essere facile per lei essere bloccata tutto il giorno alla fattoria, a badare a suo padre, e ho pensato che magari avesse bisogno di un po' di compagnia. Con il mio lavoro nemmeno io ho molte occasioni per chiacchierare.»

Era un approccio maldestro. Karen si rendeva conto che stava combinando un pasticcio. Se voleva provare a farsela amica, avrebbe dovuto cercare di essere un po' più sottile, ma temeva che da un momento all'altro Cathy se la sarebbe svignata.

«Mi dispiace» rispose Cathy. «Ho da fare.»

«Magari un'altra volta» disse Karen, poi allungò una mano con cautela per sollevare la manica della giacca a vento della donna. «Cosa si è fatta qui?»

Cathy arrossì e si tirò giù la manica. «Ho sbattuto contro un armadietto della cucina. Sono un po' maldestra, sempre stata.»

Karen aspettò per vedere se diceva qualcos'altro, ma non lo fece.

«Mi piacerebbe crederle. Ma non posso fare a meno di pensare che suo padre e suo fratello non la trattino come dovrebbero» disse lei alla fine.

Cathy abbassò di nuovo lo sguardo verso i vasetti di caffè, come se fossero la cosa più interessante del mondo. «Oh, in realtà non sono così terribili. Ogni tanto sono di cattivo umore, tutto qui.»

Karen aggrottò le sopracciglia. «Be', io ci sono se vuole fare due chiacchiere.»

Prima che potesse aggiungere altro, sentì una voce profonda dietro di loro. «È ora di andare, Cathy.»

Karen si voltò e si trovò davanti Jasper Palmer, che la sovrastava.

Lo gelò con lo sguardo, determinata a non farsi intimidire.

«Sembra che si stia prendendo un po' troppe confidenze con mia sorella, agente» disse Jasper. «Cathy dovrebbe presentare una lamentela contro di lei.»

«Di che sta parlando?» disse Karen in modo brusco.

«L'ho vista che la tirava per la manica della giacca.»

«La stavo sollevando perché ho visto un livido. Non è che per caso lei ne sa qualcosa, Jasper?»

Cathy emise una specie di squittio, come un topo spaventato.

Jasper avanzò, infilandosi tra Karen e Cathy. Prese il cestino di metallo dalla mano della sorella e lo appoggiò a terra. «Faremo dopo la spesa, Cathy. C'è uno strano odore qui dentro» disse, poi se ne andò, dirigendosi verso l'uscita.

Mentre seguiva il fratello fuori dal supermercato, Cathy si voltò e le rivolse uno sguardo dispiaciuto, e Karen li osservò andare via.

Non si fidava di Jasper Palmer. Nemmeno un po'.

Arrabbiata e frustrata, tornò nella corsia dei freschi e prese un paio di tramezzini col pollo.

Aveva già visto la donna alla cassa, ma non si ricordava come si chiamava. Mentre si avvicinava, la cassiera scosse la testa. «Quella ragazza è così tesa che fa spavento. Il modo in cui Nigel Palmer la tratta è vergognoso, e il fratello non è tanto meglio.»

«Ha visto Nigel Palmer di recente?» Appoggiò il cestino sul bancone.

La donna scosse ancora la testa mentre passava allo scanner i codici a barre dei tramezzini. «No, ormai è praticamente un recluso. Il che è un bene, a parer mio. È un uomo malvagio.»

«Perché dice così?»

«Lei lo ha conosciuto, giusto?» Ripassò con rabbia la bottiglietta d'acqua sullo scanner, dato che la prima volta non l'aveva letta. «Quell'altra ragazza che è scomparsa dalla fattoria. Se vuole sapere come la penso, è una situazione poco chiara.» Arrivò il bip dello scanner e la donna appoggiò la bottiglietta d'acqua accanto ai tramezzini. «Ha la tessera?»

Karen fece cenno di no con la testa.

«Ci sono novità sulle piccole?»

«Non ancora.»

«Dovreste perquisire la fattoria. Se fossi in voi, sarebbe il primo posto in cui cercherei.»

«Ha visto o sentito qualcosa che le dà motivo di pensare che i Palmer sappiano cos'è successo alle bambine?»

La cassiera ci pensò. «No, ma c'è qualcosa in loro che non mi torna. Non sono... a posto.»

Era quella l'impressione che dava lei ai suoi colleghi? Che era pronta a saltare a conclusioni ingiustificate perché riteneva che i Palmer fossero strani? C'era una ragione se le persone erano considerate innocenti fino a prova contraria. Circostanze come queste potevano portare a una caccia alle streghe, soprattutto in comunità piccole, unite. Doveva ricordarsi di prendere quell'appuntamento con Amethyst.

Dopo aver pagato, Karen tornò alla macchina. A pochi passi dal punto in cui avevano parcheggiato c'era il *Butcher & Beast*. Avrebbe dovuto andare lì. Facevano dei panini squisiti.

Divorò il pranzo seduta al posto del passeggero, mentre guardava una cartina dell'Istituto Geografico Militare sull'iPhone. Il piccolo schermo non le facilitava le cose, ma riuscì a zoomare sulla fattoria dei Palmer. Si estendeva da Washingborough a Heighington. Avevano molta terra e numerosi fabbricati.

Fece scorrere la mappa lentamente, contandoli uno per uno. C'erano due granai, un vecchio mulino a vento che era rimasto sprovvisto di pale ed era caduto in rovina, più qualche grosso fienile. Alcuni di essi, a quanto ne sapeva, erano vuoti, altri contenevano macchinari di valore ed erano chiusi a chiave.

L'ordine per le perquisizioni era di ispezionare ogni singolo fabbricato nel perimetro dell'area di ricerca. Karen non aveva dubbi che quegli edifici fossero stati controllati, ma si chiese se ai suoi colleghi potesse essere sfuggito qualcosa. Fece fuori l'ultimo tramezzino e poi telefonò a Sophie in centrale per sapere se c'erano novità. La perquisizione non si era ancora conclusa e la giovane detective le promise di mettersi in contatto con gli agenti che si stavano occupando dei fabbricati di proprietà dei Palmer.

Un lieve rombo nel cielo la spinse a guardare all'insù. Il Sentinel R1 grigio stava volando sopra di lei. L'aereo spia era schierato insieme al Sentry alla base della RAF di Waddington e si vedeva spesso da quelle parti. Gli aerei di ricognizione della RAF di solito volavano bassi sopra Branston, dove viveva Karen. L'enorme Sentinel era una visione impressionante. Anche a lei avrebbe fatto comodo una spia. L'ideale sarebbe stato averne una piazzata a casa dei Palmer.

Per quanto succube potesse essere, di sicuro Cathy Palmer non sarebbe rimasta a guardare senza fare nulla se avesse saputo che due bambine erano tenute prigioniere da suo padre o da suo fratello.

Più ci pensava, più le appariva chiaro che fosse lei la chiave per svelare il mistero che circondava quella famiglia. Se fosse riuscita a portare Cathy dalla sua parte, forse sarebbe riuscita a smascherare i Palmer una volta per tutte.

Capitolo 29

Sin dalla prima volta in cui lui e Karen avevano incontrato Matthew Saunders, l'ispettore Morgan non ci aveva visto chiaro nel comportamento di quell'uomo. Dato il numero esorbitante di sospettati con cui parlare e di piste da seguire, era stato costretto a metterlo in secondo piano; eppure c'era qualcosa che continuava a non tornargli. Era certo che gli stesse mentendo, e aveva intenzione di scoprire perché.

Percorse la deliziosa High Street di Heighington. A guardarlo dall'esterno, sembrava un posto incantevole in cui vivere, con i suoi vecchi edifici in pietra, un fiumiciattolo che attraversava il centro, due pub e un piccolo emporio. Pensò che avrebbe potuto prendere in considerazione l'idea di trasferircisi una volta terminato quel caso. Aveva bisogno di una sistemazione più definitiva dell'appartamento in affitto pieno di spifferi in cui stava al momento. Non che gli servisse qualcosa di grande. Non aveva più sentito Julia da quando lei lo aveva mollato e, viste le premesse, in futuro avrebbe vissuto da solo con l'unica compagnia del suo lavoro. Sospirò. Non aveva tempo nemmeno per un cane. I cani avevano bisogno di uscire regolarmente, e non sarebbe stato giusto prenderne uno con i suoi orari. Magari un gatto. Erano molto meno impegnativi.

Si avvicinò alla casa dei Saunders e suonò il campanello. Lo studio medico sul marciapiede opposto era pieno di gente. Un autobus a due piani della linea due avanzava sbuffando nella stretta High Street, sfiorando le macchine parcheggiate. In fondo alla strada, la guglia della chiesa di Heighington sovrastava tutti gli altri edifici nei dintorni.

Quando Matthew Saunders aprì la porta, sembrò scioccato di vedere l'ispettore Morgan sui gradini di casa sua. «Cosa c'è? Non è successo niente a Danny, vero?»

L'ispettore Morgan scosse la testa. «No, signor Saunders. Ho solo qualche altra domanda da rivolgerle.»

«Ah, capisco» disse, mentre si faceva da parte per lasciarlo entrare.

«Non sono sicuro di poterle dire molto altro.» Matthew Saunders lo condusse in salotto. «Posso offrirle qualcosa? Un tè, un caffè?»

«No, la ringrazio. Penso che sappia perché sono qui» rispose.

L'uomo strabuzzò gli occhi e si leccò le labbra, prima di lasciarsi cadere sul divano. L'ispettore Morgan si sedette davanti a lui su una poltrona.

«Be', no. Non ho idea del perché voglia parlare con me.»

«Durante il nostro ultimo incontro, ho avuto la netta impressione che lei nascondesse qualcosa.» Lo osservò attentamente.

Matthew Saunders scosse subito la testa. «Non ho niente da nascondere.»

L'ispettore continuò a fissarlo senza dire nulla. Aspettò che fosse il silenzio a lavorare per lui.

La fronte dell'uomo era diventata lucida per via di un leggero strato di sudore. Intrecciò le dita in un senso e poi nell'altro, appoggiò le mani sulle gambe e cominciò a torcersele.

«Non riesco davvero a capire cosa le abbia dato l'impressione che le nascondessi qualcosa. Io voglio collaborare in tutti i modi. Voglio assicurarmi che quelle bambine stiano bene. Insomma, non riesco nemmeno a immaginare come mi sentirei se fosse capitato a Danny.»

«Allora mi dica cos'è che mi tiene nascosto.»

Matthew Saunders fece una smorfia. «Davvero, le giuro che non ha niente a che fare con la scomparsa delle bambine.»

«Temo di non poterle credere sulla parola, signor Saunders. Quindi dovrà dirmelo.»

Lui si passò una mano sulla faccia, poi guardò l'orologio in ottone sulla mensola sopra la stufa spenta. «Mia moglie lavora allo studio medico. Dista due minuti a piedi da qui e sarà a casa tra poco.»

Anche l'ispettore Morgan guardò l'orologio, ma non proferì parola e aspettò che l'uomo andasse avanti.

«Se glielo dico, mi promette che mia moglie non lo scoprirà?»

L'ispettore si sforzò di non mostrare la sua frustrazione. Aveva capito che piega stava prendendo quel discorso e la cosa lo fece infuriare. «Non posso prometterglielo» disse. «Ma se non sarà necessario che lo venga a sapere, da me non lo saprà. Non è mia intenzione creare problemi al suo matrimonio, signor Saunders. Voglio solo che mi dica la verità.»

Matthew Saunders si alzò e si mise a camminare avanti e indietro davanti alla stufa. Poi alzò lo sguardo e lanciò un'occhiata fuori dalla finestra, come se si aspettasse di vedere sua moglie arrivare.

«Non ci resta molto tempo» disse l'ispettore Morgan.

«Cosa?» Sembrava che si fosse preso uno spavento.

«Ha detto che sua moglie sarà a casa tra poco. Quindi non le resta molto tempo per dirmi quello che nasconde prima del suo rientro.»

Lui piegò la testa rivolgendo il viso al soffitto e chiuse gli occhi. Fece un verso di frustrazione. «D'accordo, glielo dirò. Ma la prego di fare tutto il possibile per assicurarsi che mia moglie non lo scopra.»

L'ispettore Morgan aspettò.

Matthew Saunders lo guardò con un'espressione ansiosa. «È stata solo una scappatella, è durata poco. Non ha significato niente.»

L'ispettore stette lì seduto ad ascoltare tutta quella squallida storia, cercando di rimanere impassibile. Aveva incontrato Tanya Saunders una sola volta, ma gli era sembrata una donna cordiale, amichevole, che non si meritava un donnaiolo per marito.

Era tutto così prevedibile, pensò, mentre Matthew Saunders entrava nei dettagli e faceva una battutina.

«Insomma, lei l'ha vista. Non può certo biasimarmi.» Gli fece l'occhiolino.

Non rispose. Aveva incontrato la donna a cui si riferiva Matthew Saunders, e il fatto di non esserci arrivato da solo non gli andava proprio giù.

Karen se ne stava seduta in macchina a cercare di capire cosa la turbasse riguardo all'incontro avuto con i Palmer. I modi rozzi e l'atteggiamento minaccioso di Jasper erano sufficienti a farla innervosire, ma c'era qualcos'altro che la assillava. Poi ci arrivò. Cathy non le aveva chiesto delle bambine.

Tutti a Heighington erano in attesa di notizie, quindi perché Cathy non le aveva domandato se c'erano stati sviluppi o se avevano fatto passi in avanti con le ricerche? A meno che, ovviamente, lei sapesse dov'erano.

Vide l'ispettore Morgan tornare alla macchina con un'espressione seria e immaginò che avesse scoperto qualcosa.

Aspettò che si fosse seduto al posto di guida, poi gli passò il tramezzino. «Be', mi racconti com'è andata.»

«Ha tradito la moglie» disse l'ispettore Morgan sollevando la linguetta di plastica.

Karen bevve un sorso di succo d'arancia. «La sua intuizione era giusta.»

L'ispettore Morgan si sforzò di sorridere. «Non era un'intuizione. Era un'opinione basata sui fatti. Avevo notato che rifletteva molto, prima di dare una risposta, e che evitava il contatto visivo. Questi elementi mi hanno portato a pensare che non ci stesse dicendo tutta la verità. Non si è trattato di una sensazione.»

«Se lo dice lei, signore» disse Karen rimettendo il tappo al succo d'arancia. «Quindi questa storia non ha niente a che fare con il nostro caso?»

L'ispettore Morgan inghiottì un boccone del tramezzino al pollo poi disse: «Al contrario. La donna con cui ha tradito la moglie è Leanne Gibson».

Capitolo 30

Jasper Palmer saltò giù dalla cabina del trattore e atterrò con un tonfo. Aveva parcheggiato dietro al fienile, un po' distante dalla fattoria, così che Cathy non si accorgesse che era tornato. Ultimamente sua sorella si stava comportando in modo molto strano. Di solito era docile e obbediente, uno zerbino con il padre, ma il giorno prima aveva visto nei suoi occhi un barlume di ferrea ribellione. E la cosa non lo lasciava tranquillo. Si domandò se avesse in mente qualcosa.

Raggiunse il retro della fattoria. Normalmente a quell'ora Cathy aveva un po' di tempo libero. Il padre passava quasi tutto il giorno a sonnecchiare accanto al fuoco. Perfino le attività più semplici lo stancavano. Era difficile ricordarselo com'era un tempo: un uomo imponente, autoritario, alto e forte quanto lui adesso.

Avvicinatosi alla finestra della cucina, si appoggiò al davanzale e guardò dentro. Cathy era seduta al tavolo e gli dava le spalle.

Sembrava che non stesse facendo niente di insolito.

Forse stava lavorando troppo di fantasia. La polizia aveva ricominciato a ficcare il naso in giro e la cosa lo rendeva nervoso. Gli avevano fatto passare le pene dell'inferno dopo la scomparsa di Amy Fisher.

Amy gli mancava. Aveva portato una ventata d'allegria e provava un interesse per lui. Anche se aveva fatto la finta timida e la difficile, lui sapeva cosa voleva davvero. La faccia di Cathy il giorno in cui li aveva beccati a parlare nel laboratorio lo aveva fatto ridere a crepapelle. Cathy era sempre stata molto rigida. Ma bisognava riconoscerle i suoi meriti. Sua sorella non aveva detto mezza parola alla polizia riguardo a quell'episodio. Quando lui aveva sostenuto che conosceva a malapena quella ragazza, lei aveva confermato la sua versione.

Era stato un bene. La polizia era già stata abbastanza assillante senza avere prove. Se avessero saputo quanto tempo aveva passato a osservare Amy, non gli avrebbero più dato tregua sul serio.

Sorrise. Cathy era una brava ragazza. Il suo segreto con lei era al sicuro.

Prima di voltarsi, notò il cellulare di suo padre accanto al gomito della sorella.

Aggrottò le sopracciglia. Era un vecchio modello, a conchiglia. Suo padre non lo usava quasi più, ma lo teneva per le emergenze. Gli era stato utile in passato quando ancora andava nei campi, ma era da tempo che non metteva più piede fuori di casa.

Cathy stava pensando di chiamare qualcuno? Si chiese se fosse quello il motivo per cui si stava comportando in modo strano. Forse si era trovata un uomo. Quel pensiero lo fece sorridere: non era molto probabile. Cathy era destinata a rimanere zitella a vita. Si prendeva cura della casa per suo padre, e una volta morto il vecchio, cosa per cui ormai non mancava molto, sarebbe rimasta con lui e si sarebbe guadagnata da vivere prendendosi cura della casa per il fratello.

Non doveva preoccuparsi di lei. Non lo avrebbe detto a nessuno. Come avrebbe potuto? Non aveva nessuno a cui dirlo.

Cathy Palmer si avvicinò al camino in punta di piedi e fissò suo padre in silenzio. Stava dormendo? Sembrava di sì. Le palpebre sottili si muovevano un po', ma per il resto era immobile. Si sentiva un leggero fischio quando inspirava, ma quello succedeva quasi sempre ormai.

Lanciò un'occhiata verso il grosso tavolo della cucina. Il cellulare di suo padre era appoggiato lì sopra, a burlarsi di lei. Le prudevano le mani dalla voglia che aveva di prenderlo.

Si passò le dita tra i capelli e trattenne le lacrime. Non riusciva a decidersi. Se solo fosse riuscita a smetterla di avere ripensamenti. Quando era uscita dal Despar, si era ripromessa di farlo non appena fosse rimasta da sola.

Jasper era andato a lavorare nei campi, suo padre dormiva, eppure non ce la faceva. Era terrorizzata all'idea che lo venissero a sapere.

E se suo padre stesse fingendo di dormire? O se avesse controllato la bolletta e si fosse accorto che lei aveva usato il cellulare? Gli stava già nascondendo gli estratti conto. Se avesse scoperto che stava trasferendo il suo denaro su un conto corrente intestato a lei, l'avrebbe uccisa.

Ebbe un brivido e si avvicinò un po' di più al camino. Il fuoco stava iniziando a spegnersi e presto avrebbe dovuto aggiungere altra legna. In casa c'era un impianto di riscaldamento che andava a gasolio – facevano rifornimento ogni quattro mesi – ma suo padre diceva che non c'era bisogno di tenerlo acceso durante il giorno.

Forse se avessero abitato in un cottage moderno, ben isolato termicamente, sarebbe stato così, ma le finestre della fattoria non avevano nemmeno i doppi vetri. I muri erano spessi, in pietra, ma facevano ben poco contro il freddo di ottobre. E in inverno inoltrato era anche peggio.

Cathy passava la maggior parte del tempo a correre da una parte all'altra, occupandosi delle faccende domestiche e prendendosi cura dei pochi polli della fattoria. Cercava di muoversi in continuazione per evitare che il freddo le entrasse nelle ossa. Al momento non era così male, ma quando fossero arrivavate le ondate di gelo a gennaio e febbraio, sarebbe stato insopportabile.

A suo padre non importava. Lui trascorreva le giornate seduto accanto al fuoco che tenevano sempre acceso, e questo significava che lei ogni mattina doveva mettersi carponi a pulirlo. Nel resto della casa si poteva anche congelare, e lui se ne infischiava. L'inverno prima, sul lato interno della finestra di camera di Cathy, si era formato del ghiaccio.

Fissò suo padre con avversione. Aveva il viso scarno, e se un tempo era alto e grosso, così accasciato sulla sedia a rotelle sembrava rinsecchito.

Guardalo, non c'è niente di cui aver paura. Cosa vuoi che ti faccia? Anche volendo non riuscirebbe ad afferrarti.

Doveva farlo, era la cosa giusta. Adesso o mai più...

In un attimo raggiunse il tavolo della cucina. Senza fare rumore tirò fuori una sedia e si mise seduta, poi, lentamente, prese il piccolo cellulare nero.

Lei non ne possedeva uno. Suo padre glielo aveva proibito.

Un tempo sognava di andarsene via da lì. Quando era più giovane, credeva che se fosse riuscita a scappare sarebbe sbocciata, che da brutto anatroccolo si sarebbe trasformata in cigno, ma ovviamente quelle cose non succedevano nella vita reale. Non aveva più la forza di lottare, e anche se avesse voluto andarsene, non c'era nessuno che l'avrebbe accolta.

Le cose non erano state sempre così terribili. Quando suo padre era sano e forte, trascorreva gran parte della giornata fuori di casa, e lei stava bene da sola. Perfino Jasper allora si comportava meno da despota. Un tempo le parlava delle ragazze che conosceva al pub e le chiedeva addirittura consigli su cosa indossare quando usciva con loro. Ma a poco a poco le cose erano cambiate. Aveva iniziato a trattarla proprio come faceva suo padre, come uno zerbino. Lei era lì per servirli, al pari di una domestica. Jasper però non l'aveva mai picchiata, a differenza di suo padre.

Accarezzò la plastica nera e liscia del cellulare. Stava tremando. Perché era così difficile fare la cosa giusta? Tirò fuori un pezzo di carta dalla tasca e osservò il numero che aveva annotato di corsa, poi cominciò a comporlo, lentamente.

Era arrivata a metà, quando sentì un rumore provenire da fuori. Chi era? Jasper doveva essere nei campi. Si agitò e in preda al panico cancellò la chiamata.

Si alzò di scatto, facendo strisciare le gambe della sedia sulle lastre di pietra. Cominciò ad aggirarsi per la cucina in modo frenetico, cercando disperatamente un posto in cui mettere il cellulare per non far sorgere il sospetto che lo avesse usato.

Sentì suo padre emettere dei lamenti; si stava svegliando.

Con il cuore a mille, si fiondò verso il mobiletto che si trovava proprio dietro alla sua sedia a rotelle. Magari avrebbe pensato di essere stato lui a lasciarlo lì. Lei lo aveva preso dalla sua tasca, ma non osava rimettercelo adesso che era mezzo sveglio.

Guardò fuori dalla finestra e vide Jasper che stava per entrare dalla porta sul retro.

Con la morte nel cuore, andò al lavello e riempì il bollitore. Doveva comportarsi come se niente fosse.

Aveva fallito. Avrebbe dovuto agire prima. Quella era stata la sua occasione di sistemare le cose. Forse non ne avrebbe avuta un'altra.

Capitolo 31

Prima di tornare alla centrale, l'ispettore Morgan e Karen chiamarono per sapere come procedevano le ricerche. Nelle ore subito successive alla scomparsa delle bambine c'era stato un senso di urgenza, ma ormai era passato così tanto tempo che ogni civile e agente coinvolto avvertiva la fatica.

Le squadre di ricerca svolgevano il loro compito stanche e tristemente rassegnate. Karen odiava doverlo ammettere, ma a quel punto le probabilità di trovare le bambine vive non erano buone.

Gli abitanti della zona erano stati fantastici, avevano dato il proprio contributo partecipando alle ricerche e offrendo tazze di tè e snack a chi perlustrava l'area. Ma il senso di inutilità e sconforto iniziava a pesare molto su tutti loro.

Mentre facevano ritorno alla centrale di polizia di Nettleham, Karen cercò di analizzare l'intrigo tra Leanne Gibson e Matthew Saunders. Quella piccola notizia bomba l'aveva sicuramente colta di sorpresa, ma a ben pensarci non era una cosa poi così strana. Se non altro adesso si spiegava perché Leanne avesse avuto quella strana reazione nei confronti di Matthew, quando era corsa a scuola dopo aver saputo che Sian era scomparsa.

«Pensa che Thomas Gibson abbia scoperto che sua moglie aveva un amante e abbia deciso di rapire le bambine per darle una lezione... per spaventarla?»

L'ispettore Morgan fece una smorfia mentre con molta cura entrava in retromarcia in un parcheggio alla centrale di Nettleham. «Non credo. Sarebbe una reazione piuttosto estrema. E poi, perché prendere anche Emily?»

«Ha ragione. Non ha senso. Cosa facciamo adesso?»

L'ispettore Morgan scrollò le spalle e chiuse la macchina. «Cercherò di sollevare la questione con Leanne quando andrò a trovare la famiglia Gibson nel pomeriggio. Non sarà facile. Ovviamente è distrutta dalla preoccupazione per Sian. E se devo essere sincero, non credo che questa tresca avrà un grosso impatto sulle nostre indagini, ma non posso non chiederle niente.»

Lei annuì e camminarono in silenzio fino alla centrale.

Gli uffici al primo piano brulicavano di attività. Anche la squadra dell'ispettore Freeman aveva preso a lavorare al caso a tempo pieno. Invece di andare dritto nel suo ufficio, l'ispettore Morgan si appollaiò sul bordo della scrivania di Karen. Chiamò Rick e Sophie per un briefing improvvisato.

Karen avvertiva la sua frustrazione. C'era un pezzo mancante in quel caso, qualcosa che stava sfuggendo a tutti loro, distratti da troppe false piste e segreti.

L'ispettore Morgan aggiornò Rick e Sophie, poi disse: «D'accordo, facciamo il punto della situazione. Cos'abbiamo finora?».

«Jasper Palmer ha trovato il guanto» disse Karen.

L'ispettore Morgan annuì lentamente. «Cos'altro?»

«Abbiamo escluso l'uomo visto alla scuola elementare di Washingborough» disse Karen. «Adesso sappiamo che era Les Greenwood.»

«Sì, e abbiamo scoperto che Matthew Saunders aveva una relazione con Leanne Gibson, ma non c'è ragione di pensare che questo possa rappresentare per qualcuno un movente per rapire entrambe le bambine» disse l'ispettore Morgan con un sospiro.

«E sono arrivati i risultati preliminari sullo zio di Sian, Nick Gibson» disse Sophie. «Sia il computer che il cellulare sono puliti. Non c'è niente che lo colleghi al rapimento. E il suo alibi regge. È stato ripreso da delle telecamere a circuito chiuso pochi minuti dopo che le bambine sono scomparse.»

«Quindi siamo di nuovo ai Palmer» disse Karen.

«Che prove ci sono contro di loro a parte il guanto?» chiese Sophie.

«Amy Fisher lavorava in uno dei fabbricati nella fattoria dei Palmer prima di scomparire.»

«Questo però non c'entra con il nostro caso e potrebbe essere una coincidenza» disse l'ispettore Morgan.

Karen cercò di nascondere la sua irritazione. «Io non credo alle coincidenze.»

Strinse i pugni. Perché non riusciva a stare zitta? Quegli scatti di nervosismo non erano d'aiuto. Non era così che avrebbe convinto i suoi colleghi a prenderla seriamente. Semmai, li avrebbe spinti a chiedersi se stava andando fuori di testa.

L'ispettore Morgan non colse la sua provocazione. «Ovviamente non abbandoneremo la pista dei Palmer.» Si voltò verso Rick. «Rick, hai a portata di mano la mappa che mostra i fabbricati della proprietà dei Palmer?»

Rick annuì e scartabellò tra i fogli sulla sua scrivania prima di passarne alcuni all'ispettore Morgan.

Lui li guardò in fretta e poi li diede a Karen. «Rick ha fatto un controllo incrociato dei fabbricati con la lista di quelli che sono stati perquisiti. Combaciano. Non ci sono elementi che indichino che le bambine siano mai state lì.»

Karen guardò i vari grafici. In passato c'era un vecchio fienile vicino alla fattoria, che in seguito a dei lavori era stato suddiviso in singole unità adibite a laboratori. A un certo punto i Palmer avevano fatto soldi a palate. Per anni piccole società e artisti avevano affittato quegli spazi. Nello stesso periodo di Amy, erano altri tre i laboratori occupati. Se ne erano andati tutti dopo la sua scomparsa. I locatari erano stati interrogati scrupolosamente ed esclusi dalle indagini fin dall'inizio. «Qualcuno ha controllato i laboratori? Credo che siano vuoti da quando Amy è scomparsa.»

Rick si avvicinò ed estrasse dalla pila di fogli il terzo, indicandolo col dito. «Sì, uno è affittato al momento, ci fanno oggetti in terracotta.»

«E abbiamo controllato chi è il locatario?»

Rick annuì. «Se n'è occupata Sophie.»

La giovane detective alzò le spalle con aria dispiaciuta. «Niente di interessante, purtroppo. Una donna sulla cinquantina di nome Susan May. Ce l'ha da circa sei mesi.»

Karen si accigliò. «Mi sorprende che qualcuno voglia stare in affitto dai Palmer dopo quello che è successo ad Amy.»

«La signora May pensa che Amy sia scappata. La conosceva da quando era piccola e ha detto che era sempre stata un tipo volubile» spiegò Sophie.

Quell'affermazione infastidì Karen più del dovuto. Era convinta che Amy Fisher non fosse scappata. Christine conosceva bene la famiglia Fisher e non aveva notato niente che indicasse che Amy fosse infelice. E poi, la gente non scappa così lasciando i soldi sul conto in banca. Non quando le cose vanno bene. Amy aveva mille motivi per vivere. Nessun segnale che soffrisse di depressione. Tutto ciò che Karen aveva saputo su di lei indicava che amasse la vita come dovrebbe fare qualunque diciannovenne. Semmai, era più matura della maggior parte delle ragazze della sua età. Aveva avviato un'attività e si era presa in affitto un posto tutto suo, quando molte delle sue coetanee si ubriacavano all'università o vivevano ancora con i genitori.

«Immagino che per sapere qualcosa sui computer di Phil Carver dal laboratorio di informatica ci voglia più tempo» disse l'ispettore Morgan.

«Be', io ho parlato con la squadra dei tecnici prima. Harinder è stato molto disponibile. Sa che siamo ansiosi di avere i risultati» rispose Sophie. «Il problema, secondo lui, è che su entrambi i computer è stato usato un software per ripulire alcune parti del disco fisso.»

«Sapevo che avrebbe provato a fare una cosa del genere» disse Karen, e si lasciò andare a qualche parolaccia. «Speravo che fossimo riusciti ad anticiparlo.»

«Ma non è detta l'ultima parola. Sapete che Harinder è praticamente un genio.» Sophie arrossì un po', e Karen si chiese se si fosse presa una cotta per il mago dell'informatica. «Be', lui è sicuro di poter recuperare quei file, ma ci vorrà più del previsto.»

«Questo non me lo avevi detto» disse Rick, chiaramente offeso. «Ero seduto davanti a te quando l'hai chiamato.»

«Non mi sembrava importante» rispose Sophie. «Me la sono sbrigata da sola. E poi finché Harinder non avrà scoperto cosa c'è in quei file cancellati, non c'è niente da riferire.»

«Avresti comunque dovuto farne parola con me» disse Rick.

Lei aprì la bocca per controbattere, ma Karen sollevò una mano. «Basta così. Sophie, tienici informati sul contenuto di quei file. Se siamo fortunati, Phil Carver potrebbe non essere riuscito nel suo intento e Harinder darà una svolta alle indagini.»

Sophie mise il broncio, ma Karen la ignorò e si mise a fissare di nuovo le mappe, leggendo le precise annotazioni di Rick accanto a ogni fabbricato.

L'ispettore Morgan cominciò a parlare a Sophie della relazione extraconiugale di Leanne Gibson, e Karen si concentrò su Rick. Sembrava sfinito: non era abituata a vederlo così silenzioso e scorbutico. Prima era stata di nuovo troppo dura con lui. Era un fatto risaputo che lo stress poteva portare gli agenti di polizia a bere.

Mentre Rick si passava una mano stanca sul viso, Karen provò una punta di compassione. Forse quando quel caso si fosse concluso, avrebbe fatto un altro tentativo. A volte il passo più importante era ammettere di avere un problema. Magari Rick aveva bisogno di un po' d'incoraggiamento per fare quel passo.

La squadra stava esaminando le relazioni sugli sviluppi delle indagini e stava decidendo la strategia con cui procedere quando il telefono sulla scrivania di Sophie si mise a squillare. Lei si alzò, spinse indietro la sedia e sollevò velocemente il ricevitore.

Rick stava parlando dell'esito di alcuni controlli fatti su un paio di piste saltate fuori in seguito alle chiamate arrivate alla linea d'emergenza, ma Karen lo ascoltava solo in parte. Stava osservando Sophie.

La giovane detective strinse forte il ricevitore e sgranò gli occhi. Mentre rispondeva a chi c'era all'altro capo del telefono, guardò il resto della squadra.

Era Harinder? I suoi colleghi lo avevano soprannominato Harry per via degli incantesimi che faceva con il computer, e a loro in quel momento avrebbe fatto davvero comodo un po' della sua magia per uscire da quella fase di stallo.

Anche se Sophie non aveva proferito parola, Karen era seduta sulla punta della sedia, in attesa che riagganciasse. Dal linguaggio del corpo sembrava proprio che si trattasse di informazioni utili.

Dopo un attimo, Sophie posò una mano sul microfono del ricevitore e disse: «Forse abbiamo qualcosa. Sono al telefono con l'unità informatica ed è il caso che ci parli lei, signore. È Harinder».

Sophie passò il telefono all'ispettore Morgan.

Rick batté le mani. «Buon vecchio Harry!»

Karen non osò festeggiare ancora.

Mentre l'ispettore Morgan parlava con Harinder, Sophie riferì a Karen e a Rick quello che aveva scoperto l'unità informatica. «Sono riusciti a entrare nel computer di Phil Carver e a recuperare i file cancellati. Da quei file e dalla cronologia, hanno potuto appurare che è un membro di diversi gruppi e forum online.»

Karen immaginava a cosa alludesse Sophie. «Che genere di gruppi?»

«Gruppi in cui si scambiano foto di bambini, immagini indecenti, e dove si parla di cose disgustose.» Karen sapeva che Sophie stava cercando di rimanere calma e obiettiva, ma l'espressione del viso tradiva i suoi veri sentimenti. Ebbe un sussulto. «Sembra roba pesante. Manderanno una relazione iniziale all'ispettore Morgan. Harinder crede che le prove siano abbastanza solide per incriminarlo, anche nel caso non avesse niente a che fare con la scomparsa di Emily e Sian.»

«Quindi Harinder non ha trovato niente sui computer che riguardi Emily o Sian?»

«Non ancora, ma da quanto ho capito c'è molto materiale da controllare. Se l'ispettore Morgan lo autorizza, Harinder richiederà l'intervento di altri tecnici per aiutarlo a passare al setaccio tutte le prove digitali.»

«Gli ho dato carta bianca» disse l'ispettore Morgan, riagganciando il telefono. «Se ha anche solo nominato una delle due bambine, voglio saperlo. Portiamolo qui.»

Capitolo 32

Karen diede una rapida scorsa alla relazione su Phil Carver e le venne la pelle d'oca. Era stata a casa sua e aveva avuto con quell'uomo una conversazione relativamente normale. Non le aveva fatto proprio un'ottima impressione, ma non lo aveva sospettato di una cosa tanto terribile.

Le ricordò qualcosa che le avevano ripetuto fino allo sfinimento durante l'addestramento: i criminali non indossano cartelli, non hanno la scritta "assassino" o "pedofilo" tatuata sulla fronte.

Avrebbero dovuto concentrarsi su quella pista dal momento in cui avevano saputo che le bambine erano scomparse. Perché nessuno aveva accennato prima al nuovo ragazzo di Jenny Dean? Esisteva ancora la possibilità di riportare a casa Emily e Sian, o era troppo tardi ormai?

L'ispettore Morgan era tornato nel suo ufficio. Avevano già studiato un piano per l'interrogatorio e a quel punto stavano aspettando l'arrivo di Phil Carver in centrale. Una pattuglia era andata a prenderlo e una squadra si sarebbe recata nel suo appartamento per perquisirlo palmo a palmo.

Karen era stata molto tentata di andare lei stessa ad arrestare Phil Carver, ma sapeva che la cosa giusta da fare era impiegare quel tempo per mettere a punto la strategia per l'interrogatorio. La soddisfazione di vederlo in manette, trascinato fuori da casa sua, sarebbe durata poco. Invece un interrogatorio proficuo sarebbe stato di grande aiuto per assicurare una condanna.

Si alzò e fece un po' di stretching, per cercare di allentare la tensione che si accumulava tra le scapole. Mentre spingeva la documentazione da un lato, si lamentò.

Rick, che era seduto davanti a lei, sollevò lo sguardo. «Tutto bene, sergente?»

Karen sospirò. «Sì, è solo che questo genere di casi... ti scombussolano, capisci cosa intendo?»

Lui annuì ma non disse niente. Non c'era molto che potesse dire. L'unica cosa che potevano fare in quel momento era aspettare.

Un attimo più tardi, l'ispettore Morgan fece capolino da dietro la porta del suo ufficio e chiamò Karen.

Lei entrò nella stanza e cercò di decifrare la sua espressione. Sembrava molto serio. Era un segno buono o cattivo?

«Ti dispiace chiudere la porta, per favore, Karen?»

Fece come le era stato chiesto. «C'è qualche problema?»

Sentì una stretta allo stomaco e deglutì per cercare di mandare giù il nodo che le si era formato in gola. Forse la squadra che aveva effettuato la perquisizione aveva già trovato qualcosa nell'appartamento di Phil Carver? Qualcosa che lei e l'ispettore Morgan non avevano notato quando erano stati lì a interrogarlo?

L'ispettore Morgan scosse la testa. «Volevo avere la tua opinione su una cosa.»

Karen rimase sorpresa. «Okay, spari.»

«Vorrei essere io a condurre l'interrogatorio con Phil Carver.»

Lei non si aspettava niente di diverso. Scrollò le spalle. «Ma certo.»

«E stavo pensando di chiedere a Sophie di venire con me. Che ne pensi?»

Karen non riuscì a nascondere lo shock. Si trattava di un interrogatorio importante e Sophie era molto inesperta.

«Non sono sicura che sia la persona più indicata» disse con cautela.

Forse era ingiusto da parte sua. Sophie lavorava sodo, era piena d'entusiasmo e aveva bisogno di partecipare a interrogatori di alto livello per la sua carriera.

«Non voglio che qualcosa vada storto durante l'interrogatorio, ma abbiamo preparato le domande.»

Karen sfilò una sedia dalla scrivania e si mise seduta. «Non voglio frenare il suo percorso di crescita, ma Sophie può essere molto idealista a volte. Quando qualcosa va contro i suoi principi, ha difficoltà a controllare le emozioni.»

L'ispettore Morgan si appoggiò allo schienale della sedia. «Hai ragione, ma è un aspetto su cui deve lavorare. Abbiamo pianificato la strategia per l'interrogatorio nel dettaglio. Pensavo che magari potremmo ripassarla con lei adesso. È una buona occasione per Sophie, ma se ritieni che non sia pronta, mi fido della tua opinione.»

Karen era indecisa, ma sapeva che quello che si impara da manuali e casi di studio non basta. Ritrovarsi faccia a faccia con un sospettato durante un interrogatorio e dover prendere una decisione su due piedi quando vieni colto alla sprovvista è un'esperienza imbattibile. Era troppo dura con Sophie?

Ma un errore qualunque, anche minuscolo, poteva avere conseguenze enormi. E lei temeva che Phil Carver potesse sfuggirgli da sotto il naso.

«Se lei pensa che sia pronta» disse Karen, «potremmo provare a farle fare le domande iniziali. Se avremo l'impressione che non è in grado di gestire la situazione, o io o Rick subentreremo al suo posto.»

L'ispettore Morgan annuì. «Buona idea.»

«Io assisterò all'interrogatorio dalla stanza di osservazione, per vedere se riesco a cogliere qualcosa nel suo comportamento.»

In quel momento, un membro della squadra dell'ispettore Freeman, Farzana Shah, fece capolino da dietro la porta. «Ispettore Morgan, Phil Carver è arrivato in centrale. Adesso è con l'agente di custodia.»

L'ispettore ringraziò Farzana, poi si rivolse a Karen. «Pronta?»

Lei annuì con fermezza. «Pronta.»

Karen lasciò Rick nell'ufficio principale e si diresse al piano inferiore per seguire l'interrogatorio. La stanza di osservazione era lunga e stretta, con svariati apparecchi audiovisivi disposti su una scrivania appoggiata al muro. Lei avrebbe guardato l'interrogatorio attraverso un monitor.

Le ci volle un po' per preparare tutto, poi si sedette e si mise a fissare lo schermo nero, in attesa che l'interrogatorio iniziasse.

La stanza dell'interrogatorio comparve sul monitor. Phil Carver era già seduto al tavolo e si guardava in giro. L'avvocato d'ufficio, che aveva conferito con il suo assistito in privato quando le telecamere e i microfoni erano spenti, era in silenzio. Un agente era in piedi accanto alla porta.

Phil aveva un aspetto un po' diverso dall'ultima volta che Karen lo aveva visto. Era nervoso, continuava a mangiarsi le unghie e a sfregarsi un punto sul lato del naso.

L'ispettore Morgan entrò nella stanza con la detective Sophie Jones e fece le presentazioni. L'agente che era accanto alla porta se ne andò.

Il timore di aver gettato Sophie nella mischia un po' troppo presto la assillava, ma l'ispettore Morgan era impenetrabile come al suo solito e la giovane detective sembrava calma e controllata. Karen era contenta che stesse reagendo bene alla pressione. Stava per prendere parte all'interrogatorio più arduo della sua carriera fino a quel momento. L'ispettore Morgan, che non era nuovo a quelle cose, diede inizio alle danze rivolgendo a Phil una serie di domande di routine, per cercare di farlo sciogliere e stabilire perfino un minimo di rapporto.

Sophie fece le sue domande in maniera perfetta, e Karen immaginò che avesse imparato praticamente a memoria la strategia dell'interrogatorio.

Si piegò in avanti, appoggiando i gomiti sul tavolo, e fissò con attenzione lo schermo. Inizialmente Phil Carver era apparso teso, ma adesso le spalle erano rilassate e si era appoggiato allo schienale della sedia. Era ancora guardingo ma più a suo agio. Karen pensò che l'ispettore Morgan fino a quel momento si fosse mosso bene.

«Dunque, Phil» disse l'ispettore Morgan picchiettando la penna sui fogli davanti a lui, «l'abbiamo portata qui oggi perché sul suo laptop e sul suo computer fisso abbiamo trovato del materiale illegale.»

«Non so cos'abbiate trovato, ma probabilmente ce l'avrà messo qualcuno» disse Phil sulla difensiva. «Io non ho fatto niente di male.»

«Di recente lei ha cancellato dal disco fisso dei file contenenti delle immagini, ma la nostra unità informatica è riuscita a recuperarli.»

Phil impallidì e si leccò le labbra. «Non so niente di nessuna immagine.»

L'avvocato gli lanciò un'occhiata e Karen si chiese di cosa avessero parlato prima dell'interrogatorio.

«Siamo riusciti anche ad estrarre tutta la cronologia di navigazione, Phil» disse Sophie.

Aveva un'aria calma e tranquilla, ma Karen notò un tremolio nella sua voce. Si appoggiò allo schienale e aspettò che Phil rispondesse.

«Non è illegale se sono capitato per caso su siti web un po' loschi» disse Phil.

«Si ricordi ciò di cui abbiamo parlato prima, signor Carver» disse l'avvocato.

Il viso di Phil si irrigidì per la rabbia e sbatté la mano aperta sul tavolo. «Sono solo foto online. Che c'è di così grave? Non ci vedo niente di sbagliato. Non faccio del male a nessuno se guardo delle foto.»

«E che mi dice delle povere creature in quelle foto?» sbottò Sophie, uscendo completamente dal copione. «A quei bambini fanno del male, non le pare?»

L'avvocato di Phil gli consigliò di non dire niente e l'ispettore Morgan passò velocemente alla domanda successiva.

Sophie aveva le guance infuocate e Karen provò pena per lei. Stava cercando in tutti i modi di mantenere il controllo e non era facile. Doveva stare ad ascoltare qualcuno che cercava di difendersi dall'indifendibile.

L'ispettore Morgan terminò il primo giro di domande e l'avvocato chiese di poter avere del tempo da solo con il suo cliente.

La registrazione venne fermata e si presero una pausa. Karen saltò giù dalla sedia, uscì dalla stanza di osservazione e percorse il corridoio per andare a cercare il suo superiore.

Lo trovò che stava tornando nel suo ufficio.

«Non so che impressione hai avuto tu, ma da dentro mi è sembrato che stesse andando malissimo» le disse.

Karen fece una smorfia. «Non è stato un successo assoluto. Però siamo ancora all'inizio.»

«Che cavolo, non sopporto che ci voglia tutto questo tempo» disse fuori dai denti.

Karen lo guardò. Chiaramente sapeva che era turbato. Un caso come quello avrebbe turbato chiunque, ma l'ispettore Morgan non era solito mostrare il suo stato d'animo.

«Ce la faremo, signore. Dobbiamo solo assicurarci di fare tutto secondo le regole.»

Entrarono in ufficio e l'ispettore andò dritto nella sua stanza. Sophie era in piedi accanto alla scrivania di Rick.

La giovane detective alzò gli occhi e quando vide Karen abbassò lo sguardo e disse: «Mi dispiace, sergente».

Lei le mise una mano sulla spalla. «Non è un incarico facile, Sophie. Probabilmente era un po' presto per te.»

Sophie scosse la testa, agitando i suoi riccioli castani. «Non capisco come l'ispettore Morgan riesca a parlarci. A me fa accapponare la pelle.»

«È il suo lavoro» disse Karen.

«Non piace nemmeno a lui» disse Rick. «Ma non ha scelta. Deve parlargli per scoprire se c'entra qualcosa con la scomparsa delle bambine.»

L'ispettore Morgan uscì dal suo ufficio con una pila di fogli in mano.

«Ha diritto a una pausa e noi abbiamo i minuti contati» disse mentre controllava l'ora. «Riusciremo a fare solo un'altra sessione di domande, poi per oggi basta.»

Sophie fece un'espressione inorridita. «Per oggi basta? Come possiamo fermarci quando lui potrebbe sapere dove sono Emily e Sian?»

Rick fece una smorfia, come se si aspettasse che l'ispettore Morgan la rimproverasse per la sua ingenuità.

Invece le si rivolse con tono paziente. «Andiamo, Sophie. Conosci la legge. Non possiamo interrogarlo tutta la notte, anche se vorrei. Ha dei diritti.»

Lei fece una smorfia che esprimeva tutto il suo disprezzo. «Uno così non merita di avere dei diritti.»

Capitolo 33

La madre di Jenny Dean, Louise Jennings, apprese la notizia dell'arresto di Phil Carver mentre si trovava al Despar. Stava scegliendo con cura cosa mettere nel cestino della spesa per stimolare l'appetito della figlia: quella povera ragazza non aveva più mangiato niente da quando Emily era scomparsa. Aveva già preso dei dolcetti al cioccolato e una zuppa di pollo. Sorrise quando vide i Jammie Dodgers. Erano sempre stati i biscotti preferiti di Jenny. Ne mise un pacco nel cestino e svoltò nella corsia accanto. Stava per prendere le uova quando la signora Harris, una donna bassa e pienotta, le si avvicinò.

«Oh, povera cara» disse la signora Harris guardando Louise con compassione.

La signora Harris si riteneva una brava cristiana e andava in chiesa tutte le domeniche senza mai mancare. Forse poteva sembrare la bontà fatta persona, ma Louise notò una luce nei suoi occhi. Era a caccia di pettegolezzi.

«Qualunque cosa ti serva, non farti scrupoli. Sto pregando per te e per la tua famiglia.»

«Grazie mille» disse Louise con freddezza, mentre cercava di passare accanto a quella impicciona.

«Dev'essere stato un tale shock per tutti voi.»

Louise provò un senso di avversione per quella donna. Certo che era stato uno shock. Che ovvietà. Era molto tentata di dirle di farsi gli affari suoi, ma riuscì a mordersi la lingua e si piegò per prendere un pacchetto di patatine al sale e aceto. A Jenny erano sempre piaciute. Era cibo spazzatura, ma almeno le avrebbero dato energia, e Dio solo sapeva quanto ne avesse bisogno in quel momento.

Ma non era facile sbarazzarsi della signora Harris. Decisa a non essere ignorata, continuò: «Certo, ora che il nuovo ragazzo di Jenny è stato arrestato, immagino sia solo una questione di tempo prima che trovino le bambine».

Ci volle qualche secondo prima che le sue parole prendessero forma.

Louise si voltò di scatto. «Arrestato? Chi è stato arrestato?»

La signora Harris si mise una mano sul petto. «Oh, non dirmi che non lo sapevi! Oh, adesso mi sento davvero in colpa.»

Louise lasciò cadere il cestino sul pavimento e fece un passo verso di lei. Come faceva quella strega impicciona a sapere di Jenny e Phil? Avevano tenuto la cosa segreta perché, finché non si sentiva pronta, Jenny non voleva che Dennis lo scoprisse. Si erano addirittura visti in un pub a Lincoln per evitare pettegolezzi. Ma perché la polizia avrebbe dovuto arrestare Phil? Non aveva alcun senso. La signora Harris si stava di sicuro sbagliando.

«Chi è stato arrestato?» Ripeté quella domanda a denti stretti.

«Te l'ho detto. Il ragazzo di Jenny, Phil Carver. Li ho incontrati per caso a Lincoln la settimana scorsa. Sono rimasta sorpresa che, così poco tempo dopo Dennis, si fosse già trovata un altro, ma non sono affari miei.»

Louise ebbe un capogiro. Allungò un braccio per appoggiarsi a una mensola piena di confezioni multiple di patatine. «Ne sei sicura?»

«Sì, i miei vicini di casa stavano facendo la spesa al Tesco e hanno visto che lo portavano via.»

Louise strinse le mani a pugno. Rimase ferma un attimo per cercare di riprendersi, poi in un batter d'occhio si voltò e si fiondò fuori dal negozio. Sentì la signora Harris che la chiamava, ma ignorò quella strega malefica.

Ansimando, e mettendo a dura prova le sue vecchie ossa, fece più in fretta che poté. Da quando le avevano diagnosticato l'artrite tre anni prima, si era rassegnata a una vita a ritmi lenti. Ma non quel giorno. Quel giorno corse.

Non perse tempo a bussare alla porta d'ingresso principale, invece fece il giro da dietro ed entrò in casa di Jenny dalla cucina.

«Jenny!» gridò.

Si trovò davanti l'agente di collegamento, che era indaffarata a preparare un tè come se fosse a casa sua. «Che succede, signora Jennings?» le chiese con gli occhi sgranati, fingendo preoccupazione.

Louise la guardò in cagnesco. Probabilmente lei sapeva tutto sull'arresto di Phil Carver e non aveva detto niente. Come aveva potuto la polizia non informarli di una cosa del genere?

Invece di risponderle, chiamò di nuovo la figlia a gran voce.

Jenny comparve in cucina, con i lunghi capelli scuri arruffati che le incorniciavano il viso pallido. «Che succede? L'hanno trovata?»

Lei scosse la testa. «Ho appena saputo che hanno arrestato Phil.»

Jenny Dean si coprì la bocca con le mani. «Oddio.»

Louise si voltò verso l'agente, che ebbe il buongusto di mostrarsi un po' in imbarazzo. «Immagino che lei ne fosse al corrente.»

«Devo andare alla centrale di polizia» mormorò Jenny. «Ho bisogno di sapere cosa sta succedendo. Pensano che abbia fatto del male a Emily?»

L'agente di collegamento le si avvicinò e le mise una mano sulla spalla. «C'è stato un arresto, ma per ora non si sa altro. Se aspettate qui, a breve sarò in grado di dirvi qualcosa.»

«Roba da non credere» disse Louise. «Perché dovremmo fidarci di lei? Non si è nemmeno presa la briga di dire a Jenny che il suo ragazzo è stato arrestato.»

«È appena successo» disse l'agente. «Non è ancora stato interrogato e...»

Jenny diede le spalle alla donna poliziotto. «Dov'è la mia giacca?»

Sua madre attraversò con passo deciso la cucina per andare in salotto. Prese il piumino nero dallo schienale di una sedia e glielo portò.

«Non voglio neanche pensare a cosa succederà se Dennis lo viene a sapere» disse Louise.

Con le mani che le tremavano, Jenny prese il piumino che le stava porgendo la madre. «Non è di Dennis che si deve preoccupare. Se Phil ha fatto del male alla mia Emily, lo ucciderò io stessa.»

Il sergente Stuart Smith, di turno all'ingresso della stazione di polizia, sperava in una serata tranquilla. Purtroppo per lui sembrava proprio che sarebbe rimasto deluso.

All'inizio notò che stava succedendo qualcosa di strano per via dell'enorme quantità di giornalisti che si erano radunati fuori dalla centrale. Alcuni di loro giravano lì intorno da quando le due povere bambine erano scomparse, ma quella sera sembrava che ci fossero proprio tutti.

Poi cominciarono le grida.

Il regolamento gli vietava di lasciare la sua postazione, perciò non poteva andare a indagare. Tuttavia, la curiosità ebbe la meglio su di lui, e così prese il telefono e chiese un favore all'agente Clive Trees.

Clive arrivò con un'aria un po' imbronciata, visto che era stato chiamato mentre era in pausa.

«Ho dovuto mollare il tè a metà» brontolò.

«Lascia perdere il tè» disse il sergente. «Voglio che tu esca a vedere cos'è tutto quel fracasso. E già che ci sei, cerca di riportare un po' di calma.»

Borbottando sottovoce, l'agente Trees fece come gli era stato ordinato.

Quando tornò, pochi minuti più tardi, era pallido. «Scusa, Stuart. Ma credo che ci serviranno un altro paio di agenti lì fuori.»

Prima che potesse spiegarsi ulteriormente, Jenny e Dennis Dean entrarono in centrale insieme.

La prima reazione che ebbe il sergente in servizio fu di compassione. Aveva una figlia più o meno dell'età di Emily e Sian, e provò pena per loro.

Ma Jenny e Dennis non erano interessati alla sua pietà. Erano lì perché pretendevano delle risposte. Purtroppo il sergente non aveva nessuna informazione da dargli.

Quando Dennis Dean si avvicinò con il suo fisico imponente e lo sguardo minaccioso alla scrivania, il sergente fece un respiro profondo e sollevò il telefono. Ebbe la sensazione che sarebbe stata una notte molto lunga.

Capitolo 34

Karen era stanca morta. Aveva passato l'ultima mezz'ora a cercare di calmare Jenny e Dennis Dean e convincerli ad andare a casa in attesa che ci fossero novità. Non era stato facile. La cosa peggiore era che non c'erano novità, né buone né cattive. Come si faceva a spiegare una cosa così a un genitore fuori di sé dalla preoccupazione?

Stava tornando al piano di sopra quando le arrivò un messaggio sul cellulare. Era di Christine.

Ho fatto abbastanza lasagne per sfamare un piccolo esercito. Che ne dici se faccio un salto a casa tua e te ne lascio un po' in frigo?

Karen sorrise e scrisse:

Sì! Sei un angelo. Grazie :)

Figurati. Qualcuno dovrà pur assicurarsi che mangi bene!

Mentre passava tra le postazioni dell'ufficio, Karen guardò attraverso il vetro sulla porta della stanza dell'ispettore Morgan. Era al telefono. Stava parlando con gli agenti di collegamento con le famiglie per aggiornarli sugli ultimi sviluppi. Ma a parte il fatto che c'era stato un arresto, non c'erano molte altre novità di cui informarli.

Era frustrante, e Karen capiva benissimo il punto di vista di Sophie. Per lei le cose erano o bianche o nere, e Phil Carver era uno dei cattivi, quindi loro avrebbero dovuto avere il diritto di interrogarlo per tutta la notte, se avessero voluto.

Il problema era che non avevano la certezza che Phil Carver avesse rapito Sian ed Emily, e qualunque informazione avessero ottenuto interrogandolo per tutta la notte, privandolo del sonno, sarebbe stata inutilizzabile. Avrebbero messo in pericolo l'intero caso e non potevano permettere che ciò accadesse.

Al termine di un'altra serie di domande infruttuose, il sergente di custodia aveva accompagnato Phil in una cella dove avrebbe trascorso la notte; l'interrogatorio sarebbe ripreso la mattina seguente.

Phoebe Goodman era passata in centrale dopo il lavoro e aveva parlato con Sophie. Aveva ribadito ciò che aveva detto al telefono. Aveva avuto una relazione con Nick Gibson e aveva posato in quelle foto senza nessun tipo di coercizione da parte di lui. Un altro buco nell'acqua.

Le scrivanie di Rick e Sophie erano vuote. L'ispettore Morgan doveva averli convinti ad andare a casa mentre Karen era al piano inferiore a parlare con i Dean.

Karen sapeva che anche lei avrebbe dovuto andare a casa. L'indomani li aspettava una giornata pesante e doveva essere in piena forma se volevano tirare fuori la verità da Phil Carver.

I membri della squadra dell'ispettore Freeman erano già alle loro scrivanie, intenti a sfogliare documenti e preparandosi a proseguire per tutta la notte. Karen soffocò uno sbadiglio, si mise seduta alla sua postazione e mosse il mouse per riattivare lo schermo del pc.

Dopo aver saputo cosa avevano scoperto sul suo computer, Phil aveva subito deciso di scaricare l'avvocato d'ufficio e aveva richiesto l'assistenza di un'avvocatessa a pagamento. Karen non l'aveva mai vista prima, ma era una che sapeva il fatto suo. Aveva posto obiezioni su quasi ogni punto che loro avevano sollevato e in generale era stata davvero fastidiosa. Rick ci aveva preso in pieno quando l'aveva definita una rompiscatole.

Considerato l'appartamento in cui viveva, Karen aveva immaginato che Phil Carver non avesse molti soldi, ma era chiaro che ne aveva a sufficienza per assumere un legale costoso. Forse giocare ai videogame online era più remunerativo di quanto loro non avessero sospettato.

Anche se contro di lui c'erano delle prove incriminanti, e anche se era indubbiamente un individuo malato, Karen non era ancora del tutto convinta che Phil Carver avesse rapito le bambine. Dopo la seconda sessione nella stanza degli interrogatori, la sua legale aveva tenuto a sottolineare che quando le bambine erano scomparse lui stava giocando online con la Xbox e stava gareggiando contro altre persone. C'erano dei registri che potevano controllare, ma lei era scaltra a sufficienza per sapere che non le conveniva presentarli come prova, a meno che non fosse stata certa che avrebbero fornito al suo cliente un buon alibi.

Sophie aveva subito fatto presente che avrebbe potuto esserci chiunque alla console nell'appartamento di Phil. Ma se lui era bravo quanto diceva di essere, non avrebbe potuto farsi coprire da una persona qualunque. Avrebbe avuto bisogno di qualcuno al suo stesso livello per farsi sostituire durante la partita. Quanti esperti di Xbox potevano esserci in zona?

La mattina seguente, come prima cosa avrebbero messo le mani sui filmati della telecamera sul retro del Tesco Express; era puntata proprio sulle scale, perciò avrebbero avuto una visuale chiara di chiunque fosse entrato o uscito dagli appartamenti. Phil giurava di non aver messo piede fuori di casa per tutte le ventiquattro ore del giorno della scomparsa delle bambine. Karen aveva capito dal suo sorrisetto che era certo che la cronologia di navigazione lo avrebbe confermato. La stessa cronologia che aveva fornito prove contro di lui, gli avrebbe fornito un alibi. Sospirando, inserì le credenziali per entrare nel sistema e aprì una mappa della scuola e della zona circostante.

Emily e Sian erano semplicemente svanite nel nulla, e lei non riusciva a capire come fosse possibile.

Se avevano attraversato il boschetto da parte a parte, in teoria sarebbero dovute sbucare su Longwater Lane, che era piena di case e che quell'ora del giorno era di sicuro affollata di genitori che andavano a prendere i figli a scuola.

Due madri stavano aiutando con i costumi per la recita ed entrambe avevano parcheggiato proprio su quella strada, ma nessuna delle due aveva notato né Sian né Emily. Alla fine della prova vestiti, le bambine erano ancora insieme ai loro compagni e secondo il piccolo Danny Saunders erano entrate nel bosco poco dopo.

Se fossero passate da Longwater Lane, qualcuno le avrebbe viste. Ma nessuno le aveva viste. Karen fissò lo schermo con la fronte corrucciata. Poteva escludere Longwater Lane, il che significava che rimaneva una sola opzione. Le bambine dovevano essere uscite dal piccolo tratto di bosco ed essere andate dritte verso i campi dei Palmer.

Prese una cartelletta azzurra che le aveva dato l'ispettore Morgan. Conteneva i dettagli di tutti i fabbricati all'interno della fattoria dei Palmer. Karen aveva perso il conto di quante volte aveva controllato quella lista, sperando ogni volta di incappare in qualcosa di cui non si erano accorti. Mentre riguardava velocemente gli appunti, le cadde l'occhio sul mulino in disuso. Era segnato come granaio e si trovava a circa metà strada tra la casa e la scuola. Accanto all'elenco c'era una nota scritta a mano. La porta di accesso al mulino danneggiato dal fuoco era chiusa con un lucchetto e la squadra che aveva effettuato la perquisizione aveva dovuto richiedere la chiave. Ma i

Palmer l'avevano fornita subito. C'erano quattro piani, collegati tra loro non da una rampa di scale ma da una scala a pioli, perciò non era il posto più semplice da ispezionare, soprattutto se uno soffriva di vertigini. Ma tutti e quattro i piani erano stati controllati.

C'erano svariati mulini storici nel Lincolnshire e la maggior parte era caduta in rovina, come quello nella proprietà dei Palmer. A Karen sembrava di ricordare che avesse perso le pale molto tempo prima durante una tempesta. Doveva mettersi l'animo in pace. La squadra che aveva svolto la perquisizione aveva fatto un buon lavoro e non aveva trovato niente nella fattoria dei Palmer.

Spinse via la cartelletta con un gesto di frustrazione.

Tamburellò le dita sulla scrivania. I fabbricati erano stati controllati, ma se invece i Palmer stessero tenendo le bambine in casa? Era possibile che ci fosse una cantina segreta o uno spazio nascosto in solaio? Magari un posto dove potevano tenere rinchiuse le bambine? Scosse la testa. La stanchezza iniziava davvero a farsi sentire.

Aprì il fascicolo del caso sul computer. Cercò velocemente i verbali. Diede una rapida scorsa alla lista, poi si alzò dalla sedia e andò alla scrivania dell'agente detective Farzana Shah.

«Ciao, Farzana, come procedono le cose?»

Farzana sollevò gli occhi dal computer e sospirò. «Lentamente» disse. «Ma sembra che tutto vada lentamente nei turni di notte.»

«Tu eri uno degli agenti responsabili di coordinare le ricerche nei terreni agricoli intorno alla scuola di Moore Lane, giusto?»

Farzana annuì. «Sì, abbiamo perlustrato palmo a palmo tutta l'area. E in cambio di tutta quella fatica, l'unica cosa che abbiamo ottenuto è stata un guanto, e perfino quello è stato trovato da Jasper Palmer.»

«Che mi dici della casa?» chiese Karen.

«Sì, è stata controllata anche quella. Che tu ci creda o no, Nigel Palmer è stato più che felice di soddisfare le nostre richieste.»

Karen aggrottò le sopracciglia. «Davvero? Non è da lui.»

Farzana prese la tazza di caffè sulla sua scrivania e bevve un sorso. «Lo so. Non è un uomo piacevole. Ero lì quando il detective Lyndon gli ha chiesto il permesso di iniziare a perquisire la casa. Lui ha sorriso.» Le venne un brivido. «Era un sorriso inquietante, compiaciuto, come se sapesse che non avremmo trovato niente e si divertisse a vederci perdere tempo.»

«Ed è stata una perquisizione a tappeto?»

«Sì, tutte le stanze, i mobiletti, perfino il solaio. Abbiamo guardato dappertutto.»

Karen annuì pensierosa. «Che mi dici di una cantina? Un vecchio edificio come quello potrebbe averne una.»

«Abbiamo cercato una porta per una taverna o una cantina ma non l'abbiamo trovata. Nigel Palmer ha giurato solennemente che la casa non ne possiede una.»

«Okay, grazie.»

Farzana guardò l'orologio. «Non è ora che tu te ne vada a casa? Domani sarai a pezzi.»

«Sì, tra un attimo. Devo solo controllare prima una cosa.»

Tornata alla sua scrivania, Karen fece una rapida ricerca nell'archivio del catasto. Ma non c'era traccia della fattoria, il che in realtà non era strano. L'edificio era sempre stato di proprietà dei Palmer. Però dovevano esserci delle piantine da qualche parte. Fece partire un'altra ricerca online, sperando che di recente i Palmer avessero richiesto un permesso per costruire.

Convinta che per quell'operazione ci sarebbero voluti più di cinque minuti, allungò il braccio per prendere la tazza vuota sulla scrivania. Mentre si alzava per andare a fare scorta di caffeina, sullo schermo comparvero i risultati.

I Palmer non avevano richiesto una licenza edilizia per la casa, ma avevano fatto domanda per restaurare il vecchio mulino a vento e per convertire il fienile in laboratori per artisti. Karen ricordava vagamente una campagna lanciata un paio di anni prima da uno storico del posto che era interessato a riportare il mulino alle vecchie glorie. Quando l'iniziativa aveva cominciato a prendere corpo, Nigel Palmer si era opposto in maniera categorica. Karen non sapeva se la cosa avesse avuto degli sviluppi.

C'era una ragione per cui era stato tanto contrario? Era un uomo dalla mentalità chiusa, ma era anche uno spilorcio e un avaro. Una delle idee alla base di quella campagna era che il mulino a vento diventasse un'attrazione turistica. La cosa avrebbe generato dei guadagni, e Karen non ce lo vedeva Nigel Palmer a rifiutare la possibilità di fare soldi. A meno che non ci fosse un motivo per cui non voleva avere gente in giro a curiosare. Teneva così tanto alla sua privacy al punto da rifiutarsi di convertire il mulino a vento in un generatore di introiti?

Karen non si ricordava nient'altro, perciò decise di fare una ricerca su Google. In rete c'era una discreta quantità di informazioni che spiegavano nel dettaglio quell'iniziativa, anche se da allora era stata abbandonata. Trovò i recapiti di Terry Masters, lo storico del posto che aveva capeggiato la campagna, in un articolo del *The Sheepwash Times*. Prima di iniziare a leggere, si segnò il nome su un blocco che teneva accanto al computer.

Capitolo 35

Dopo aver scavato ancora un po', Karen trovò un sito web dedicato alla campagna, creato da Terry Masters, che forniva informazioni in abbondanza. Il mulino a vento risaliva al diciannovesimo secolo. C'era una breve descrizione dei materiali che dovevano aver usato per costruirlo e una foto del tipo di pale di cui molto probabilmente era dotato all'epoca. C'era anche una piccola sezione dedicata all'incendio che lo aveva devastato. In fondo alla pagina c'erano l'indirizzo email e il numero di telefono dello storico.

Karen era tentata di chiamarlo, ma era tardi, erano quasi le undici. Ebbe un momento di esitazione, poi prese il telefono e compose il numero dello storico.

Quando l'uomo rispose, aveva la voce impastata dal sonno.

«Mi perdoni per l'ora, signor Masters» disse, e si presentò prima di spiegare il motivo della telefonata.

«Non si preoccupi, sergente detective Hart. Mi ha fatto un favore. Mi ero appisolato davanti al fuoco.»

Appena Karen gli chiese del mulino a vento, la voce gli si schiarì subito, facendosi molto più animata. Non sembrava minimamente perplesso del fatto che gli venissero rivolte delle domande su quell'edificio a un'ora così tarda, e Karen pensò che doveva essere uno dei suoi argomenti preferiti. Le parlò con entusiasmo della struttura e le spiegò perché si trattava di un esempio di grande pregio da un punto di vista storico.

«In realtà riteniamo che a un certo punto le pale fossero otto» le disse. *«È una cosa molto insolita e di grande rilevanza storica.»*

«Ma Nigel Palmer non era interessato al progetto di restauro?» chiese Karen.

«No, purtroppo no. Era un uomo strano. All'inizio era sembrato molto impaziente di cominciare, ma poi cancellò diversi appuntamenti per le perizie e la cosa andava troppo per le lunghe. Girava voce che avesse in mente di restaurarlo lui stesso per poi far pagare l'entrata. Dubito che abbia fatto molta strada. È un progetto per esperti e richiede operai con competenze specifiche.»

«Quanto erano estesi i danni provocati dall'incendio?»

«I danni c'erano anche prima. Il mulino ha subìto anni di sventure. Gente del posto superstiziosa crede che sia sfortunato. Perse le pale alla fine del diciannovesimo secolo durante una tempesta di vento e l'incendio negli anni Cinquanta distrusse la maggior parte dei pavimenti. Erano fatti di legno, capisce. La parte esterna in mattoni non venne danneggiata, ma l'interno necessitava di una ricostruzione completa.»

Karen aggrottò le sopracciglia. «Crede sia possibile che Nigel Palmer abbia provato a restaurarlo da solo? Perché abbiamo perquisito l'edificio e i nostri agenti hanno segnalato quattro piani, collegati tra loro da una scala a pioli. Se ci fossero stati danni causati da un incendio o se avessero pensato che non era sicuro, avrebbero steso un verbale riguardo ai rischi, e io non ho trovato niente del genere.»

«Interessante» disse lo storico. *«Vuole che mi informi? Posso fare un giro di telefonate. Scoprirò se qualcuno ha realizzato questo progetto per conto di Nigel Palmer. Non è una cosa di cui avrebbe potuto occuparsi lui in prima persona...»*

«No, decisamente no. Non so quand'è stata l'ultima volta che lo ha visto, ma è piuttosto malato, soffre di enfisema polmonare.

Suo figlio Jasper è sano e forte, però. Potrebbe aver svolto lui parte dei lavori.»

«Forse, ma credo davvero che avrebbero avuto bisogno dei consigli di un esperto.»

«D'accordo, le lascio il numero del mio cellulare. Se riesce a scoprire chi lo ha aiutato con la ristrutturazione interna, gliene sarei molto grata.»

«Lasci fare a me» disse lo storico con tono allegro.

Karen riagganciò. Perché stava perdendo tempo dietro a questa cosa? Anche se il mulino era stato restaurato, che differenza faceva per le indagini? Era stato perquisito e le bambine lì non c'erano.

Sbadigliò di nuovo e capì che le conveniva andare a casa, altrimenti il giorno dopo ne avrebbe pagato le conseguenze. Spense il computer, prese la borsa e il cappotto e mentre usciva infilò la testa nell'ufficio dell'ispettore Morgan per dargli la buonanotte.

«Sto finendo di sistemare un po' di scartoffie» disse. «Ma tra poco me ne vado anch'io. Ci vediamo domani.»

Karen uscì dall'edificio, buttò la borsa sul sedile del passeggero e aveva appena infilato le gambe sotto al volante, quando le squillò il cellulare.

«Pronto?»

«Sergente detective Hart? Sono Terry Masters. Ci siamo sentiti poco fa riguardo al mulino a vento dei Palmer.»

«Oh, sì, ma certo. Non mi dica che ha già scoperto chi si è occupato dei lavori di restauro.»

Si aspettava che l'uomo scoppiasse a ridere e le dicesse che si era dimenticato di farle delle domande sul mulino. Non osava sperare che avesse delle informazioni che potevano essere d'aiuto.

«Sì, ho trovato il tizio che ha svolto i lavori. Ha un'impresa nel Kent, si chiama Reggie Furrows. Ha una discreta esperienza.»

«Fantastico. Grazie, Terry. Mi complimento con lei per essere riuscito a scoprire tutto ciò a quest'ora. Spero che il signor Furrows non se la sia presa troppo per aver ricevuto una telefonata così tardi. Potrebbe darmi un suo recapito? Mi piacerebbe farci due chiacchiere quando avrò un attimo di tempo.»

«Ma certo, ci mancherebbe. Però l'ho richiamata perché mi ha dato delle informazioni che credo possano interessarle.»

Karen si incuriosì. «Di che si tratta?»

«Reggie ha ricostruito i quattro piani come previsto. Ma mi ha detto che ha anche chiuso un'apertura nel pavimento del piano terra. Vede, lì sotto c'è un piccolo deposito per i sacchi. Era stato gravemente danneggiato durante l'incendio e non sarebbe stato di grande interesse per i visitatori. I soldi per renderlo presentabile e sicuro avrebbero aumentato in modo considerevole il costo della ristrutturazione. Nigel Palmer disse che non avrebbe pagato per sistemarlo, perciò l'impresario chiuse il vano per ragioni di sicurezza.»

Karen rimase sbalordita. «Quindi c'è un altro piano? Uno scantinato?»

«Esatto.»

«Ma se ci fosse un modo per accedere al deposito dei sacchi, gli agenti che hanno perquisito l'edificio se ne sarebbero accorti... Non possono non aver visto una porta.»

«Sì, ma potrebbero non aver visto una botola» disse Terry. *«A quanto dice Reggie, lui mise un piccolo sportello nel pavimento, così in futuro avrebbero potuto accedere al deposito dei sacchi se avessero dovuto fare dei lavori di manutenzione. Sarebbe difficile nascondere una porta, ma se qualcosa di pesante è stato messo sopra la botola, è possibile che gli agenti non l'abbiano vista.»*

La stanchezza di Karen svanì in un baleno. C'era una stanza sotto il mulino dei Palmer che non era ancora stata controllata. «Grazie mille, Terry. Il suo aiuto è stato davvero prezioso.»

Provò un brivido di eccitazione. Dopo aver riagganciato, compose velocemente il numero dell'ispettore Morgan e lo aggiornò.

«Potrei andare dai Palmer adesso e farmi dare le chiavi. Posso perquisire quel posto io stessa» propose Karen.

L'ispettore Morgan esitò, poi disse: *«No, non è una buona idea. È fuori discussione che tu vada in un edificio danneggiato da un incendio da sola a quest'ora di notte. Conviene perquisirlo con le prime luci del giorno»*.

Karen strinse i pugni e colpì il volante. «Non voglio aspettare, signore. Sento davvero che potremmo esserci. Le bambine potrebbero essere lì sotto.»

L'ispettore Morgan fece un sospiro profondo. *«Stai facendo affidamento su una sensazione.»*

«No, signore, sto facendo affidamento su delle prove. Le bambine non sono passate per Longwater Lane quando sono uscite dal bosco. Se lo avessero fatto, qualcuno le avrebbe viste, il che significa che devono essersi avventurate nei terreni agricoli dei Palmer. Tra il mulino e il punto in cui è stato rinvenuto il guanto di Sian ci sono solo un paio di campi. Lo scantinato è l'unico posto nella proprietà dei Palmer che non è stato controllato.»

L'ispettore Morgan rimase in silenzio.

«Le bambine non possono essere svanite nel nulla, signore.»

«Metto insieme una squadra e mi dirigo lì il prima possibile. Tu vai dai Palmer e prova a vedere se ti danno le chiavi. Altrimenti dovremo aspettare di avere il mandato.»

Karen sorrise. «D'accordo. Ci vado immediatamente.»

Karen attraversò Lincoln. Le strade erano tranquille e percorse Lindum Hill a una discreta velocità. Premette il pulsante per abbassare il finestrino. L'aria fredda della notte era rinvigorente. Non che lei ne avesse bisogno per restare sveglia. L'adrenalina che aveva in corpo aveva già assolto a quel compito. Ma voleva essere al massimo delle sue potenzialità quando avrebbe affrontato i Palmer.

Prima di uscire dal parcheggio aveva chiamato la centrale per parlare di nuovo con la detective Farzana Shah, la quale le aveva riferito che nessuno degli agenti che aveva controllato il mulino aveva accennato alla presenza di una botola al piano terra. Aveva però aggiunto che su quel piano erano conservate delle grosse ruote dentate di legno che avrebbero potuto nasconderla.

Giunta ai piedi di Canwick Hill svoltò a sinistra, dirigendosi verso la fattoria dei Palmer. Superò il bosco accanto alla scuola e il vecchio mulino a vento comparve davanti ai suoi occhi. Le venne la pelle d'oca, incerta se il motivo fosse semplicemente l'aria fredda della notte o quella costruzione tetra che si stagliava minacciosa sui campi. Non l'aveva mai considerata inquietante, ma quella notte aveva un'aria sinistra. Era strano che si potessero proiettare delle sensazioni su un edificio.

Distinse in lontananza la casa dei Palmer. Le luci erano accese, quindi qualcuno era ancora sveglio. Non c'erano lampioni, perciò dovette prestare molta attenzione per riuscire a vedere la strada stretta che portava alla fattoria.

Rallentò, non volendo assolutamente superare senza accorgersene il punto in cui svoltare. Ma poi notò qualcosa che la fece inchiodare.

Dal vecchio mulino arrivava una luce.

Com'era possibile?

Accostò sul ciglio della strada e mise le quattro frecce. Scese dall'auto per guardare meglio e sbirciò da sopra le siepi. Non si era sbagliata. In una delle strette finestrelle nella parte alta del mulino, c'era uno spiraglio di luce e di speranza.

Capitolo 36

Jasper Palmer era piuttosto brillo. Aveva trascorso la serata al pub con degli amici e si era divertito, finché qualcuno non aveva tirato fuori la storia delle bambine scomparse. Lui non era stupido. Si accorgeva del modo in cui la gente lo guardava da quelle parti. La famiglia Palmer, rintanata nella fattoria isolata, ben lontana dal resto del villaggio, era vista con sospetto. Alcune donne gli avevano rivolto occhiate apertamente ostili.

Lui però sapeva sfoderare il suo fascino, quando voleva. Se avesse avuto tempo da perdere, avrebbe potuto far cadere quelle stupide ai suoi piedi, ma quella sera non aveva avuto voglia di sprecare energie inutilmente.

Si trascinò lungo la strada stretta, evitando con abilità le buche e le pozze di fango, nonostante fosse davvero messo male. L'indomani avrebbe dovuto alzarsi presto e per l'ennesima volta con i postumi della sbornia. Non era tagliato per fare il contadino. Certo, era forte abbastanza, sano e in forma, ma non gli piaceva svegliarsi all'alba. Non gli era mai piaciuto. Non che avesse mai avuto scelta. Era ciò che ci si aspettava da lui. Era un Palmer, e la famiglia Palmer coltivava la stessa terra da generazioni.

Quando fu più vicino alla casa, notò con sorpresa che una delle luci della camera di Cathy era ancora accesa. Di solito a quell'ora dormiva già perché al mattino doveva alzarsi presto per accudire loro padre. Cathy, l'emblema della virtù.

Sorrise con fare sprezzante e si ficcò le mani in tasca. Era quasi arrivato a casa, quando un'altra luce catturò la sua attenzione.

All'inizio si disse che doveva essere la sua immaginazione. Poteva succedere... Quella sera si era scolato sette pinte.

Si voltò e si mise a fissare il vecchio mulino, barcollando un po'.

C'era una luce che brillava nella parte alta. Il suo primo pensiero fu che fosse scoppiato un incendio, ma non si vedeva il fumo. Fece un respiro profondo. L'aria della notte era pulita e non c'era nemmeno puzza di bruciato. Strizzò gli occhi. Di sicuro dei ragazzini si erano intrufolati di nascosto nel mulino e avevano deciso di usarlo come riparo mentre si facevano una canna o roba del genere. Stupidi mocciosi. Gli avrebbe fatto prendere uno spavento che si sarebbero ricordati a vita. Percorse il resto della strada fino a casa correndo.

Se usciva per andare al pub, prendeva solo la chiave della porta di casa che metteva nel portafoglio. Quando invece girava per la fattoria, aveva sempre con sé un mazzo pesante in cui c'erano le chiavi per i vari fabbricati, i trattori e i macchinari. Suo padre ne aveva uno simile. Jasper non voleva portarselo dietro tutta la sera, ma adesso gli serviva per aprire la porta del mulino. Aggrottò le sopracciglia, chiedendosi come avessero fatto a entrare quei ragazzini. Da una delle finestre? Impossibile, erano molto strette e troppo alte. Forse avevano forzato la serratura?

Le chiavi erano appese a un gancio in cucina e Jasper allungò il braccio senza prendersi la briga di accendere la luce. Si infilò nel ripostiglio e prese la mazza da cricket. Non la usava da quando gli abitanti del villaggio avevano fatto quadrato contro di lui, dopo la scomparsa di Amy Fisher. Tutto per un mucchio di stupidi pettegolezzi. Giocava nella squadra del villaggio da anni quando era successo ed era il miglior lanciatore che avessero avuto da decenni.

Certo, non gli avevano detto apertamente di andarsene. Lo avevano semplicemente spinto a farlo con i loro commenti subdoli e le occhiatacce. Era stata colpa della madre di Amy. Se n'era andata in giro a dire a chiunque l'ascoltasse che i Palmer erano responsabili di ciò che era successo a sua figlia. E per di più tutti le avevano creduto. Lui lo aveva capito dai loro sguardi. Le cose erano un po' migliorate dopo che i genitori di Amy erano tornati in Scozia, ma non gli avevano mai chiesto di rientrare nella squadra.

Strinse il manico e soppesò la mazza. Avrebbe fatto passare a quei ragazzini la voglia di violare la proprietà privata dei Palmer. Sorrise. Si sarebbe divertito a dargli una lezione.

Chiuse la porta d'ingresso dietro di sé e si mise a correre verso il vecchio mulino, con le chiavi che gli tintinnavano in tasca. Ma quando arrivò, capì che non gli servivano. La porta era socchiusa. Esaminò la serratura, aspettandosi di trovarla piegata e ammaccata, ma non c'erano segni di forzatura.

Quando mise piede dentro e sentì delle voci, aggrottò le sopracciglia, rimpiangendo di aver bevuto tanto. Poi si diresse verso la scala precaria che portava al piano superiore. Stringendo forte i pioli, cominciò a salire.

Mentre attraversava i campi per raggiungere il mulino, Karen chiamò l'ispettore Morgan. Il cellulare non prendeva bene, ma riuscì a riferire la sua posizione dopo averla ripetuta un paio di volte.

L'ispettore Morgan fu categorico. *«Karen, non entrare da sola. Darò istruzioni perché i rinforzi vengano direttamente al mulino, però aspetta il nostro arrivo.»*

«Ma certo» rispose. «Voglio solo avvicinarmi un po' per vedere cosa succede.»

«Sì, ma non entrare da sola. Potrebbe esserci un incendio. Magari lassù c'è qualcuno che sta cercando di distruggere delle prove.»

«A me non sembra un incendio. Non c'è fumo e la luce non è tremolante come dovrebbe essere quella del fuoco.»

«Mi raccomando, fa' attenzione. Io sto arrivando» disse l'ispettore Morgan, poi riagganciò.

Quando arrivò ai piedi del mulino e vide che la porta era aperta, Karen esitò. Era certa che dentro ci fosse qualcuno. Sul terreno c'era uno spicchio di luce che filtrava dalla finestra. Karen aveva le scarpe sporche di fango e umide, l'erba alta e bagnata le aveva inzuppato il fondo dei pantaloni.

Si voltò per guardare in direzione della macchina. La strada era molto distante. Perché i rinforzi ci mettevano tanto? La cosa più logica da fare era rimanere fuori e controllare attentamente che nessuno uscisse dall'edificio. Doveva restare nascosta e tenere occhi e orecchie ben aperti.

Ma la porta non era chiusa, quindi che male c'era se dava una sbirciatina?

Si avvicinò silenziosamente e con cautela la spalancò. Trattenne il fiato, aspettandosi che i cardini cigolassero.

Ma la porta si aprì senza fare rumore e Karen si infilò dentro. La luce arrivava da uno dei livelli superiori, ma filtrava fino al piano terra, permettendole di vedere le assi del pavimento. Non c'erano bruciature o parti annerite. L'unica indicazione che lì, decenni prima, c'era stato un incendio, era data dalle macchie di fuliggine sui mattoni. Il legno sembrava nuovo e in ottime condizioni, sostituito di recente.

Sentì un rumore sopra di lei e fece un passo indietro, mettendosi contro il muro di mattoni ricurvo. C'era qualcuno nel mulino, e si muoveva velocemente.

Rimase in quella posizione, attaccata al muro nell'ombra, e cercò di guardarsi intorno. Non vedeva nessuna botola nel pavimento di legno, né un'apertura che potesse condurre a una stanza sotterranea, anche se la luce non era un granché. Sopra di lei, il sistema di ingranaggi del mulino era in parte assemblato. Sul pavimento c'era una mola di pietra con accanto delle ruote dentate di legno. Immaginò si trattasse di repliche.

Era possibile che la mola o le ruote dentate nascondessero la botola? Solo così la squadra di ricerca avrebbe potuto non vederla. La mola era troppo pesante da spostare, ma con un po' di fatica si poteva riuscire a spingere una ruota dentata di legno sul pavimento, anche se sarebbe stato praticamente impossibile aprire la botola da sotto con quel peso appoggiato sopra.

Decise di verificare la sua ipotesi e avanzò strisciando, alla ricerca di qualche graffio che indicasse che le ruote dentate erano state spostate di recente. Con sua sorpresa, non solo dietro la ruota di legno più vicina a lei c'era una botola ben visibile, ma era anche aperta.

Fissò il pozzo di oscurità. Riuscì a malapena a distinguere i primi due pioli di una scala, ma oltre quello era tutto nero. Rabbrividì. Stava per mettersi carponi per cercare di vedere meglio, quando sentì qualcosa da uno dei piani superiori. Si bloccò.

Era un lamento fievole, ma non era chiaro a chi appartenesse. Era certa di una cosa, però: non era una voce infantile. Ma c'erano dei bambini lì? Oppure quella notte stava succedendo qualcos'altro in quel mulino, che non c'entrava assolutamente nulla con le ragazzine scomparse?

L'ultima cosa di cui aveva bisogno era essere beccata da Jasper Palmer a commettere violazione di domicilio.

«Sei un'idiota» urlò la voce.

Karen trattenne il fiato. Era indubbiamente una voce maschile e somigliava molto a quella di Jasper Palmer. Ma con chi stava parlando?

Si allontanò dalla botola e camminò in punta di piedi sulle assi di legno verso la scala. Ma non osava avvicinarsi di più. Perciò si fermò ad ascoltare.

«Cosa diavolo ti è saltato in mente?» disse la voce maschile.

Karen sentì una risposta sussurrata, la voce di una donna... o forse di un bambino? Mise il piede sul primo piolo della scala, tendendo l'orecchio.

«Ho dovuto farlo. Era ferita e non ci vedevo bene al buio» disse la voce femminile.

«Sei una pazza» disse con rabbia l'uomo. «Tanto valeva che accendessi un faro. Si vedeva la luce da casa.»

Karen sentì i battiti accelerare e il sangue pulsarle nelle orecchie. Quello era sicuramente Jasper Palmer. Ma chi era lei? Cathy?

«Le bambine stavano congelando» disse la donna. «Ero preoccupata perché lì sotto è umido e stasera fa così freddo.»

«Be', non dovranno preoccuparsi del freddo ancora per molto. Non abbiamo scelta. Dobbiamo sbarazzarci delle prove, comprese le bambine.»

Capitolo 37

Karen stava trattenendo il respiro. Ma nel sentire le parole di Jasper, fu attraversata da una scarica di adrenalina. Non poteva restare nascosta lì sotto se la vita delle bambine era in pericolo. Ma dov'erano? Non le aveva sentite nemmeno fiatare.

«No! Non devi toccarle!» lo supplicò la donna.

«Togliti di mezzo, Cathy. Dal quel che vedo non dovrebbe essere difficile. Sono collassate. Ma cosa gli hai dato?»

Karen si aggrappò forte ai pioli e cominciò a salire. Così non andava bene. Non poteva starsene laggiù con le mani in mano. Doveva vedere se lì sopra c'erano le bambine. Per forza.

«Delle medicine» disse Cathy. «Solo medicine.»

Karen si fermò in cima alla scala. C'era un buco nelle assi del pavimento e dal punto in cui si trovava riusciva a vedere fino al piano successivo. Il mulino poi proseguiva per altri due livelli, ma sembrava che Jasper e Cathy fossero entrambi in quello sopra di lei. Si allungò un po' in avanti e vide due piccole figure strette l'una all'altra sul pavimento. Erano Emily e Sian?

Non si muovevano.

«Non riesco a credere che dopo tutto questo tempo alla fine eri stata *tu*» disse Jasper. Rise, fece qualche passo barcollando e poi si appoggiò pesante contro il muro. «Non avrei mai pensato che ne fossi capace.»

«Ti prego, Jasper, non far loro del male» sussurrò Cathy.

Karen salì di un altro gradino, cercando disperatamente di vedere se le bambine stavano bene. Così aveva una visuale migliore, ma purtroppo era più esposta.

Jasper si voltò e lei non fece in tempo ad abbassarsi.

«Ma che...?» In un baleno si avvicinò alla scala e, prima che Karen potesse scendere e mettersi in salvo, la afferrò.

Si dimenò mentre lui la sollevava di peso per poi lasciarla cadere sulle assi di legno.

Si rimise subito in piedi.

«Polizia!» disse, non tanto per Jasper, che l'aveva chiaramente riconosciuta, quanto per le bambine, nel caso la sentissero. «I rinforzi stanno per arrivare. Ti suggerisco di uscire dall'edificio e di aspettare fuori.»

Cercò di mostrarsi sicura di sé e con la situazione sotto controllo, ma l'espressione di Jasper le provocò un brivido lungo la schiena.

Non azzardandosi a perderlo di vista nemmeno per un attimo, spostò lo sguardo su Cathy solo per una frazione di secondo. «Sei coinvolta anche tu, Cathy?»

«No, io stavo tentando di aiutarle, di salvarle.»

«È completamente fuori di testa. È da ricovero» gridò Jasper.

Karen ignorò lo sfogo di Jasper. «Da chi le stai salvando?»

Cathy scosse la testa e le si riempirono gli occhi di lacrime. «Avevano bisogno del mio aiuto.»

«Come hai potuto essere così stupida?» Jasper si piegò verso la sorella e le sussurrò qualcosa all'orecchio.

Cathy impallidì e scosse la testa. «No, non ti permetterò di far loro del male.» Si voltò verso Karen. «Presto, vada via.»

Ma Karen non poteva andarsene. Non quando c'erano due bambine indifese sdraiate sul pavimento a pochi passi da lei.

Jasper raccolse un oggetto dal pavimento e cominciò a passarselo da una mano all'altra. Era una mazza da cricket. Karen indietreggiò. E quella da dov'era uscita? Non ebbe il tempo di pensarci troppo perché Jasper fece un passo verso di lei.

«Che intenzioni hai?» chiese Karen, cercando di evitare che le tremasse la voce. «Speri di sbarazzarti di tutti noi prima che arrivi la polizia? È impossibile, Jasper. Ti conviene arrenderti adesso, prima che qualcuno si faccia male sul serio.»

Lanciò un'occhiata alle bambine, chiedendosi se fossero ancora vive.

Jasper non rispose. Si limitò ad arricciare le labbra in un ghigno.

«I rinforzi saranno qui a momenti. Non riuscirai mai a farla franca.»

Lui allargò il sorriso e avanzò di un altro passo. «Oh, non ne sarei tanto sicuro. Dicono che il fuoco possa nascondere un'infinità di peccati, giusto? Questo posto è già bruciato una volta.» Scrollò le spalle. «Magari succederà di nuovo.»

Sollevò la mazza da cricket, preparandosi a colpirla.

Karen si accovacciò, pronta a fare uno scatto nella direzione opposta, ma tutt'a un tratto Cathy si scagliò sul fratello, spingendolo con una forza tale che lui inciampò e perse l'equilibrio.

Nel cadere, Jasper sbatté la testa contro il bordo della botola, facendo un rumore tremendo, come di qualcosa che si spezza, poi il suo corpo scavalcò la scala e precipitò al piano di sotto come un sacco di farina. Atterrò con un tonfo.

Karen si fiondò alla botola. Jasper non si muoveva e aveva il collo piegato in modo innaturale.

Cathy emise un lamento acuto e si coprì il viso con le mani. Karen le passò davanti per correre dalle bambine che erano rannicchiate accanto al muro.

Erano incoscienti e la pelle era fredda. Ma entrambe avevano battito. Sollevò la palpebra di Emily e vide la pupilla ritrarsi.

«Sono vive. Le ha drogate. Una strana combinazione di medicine per la tosse e qualcos'altro... Pastiglie sbriciolate. Ma non so bene cosa fossero» disse una rauca voce femminile.

Karen si voltò e rimase scioccata nel vedere una donna accucciata sul pavimento vicino a lei. Doveva essersi nascosta dietro le grosse ruote dentate e l'impianto per la macinazione che salivano dal piano inferiore.

Ci mise qualche istante a riconoscere la persona che stava guardando. «Amy?»

La ragazza annuì. «Sì. La polizia sta arrivando davvero?»

Karen non riusciva a credere ai suoi occhi. Era Amy Fisher, la ragazza scomparsa da Heighington diciotto mesi prima. Aveva il viso rigato dalla polvere e i capelli arruffati, ma era viva.

Karen si voltò verso Cathy per assicurarsi che non si fosse mossa.

La donna si dondolava avanti e indietro producendo un suono spettrale, penetrante.

«Sei rimasta qui tutto questo tempo?» chiese Karen.

Amy aveva le pupille piccole come spilli ed era decisamente troppo rilassata considerate le circostanze. Karen ebbe il sospetto che anche lei fosse stata drogata.

«Mi teneva nello scantinato. Continuava a ripetere che mi avrebbe lasciata andare quando il pericolo fosse passato. Ma non lo ha mai fatto. Oggi ci ha permesso di uscire solo perché voleva dare un'occhiata alla gamba di una delle bambine. Sian si è tagliata e la ferita si è infettata, credo.»

«Okay, stai calma» disse Karen, anche se era più lei a dover stare calma di Amy. La ragazza sembrava stranamente distaccata da tutto.

Con il cuore che le batteva a mille, cercò di metabolizzare quello che stava succedendo. Chiamò la centrale e spiegò velocemente la situazione, dicendo che serviva più di un'ambulanza. Probabilmente per Jasper non c'era più nulla da fare, ma Amy e le bambine avevano bisogno di cure il prima possibile. Dio solo sapeva che sostanze avessero in circolo.

Sian era bollente e Karen le premette il dorso della mano sulla fronte.

«Ha dato a tutt'e due del succo d'arancia in cui aveva messo delle pastiglie sbriciolate» disse Amy incrociando le braccia sul petto. «Ma credo che loro fossero troppo piccole per reggere quella roba, qualunque cosa fosse. Sono rimaste quasi sempre incoscienti.»

«A te cosa dava, Amy?»

La ragazza lasciò cadere le braccia lungo i fianchi, poi si tirò su una manica, mostrando i buchi. «A me concedeva qualcosa di più forte.»

Karen trasalì, chiedendosi come facesse a procurarsi la droga.

Dopo aver messo le bambine in posizione laterale di sicurezza, Karen si rivolse a Cathy: «Puoi controllare tuo fratello e vedere se respira ancora?».

Cathy si voltò verso di lei con un'espressione terrorizzata. Scosse la testa con gli occhi spalancati.

«Non credo di farcela» disse. «Mi dispiace. Io volevo solo aiutare.»

«È quello che diceva sempre» sussurrò Amy. «Ogni volta che la imploravo di lasciarmi andare, lei diceva che mi stava aiutando.»

Karen fissò Amy, che stava strizzando gli occhi per mettere a fuoco. Poi la ragazza appoggiò le mani sul pavimento e fece un respiro profondo, come se parlare l'avesse sfinita.

«Non è stato Jasper a rapirti?» chiese Karen.

Amy scosse la testa. «No, non ho mai visto Jasper fino a stasera. Credo che ci abbia trovato nello stesso modo in cui ci ha trovato lei. Ho sempre visto solo sua sorella.» Amy indicò Cathy, che stava iniziando a scendere al piano inferiore attraverso la botola.

«Cathy» disse Karen in modo brusco. «Sei stata tu a prendere le bambine? O stavi aiutando Jasper?»

«Le stavo salvando, come ho salvato Amy da Jasper.»

Karen aveva il cervello in ebollizione. Per tutto quel tempo aveva pensato che ci fossero Nigel o Jasper dietro a quelle sparizioni. «Tuo padre lo sapeva?»

Cathy scosse la testa. «No, non glielo avrei mai detto. Le bambine non sarebbero state al sicuro se lo avessi fatto.»

«Cathy, devi spiegarti meglio. Dimmi perché dovevi proteggerle.»

«Emily era spaventata. Aveva bisogno del mio aiuto. Le piacevano i cavalli e si fidava di me. Sua madre aveva un nuovo ragazzo...»

«Emily ti ha parlato di lui?»

Cathy annuì con enfasi. «Era un uomo cattivo.»

«Ha fatto qualcosa a Emily?»

«L'ha spaventata. A lei non piaceva.»

«È per questo che l'hai portata qui?»

«Volevo che fosse al sicuro.»

«E Sian?»

Cathy accartocciò il viso e si appoggiò con tutto il peso alla scala. «Non volevo prendere Sian, ma lei è venuta con Emily e non ho avuto scelta. Se l'avessi lasciata lì, lo avrebbe detto a qualcuno e così Emily non sarebbe più stata al sicuro.»

«Perché hai rapito Amy Fisher? Ti ho chiesto di lei quando è scomparsa e tu mi hai mentito.»

Cathy cominciò a piangere.

Karen voleva delle risposte, ma più provava a farla parlare, più lei piangeva.

Capitolo 38

Karen si fece strada verso il banco dell'accettazione di un pronto soccorso pieno di gente. Emily Dean, Sian Gibson e Amy Fisher erano state portate in ospedale con l'ambulanza e Karen si augurava con tutto il cuore che non fosse troppo tardi per trattare l'infezione di Sian con gli antibiotici.

I paramedici non avevano potuto fare nulla per Jasper Palmer. Quando erano arrivati era già deceduto; Karen sospettava che fosse morto poco dopo aver sbattuto a terra. I paramedici avevano detto che sembrava si fosse rotto l'osso del collo cadendo.

Lei non era ferita ma aveva deciso di andare in ospedale con l'ispettore Morgan invece di mettersi al volante. Stava ancora tremando.

«È ridicolo» mormorò infilandosi le mani in tasca.

«Cosa?» chiese l'ispettore Morgan mentre erano in fila per l'accettazione.

Karen gli mostrò la mano. «Sto ancora tremando.»

«Non ci trovo niente di strano. Hai vissuto un'esperienza molto traumatica.»

Karen rimise la mano in tasca e avanzarono di qualche passo dopo che una persona prima di loro andò a sedersi su una sedia in plastica nella sala d'attesa. Un ragazzo ubriaco dall'altra parte della stanza stava cantando da solo.

Le grandi porte doppie all'entrata si aprirono, facendo entrare un vento freddo, e una coppia dall'aria preoccupata che teneva in braccio un bambino piccolo con le guance arrossate si mise in fila dietro di loro.

Il personale al banco dell'accettazione si occupava dei nuovi arrivi attraverso una vetrata in plexiglass. Quando un membro dello staff aprì un altro sportello per smaltire la coda, Karen fece un cenno con la mano alla coppia con il bambino piccolo per farli passare avanti. Aveva visto la paura sui loro visi, e comunque lei e l'ispettore Morgan non andavano di fretta.

Un poliziotto aveva fatto il viaggio in ambulanza con Cathy.

«Credo che Cathy avesse saputo del nuovo ragazzo di Jenny Dean e del rischio che rappresentava per Emily» disse Karen.

L'ispettore Morgan annuì. «È plausibile, ma come ha fatto a scoprirlo? Cathy Palmer è sempre stata una persona solitaria. Non ce la vedo a scambiarsi confidenze con Jenny Dean davanti a un caffè.»

«Ho la sensazione che potrebbe essere Emily a svelarci come sono andate le cose.»

L'ispettore Morgan sollevò un sopracciglio. «Tu dici?»

«Sì, credo che Cathy sia diventata amica di Emily e che la bambina si sia confidata con lei.»

«Ma Jenny ha giurato che Phil Carver non è mai stato da solo con Emily.»

«Speriamo che Jenny non si sia sbagliata. Ma se quando Phil è andato a casa loro, lei è uscita dalla stanza, anche solo per preparare il tè, lui potrebbe aver avuto abbastanza tempo per mettere a disagio o spaventare Emily.»

Lo sportello davanti a loro si liberò e l'ispettore Morgan disse che erano della polizia e diede i nomi delle pazienti con cui avevano bisogno di parlare. Volevano vedere come stava Cathy e scoprire quanto avrebbero dovuto aspettare prima che fosse nelle condizioni di affrontare una valutazione psichiatrica, ma volevano anche passare a trovare le bambine.

Amy Fisher era stata drogata per un lungo periodo. Karen immaginò che fosse così che Cathy era riuscita a tenere nascosta la sua presenza nel mulino per tanto tempo. L'edificio era stato controllato in due occasioni e non era insonorizzato, perciò se Amy fosse stata cosciente sarebbe stata in grado di chiedere aiuto. E probabilmente Cathy aveva deciso di drogare anche Emily e Sian dopo averle rapite.

Il personale all'accettazione li informò su dove si trovavano le pazienti. Sian Gibson era in terapia intensiva, Emily nel reparto pediatrico, mentre sia Amy Fisher che Cathy Palmer erano state sistemate in stanze separate nella stessa corsia. Seguendo quelle indicazioni, l'ispettore Morgan e Karen andarono a cercarle tutte e quattro.

La detective Farzana Shah aveva ricevuto l'ordine per nulla invidiabile di comunicare a Nigel Palmer che il figlio era morto in seguito a una spinta ricevuta da sua figlia. I genitori di Emily e Sian stavano arrivando in ospedale dopo che Rick li aveva avvisati per telefono che le bambine erano state ritrovate.

Quelli di Amy Fisher erano tornati a vivere nelle Scottish Highlands, quindi ci avrebbero messo qualche ora per raggiungere Lincoln. Sophie li aveva chiamati per dargli la straordinaria notizia; forse una delle poche occasioni in cui una telefonata arrivata in piena notte era stata accolta con gratitudine. Karen poteva solo immaginare la gioia che dovevano aver provato nell'apprendere che la loro figlia era ancora viva. Dopo diciotto mesi, avevano perso la speranza? Oppure nel profondo del loro cuore, chissà come, se lo sentivano?

Karen e l'ispettore Morgan decisero di andare prima da Amy Fisher. Sian era in terapia intensiva ed Emily era ancora profondamente sedata. Avrebbero dovuto aspettare un po' per parlare con le bambine.

I medici si erano mostrati restii a lasciarli parlare con Cathy Palmer finché non fosse stata sottoposta a una valutazione psichiatrica. In circostanze diverse l'ispettore Morgan avrebbe insistito, ma vista la situazione, con le bambine al sicuro, non c'era una particolare urgenza, e in più sapeva che qualunque informazione avesse ottenuto da Cathy Palmer in quel momento non sarebbe stata ammessa come prova.

Amy era in una stanza privata. Riuscirono a trovare il dottore per farci due chiacchiere prima di incontrarla.

Era un uomo alto, sulla cinquantina, con i capelli grigi e un viso gentile.

«Sono il dottor Johnson» disse presentandosi. «Amy adesso dovrebbe essere in grado di parlare con voi. Abbiamo svolto una prima serie di esami e siamo in attesa dei risultati, ma sono propenso a credere che faccia uso di eroina.»

Karen ne aveva avuto il sospetto, ma quella notizia le lasciò comunque l'amaro in bocca. Si domandò dove diavolo avesse preso l'eroina Cathy. Loro avevano sempre pensato che facesse una vita molto ritirata.

«Amy è sofferente e ha un senso di malessere. I sintomi dell'astinenza non si sono ancora presentati, ma succederà molto presto. Dovremo gestire il programma di disintossicazione con grande attenzione.»

Povera piccola, pensò Karen. Come se non ne avesse passate già abbastanza negli ultimi diciotto mesi. Si sarebbe dovuta sottoporre al test per l'HIV e l'epatite C, e durante le crisi di astinenza avrebbe sofferto le pene dell'inferno. Karen aveva parlato con dei tossicodipendenti in passato e le avevano detto tutti la stessa cosa: dopo un po' che ti fai, non è più lo sballo che cerchi, hai bisogno di bucarti per stare bene.

Si scambiò un'occhiata con l'ispettore Morgan e si chiese se stessero pensando la stessa cosa. Amy si faceva anche prima di essere rapita o era tutta colpa di Cathy?

Il dottore li accompagnò in una piccola stanza. Nonostante avesse visto Amy meno di un'ora prima, Karen rimase scioccata. Aveva gli occhi iniettati di sangue e la pelle era di un colorito grigiastro. Almeno qualcuno si era preso la briga di pulirla e di lavarle il viso. I capelli però erano ancora arruffati e sembrava molto magra, quasi scompariva in quel grande letto d'ospedale.

Quando l'aveva trovata al mulino, Amy non era ancora in astinenza, ma l'effetto dell'ultima dose era quasi passato ormai, e stava iniziando a stare male.

«Amy» disse Karen avvicinandosi. «Ti ricordi di me?»

Lei sbatté gli occhi e cercò di metterla a fuoco.

«Pensavo di aver sognato» disse. «Sono davvero libera?»

L'ispettore Morgan annuì. «Sì, Amy, sei al sicuro adesso.»

Non accennò al fatto che la sua carceriera si trovava in una stanza quasi identica lungo lo stesso corridoio.

«Vorremmo che ci raccontassi tutto quello che ti ricordi» disse Karen. «So che è difficile, soprattutto perché sei ancora sotto l'effetto della droga e potrebbero esserci delle cose che in questo momento ti sfuggono, ma qualunque cosa ci dirai ci sarà utile.»

Amy cadde di peso sui cuscini. «Il dottore ha accennato al fatto di darmi del metadone. Pensa che dovrò aspettare molto per averlo?»

Il viso pallido era lucido per il sudore.

«Credo che te ne prescriveranno un po' per aiutarti durante le crisi di astinenza, Amy» disse l'ispettore Morgan. «Facevi già uso di eroina prima che succedesse tutto questo?»

Amy li guardò con diffidenza e lanciò un paio di occhiate a entrambi.

«Va tutto bene, Amy» le disse l'ispettore. «Non sei nei guai.»

Il suo corpo sembrò afflosciarsi. Che fosse per il sollievo o la stanchezza, Karen non fu in grado di capirlo.

«Di eroina no. Quando capitava prendevo qualcosa, pippavo un po' nel fine settimana, ma non ne ero dipendente.»

Se Karen avesse avuto una sterlina per ogni volta che aveva sentito quei discorsi, sarebbe stata una donna molto ricca. Aspettò che Amy continuasse.

«Non avrei mai dovuto iniziare, ma volevo solo provare, sapete?»

«Da chi la prendevi?» chiese l'ispettore Morgan, e Karen rimase sorpresa. Per quanto fosse piacevole sbattere dentro uno spacciatore, di sicuro c'erano domande più importanti in quel momento.

«Non lo so di preciso. Io chiamavo e dicevo quello che mi serviva, e lui mi mandava uno dei suoi galoppini da qualche parte in centro. A volte dietro il bingo, altre vicino alla stazione degli autobus. Il giorno in cui è successo, ero a pezzi. Ero rimasta sveglia tutta la notte perché avevo un ordine da evadere. Volevo qualcosa che mi tirasse su, che mi desse un po' di energie. Cathy mi era venuta a trovare e mi aveva sentito parlare al telefono col mio spacciatore. All'inizio entrai nel panico. Pensai che sarebbe corsa a dirlo a suo padre e che avrei perso il laboratorio, ma lei fu molto comprensiva. Si offrì di andare in posta a spedire una prima parte dell'ordine. Al suo ritorno mi portò una tazza di tè. E un attimo dopo mi svegliai in quell'orribile scantinato. Pregai Cathy di lasciarmi andare, ma lei non voleva. Continuava a ripetere che ero in pericolo e che mi stava aiutando. Mi aveva drogata usando i sonniferi del padre, ma quando l'effetto passò io mi misi a gridare per chiedere aiuto. Credo che abbia preso il mio cellulare e lo abbia usato per contattare lo spacciatore, perché quando scese nello scantinato la volta dopo, mi disse che doveva darmi qualcosa per farmi stare tranquilla. Quando vidi la siringa entrai nel panico.»

«Hai idea di come si procurasse i soldi per pagare la droga?» chiese Karen. L'eroina non costava poco e, per quanto ne sapevano loro, Cathy non aveva reddito.

Amy scosse la testa.

«Perché Cathy pensava che tu fossi in pericolo?» le chiese l'ispettore Morgan con tono gentile.

«Per via di Jasper. Aveva iniziato a passare spesso al laboratorio, cercando di flirtare con me. Cathy mi aveva avvertita, ma lui continuava a venire. Avrei dovuto sapere che qualcosa non andava. Avevo cercato di evitare Jasper, ma non avevo nemmeno considerato l'ipotesi di dover avere paura di Cathy.»

«Credi che Jasper o suo padre sapessero che eri rinchiusa nello scantinato?» chiese Karen.

«No. Cathy diceva che mi teneva lì sotto così Jasper non poteva trovarmi. Pensava che mi avrebbe fatto del male. All'inizio provai a parlarle e a farla ragionare. Non pensavo che la cosa sarebbe andata avanti così tanto. Non era violenta, ma mi teneva legata lì sotto. Non voleva sentire ragioni. Quando sono arrivate quelle due bambine, ho capito che dovevo fare qualcosa.»

Fece un lungo respiro, un po' affannata.

«Disse che aveva dovuto prendere le bambine perché Emily era in pericolo.» Si fermò un attimo. «Disse che la stava salvando dal nuovo ragazzo della madre. Io non so se sia vero... Emily e Sian hanno passato quasi tutto il tempo lì sotto mezze collassate. Però sono riuscite ad aiutarmi a togliermi le fascette dai polsi e abbiamo provato a uscire, ma quando abbiamo tentato di forzare lo sportello della botola, Sian è caduta dalla scala. È stato lì che si è tagliata la gamba.» Le si riempirono gli occhi di lacrime. «Stavo cercando di aiutarle, ma è colpa mia se Sian si è fatta male.»

Karen appoggiò una mano su quella di Amy, facendo attenzione a non toccare le escoriazioni e i lividi che aveva sul polso per via delle fascette e la cannula collegata alla flebo.

«Stavi provando a scappare. Nessuno può biasimarti per questo.» Per cercare di tirarla su di morale, Karen le disse che stavano arrivando i suoi genitori. «Potrebbero metterci un po', ma sono al settimo cielo al pensiero di riabbracciarti dopo tutto questo tempo.»

Per la prima volta, Amy abbozzò un sorriso. «Da quanto ero scomparsa?»

Quando Karen le disse che non si avevano sue notizie da diciotto mesi, la ragazza iniziò a piangere. «Non sapevo che fosse passato così tanto. Immaginavo almeno un paio di mesi ma...»

«È tutto a posto adesso» disse l'ispettore Morgan. «Ti lasciamo riposare e più tardi parleremo ancora un po'.»

L'ispettore Morgan uscì dalla stanza, ma Karen rimase seduta accanto al letto di Amy finché la giovane, a furia di piangere, crollò stremata; la detective non se ne andò finche non fu sicura che si fosse addormentata.

CAPITOLO 39

Quando Karen lasciò il capezzale di Amy, in corridoio non c'era traccia dell'ispettore Morgan, perciò suppose che fosse andato a telefonare alla centrale per aggiornarli.

Guardò l'orologio. Era l'una passata. Erano in ospedale da più di un'ora ormai, e si chiese se ci fossero stati miglioramenti nelle condizioni di Sian. Si augurò che non fossero arrivati troppo tardi.

Raggiunse il reparto di terapia intensiva, si pulì le mani con la soluzione disinfettante accanto alla porta, spinse il pulsante verde e aspettò.

Un attimo dopo un'infermiera venne ad aprire.

Prima di chiedere un veloce resoconto sulle condizioni di Sian, Karen spiegò chi era, tra i bip continui dei macchinari. Alle spalle dell'infermiera, vide i Gibson accalcati intorno alla figlia. Sian sembrava minuscola in quel letto per adulti della terapia intensiva.

«Non c'era posto nel reparto pediatrico» spiegò l'infermiera. «Ma qui è in buone mani. È in corso una forte infezione che si sta diffondendo con rapidità, ma sembra che gli organi non ne abbiano risentito, e questa è la cosa importante. Le stiamo somministrando degli antibiotici per endovena e continueremo anche nei prossimi giorni. Non c'è molto che possiamo fare al momento, se non aspettare e sperare che gli antibiotici facciano il loro dovere e sconfiggano l'infezione.»

A Karen si seccò la gola. «Perderà la gamba?»

«I medici non hanno ancora preso una decisione a questo proposito. Vogliono vedere come risponderà alle cure nelle prossime ore. Se gli antibiotici non fanno effetto, potrebbe essere l'unico modo per salvarle la vita. In quel caso, dovranno operarla per amputarle la gamba sotto il ginocchio.»

«Capisco. La ringrazio.»

«Deve parlare con i genitori?» le chiese l'infermiera, voltandosi e facendo un gesto verso di loro.

Karen scosse la testa. L'ultima cosa di cui avevano bisogno i Gibson era una sua intromissione in quel momento di angoscia.

Thomas Gibson era accanto a sua moglie, le cingeva le spalle con un braccio, e Leanne era appoggiata a lui in cerca di conforto. Karen si chiese se Leanne gli avesse confessato di aver avuto un'avventura con Matthew Saunders. Si augurò che la coppia riuscisse a buttarsi quella storia alle spalle. Sembravano così uniti, e in quel momento avevano bisogno del sostegno l'una dell'altro più che mai.

Karen uscì dalla terapia intensiva con un nodo alla gola e si diresse verso il reparto di pediatria. In uno dei corridoi incontrò l'ispettore Morgan.

«Ho appena ricevuto una telefonata dal capo dipartimento» disse. «Non ha fatto altro che tessere le tue lodi.»

Karen si sentì a disagio e scrollò le spalle. «Se solo le avessimo trovate un po' prima... Ho appena parlato con l'infermiera del reparto di terapia intensiva e mi ha detto che Sian potrebbe perdere la gamba.»

L'ispettore Morgan chiuse gli occhi. «Povera piccola. Non è giusto, accidenti.»

«Speriamo solo che gli antibiotici agiscano in tempo. Pensavo che potremmo andare a parlare con i Dean. Non sono sicura che Emily sia completamente sveglia ancora, ma possiamo fare un tentativo.»

L'ispettore Morgan si disse d'accordo e i due si avviarono in silenzio verso il reparto di pediatria.

Prima di premere il pulsante verde all'ingresso per farsi aprire, l'ispettore Morgan si voltò verso Karen. «A quanto pare avevi ragione riguardo a quella tua sensazione.»

Il suo viso era impassibile ma gli si accese una luce negli occhi, e Karen capì che la stava prendendo in giro.

«Sì, quando avrà lavorato con me un po' più a lungo, si renderà conto che di solito io ho ragione» disse.

L'ispettore Morgan sorrise. «Avrei dovuto immaginare che mi avresti risposto così.»

Furono contenti di vedere che Emily riusciva già a stare semiseduta sul letto, mentre sorseggiava dell'acqua da un bicchiere di carta. I suoi genitori erano intorno a lei e Jenny le stava togliendo con delicatezza dal viso i capelli scuri tutti annodati. Dennis se ne stava dritto, impalato al capezzale della figlia, come se stesse facendo la guardia.

Tutti e tre alzarono lo sguardo quando l'ispettore Morgan e Karen si avvicinarono.

«So che probabilmente non è il momento migliore, ma speravamo che Emily potesse raccontarci quello che si ricorda» disse Karen, e i suoi occhi si posarono su Dennis Dean.

L'uomo troneggiava sul letto, lanciando occhiatacce a tutti e tutto. Ma quando Karen guardò in basso, vide che stringeva la piccola mano di Emily nella sua.

«È ancora un po' stanca» disse Jenny. «Le hanno dato delle specie di tranquillanti che l'hanno tramortita.»

«Sian sta bene?» chiese Emily. Dalla reazione di assoluto panico sia di Dennis che di Jenny, Karen dedusse che non le avevano ancora detto di preciso quanto fossero gravi le condizioni della sua amica.

«I dottori la stanno curando, Emily» disse Karen. «Le stanno dando degli antibiotici speciali. Sono molto forti e se tutto andrà per il meglio sconfiggeranno l'infezione.»

Emily annuì, ma continuò ad avere un'espressione preoccupata.

«Mi puoi dire cos'è successo il giorno della vostra scomparsa?» chiese Karen avvicinandosi un po' al letto.

Avevano quasi tutte le risposte; almeno era quello che credeva. Sapevano che Cathy era responsabile del rapimento e che, a quanto pareva, aveva agito da sola.

Ma era davvero difficile immaginare perché Cathy, una persona all'apparenza così calma, così mite, avrebbe dovuto fare una cosa tanto lontana dal suo modo di essere.

Emily passò il bicchiere d'acqua alla madre, che lo appoggiò sul comodino. «Volevo vedere i pony. Ero stata un paio di pomeriggi al campo solo per guardarli. Non stavo facendo niente di male.» Lanciò un'occhiata nervosa a suo padre, che annuì per incoraggiarla.

«Un giorno lì c'era una signora. Mi ha detto che si chiamava Cathy e che aveva due cavalli. Sembrava gentile e le ho parlato un paio di volte. Un pomeriggio ero un po' triste e sono andata a trovare i cavalli per provare a tirarmi su di morale. Lei era lì e mi ha detto di non preoccuparmi e che mi poteva aiutare. Ha detto che in passato aveva già aiutato qualcuno che era proprio come me. Mi ha promesso che si sarebbe sistemato tutto.»

Anche se Karen era dalla parte opposta del letto rispetto a Jenny Dean, riusciva a sentire il suo respiro affannato. Doveva essere molto difficile per lei ascoltare quel racconto.

«Dovevi vederti con lei quando siete uscite da scuola?» chiese Karen.

Emily annuì. «Mi aveva detto che mi avrebbe lasciato cavalcare uno dei pony e io ero molto felice. L'ho raccontato a Sian e lei è voluta venire con me, poi ci siamo incontrate con Cathy nel bosco come mi aveva detto lei. Ma Cathy sembrava diversa. Si è arrabbiata con me perché c'era anche Sian e poi ci ha portate in uno dei campi per fare un picnic prima di andare a cavalcare. Ci ha dato una bottiglietta di succo di frutta da bere un po' per uno, dei panini e delle patatine. E io ho pensato che era diventata di nuovo gentile. Non mi ricordo cos'è successo dopo, ma quando ci siamo svegliate, era tutto buio e faceva freddo. Ci ha lasciato il succo di frutta e le cose da mangiare. C'era un'altra signora lì che si chiamava Amy. Ha cercato di aiutarci. Abbiamo provato a scappare ed è stato lì che Sian è caduta dalla scala a pioli e si è tagliata la gamba.» Gli occhi di Emily si riempirono di lacrime.

«So che è molto difficile, Emily. Ma sei al sicuro adesso. Puoi dirmi perché eri triste quel giorno?» chiese Karen. «Perché avevi bisogno che Cathy ti aiutasse?»

Emily si irrigidì e si voltò in modo quasi impercettibile per guardare la madre, prima di abbassare subito gli occhi verso le lenzuola che le coprivano le gambe. Scosse la testa.

«Sappiamo tutto di Phil» disse Jenny con la voce strozzata. «Non si avvicinerà mai più a te.»

Dennis Dean era rimasto in silenzio per tutto il tempo, ma Karen avvertiva la collera e la rabbia montare dentro di lui.

«Cosa ti ha fatto Phil?» chiese Jenny.

Emily scrollò le spalle. «Non mi piaceva e basta. Non lo volevo a casa nostra. Era colpa sua se papà non tornava.»

Mentre raccontava, le parole le uscirono tutto d'un fiato. A quanto pareva, Phil non le aveva mai fatto niente, se non metterla a disagio. Disse che le aveva dato dei cioccolatini e altri piccoli regali, ma che a lei non piaceva comunque. Karen ebbe la netta impressione che Phil stesse cercando di adescarla, però non l'aveva molestata. Era una fortuna che Emily non fosse stata a contatto con Phil Carver abbastanza a lungo perché lui potesse dare il via a una escalation di abusi, ma per Karen fu difficile ascoltare Emily descrivere i regalini e i trucchetti per adescarla. Per i suoi genitori doveva essere una tortura.

Quando Emily finì di parlare, Jenny disse: «Si rende conto che quella donna ha dato loro una dose da adulti di tranquillanti? Avrebbe potuto ucciderle. Secondo il dottore, Emily non dovrebbe riportare danni a lungo termine, ma come ha potuto fare una cosa del genere a delle bambine?».

Karen non sapeva cosa rispondere.

L'ispettore Morgan si allontanò dal letto di Emily e disse: «Scusate, devo rispondere a una telefonata. Grazie, Emily. Sei stata molto coraggiosa».

Karen rimase a parlare con i Dean ancora un po', per cercare di raccogliere quante più informazioni possibili, ma non si fermò a lungo, sapendo che avevano bisogno di passare del tempo da soli in famiglia.

Li salutò, ma mentre si avviava verso l'uscita del reparto, sentì dei passi pesanti dietro di lei. Si voltò, trovandosi davanti il viso teso e arrabbiato di Dennis Dean.

Si preparò al peggio. Dopo tutto quello che era successo, l'idea di un altro confronto con quell'uomo le fece venire voglia di nascondersi.

Dennis si allungò verso di lei e Karen indietreggiò così in fretta che inciampò. Con sua enorme sorpresa, lui le prese la mano e gliela strinse forte.

«Grazie» le disse in modo burbero. «Davvero. Grazie per aver riportato a casa la mia piccola. Se dovesse mai esserci qualcosa che posso fare per ricambiare il favore, deve solo chiedermelo.»

Karen liberò la mano ma abbozzò un sorriso. «Non mi devi niente, Dennis. Sono solo felice che Emily sia salva.»

Capitolo 40

Karen trovò l'ispettore Morgan fuori dal reparto. Lui terminò la telefonata, poi le disse: «Io me ne andrei a casa, tu?».

Karen annuì. Non voleva nemmeno pensare alla quantità di scartoffie che avrebbero dovuto compilare nei giorni successivi.

«Ho appena parlato con Rick e Sophie» disse l'ispettore Morgan. «Sono entrambi felici di come sono andate le cose e sono sollevati che tu stia bene. Se Sian Gibson ce la farà, sarà un risultato migliore di quello che avevo osato sperare.»

«Sì. Mi chiedo come se la passino i Gibson» disse Karen. «Thomas avrà scoperto che sua moglie ha avuto una relazione con Matthew Saunders? Immagino che la cosa abbia assunto tutta un'altra dimensione dopo quello che è successo a Sian.»

«Non credo che Leanne lo abbia detto a suo marito, e in questo momento è l'ultimo dei loro pensieri. Non è rilevante ai fini del caso, perciò non c'è ragione che si sappia, ma quelle cose trovano sempre il modo di venire a galla prima o poi.»

«Mi piacerebbe tanto poter parlare con Cathy stanotte» disse Karen soffocando uno sbadiglio. «Ci sono così tante domande che vorrei farle...»

L'ispettore Morgan, che la precedeva di qualche passo, spinse una porta azzurra e la tenne aperta per lasciarla passare per prima. «Non credo che riusciremo a ottenere tutte le risposte. Penso che potremmo dover accettare il fatto che non sapremo mai cos'ha spinto Cathy ad agire così.»

«Forse è stato il modo in cui veniva trattata dal padre e dal fratello a scatenare quel comportamento. Magari voleva impedire che Amy, Sian ed Emily passassero ciò che ha passato lei.»

«Be', da quello che mi hai detto, sembra che Sian sia stata una vittima accidentale. Se Emily aveva detto a Cathy che era infelice per via del nuovo ragazzo della madre, allora lei può aver pensato, in un modo contorto, che la stava salvando. Ed era chiaramente preoccupata per l'interesse di suo fratello nei confronti di Amy Fisher.»

«Vero. Non riesco a fare a meno di pensare che ci fosse anche un altro motivo. Qualcosa che Cathy non ci ha ancora detto.»

Uscirono dall'ospedale dall'ingresso principale, passarono accanto a un uomo in vestaglia che si fumava una sigaretta e in un istante vennero assaliti da urla e flash da parte della stampa. «Siete della polizia? Avete trovato le bambine di Moore Lane? Potete dirci qualcosa?» gridò qualcuno.

Come facevano a sapere che erano dei detective? Neanche fossero particolarmente conosciuti a livello locale. Forse avevano il classico aspetto da poliziotto. Magari era per via dei vestiti, pensò Karen con una punta di ironia, guardandosi la camicia stropicciata, la giacca tutta spiegazzata e i pantaloni grigi, che in fondo erano ancora sporchi di fango. Era arrivato il momento di cambiare look.

«È vero?» gridò un altro reporter mentre il flash di una macchina fotografica scattò in faccia a Karen. Lei sollevò una mano per ripararsi gli occhi.

«È stata ritrovata anche Amy Fisher insieme alle due bambine scomparse da Heighington?»

L'ispettore Morgan mise un braccio intorno a Karen, portandola via dalla barriera di cronisti, e da sopra la spalla urlò: «Il capo dipartimento Michelle Murray a breve rilascerà un comunicato ufficiale. Per il momento non possiamo dirvi altro».

Si diressero verso il parcheggio dall'altra parte della strada, aumentando il passo per scappare dai giornalisti.

«Credo che li abbiamo seminati» disse Karen ridendo mentre raggiungevano la macchina dell'ispettore Morgan.

Lui si massaggiò il fianco. «Devo cominciare ad andare in palestra più spesso. Mi è venuta una fitta.»

«Dia la colpa all'aria fredda della notte. Io lo farei.»

Salirono in macchina e l'ispettore Morgan accese il riscaldamento. Karen sentì i muscoli del suo corpo rilassarsi.

«Tutto considerato, oggi abbiamo ottenuto un buon risultato, non crede?» chiese all'ispettore mentre si metteva la cintura.

«Sì. Ti devo fare i miei complimenti» disse lui uscendo dal parcheggio in retromarcia. «Anche se non posso dire di essere stato molto felice quando sono arrivato al mulino e ho scoperto che eri già dentro. Hai corso un grosso rischio.»

«Be', so che avevo detto che avrei aspettato, ma quando ho sentito Jasper minacciare le bambine, non potevo non intervenire» disse Karen.

L'ispettore Morgan aveva ragione. Entrare nel mulino da sola, senza rinforzi, era stato un rischio enorme per la sua incolumità, ma a suo parere certi rischi valeva la pena correrli.

L'ispettore Morgan accostò all'inizio del vialetto di casa di Karen.

«Sicura che non vuoi che ti accompagni alla porta?» le chiese.

«Non serve, davvero» disse Karen. «Ci vediamo domani mattina.»

Chiuse la portiera, lo salutò con la mano e si incamminò su per il vialetto. Mentre passava davanti al garage, si accese la luce di sicurezza.

Si voltò e vide che l'ispettore Morgan era ancora lì. Stava aspettando che entrasse in casa. Quando si voltò di nuovo, si ritrovò faccia a faccia con una donna.

«Oddio!» esclamò, mettendosi una mano sul petto. «Da dove salti fuori?»

Era Mary.

Le si strinse lo stomaco quando vide i lividi sul suo viso.

«Tutto bene, Karen?» gridò l'ispettore Morgan. Era sceso dall'auto dopo aver visto una persona nel vialetto.

Lei si voltò e gli fece segno di non preoccuparsi. «Sì, tutto bene. È solo un'amica.»

Spinse Mary verso la porta mentre l'ispettore Morgan finalmente se ne andava.

Una volta entrate, Mary si fermò ai piedi della scala imbarazzata. Alla luce aveva un aspetto persino peggiore. Aveva un taglio sul labbro, e anche se non sanguinava più, il sangue era colato sul mento e si era seccato.

Karen aprì la bocca per dire a Mary per l'ennesima volta che era una pazza a stare con un uomo che la riduceva così, ma all'ultimo momento si ricordò del consiglio della sua vicina, Christine.

A volte le cose non si possono sistemare. A volte l'unica cosa che puoi fare è ascoltare.

«Vieni in cucina, Mary» disse Karen, e chiuse la porta.

Mise l'acqua nel bollitore e notò un biglietto sul frigorifero. Lo staccò. Era di Christine, diceva che le aveva lasciato le lasagne fatte in casa nel frigo con una busta di insalata mista. Aveva persino scritto le istruzioni per scaldarle. Karen sorrise. Era fortunata ad avere un'amica così.

Accese il forno, impostò la temperatura e poi si voltò verso Mary. «Ti è andata bene. Stasera si mangia come si deve. Da quanto eri lì fuori ad aspettare?»

Mary lasciò cadere la borsa sul pavimento e si mise le braccia intorno alla vita, facendo una piccola smorfia.

«Da un po'. Ma non fa niente. Questo cappotto tiene abbastanza caldo.»

Karen tolse le lasagne dal frigo e le infilò in forno.

«Vuoi una tazza di tè?»

Un'espressione confusa attraversò il viso di Mary. Si stava chiedendo quando sarebbe iniziata la predica. «La prendo volentieri, grazie.»

Karen preparò il tè in silenzio e poi lo portò al tavolo della cucina. «Allora, cos'è successo?»

Mary scrollò le spalle. «Quello che succede sempre.»

Karen spinse la tazza fumante sul tavolo verso di lei. «Questo dovrebbe scaldarti un po'. Adesso che ci penso, credo di avere una bottiglia di brandy da qualche parte, se vuoi bere qualcosa di serio.»

«Il tè per me va bene, grazie.» Mary bevve un sorso e poi guardò Karen. «Non mi dice che sono un'idiota? Sono qui da almeno cinque minuti e non ha menzionato la casa rifugio nemmeno una volta.»

Karen sorrise. «Sai cosa penso, Mary?»

«No, cosa?»

«Penso che tu sappia di dover fare dei cambiamenti, ma che tu non sia ancora pronta per farli. Quindi, per questo motivo, io non ti giudicherò. Non ti dirò di nuovo cosa fare. Ti ascolterò e basta.»

Mary la guardò con sospetto, ma iniziò a parlare. All'inizio era un po' titubante, poi cominciò ad aprirsi.

Continuò anche mentre mangiavano le lasagne, e alla fine guardò Karen dritto negli occhi. «Ho capito cosa sta facendo.»

«Ah sì? E cosa?»

«È quella roba della psicologia inversa. Crede che se non mi dirà di andare alla casa rifugio, allora ci andrò io spontaneamente.»

Karen scoppiò a ridere. «Io sto davvero cercando di aiutarti, Mary. Se hai solo bisogno di qualcuno che ti ascolti, è quello che farò.»

Mary sospirò a fondo. «So che non dovrei venire a casa sua. Lei ha provato ad aiutarmi e io me ne sto approfittando. Solo che non mi sento al sicuro da nessun'altra parte.»

Karen si allungò verso di lei e le accarezzò la mano. «Be', qui sei al sicuro. Ma è tardi e io sono a pezzi. Perciò andrò a farmi una bella doccia calda e poi mi metterò a letto.» Poi si alzò e raccolse i piatti vuoti. «Tanto sai già dov'è tutto, no?»

Capitolo 41

Passò una settimana prima che Cathy Palmer fosse pronta per parlare con la polizia. Se fosse stata incriminata per l'omicidio del fratello, la sua avvocatessa avrebbe invocato la seminfermità mentale, ed era poco probabile che un'accusa di omicidio di primo grado avrebbe retto. Cathy poteva anche aver avuto intenzione di percuotere o ledere il fratello, ma non poteva prevedere che sarebbe caduto e si sarebbe spezzato l'osso del collo. Il massimo a cui potevano aspirare era un'incriminazione per omicidio preterintenzionale.

Sarebbe stata accusata di rapimento e di aver messo in pericolo dei minori, ma probabilmente sarebbe finita in un centro di salute mentale.

Per Karen e il resto della squadra era difficile non provare un senso di futilità mentre chiudevano le indagini e procedevano a rilento tra le montagne di documenti. Qualunque ruolo avesse avuto Jasper, era morto e non avrebbe mai visto un'aula di tribunale. Non c'era niente a indicare che Nigel Palmer fosse coinvolto nei rapimenti. Forse era stato lui a mettere in moto un processo che aveva spinto Cathy a compiere quelle azioni, ma agli occhi della legge non ne era responsabile. Lui era pulito, nessun collegamento con il rapimento di Amy Fisher né con quello delle due bambine della scuola elementare di Moore Lane. L'unica persona che rimaneva a rispondere di quei reati era Cathy Palmer.

Cathy era seduta davanti a Karen e all'ispettore Morgan nella stanza interrogatori numero tre, con un'aria da cane bastonato mentre lanciava occhiate nervose alla sua legale.

«Cathy voleva parlare con voi» disse l'avvocatessa. «Io le ho consigliato di non farlo, ma lei ha insistito molto. Tuttavia, io interromperò l'interrogatorio se riterrò questo procedimento dannoso per la mia assistita.»

Karen annuì. Cathy Palmer era una donna alta, ma se ne stava china sulla scrivania, cercando di occupare meno spazio possibile.

«Sono contenta che tu sia qui, Cathy» disse Karen. «Sei pronta a parlare adesso?»

Lei raddrizzò la schiena, si sistemò i capelli dietro le orecchie e annuì sommessamente. «Sì» disse, con una voce che era poco più di un sussurro. «Sono pronta a raccontarvi tutto.»

L'avvocatessa si mosse con fare nervoso sulla sedia e Karen sospettò che quella non fosse un'affermazione che le piaceva sentire da una sua assistita. Ma se quel caso fosse mai finito in tribunale, davanti al suo pentimento e alla volontà di collaborare la corte sarebbe stata più clemente.

«Come stanno le bambine? E Amy?» chiese Cathy.

«Bene. Sian si sta riprendendo. Col tempo tutte e tre dovrebbero rimettersi completamente» disse Karen.

Il fatto che ci fossero buone probabilità che Sian non avrebbe riportato danni permanenti sembrò confortarla. Le accuse nei suoi confronti sarebbero state molto più gravi se una delle tre fosse morta.

Gli occhi di Cathy si riempirono di lacrime. «Sono così contenta che se la caverà. Non credo che avrei potuto sopportare altre morti. Mi accuserete di omicidio?»

«Ne abbiamo parlato, Cathy» disse l'avvocatessa senza nascondere troppo la sua irritazione.

«Non verrai incriminata per l'omicidio di Jasper, Cathy, ma è probabile che sarai accusata del rapimento delle bambine e di Amy» spiegò Karen.

«E invece l'altro omicidio?»

«Quale altro omicidio, Cathy? Le ragazze sono a casa e si stanno rimettendo. Non è morto nessun altro. Solo Jasper.»

Lei alzò lo sguardo, lanciando un'occhiata all'ispettore Morgan, poi si rivolse di nuovo a Karen. «Ma *è* morto qualcun altro.»

Fu come se l'aria fosse stata risucchiata via dalla stanza: per un attimo, nessuno disse una parola. L'ispettore Morgan sembrava sorpreso quanto Karen e l'avvocatessa rimase a bocca aperta.

Fu lei la prima a riprendersi. «Solo un momento» disse voltandosi verso Cathy. «Questo è un nuovo sviluppo e credo di aver bisogno di conferire con la mia assistita.»

Karen la ignorò. «Non è morto nessun altro, Cathy. Amy sta bene. Andrà a vivere in Scozia con la madre e il padre. Sian presto tornerà a casa ed Emily è al sicuro con i suoi genitori.»

Poi incrociò lo sguardo di Cathy e a quel punto capì. Ma certo. Come aveva fatto a non arrivarci prima?

Si voltò verso l'ispettore Morgan in attesa che l'ultimo tassello andasse a completare il mosaico. «Credo sia il caso che Cathy ci racconti questa storia dall'inizio.»

Era un autunno particolarmente freddo quell'anno, pensò l'ispettore Morgan mentre affrontava l'aria pungente di ottobre. Karen era accanto a lui su un piccolo quadrato d'erba piegata dal vento, vicino alla siepe che delimitava il campo. Erano a meno di cinquecento metri dalla casa dei Palmer.

Karen aveva un'espressione seria e determinata, lo sguardo fisso su un punto davanti a sé, e la squadra continuava a scavare. Avevano tagliato una sezione di terra ed erano arrivati a più di mezzo metro di profondità, ma non avevano ancora trovato niente.

L'ispettore Morgan però era fiducioso. Cathy aveva raccontato la sua storia senza incertezze e non aveva niente da guadagnare nel mentire. Non avevano nessun motivo di dubitare di lei.

Quando lui le aveva chiesto se fosse certa che era proprio quello il punto esatto, Cathy lo aveva guardato incredula e aveva detto che quel posto era impresso in maniera indelebile nella sua memoria.

Erano rimasti ad ascoltare Cathy raccontare la sua storia in silenzio e inorriditi.

Aveva solo dodici anni quando suo padre aveva ammazzato sua madre a bastonate davanti ai suoi occhi. Lei e Jasper erano stato costretti a grattare via il sangue dalle mattonelle della cucina e poi ad aiutarlo a scavare la tomba per seppellirla.

Impotente e incapace di ribellarsi al padre, aveva fatto ciò che le era stato ordinato e lo aveva coperto. Tenere quell'oscuro segreto aveva significato allontanarsi da tutto e da tutti, perché odiava dover ripetere quella bugia studiata a tavolino che sua madre li aveva lasciati e che lei e Jasper di tanto in tanto andavano a trovarla.

Nigel Palmer di certo sembrava aver pensato a tutto.

Quando nel lontano 1987 aveva ucciso sua moglie Gwendolyn, di dieci anni più giovane, aveva raccontato all'intero villaggio che lei era scappata con un altro uomo per andare a vivere su una barca a Norfolk.

Durante le vacanze di Pasqua e quelle estive, teneva i bambini nascosti per un paio di settimane. Quando ricominciava la scuola, li istruiva affinché dicessero a insegnanti e amici di aver trascorso del tempo con la madre sulla barca e di aver imparato a navigare.

Il piano di Nigel Palmer aveva funzionato alla perfezione. I genitori di Gwendolyn erano morti prima che loro due si sposassero e non c'era nessun altro a cui importasse abbastanza di lei da rivolgersi alla polizia per farla cercare. Conoscenti, vicini, compagni di scuola e insegnanti di Cathy e Jasper ci cascarono con tutte le scarpe.

La sua scomparsa non venne mai denunciata o considerata sospetta, ma la sua morte aveva segnato Jasper e Cathy nel profondo.

Conoscendo quella storia, era facile comprendere le motivazioni di Cathy. Vedeva che Jasper si stava trasformando nel padre, e notando il suo interesse per Amy Fisher, aveva voluto proteggere la giovane donna che considerava un'amica.

Era terrorizzata all'idea che finisse in una fossa poco profonda proprio come sua madre.

Aveva creduto anche di proteggere Emily. Quella bambina a casa era infelice e trascurata. Le aveva confessato che il nuovo ragazzo di sua madre le faceva paura. Nella sua mente malata, Cathy era convinta di aver salvato Amy e avrebbe fatto lo stesso anche con Emily.

L'ispettore Morgan pensava che forse, in un modo contorto, Cathy avesse davvero salvato Emily. Se quella bambina non fosse stata rapita, Phil Carver avrebbe continuato a tentare di adescarla sotto il naso di sua madre?

Gli uomini impegnati a scavare lo chiamarono a gran voce, riportandolo al presente. Da dove si trovava, l'ispettore Morgan riuscì a vedere del tessuto e un motivo che sembrava appartenere a un vecchio tappeto. Sentì Karen inspirare in modo brusco mentre la squadra spostava la terra.

Un attimo dopo, venne estratto il corpo di Gwendolyn Palmer.

Seduta alla sua scrivania alla centrale di Nettleham, Karen soffocò uno sbadiglio. Era stata una giornata lunga, stancante e molto triste. Guardare il corpo di Gwendolyn Palmer che veniva riesumato l'aveva scossa più di quanto si sarebbe aspettata. Provava una pena enorme per quella donna. Era morta in un modo così violento e, come se non bastasse, nessuno aveva mai denunciato la sua scomparsa.

Si stiracchiò, cercando di allentare la tensione tra le scapole. «Cosa ne dite di andarcene al pub stasera?» Si voltò verso Sophie e Rick, che erano impegnati a scrivere al computer.

«Mi sembra un'ottima idea» disse Sophie.

Rick alzò lo sguardo ma non rispose, poi l'ispettore Morgan si avvicinò alla sua scrivania. «Come sta andando?»

«A rilento» disse Karen. «È sempre così con il lavoro d'ufficio. Pensavo che farebbe bene a tutti uscire stasera. Che ne dice?»

L'ispettore Morgan sembrò un po' sorpreso da quell'invito, ma annuì. «Dico che mi sembra una buona idea.»

Karen spense il computer e gli sorrise. «Al *Waggon and Horses* di Branston è la serata dedicata alle *pie*» disse. «Fanno una *steak pie* fantastica.»

«È davvero così buona?» chiese.

«La migliore che io abbia mai mangiato.»

L'ispettore ricambiò il suo sorriso. «D'accordo, ci sto. Sophie?»

«Molto volentieri» disse, alzandosi e spegnendo lo schermo. «Mi metto un po' di rossetto, prendo il cappotto e sono pronta.»

L'ispettore Morgan si voltò verso Rick. «Ti va una serata al pub dietro casa di Karen?»

Rick diventò tutto rosso, il che era insolito per lui. Con la sua carnagione scura non arrossiva facilmente. «Ehm, non stasera. Scusate, ma ho già preso altri impegni.»

Karen si voltò verso di lui con un sorrisetto scherzoso. «Cos'è, hai un altro incontro galante, Rick? Non so dove trovi le energie.»

Lui la guardò con aria imbarazzata. «Oh, mi conosci, sergente. Sono famoso per la mia energia inesauribile.» Controllò l'ora. «Anzi, sarà meglio che vada. O rischio di fare tardi.»

Karen soffocò un altro sbadiglio mentre aspettavano che Sophie tornasse dal bagno delle donne.

«Mi sa che mi dovrò impegnare più del solito nella conversazione stasera» disse l'ispettore Morgan con tono ironico. «Se non sto attento, ti addormenterai mentre parliamo.»

«Scusi» disse Karen. «Appena avrò preso un po' d'aria, mi passerà.»

Sophie camminò verso di loro, raggiante e più allegra dopo essersi messa il rossetto e aver spazzolato i capelli.

Karen era praticamente certa che l'unico trucco che aveva in borsa fosse uno stick di burrocacao. Era ben felice di lasciare che fosse Sophie a imbellettarsi, visto che era ancora abbastanza giovane da tenerci.

La giovane detective indicò la scrivania di Rick, dove c'era un iPhone appoggiato accanto alla tastiera. «Quello è il cellulare di Rick» disse. «È già andato via?»

Karen annuì e lo prese. «Sì. Strano che se lo sia dimenticato, non è da lui. Di solito ce l'ha sempre in mano. Si vede che è molto preso dall'uscita di stasera.»

Sophie allungò la mano per farsi dare il telefono. «Passo a portarglielo mentre vengo a Branston e poi vi raggiungo al pub.»

Capitolo 42

La detective Sophie Jones infilò il cellulare di Rick in borsa e uscì dalla centrale di Nettleham. Era andata a prendere Rick a casa qualche settimana prima perché la sua macchina non ne aveva voluto sapere di mettersi in moto, perciò conosceva l'indirizzo. La volta precedente era di giorno, ma adesso era buio e dovette avanzare a passo d'uomo mentre imboccava la sua via.

Le case in quella strada erano molto grandi e Sophie immaginò che quasi tutte avessero quattro o cinque camere da letto. Non erano il tipo di abitazione che un giovane agente detective si poteva permettere, ma lei sapeva che non molto tempo prima Rick era tornato a vivere dalla madre. Un mucchio di giovani lo stava facendo ultimamente, lei compresa. Era molto difficile acquistare la prima casa senza un anticipo decente, e con i prezzi degli affitti riuscire a risparmiare era una vera impresa. Il Lincolnshire era meno caro di molte altre contee e Sophie sperava di potersi comprare un posto tutto suo a breve.

Si chiese se il mercato immobiliare avesse influito nella decisione dell'ispettore Morgan di andare a vivere nel Lincolnshire. Si era trasferito lì da poco, ma lei non aveva avuto il coraggio di chiedergli cosa lo avesse spinto a farlo. Giravano molte voci alla centrale, certo, ma lei cercava di non ascoltarle. Avrebbe potuto essere diretta e chiederglielo; non era una domanda irragionevole, ma non voleva che lui pensasse che era una ficcanaso.

Lanciò un'occhiata all'orologio sul cruscotto e sperò che Rick non fosse già uscito. Dopo aver parcheggiato tra una Mini e un grande furgone Transit, si allungò per prendere la borsa. Non ci avrebbe messo molto a lasciargli il telefono. Aveva mangiato solo un'insalata a pranzo ed era davvero impaziente di provare quella famosa *steak pie*.

Mentre tirava fuori il telefono arrivò un messaggio e il testo comparve sullo schermo. Sophie sorrise, pensando che fosse da parte della donna che Rick doveva incontrare quella sera.

Ma si sbagliava. Era da parte di una certa Lauren.

Mi dispiace, Rick. Non ce la faccio più ad andare avanti così. Possiamo mettere la mamma a Woodview o puoi tenerla a vivere con te e occupartene da solo.

Il messaggio scomparve mentre lo schermo diventava nero.

Sophie aggrottò le sopracciglia. Sapeva che Woodview era una casa di riposo lì in zona. Sua sorella lavorava per un'agenzia che assumeva infermieri e operatori sociosanitari per strutture di quel tipo sparse per tutto il Lincolnshire.

Fissò la casa di Rick con la mano appoggiata sulla portiera. Le luci al piano terra erano accese. Ripensò alle ultime settimane. A Rick piaceva vantarsi delle sue conquiste amorose e della sua intensa vita sociale come se fosse stato uno che pensava solo a divertirsi, ma a quanto pareva aveva una situazione familiare molto difficile.

Sophie arrossì. Si sentì in colpa. Nelle ultime settimane erano arrivati ai ferri corti più di una volta e lei gli aveva dato del filo da torcere. Era facile per lei. Viveva con i suoi genitori, che avevano solo cinquant'anni, e sua madre le faceva ancora il bucato e le preparava da mangiare.

Con un sospiro, raggiunse la porta e bussò. Rick ci mise un po' ad aprire, e quando lo fece, Sophie rimase sorpresa. Non sembrava il solito Rick, affascinante e sicuro di sé che vedeva al lavoro. Aveva le guance arrossate, la cravatta allentata. Non si era ancora preso la briga di cambiarsi e sulla camicia bianca solitamente immacolata c'era una brutta macchia arancione.

«Ciao» disse Sophie. «Posso entrare?»

«Ehm, be', in realtà non è un buon momento. Stavo per cambiarmi per uscire. Non mi piace far aspettare le signore» disse con un sorriso poco convincente che si spense subito.

Sophie lo ignorò del tutto e s'infilò in casa, lasciando Rick a fissarla con aria confusa, prima di richiudere la porta.

«Non mi fermerò molto» gli disse con tono allegro. «Solo cinque minuti per una tazza di tè. Me la merito» disse tirando fuori il cellulare dalla tasca e allungandolo verso di lui.

«Dove l'hai preso?»

«L'hai lasciato al lavoro, scemo. Non riesco a credere che non ne avessi ancora sentito la mancanza.»

Rick si guardò alle spalle con aria nervosa e poi si voltò di nuovo verso di lei. «Oh, grazie. Da quando sono arrivato a casa sono stato un po' indaffarato.»

«Rick, chi c'è?» gridò una voce di donna che proveniva da qualche parte nella casa.

«È tua mamma?» chiese Sophie. «Mi piacerebbe conoscerla.»

Superò Rick e percorse il corridoio guardando nelle stanze finché non trovò la donna in cucina.

Lui la seguì, elencando una serie di motivi per cui non era il miglior momento per una visita di cortesia.

Sophie fissò il tavolo della cucina, che era imbrattato di fagioli in salsa.

La donna minuta seduta al tavolo la guardò con occhi feroci. «Non mi piacciono i fagioli» disse.

Rick rimase in piedi sulla porta, a disagio.

«Non piacciono molto nemmeno a me. Ecco, sbarazziamocene» disse Sophie, prendendo il rotolo di carta assorbente e togliendo di mezzo il piatto.

Pulì il tavolo, buttò i fogli di carta assorbente sporchi nel secchio dell'immondizia, lavò il piatto e lo mise ad asciugare, poi si sedette.

Rick la osservò con un'espressione perplessa.

«Se sei in ritardo per il tuo appuntamento, posso fare io il tè. Terrò compagnia a tua madre mentre ti prepari.»

Rick era in piedi sulla porta con le sopracciglia aggrottate, indeciso, ma alla fine sospirò prese una delle sedie della cucina e si mise seduto davanti a Sophie. «Il caso vuole che abbia annullato il mio appuntamento. Pensavo di restare a casa, per fare compagnia a mia madre.»

Sua madre gli rivolse un gran sorriso. «Oh, sei un bravo ragazzo, Ricky.»

Sophie lo vide emozionarsi per un attimo.

Era ovvio che la madre di Rick aveva dei problemi di salute e che lui faticava a gestire la situazione.

«Lauren è tua sorella?» gli chiese.

Rick sembrò confuso. «Sì, perché? La conosci?»

Sophie scosse la testa. «No, ma ti ha mandato un messaggio.»

Rick fece scorrere il dito sullo schermo per sbloccare il telefono e lo lesse velocemente. Si incupì.

«Potresti parlarmene» disse Sophie. «Magari posso aiutarti.»

Lui appoggiò il telefono sul tavolo e scosse la testa. «Apprezzo l'offerta ma non serve.»

Sophie non si arrese tanto facilmente. Si dedicò alla madre di Rick per qualche minuto e le fece delle domande sull'infanzia del collega. Quando la donna si mise a raccontare una storia su Rick che all'età di sette anni era rimasto incastrato con la testa nella ringhiera ai giardinetti, lui non ne poté più.

«Devo solo scambiare due parole con Sophie riguardo al lavoro, mamma. Ci metto un attimo.»

Fece uscire di corsa la collega dalla stanza. Una volta in salotto, si sfogò con lei. «Non so come faccia a ricordarsi storie come quella, che risalgono a vent'anni fa, se poi non si ricorda cos'ha fatto stamattina!»

Sophie sorrise. «Credo che fosse quasi arrivata alla parte migliore.»

Rick incrociò le braccia sul petto. «Può essere, ma tu non sentirai il resto di quel particolare racconto.»

«Guastafeste. Adesso sono proprio curiosa.»

Rick si mise seduto sul divano e Sophie prese posto nella poltrona di fronte.

«È chiaro che sei in difficoltà, Rick, e io voglio aiutarti. Mia sorella lavora in un'agenzia. Si occupa di selezionare assistenti a domicilio, così come personale per case di cura e servizi sociali. Non devi affrontare questa faccenda da solo.»

Lui fece un lungo sospiro e distolse lo sguardo, mettendosi a fissare il muro.

Sophie pensò che fosse a un passo dal togliersi quella maschera che indossava dal giorno in cui lo aveva conosciuto. «Non c'è niente di cui vergognarsi. E ammettere di avere bisogno di aiuto non è un segno di debolezza.»

«Non la metterò in una casa di cura» sussurrò Rick con la voce che gli tremava.

Sophie scosse la testa. «Nessuno dice questo, ma puoi farti aiutare. Magari qualcuno che venga qui durante il giorno. Una persona qualificata ti costerà molto, ma puoi fare richiesta al comune per ricevere un aiuto economico. Ci sono fondi e dei programmi appositi per aiutare le persone nella tua situazione.»

Rick la guardò. «Credi davvero che sia una possibilità?»

Sophie annuì. «Assolutamente sì. Parlerò con mia sorella e vedremo di inventarci qualcosa.» Allungò una mano e la appoggiò su quella di lui. «Non sei solo, sai? Quando le cose si complicano, puoi sfogarti con me. Sono brava ad ascoltare.»

Rick sorrise e sembrò che si fosse tolto un peso.

«Ho fame. Posso avere un biscotto al cioccolato?» gridò la madre di Rick dalla cucina, allentando la tensione.

Rick si alzò ancora sorridente e i due andarono in cucina. «Non vedo perché no, mamma. Mangiamocene tutti uno.»

Fece bollire l'acqua per il tè mentre sua madre chiacchierava con Sophie di *EastEnders*. Fece confusione con alcuni dei personaggi, ma Sophie era un'accanita divoratrice di soap opera e si godette la conversazione.

Rick mise tre tazze di tè sul tavolo e si sedette.

«Allora, quell'atteggiamento da uomo che non deve chiedere mai è tutta una recita, vero?» scherzò Sophie. «Avrei dovuto capirlo.»

Rick si mostrò inorridito. «Non è una recita.» Sorrise. «Non posso farci niente se le donne mi trovano irresistibile, Sophie.»

«Se lo dici tu, amico mio» disse lei ridendo, contenta di vedere che il collega era quasi tornato l'uomo sicuro di sé che era di solito.

L'ispettore Morgan e Karen erano seduti a un tavolo del *Waggon and Horses* accanto a una grossa stufa a legna che bruciava con ferocia. Karen si stiracchiò, sentendosi assonnata e rilassata.

L'ispettore Morgan bevve un sorso della pinta di Timmy Taylor Landlord e chiuse gli occhi. «È perfetto» disse. «Ne avevo proprio bisogno.»

Karen sollevò il suo gin tonic e stava per portarselo alla bocca, quando le squillò il cellulare. Si mise a rovistare nella borsa finché non lo trovò.

Era Sophie.

«Ha detto che ci raggiungerà più tardi ma che prima deve dare una mano a Rick in un paio di cose.»

L'ispettore Morgan bevve un altro sorso di birra. «Spero che questo significhi che vanno un po' più d'accordo.»

«Anch'io.» Karen si alzò in piedi. «Vado a ordinare. *Steak pie*?»

L'ispettore Morgan scosse la testa e tirò fuori il portafogli. «Faccio io.»

«No, non se ne parla. Gli stipendi dei sergenti detective non saranno alti quanto vorrei, ma posso permettermi di offrirle una *steak pie*.»

Si diresse al bancone. Il *Waggon and Horses* era disposto in modo che ci fossero due aree, una riservata a chi voleva mangiare, mentre l'altra era un normale bar. Loro erano seduti nella accogliente zona per mangiare, come Karen faceva normalmente. Spesso andava al pub da sola, o a volte con Christine, per scambiare due chiacchiere e qualche pettegolezzo innocente con la gente del quartiere. Ordinò e poi tornò a sedersi al tavolo.

«Non è andata male, vero? Abbiamo riportato a casa tre ragazze e noi ce ne aspettavamo solo due» disse Karen.

L'ispettore Morgan annuì. «Tutto considerato, è andata benissimo. Avevo iniziato a pensare che non le avremmo mai trovate.»

«Faccio ancora fatica a credere che Nigel Palmer sia riuscito a nascondere l'omicidio di sua moglie così a lungo. Povera Gwendolyn» disse Karen, sentendosi malinconica mentre beveva un altro sorso di gin tonic.

«Finalmente quella donna otterrà giustizia» disse l'ispettore Morgan. «Mi adopererò affinché Nigel Palmer venga punito per il suo omicidio, fosse anche l'ultima cosa che faccio.»

Karen abbozzò un sorriso. Apprezzava le sue intenzioni, ma visto lo stato avanzato dell'enfisema, i dottori li avevano avvertiti che probabilmente Nigel Palmer non sarebbe vissuto abbastanza per essere processato. Ma tutto il tempo che gli restava lo avrebbe trascorso in prigione, quindi, tutto sommato, quella poteva essere una piccola consolazione.

In più, non gli sarebbe stato facile pagarsi un avvocato. Avevano scoperto dove Cathy prendeva i soldi per comprare la droga per Amy Fisher. Li prelevava dal conto del padre. Karen avrebbe tanto voluto essere una mosca per assistere al momento in cui avevano comunicato a Nigel Palmer che era quasi al verde.

«E le prove a carico di Phil Carver sembrano solide» disse l'ispettore Morgan, parlando piano per evitare che qualcuno tra i clienti del pub lo sentisse.

Karen annuì. Voleva che Phil Carver passasse un bel po' di tempo dietro le sbarre. In fondo, poteva anche non avere nulla a che fare con il rapimento delle bambine, ma Karen era convinta che quando Emily Dean era scomparsa, lui stesse iniziando ad adescarla. Le immagini sul suo computer erano una buona base di partenza per un'azione penale e un'unità alla centrale di Lincoln si stava concentrando sui forum e i gruppi che Phil Carver aveva visitato online. Con un po' di fortuna, quell'indagine avrebbe permesso di risalire ad altri frequentatori di quei siti e li avrebbe consegnati alla giustizia.

«È stato il primo grosso caso a cui abbiamo lavorato come squadra» disse l'ispettore Morgan. «Hai qualche suggerimento per apportare dei miglioramenti? Magari nelle comunicazioni? Ho letto di questo nuovo sistema a più livelli per i verbali. È molto interessante. Potremmo incorporarlo al nostro metodo attuale.»

Karen alzò gli occhi al cielo. A lei non sembrava per niente interessante. «Non so nulla riguardo a quella roba tecnica sui verbali, ma secondo me abbiamo lavorato piuttosto bene insieme. Certo, devo ancora convincerla a dare retta alle mie sensazioni...»

L'ispettore Morgan scoppiò a ridere. «Magari un giorno, ma per adesso penso che mi affiderò agli strumenti d'indagine della vecchia scuola, grazie.»

Una coppia si avvicinò per salutare Karen, e quando lei presentò l'ispettore Morgan e disse che si era trasferito nel Lincolnshire da pochi mesi, loro gli diedero un caloroso benvenuto.

Quando la coppia se ne andò a cercare un tavolo, l'ispettore Morgan disse: «La gente da queste parti è socievole. Sono felice di essere venuto a vivere qui. Credo che mi troverò bene».

Karen si chinò in avanti, appoggiando il gomito sul tavolo di legno scuro. «E come mai ha deciso di venire a vivere qui? Lo sa, alla centrale non si parla d'altro.»

L'ispettore Morgan abbassò lo sguardo e fissò la sua birra. «So che pensate che ci sia chissà quale segreto dietro al mio trasferimento, ma non è così. Sono davvero un tipo molto noioso.»

Karen lo fissò con gli occhi socchiusi e decise di lasciar perdere per quella sera. Avrebbe dovuto sapere che non si sarebbe aperto con tanta facilità.

«Dovremo inventarci una storia interessante per lei. Una che faccia davvero morire di curiosità.»

«Non sono sicuro che l'idea mi piaccia.»

Una delle ragazze della cucina arrivò con i piatti e poi tornò per portargli della salsa d'accompagnamento.

L'ispettore Morgan guardò la fetta enorme di *steak pie* e spalancò gli occhi. «Be', di sicuro ha una bella faccia.»

«Aspetti di assaggiarla» disse Karen prendendo le posate.

Si avventarono sui piatti, facendo solo qualche piccola pausa per commentare quanto fosse tutto delizioso, comprese le patatine e le verdure.

Piena al punto di scoppiare, Karen si appoggiò allo schienale della sedia e sorseggiò il gin tonic. Guardò la gente felice intorno a lei e si sentì appagata. L'ispettore Morgan era un buon capo e, nonostante le loro divergenze, lavoravano bene insieme.

Sollevò il bicchiere. «A un buon risultato.»

«E a tanti altri che verranno» disse l'ispettore Morgan, brindando con lei.

Karen tornò a casa dal pub a piedi, sperando di bruciare un po' di calorie. Il vento pungente che arrivava da ovest le frustava i capelli corti e le faceva lacrimare gli occhi, perciò camminava con le mani affondate alle tasche, il mento piegato sul petto e la sciarpa che le copriva mezza faccia. Fu solo quando arrivò all'altezza della casa di Christine che notò come la luce di sicurezza sopra il suo garage fosse accesa. Avvicinandosi al vialetto scrutò il giardino e vide Mary che camminava avanti e indietro. Accanto alla porta del garage c'era una piccola valigia. Ci stava facendo l'abitudine.

Mentre andava verso di lei la chiamò, osservandole il viso in cerca di nuovi segni. Ma qualcosa la indusse a fermarsi. Mary aveva un'aria diversa. Stava a testa alta e si muoveva con rapidità, in modo quasi frenetico. Anche se i vecchi lividi erano ancora evidenti e sembravano dolorosi, Karen non ne vide nessuno nuovo.

Mary le corse incontro, con un'energia nervosa addosso. Strinse forte il braccio di Karen e spalancò gli occhi. «L'ho fatto. L'ho lasciato.»

Non aveva i guanti e le guance erano rosse per il freddo. Stava tremando.

Karen la prese sottobraccio, tirandola verso la casa. «È un'ottima notizia. Vieni dentro così possiamo decidere il prossimo passo. Dovremmo riuscire a sistemarti in una casa rifugio già da stasera, ma se così non fosse, puoi restare qui finché non ci sarà un posto disponibile.»

«No» disse Mary, sorprendendo Karen per il modo deciso con cui scuoteva la testa. «Grazie, ma non mi servirà un posto in una casa rifugio. Andrò a stare da mia sorella a Norfolk.»

Karen aprì la porta. «Ti sei rivolta alla tua famiglia?»

«Sì, e aveva ragione. Sono stati contenti di sentirmi. Io pensavo che ne avessero avuto abbastanza di me, invece no. Vogliono ancora aiutarmi.» Sbatté le palpebre. «Non me lo merito. Gli ho fatto passare le pene dell'inferno.»

«Come andrai da tua sorella?»

Aspettò che Mary entrasse in casa e poi chiuse la porta. Fu un sollievo essere al riparo da quel vento pungente. Mary appoggiò la valigia contro il muro. Non era grossa, ma Karen immaginò che contenesse tutti i suoi averi.

«Viene a prendermi mia sorella» rispose col fiato corto. «Spero non le dispiaccia, ma le ho dato il suo indirizzo. Non volevo aspettarla in quella casa. Dovrebbe essere qui a minuti. Sono felice che lei sia rientrata prima del suo arrivo. Volevo ringraziarla.» Tirò fuori dalla tasca una matita corta e un foglio piegato. «Le avrei lasciato un biglietto se non fosse rincasata.»

«Sono così contenta, Mary» disse Karen, mentre si toglieva il cappotto. «Sono orgogliosa di te.»

«Non dovrebbe. Sono un fascio di nervi. Non riesco a credere di aver lasciato che la cosa si trascinasse fino a questo punto. È colpa mia se...»

«Non dire così. Niente di tutto questo è colpa tua. Hai tempo per un tè o un caffè?»

«Meglio di no. È un viaggio lungo.» Il sorriso sul suo viso si spense e l'eccitazione si trasformò in preoccupazione. «Sto facendo la cosa giusta, vero?»

Karen si tolse la sciarpa. «Ma certo. Questo è un nuovo inizio. La tua nuova vita.»

Mary fece un respiro profondo e annuì. «Sì, un nuovo inizio. Mi piace. Ho già trovato un lavoro. Be', è solo un part-time al pub del villaggio in cui vive mia sorella, ma è già qualcosa. Lei è una mamma single di due maschi, perciò potrò aiutarla con i ragazzi e pagarmi le spese.»

«Tua sorella sarà stata felicissima di sentirti.» Karen allungò la mano per prendere il cappotto di Mary e lo appese accanto al suo sull'appendiabiti.

Andarono in cucina e Karen accese il bollitore.

Mary era troppo nervosa per mettersi seduta, continuava a camminare avanti e indietro. «Pensavo di aver bruciato i ponti con la mia famiglia. Non li avrei biasimati se mi avessero voltato le spalle. Avrei dovuto accettare il loro aiuto tanto tempo fa, ma mi ripetevo che sarebbe cambiato... che se fossi riuscita a renderlo felice, le cose sarebbero state diverse.»

Karen versò l'acqua calda nella tazza e girò il caffè con un cucchiaino. Era triste il modo in cui la società dava la colpa alle vittime. Lei aveva commesso lo stesso errore della famiglia di Mary nel giudicarla. Era stata impaziente con quella donna, non era riuscita a capire perché stesse con un uomo che la pestava a sangue. A volte, in casi come quello, si riversavano rabbia e frustrazione sulla persona sbagliata.

L'unico che in quella situazione meritava la rabbia di tutti era l'ex compagno di Mary. «Non c'è niente che avresti potuto fare in modo diverso, Mary. Lui è responsabile per il suo comportamento, non tu.»

Mary annuì. «Ha ragione. So che ha ragione. Mi ha tolto tutte le certezze che avevo. Non ha idea di quanto fossi diversa prima. Un tempo ero forte, avevo dei progetti e dei sogni. Volevo viaggiare, ma ho smarrito quella parte di me. Non riuscivo a farmi rispettare. La mia famiglia era furiosa. Non capivano perché gli permettessi di calpestarmi. E, francamente, non lo capisco nemmeno io.»

Una macchina si fermò nel vialetto e Mary sorrise di nuovo. «Questa dev'essere lei.»

Karen appoggiò il caffè sul tavolo della cucina e seguì Mary in ingresso.

Si infilò il cappotto in un secondo. Era bello vederla così ansiosa di cominciare il successivo capitolo della sua vita.

Karen la aiutò con la valigia e salutò con la mano la sorella, che stava cercando di fare inversione nel vialetto.

«Grazie di esserci sempre stata e di avermi ascoltata, anche se probabilmente l'ho annoiata a morte.» Si allungò verso di lei e, cogliendola di sorpresa, la tirò a sé per abbracciarla.

«Sii felice» le disse Karen, e salutò da lontano i due bambini seduti sui sedili posteriori. «I tuoi nipotini?»

Mary sorrise con orgoglio. «Sì, non sono stupendi?»

Karen la aiutò a mettere la valigia nel bagagliaio e li guardò mentre si allontanavano, augurandosi che quello fosse davvero il punto di svolta e il nuovo inizio di cui Mary aveva bisogno. Nessuno aveva la garanzia di essere felice, ma adesso Mary aveva una chance per riuscirci. Si era lasciata alle spalle quella relazione malsana, dannosa, che le aveva tarpato le ali.

Fece un respiro profondo e rientrò in casa. Come Mary, anche lei doveva affrontare qualcosa di malsano e dannoso che faceva parte della sua vita.

C'era voluto parecchio tempo, ma era finalmente pronta. Entrò nella stanzetta accanto alla cucina, che un tempo era la stanza dei giochi di Tilly. Tirò fuori dall'ultimo cassetto della scrivania il raccoglitore celeste e si accorse che una volta tanto non le tremavano le mani.

Con il raccoglitore sotto al braccio, tornò in cucina e prese dei fiammiferi. Uscì di casa passando dalla veranda e camminò a passo deciso fino in fondo al giardino, dove c'era il vecchio secchio dell'immondizia in acciaio che in passato usavano per i falò.

Era una serata umida, con una leggera foschia, ma la carta avrebbe bruciato senza problemi.

Strappò dal raccoglitore il primo foglio, una copia del verbale dell'incidente, e osservò la fiamma attecchire e allargarsi sulla carta. Lentamente e con movimenti metodici, Karen bruciò ogni altro singolo foglio del fascicolo. Era arrivato il momento di lasciar andare quella sua ossessione per l'incidente. Non voleva pensare a Josh e Tilly in quel modo. Non aveva bisogno di aggrapparsi al ricordo di quel periodo terribile della sua vita. Aveva bisogno di ricordare tutti i momenti felici.

Proprio come Mary, Karen aveva bisogno di un nuovo inizio. Aspettò finché l'ultima spirale di fumo si spense e non rimasero che dei frammenti carbonizzati, poi si voltò e rientrò in casa.

Era arrivato il momento di voltare pagina.

Ringraziamenti

Sono molto grata a tutte le persone che hanno lavorato sodo per produrre il primo libro della serie della sergente detective Karen Hart. Molte grazie a Jack Butler e alla squadra della Thomas & Mercer. È stato un piacere lavorare con voi.

Un enorme ringraziamento va alla mia famiglia e ai miei amici. Sono molto fortunata ad avere intorno a me un gruppo di persone fantastiche che sono i miei più grandi sostenitori. Mi incoraggiano a inseguire i miei sogni, fanno il tifo per me e rendono la mia vita più bella.

E un grazie speciale a tutti i meravigliosi lettori che mi hanno dimostrato così tanto sostegno negli ultimi anni. I messaggi e le email che ricevo dalla gente che ha apprezzato le mie storie significano tantissimo per me. Grazie mille a tutti.

Printed by Amazon Italia Logistica S.r.l.
Torrazza Piemonte (TO), Italy

14044448R00185

Emma Storr

The Year of Two Winters

Indigo Dreams Publishing

First Edition: The Year of Two Winters
First published in Great Britain in 2023 by:
Indigo Dreams Publishing
24, Forest Houses
Cookworthy Moor
Halwill
Beaworthy
Devon
EX21 5UU

www.indigodreamspublishing.com

ISBN 978-1-912876-77-8

British Library Cataloguing in Publication Data. A CIP record for this book can be obtained from the British Library.

Designed and typeset in Palatino Linotype by Indigo Dreams.
Cover design by Ronnie Goodyer at Indigo Dreams
Printed and bound in Great Britain by 4edge Ltd.

Papers used by Indigo Dreams are recyclable products made from wood grown in sustainable forests following the guidance of the Forest Stewardship Council.

For Paul, Catherine and Stephen

Acknowledgements

With thanks to the following, where some of these poems have previously appeared, or been given awards:

Ilkley Literature Festival Walter Swan poetry competition (2016 & 2021); YorkMix poetry competition (2020); Ware Poetry Sonnet competition (2022).
Strix (2018); *Pennine Platform* (2020); *And the Stones Fell Open* anthology. Leeds Church Institute (2020); *Bloody Amazing* anthology. Dragon Yaffle (2021); *When All This is Over* anthology. Calder Valley Poetry (2021); *On the other side* anthology. Yaffle (2021); *Ten Poems about Wine*. Candlestick Press (2023).

Thanks to the poetry groups and friends who gave me feedback on many of these poems. Carole Bromley, Charlotte Eichler, and Lydia Kennaway have provided perceptive and helpful comments as well as The Wharfedale Poets and Leeds Writers Circle. Some of these poems were inspired by excellent courses run by Kim Moore and Jonathan Edwards and I benefitted hugely from their expert tuition. Thanks in particular to Antony Dunn for three years of poetry seminars and for giving invaluable feedback on this collection and also to Mike Farren for advice on ordering the poems.

Finally, thanks to Bob Hamilton for his encouragement and belief in me.

CONTENTS

The Year of Two Winters

Heritage

The Viking nose is launched on longboats, smells
the salt in blustering winds, leaping fish.
It follows whale roads west and south to land
in countries full of thick and heavy words.

The Viking nose can scent fresh blood in fights
where Saxon wounding *knifrs* and spears are thrust
at Norseman heads. The *nas björg* band protects
the snout, wards off the blows and blunts the blades.

The Viking nose will settle down and spread
its genes in Orkney's isles, in Yorkshire's *thorpes*
and pastured *thwaites,* retaining name and size.

The Viking nose is striking, straight and long,
its dominance asserted on my face.
I bear it as descendant of a *Stórr.*

Norse words:
Knifr knife
Nas björg metal strip on a helmet that protects the nose
Thwaite a clearing, meadow or paddock
Thorpe hamlet or small village
Stórr big, large, tall, great

Constantine, Cornwall

Mother is knitting a saga, an Arran
jumper in bleached wool. It takes
seven years while she reads aloud
from Old Peter's Russian Tales.

The attic is in the sky of our house.
She disappears for slow-ticked hours,
can't be disturbed until we have lunch.
I grab forbidden tongs by the fire.

Their jaws are clamped like mine. I wait
to hear the trapdoor creak , her canvas shoe.
She comes down backwards, counting treads
on the metal ladder's narrow steps.

I pluck a tune on the egg slicer's wires
while Mother pours a glass of sherry.
She makes cheese sandwiches, fries them
in a battered pan. My favourite meal.

Later, we walk on a glittering road
down to the beach. I search for cowries,
count them into my jam jar bank.
I poke anemones to make them squirt.

My brown freckled arms taste of salt.
I don't have a bath for weeks and weeks.
Mother believes seawater cleanses,
even my pigtail, my sandy feet.

Falcon

Wind on the webcam
is the sound track to murder:
kill leaking from beaks
ripped pigeon or crow flesh
fed to gaping yellow mouths
buried in fluff.

One chick of the three
strains to be fed, trembles
against its heavier siblings.

I learned to play
the trump card at home
as smallest, weakest,
incriminating my sisters
so the tastiest parts
of my parents' love
were mine. And I lived.

A topographic map of the past

I spread it out in front of me, corners pinned,
push London back, behind the moors and dales.
My river is the Aire and Leeds my city.

I move Cornwall centre-stage, refresh
the blue and white stripes, yellow sand. I build up
dunes, harbour walls, falling lighthouses.

America sprawls to the west, scorched dry.
My sister sits in California's dusty hills. I fill
the lakes and sprinkle peaks with snow.

New Zealand sparkles in unfiltered sun.
It drifts and quakes, tugs me with magnetic force.
I anchor North and South islands fast.

The future taps me on my left shoulder. I don't
turn round. I'm busy making paths across the cliffs
towards a headland lookout point, lost in fog.

Park sketch

My pin woman pushes a buggy
towards the lake, larval
baby unsecured.
A flightless bird floats
along a cartoon ripple,
hinged beak gaping.
Golfers pause, murderous
clubs raised above
the black wire grass.
Playground swings stop mid-
air, kids suspended
in the sky, caught
between the page's lines.
Stick people stuck with each
other and porcine dogs.
My firework fountains droop
above a static pond.
The sun is squashed.
A six-year-old could draw
this better. I crumple it
and find a match.

Devotee

His car is waiting, parked at random times,
a silver Nissan lurking on the square.
He hides behind a beard and Ray-Ban frames,
his fingers thrumming while he marks her day.
He knows the bus she takes, the night she's out
at choir; the time she goes upstairs to bed.
She hears the post arrive and picks up cards
addressed to her in bleeding felt-tip pen,
or cabbage leaves drop quietly on the mat,
his flaccid gifts of love that shrink and rot.
At night the mobile shudders her awake
NO CALLER ID flashing in the dark.
Her dustbin disappears. The cat leaves home.
She lies awake and grips a weighted sock.

Selkie

I slip on my sea dress,
black and sleek. I don't
look back, in case

a child stirs, a man wakes,
or the ocean's call
is drowned in wind.

I dive through waves that slap
the rocks, barnacles
crackle in the foam.

Fathoms swallow me,
sway my body
in a lullaby of tides.

I'm stroked by kelp's
slippery blades.
Seals sing. I forget

everyone. I leave
land for water, salt,
for the floating moon.

St Christopher's

I was bound by my school tie.
Dark green and slippery blue,
it slid into a magic knot
only my mother could fashion.

I was proud of my school badge,
a lozenge of yellow with a brass pin,
earned after years and years of sitting
straight-backed, cross-legged.

I was angry when Mrs Bellamy
helped with my horse painting.
It hung on the wall by the stairs
with my name, but I knew.

I was shocked that Debbie
had lost her mother, like a glove,
and found a new one with her dad.
She didn't seem to mind.

I was guilty when some of us
took it in turns to kiss Vicky
on the mouth. She said she'd
teach us how to do it properly.

I was pleased to leave after
seven years. I sliced my beret
into eighths and knotted my tie
to railings on Haverstock Hill.

Tasting Notes
A found poem from Majestic Wine

The Customer Happiness Team
is available: do I want wine
tasting of roundness, or fruits

that linger: plum, blueberry and lime?
They promise toasted spices
marrying passion with vibrancy.

The Happiness Team propose
that my excellent choice
of a Marlborough Sauv Blanc

can be shared with mature
goat cheese, friends, or drunk
simply on its own.

I admire the Kiwi label,
the reassuring 13%, the click
as I unscrew the cap.

They are so right: I *can* drink
on my own. I am cut grass,
light-bodied, off-dry.

Yorkshire pudding

It left a shiny stain of grease,
a crescent scar on
the damask wallpaper.
Pity she had missed.

The batter missile would
have fitted nicely into
his blow-hole mouth,
stopped the spitting oaths.

He'd laughed at her
poor aim. Head back,
eyes shut, his turkey
throat stretched over

his Adam's apple,
until she'd plunged
the fork prongs straight
into his bulging veins.

A gasp and gurgle.
Then a shudder. His
body quivered, slumped
forward into his plate.

That stopped the gobbling
stream of filthy words
buffeting her ears.
He drained slowly,

a rivulet of red
fell on the floor,
She scraped the pudding up.
Closed the door.

To make an eye

Take a mould of her empty orbit's asymmetry,
the interlocking socket bones that cup the air.

Fashion an implant, porous and firm, stitch into place.
Photograph the living eye, measure its dark pool.

Search your palette for tones and hues that mimic
her iris, the radial flares of blue and brown,

the crimson threads of her milky sclera. Dip
the sable tip with care to mix each shade.

Paint the acrylic shell that fits under her lids
so when she blinks, looks up and down,

her blind imposter fills and fools us all.

Explorer
After Eiléan Ní Chuilleanáin's 'Swineherd'

When all this is over, said the explorer,
I'll find my kaftan and open-toed sandals,
twist my tagelmust onto my head, pack
water, factor 50, dark glasses.

I'll hail a camel, climb up between its humps,
pray I'm not seasick on our voyage into the desert.
We'll follow corrugated tracks over the stony plateau,
turn our backs on dust storms and tourists.

The days will shimmer and I'll chew figs,
drink mint tea brewed in a pot on a stove
at the edge of our path. Three green glasses
at one sitting. We must move on.

At night, I'll shake out my clothes, my stiff legs,
lie in a scoop of sand under constellations
I can't name, a nomad at sea in heatwaves, salt.
I will trust only the camel and go on.

January

January walks in, wet and new, full of resolutions
she won't keep. She can't stay warm, coughs through
the nights that swallow days before they've had a chance
to harness light. A throw of cloud lies on the shallow sun.

The earth is cold and obstinate. Trowel or spade fail to
impress. January sulks in threadbare clothes, sees her sister
February offstage, waiting in the wings, anxious for
her limelight entrance, shaking snowdrops from her skirts.

January seethes through brief dark days, then throws
her spears of icicles, her fog grenades. It's too late
for recovery. Retreating from the coming spring
she shivers, melts and drowns herself in flooded fields.

January's buried deep below the bulbs, the sodden soil.
She'll rise next year, forgetting her life is shadowed, short.

Miss Manning

She was frightening
when she growled commands at us
we obeyed sheep-like

Uncompromising
she played us Under Milk Wood
on crackling vinyl

speeches from Hamlet
so we heard the cadences
of the spoken verse

We learned poetry
by heart Words we didn't know
rolling in our mouths

T.S. Eliot
The Journey of the Magi
Lines we stumbled through

like refractory
camels The sherbert shocked me
that they had sweets then

She played viola
chestnut sounds of bow on gut
hanging in the Hall

and in Assembly
Mozart was our hymns and prayers
Bach our praise music

Her dragon stories
curled green smoke from Cornish caves
woke up King Arthur

She tried dying once
but failed She wrote that story
later in a book

Sea lion

You monolith, you grey hulk skulking
near the beach's end.
I didn't see you when
I walked the hours into days
the days into long weeks
of exiled years away.

You barked alarm, grew huge and fierce,
started moving, scooting
sand, a slo-mo missile
launched at me, defending somewhere
I'd assumed was safe
to wander, lose myself.

I panicked, ran. Didn't dare
to look behind until
I'd slipslid up the dunes
grabbing marram grass to climb
above. I turned around
and saw you slumped

back into sack of skin and fur
and fat. You closed one eye
before you sank,
resumed your lazy loll as boulder
lurking on the shoreline in
your place, your home.

The Home Kill Man

shot her favourite cow with the caramel highlights.
Asked if he could use the facilities.

He took an age.
She thought she heard him moan
so she clattered a frying pan.
He winked at her as he walked away.

Weeks later he brought the beef in wax paper parcels,
each cut labelled in indelible ink.

She didn't want his help to stack the freezer:
steak after steak, rump, sirloin,
the mince and sausages on top.

She slammed the lid shut.
His overalls brushed her legs,
his scent of sweat and meat
hanging in the air.

She watched him start his van,
tried to stop seeing the blood
spilling and spreading on his clothes,
over his smeared hands.

The year of two winters

was black ice treachery.
I flew from dark
into dark, the flat so cold
my breath left
frosted whirls inside the glass
each night.

It felt like camping with
borrowed kit.
I looked up at the concrete sky,
the red kites
tilting on their wings, the colours
of suburbia,

so distant from the Southern Alps
I'd learned to love,
then to leave. I flew between
the hemispheres
with scarred wings, left behind
a scattered nest.

I waited for the light to come,
to garland me
with longer days, with hope
that starts in
February, snowdrops pushing
up and through.

Ode to the pancreas

I'm grateful for the work you do without
fuss or instruction, my quiet organ
of small waterfalls, dripping juices
on to food I've gulped, unthinking.
Those fatty globules floating down
my underground stream breaking up
breaking down when they meet your
fluid weapons: amylase and esterase,
phospholipase. Please don't surprise me
at the end. Don't make me swell or turn
a greenish-yellow and I'll try not
to poison you with chocolate, booze
or caffeine. My hidden unsung gland.

Sea Plaint

Your debris spoils my table
set with mussels, whelks, razor shells,
sprigs of sea sorrel.

Polystyrene cups and nylon
nets serve up dead fish, dead
coral fingers, white bones.

I break boats, snap oars, bend
steel with my heft, swallow
ships whole. But oil

floats, tar sticks, plastic kills.
My tides can't cleanse your
filth, your floating grease.

Midhope, Yorkshire

I knew there was no chance
when you suggested
                    we separate
spread   out   and
walk through bracken
                    past gritstone rocks
scattering hares
          over the moor.

A silence in you
below the chat
              lay deep and dark
your decision written
                    in the criss-cross paths
back to the car park
pub windows
          splintered
                    door locked
     grass in the cracked tarmac.

Weeks later
          I saw a hare
     carved in stone.
I thought of us looking
                    not finding each other
on that moorland walk
chasing spring
              after spring had gone.

Present

I don't ask how you came to be here,
if you're shipwrecked, on this island.

I don't ask why, or if you chose this
Yorkshire city, cool and grey.

I don't ask what you've lost, or who
you may have had to leave behind.

We talk about other things:
bus routes, rain, the shifting sky.

The words pour out and I'm amazed.
You can laugh in four languages.

You tell me what you want to do,
a new script in a new place.

We look together at the future:
you are working, busy, proud.

Your hands are strong, palms open,
offering your unwrapped gift.

How to prepare for visitors

Hoover the lampshade.
Wipe the cat.
Tweezer the plugholes.
Scrape sticky bits
off the kitchen floor.
Bury the cucumber.
Perform surgery on carrots.
Reprimand the skirting boards
for seduction of dust.

Spray beeswax polish
into every room.
Promise the oven a bath
next year. Rely on
your guests' cataracts
to dim their view
of your home, dressed in
its favourite coat over
exhausted underwear.

Somnia

I sleep naked, no wet suit, mask
or weighted belt to guarantee
submersion.

I slide under the calm sheets
slow my heart with deep breaths,
still my body,

let it fall through a sway of waves
towards the dark. The saline sea
untangles

thoughts, bathes and loosens
grit and dirt of the day. I float
unanchored.

I plunge again and swim the depths,
then pause for dreams before I leave
the rippled night.

I wake in my bed, safely moored,
stretch for the day with lazy limbs,
place a foot

on a beach of carpet, stand and stretch
before I stagger, find my towel and
head inland.

Horse moves in

I tried explaining allergic reactions to Horse.
My swollen face and streaming eyes were proof.
She just nuzzled closer, licked my tears. I sneezed.

I worried horseshoe marks would scar the kitchen floor.
To my surprise she tiptoed with a grace I hadn't guessed
and settled in the lounge to channel-surf with the remote.

I left her watching while I searched for anti-horse
medicaments – Loratadine and Beconase and eye drops
past their use-by-date. I blinded the mirror with a towel.

Horsey smell hung in the air. I opened windows, blew my nose
and felt my lungs and throat contract. I wheezed past Horse
who looked relaxed, foreleg dangling, rump and tail

bulging over the sofa's arm. I left the back door open,
hoped Horse might wander out, graze, spread manure
or canter round my urban patch of grass and moss.

No such luck. I'm on Rightmove and Zoopla searching
for a flat, a penthouse with a gated entry, keypad lock,
and stringent rules: No Sublets and No Pets Allowed.

Peril

Neither died when I was twelve.
Instead, I watched them tear
apart. A slow wrench that left
them both injured, raw.

And me.

I had to keep them alive.
Either might have tried
leaving early. He wore
guilt like an overcoat.

And me.

She typed him letters. I saw
words like 'bloody miserable'
printed on the carbon copy,
paper thin and blue.

And me.

They survived, separately.
New partners, hidden
scars they covered up.
When she died, he unravelled.

And me.

This service includes all removable components

It took four hours – it is a double model.
I spent the first ten minutes saying *Sorry*.
The layers of grease, the burnt-on fat, lava
piled up on the floors, the clinging grime
of roasts, erupted cheese from pasta bakes,
and fragments from exploded cake grenades.

Naturally I've sometimes wiped and scraped
remnants, cleaned the glass to misty smears
I can't see through and picked the drips off
with a fingernail. But years have passed.
I've never done a deep-plunge scouring job,
exorcised the stickiness and smell.

He put on gloves, prepared the floor and said
I like a challenge. Reaching deep inside
he extricated guts – fans, shelves and trays.
He sprayed and sponged, bathed all parts
in caustic soda, dissolved away the dirt.
He purified the hob and burner crowns.

Triumphantly he showed me elements
as shiny red and hot as my own cheeks.
The rings flared up with even, steady glow.
When he suggested silicone, a sheet
to catch a careless spillage from a roast
or baking tin, I nearly kissed him.

Arrhythmia

Dear heart. Whatis wrong?

You seem to be runningawaywithyourself and then
missing a
beat.

I thought I could relyonyoufor many
years
to come.
Decades.

Sweet heart. I've always cherishedyou,
mended you when you broke, nurtured you.

I didn't meantotakeyou forgranted,
although I
thought
I could.

So whatdoyouwant? Sympathy? Drugs?

Shocks?

Please stop going oncrazyruns, wavering
betweenstrokes
flirtingwith the Grim Reaper
behind
my back.

You could have droppedahint – a twinge of pain
when
we climbed
Beamsley Beacon.

Zilch.
It was the kneescomplaining notyou.

I will listen, reluctantly to your demands.
Just disappointed
you didn't say
before.

And I can't help wondering. Why me?
Why now?

Howlong? how long?

have we ?

Dizygotic

You carved a space in my walls,
bedded in and spilt my blood,
a red trickle that took me crying

to hospital, the scan a shock.
You stole my muscles, beat at my ribs,
sucked the breath and bowels from me,

blew me up like a bloated whale,
then grounded me with fluid weight.
As you grew, the fights at night

got serious: swipes and punches
waking me from swimming dreams.
Your planned arrival got delayed.

You stopped halfway. Hands in gloves
reached deep inside and pulled you
free, wrapped you up like parcels

in the starched green sheets. I held
you tight, unsure if I could keep
you both alive and safe, outside me.

Pipistrelli stufati nel vino

Use a net to scour the belfry,
scrape the sky at dusk
to catch your prey. Then

take a handful, steep in wine,
Shiraz or Merlot, hold
their squirming bodies tight.

Boil in a cast iron pot
until soft. Drain. Arrange
on a platter with thyme, sage.

Eat with your fingers.
Crunch them whole, savour
their sweetness on your tongue.

If your gut rejects the fur
and bones, or if you feel
them flit and flutter,

open your mouth. Scream.
The Devil's birds will spread
umbrella wings and fly.

Grand Mother

I wanted you to be
a fur-lined boot,
sturdy leather and warm,
to walk me through my childhood.

I wanted your Chiswick house
to undress, shake off
its oak panelling and show me
naked walls, trembling.

I wanted your kitchen
of overcooked peas to lay
a trail of cake and biscuits
upstairs to the pendulum clock.

Your tallboy was mahogany,
an ogre wearing brass,
each wax-lined drawer
a baby's coffin.

Your soap was a slither
of knobbled scraps
stuck together, amber Pears
and Wrights' Coal Tar.

Your garden was a cobweb
spun with thorns, spiders
slung in the shed, slug trails
leading inside, upstairs.

Valuation

I loosen the bubble-wrap
coat from the flask.
A guglet, he says,
Chinese, circa 1740.

It would have stood
in a matching basin
Great Uncle Francis
failed to buy.

Without its partner
for dipping the hands,
bathing the face,
this porcelain vessel

– a gift to my mother –
has *little value.*
Not Ming.
Mass produced.

I swaddle it tight,
grasp the neck,
left palm cupping
its rounded base.

Safe at home,
I place it back
in its altar of dust
above the books.

Right hand talks to left

Relax. You'll heal and mend, bones
weaving back together. At night, I'll be
your cushion, lift you in your rigid cast,
move you to relieve the ache.

I'll lend support when our body walks,
hold you high and let you try out scales
in the blue air. Stretch your fingers now.
Don't fret about the chores.

I'm learning, with the help of knees,
to unscrew tubes and lever lids.
On my own I've tugged on socks.
I still need your help of course, but

you can bask in convalescence,
call troops of osteoblasts to rally round
and fix that fracture fast. In five weeks
and three days we'll celebrate release

from fibreglass and if you shed some
dry skin tears, I'll gather them,
anoint you with shea butter cream
and clasp you palm to palm.

The Second Law of Thermodynamics

I understand about exchange of heat
between us two. You put your freezing feet
below my burning soles to thaw your toes,
while I rely on you to warm my nose
with kiss on kiss. We reach equality
in thermal terms – a clement harmony.
But it is brief. I'm cold at half-past four.
The hollow-fibre duvet's on the floor.
Oblivious, you dream and radiate
a soporific, glowing steady state.
You've emigrated further to the right
I navigate the gap to hold you tight.
Unconscious, you prove Newton's law is true:
I wake up warm again and hot for you.

Gecko

It starts one night when I lay two eggs in the bed.
I click surprise instead of screaming. My tongue
has grown curly, a coiled spring inside my mouth.
I want a meal of wings.

I'm pink, then green, shrug off my breasts and smooth
my body into sleekness. Each segment of my spine
lengthens, narrows. I swish and turn my pointed head
to watch my tail.

The walls are mountain sides I'm going to climb.
I spread my toes and fingers wide, practise scuttling
up and down, stopping still on sticky pads that hold
my lightweight frame.

I lick my eyes and find kaleidoscopes of colour.
I need to catch those things that whirr at dusk.
I'll grow and shed my skin, then crunch it while
I dry in heat.

I watch my frantic partner shout and search the flat.
He doesn't think to look up at the ceiling where
I stay cool and quiet. I worry he may crush my eggs
before they hatch.

I'll wait until it's dark to rescue them and hide us all
below the boiler in the cupboard. I like the night,
the blues and greens I'd never noticed until now.
A meal flies past.

Climacteric Forecast

Storm warning:
low pressure belly,
cyclonic guts,
high pressure breasts.

Bouts of depression
with squalls expected.
Fog on the brain,
may clear later.

Risk of flash floods
in some areas.
High humidity predicted
overnight.

Possible improvement
by the weekend,
as warm front moves
south. A few bright spells.

Long term outlook:
unsettled periods
decreasing in frequency
with higher temperatures than expected.

Patches of HRT may bring some sunny intervals.

Mission

You live in London on the moon,
250,000 miles and months away,
down South.

You call me when you trip and plunge
in lunar seas of crises, craters
fathoms deep.

I offer light in seconds, hours,
hope it finds your shadowed self
in hiding.

You ask me, sometimes, if my sky
is overcast or filled with stars.
I look outside.

My Northern nights are blacker, clearer.
Constellations I can't name
crowd the dark.

I check the calendar for phases,
the apogee and perigee
when we might meet,

then put on boots, a mask, and plot
eccentric paths that lead across
the empty space.

On the mantelpiece

That photo of me
aged twelve
looks familiar
stair rod hair
straight fringe

mouth tight
holding secrets
I can't remember
or choose
to forget

I am waiting
for adolescence
for parents
to leave each other
and me

Half-knowing
half-ignorant
I am a child
alone
guarding the house

This photo of me
has a face
I hardly recognise
neck muscles tense
eyes hidden

hooded
lost in creases
trying too hard
to be
inscrutable

I'm not waiting
for anything
for lovers
to leave or me
to leave them

Half-knowing
three-quarters ignorant
I am an adult
alone
in my own home

Rhubarb

The nine square mile triangle hangs like an earring
Morley strung to Rothwell, point at Wakefield.
In the rich warmed soil, yellow stalks thinly
struggle towards the light, buds swell like
an impatient adolescent growing in
the haven of night. Slender shoots
climb in shadow coerced until,
until a certain succulence
rises in the rosy stems,
a tenderness absent
from their fibrous
wild red cousins
out in the light.
Harvested in
candlelight
magenta
petioles
reveal
crisp
pink
tips
.

Worm

You don't like my slitherslide through soil
the way I telescope my body slipping segments
in and out to move the earth the way I eat
my weight in dirt my blunt blind head
my mucus-covered form that glistens when
your trowel disturbs my damp dark world and I
retreat to deeper depths you might recall
you also looked for when you didn't want
to face the light the bright intrusion of another day

To a friend

You're the belch of the bassoon at the bottom of the scale
You're the stretch of waking cat rolling over on her back
You're the Baba in Ganoush, smoky aubergine and oil
You're the bee in the wisteria, on its waggle track

You're the bag of maroon leather from Marrakech's souk
You're the ripple of the flute, notes that flow under the door
You're the centrifugal force that flings honey round the room
You're the walker who relaxes when they reach the valley floor

You're the wheels avoiding potholes from Hackney down to Wapping
You're the haven in the attic where the skylight frames the stars
You're the contrapuntal rhythm in the prelude's steady stepping
You're the garden climbing in through the kitchen windows' bars

You're the cupboard stacked with caviar and no instant coffee
You're the amber in the necklace made of heavy glass and beads
You're the chapter in a story with a plot that's unrevealed
You're the kiss at King's Cross when the train departs for Leeds

What I still have in my wardrobe

He had good taste in clothes for me
raw silk
twilight colours blue and ochre
magenta green
in paintbrush shapes
they merge
dappling my body
in a second skin, contoured to map
curves with darts
concealed seams

nubbed lines of latitude in the weft
meet my palms
as I smooth the jacket into place
I think
small hands and neat fingers
in India or Taiwan
must have woven
stitched
its tones and hues
during monsoon rain

the label says Made in England

dry clean only

Insomnia

My strategy's simple when I can't sleep
I think of the men I've bedded, not sheep.
It's quite a big flock – there are decades to count,
but averaged out, not a shameful amount.
I like to imagine them in single file
queueing to pass through an ancient squeeze stile.
I wrap myself up in each well-loved fleece
ignoring the smell of damp wool and sheep grease.
I usually find that by ram number eight,
I'm feeling exhausted and not in a state
to dream any more of the men from my past,
so I slaughter the rest, then drift off at last.

Indigo Dreams Publishing Ltd
24, Forest Houses
Cookworthy Moor
Halwill
Beaworthy
Devon
EX21 5UU
www.indigodreamspublishing.com